KATHERINE QUINN

TRILOGIA THE AZANTIAN

Coroa de Sal e Osso

Editora Charme

1ª Impressão 2024

Capa - City Owl Press
Adaptação da capa e Produção Gráfica - Verônica Goes
Ilustrações - Katherine Quinn
Imagens do miolo - Adobe Stock
Tradução - Sophia Paz
Preparação - Fernanda Marão
Revisão - Equipe Charme

Esta obra foi negociada por Brower Literary & Management, Inc.

CIP-BRASIL. CATALOGAÇÃO NA PUBLICAÇÃO
SINDICATO NACIONAL DOS EDITORES DE LIVROS, RJ

Q64p

Quinn, Katherine
Coroa de sal e osso / Katherine Quinn ; tradução Sophia Paz. - 1. ed. - Campinas [SP] : Charme, 2024. (The azantian ; 3)

Tradução de: Crown of salt and bone
ISBN 978-65-5933-183-3

1. Romance americano. I. Paz, Sophia. II. Título. III. Série.

24-92938 CDD: 813
CDU: 82-31(73)

Gabriela Faray Ferreira Lopes - Bibliotecária - CRB-7/6643

Editora Charme

www.editoracharme.com.br

KATHERINE QUINN

TRILOGIA THE AZANTIAN

Tradução - Sophia Paz

Coroa de Sal e Osso

Editora Charme

A vida não é sempre cheia de cor.
Entre os tons de cinza, pulsam beleza e verdade.
Não tenha medo de procurá-las.

Cuidado com a Noite Eterna

N

PRÓLOGO

Darius

EM ALGUM LUGAR, EM UM SONHO

Bash rolou na cama e puxou o corpo quente ao seu lado para mais perto.

Margrete soltou um suspiro suave, acariciando o peito dele, sua pele nua quente, sedosa e totalmente viciante.

Sem conseguir se conter, passou um dedo pelo braço dela. Ele *tinha* que senti-la, saber que ela era real e não uma aparição cruel. Ela estremeceu, arrepios subindo onde quer que ele tocasse. A respiração dela acelerou audivelmente, e a mente acordou para saudar o novo dia.

Um novo dia em que eles mais uma vez acordavam nos braços um do outro.

Bash nunca tinha percebido que a vida poderia ser repleta de tanta felicidade. Era estranho para ele, uma emoção evasiva que acreditava já ter experimentado antes, sem perceber o quão vazia sua alma estava.

— Você me manteve acordada a noite toda — reclamou Margrete, com a voz grossa de exaustão. — Podemos dormir mais um pouco?

Bash sorriu, querendo nada mais do que ceder aos desejos dela. Mas havia trabalho a ser feito na ilha, pois uma tempestade destruíra algumas fazendas ao norte. Adrian e seus homens o esperavam no salão principal em uma hora, e ele tinha que se preparar. Além disso, ainda estavam rastreando as feras do mar, pois os indícios de seu paradeiro haviam esfriado semanas antes.

— Por favor — pediu ela em um sussurro, sentindo sua hesitação. Ela se virou de lado sob as cobertas e o fitou com os olhos brilhantes, apesar de ser cedo. Perigosamente sexy.

Passando a mão pelo lado de sua bochecha, ele inspirou seu perfume e apreciou o momento simples. Ele vencera e recebera elogios. Sentira o amor de seu povo... e suas frustrações. E passara a vida inteira sendo carregado nos ombros de outras pessoas.

Mas isso — uma coisa tão comum, estar deitado na cama com Margrete — era um momento que se tornaria uma lembrança preciosa. Ele suspeitava de que voltaria a essa época nos anos seguintes, quando olharia para trás e pensaria na paz que o envolvia naquele momento. Depois de uma vida inteira sem saber disso, o carinho de Margrete era uma dádiva. Ele ainda não conseguia acreditar que ela era dele e ele era dela.

E passaria todos os dias deixando-a saber o quão sortudo ele se sentia.

— O que está passando nessa sua cabecinha? — devaneou ela, inclinando-se para beijar o nariz dele. — Você nunca gostou de reflexões profundas. Dói? — Sua testa franziu-se em falsa preocupação e ela colocou as costas da mão na têmpora dele, para verificar se estava com febre.

— Que cruel. — Ele bateu em seu nariz e ela o franziu, sorrindo largamente.

— Você é excepcionalmente fácil de irritar. E acho muito divertido. Preciso me entreter com algo. Esta bela ilha pode ser bastante monótona.

Bash puxou-a para si, pressionando a cabeça dela em seu coração, que batia loucamente. Afinal, seu coração pertencia a ela.

— O que farei com você, princesa? — Ele passou os dedos pelo cabelo dela, massageando suavemente seu couro cabeludo. Ela se derreteu em seus braços.

— Suponho que fique comigo — disse ela dramaticamente. Ele praticamente podia ver seu sorriso travesso. Sua alegria aumentou.

— Ah, você nunca se livrará de mim — prometeu ele. — Quantas vezes devo convencê-la? Você está presa a mim agora.

Porque ele a amava.

Já haviam se passado algumas semanas desde o ataque do capitão e nenhum deles tinha dito as palavras em voz alta. Mas, a cada dia que passava, o amor de Bash aumentava. Seu coração estava leve e quente, e não havia como negar o que sentia.

Ele achou que ela havia murmurado algo como "Que bom", mas não tinha certeza. A respiração se estabilizara. Ela voltara a dormir.

Bash deu um beijo no topo de sua cabeça.

O amanhecer chegou, assim como o momento de trabalhar, mas ele se permitiu ficar na cama, entregando-se à mulher que salvara sua ilha e roubara não apenas seu respeito, mas também seu coração. Talvez o dia de trabalho pudesse esperar um pouco mais.

Um flash de luz prateada passou por seu campo de visão. Ele piscou, franzindo a testa.

Que porra é essa?

Bash virou-se para onde a luz era mais forte: as paredes de vidro marinho ao lado da porta.

Outro raio cintilou e ele recuou.

As paredes... pareciam estar *vibrando*. Ele esfregou os olhos, tentando clarear a visão, mas o vidro continuou a tremer.

Sombras serpenteavam pelas laterais da suíte, fluindo pelas janelas abertas e pelas portas da varanda. Ele se sentou na cama.

— Margrete, você está ven...

Ninguém descansava ao lado dele, os lençóis estavam vazios, sua presença calorosa tinha desaparecido. O pânico correu por suas veias, e seu sangue gelou.

Aquelas sombras peculiares enxameavam ao seu redor, parecendo ficar mais fortes, mais determinadas. O susto o deixara paralisado, e ele ficou impotente. Somente observando enquanto elas avançavam.

Bash abriu a boca para gritar, mas nenhum som saiu.

Densos fios escuros agitavam-se e giravam em torno de seu corpo, devorando seus recônditos e roubando-lhe inteiramente a visão. E justamente quando ele acreditou que as sombras iriam sufocá-lo, Bash piscou novamente...

Então ele estava na sala de guerra com Adrian, o rosto acolhedor de seu amigo erguido, inquisitivo, como se esperasse uma resposta.

Como grãos de areia escorregando pelas pontas dos dedos, Bash perdeu toda a lembrança de sua manhã com Margrete. Concentrou-se em Adrian e entrou na conversa com facilidade, falando do extremo sul da ilha e das feras que caçariam em breve.

No fundo, ele sabia que algo estava errado, mas era como se sua boca e seus membros se movessem sem consentimento. A passagem do tempo não importava, e Bash de repente se sentiu cansado demais para entender aquilo. Só havia o que estava diante dele, e era agradável e familiar.

No entanto, em algum lugar distante, uma voz murmurou em seus pensamentos, ansiosa e persistente. Isso o lembrou da voz de Margrete, mas não podia estar certo, pois a nova voz estava cheia de angústia.

Bash ignorou os gritos e se concentrou na risada de Adrian. Na explicação completa de seu amigo expondo por que precisavam construir outro grande navio.

No entanto, quando as paredes da sala de guerra tremeram minutos depois, Bash foi inserido em mais um momento aleatório. Ele nem lutou mais para decifrar a mudança. Simplesmente caiu na felicidade da rotina até que o mundo ao seu redor tremeu, e ele mais uma vez se viu de volta à companhia de Margrete, suas preocupações se dissipando até que ele perdeu todo o sentido de si mesmo.

Qualquer que fosse o encantamento que o afligia, ele não se importava. Estava feliz, amado e seguro.

Depois de algum tempo, Bash não prestava mais atenção às sombras que o envolviam. Na verdade, gostou do abraço e da magia que elas comandavam.

Bash cedeu.

CAPÍTULO UM

MARGRETE

Margrete era fogo, luz e malícia, e nada nem ninguém a impediria de virar o mundo dos deuses de cabeça para baixo.

Encharcada com o sangue fresco de seu amado rei, ela abriu o portal para o Submundo, destruindo o solo da ilha miserável de Darius e invadindo um túnel pertencente ao divino.

Cada passo furioso sacudia seus ossos, uma dor aguda irradiando por sua espinha. Ela inalou o cobre no ar, a essência vital de Bash grudada em sua camisa rígida, o perfume potente atiçando as chamas de sua raiva, transformando-a em uma tempestade viva de desgosto. Margrete mal sentia a humanidade pulsar em seu interior, como se ela tivesse encolhido quando a alma de Bash partira de seu mundo, embora supusesse que não poderia mais se considerar humana. Depois de completar o teste final na ilha amaldiçoada de Surria, uma grande mudança ocorrera e agora nada parecia *certo*.

Ela não se sentia certa.

Como que para confirmar, seu braço recém-marcado formigou. Os redemoinhos cinzentos giravam em seu antebraço, a única lágrima preta pulsando.

Depois que ela tinha lutado contra o pai, a onda aparecera em sua clavícula. Agora, parecia que essa nova tatuagem se materializara após sua luta pela imortalidade que ela não queria. Ou talvez tenha nascido de algo completamente diferente...

Ela não se prendeu ao pensamento por muito tempo.

Vou matar todos eles, pensou enquanto entrevia uma porta prateada com intrincadas representações da vida humana e outros absurdos gravados em seu metal grosso. Fachos de luz escapavam nas bordas, luminescendo no corredor escuro. Tinha que ser a porta para o Submundo.

Ela a empurrou e entrou. Nada importava. Bash estava morto. Darius havia vencido. Ela agora era uma deusa.

Margrete repetiu o pensamento cerca de mil vezes para si mesma enquanto andava furiosamente por uma passagem estreita ladeada por luminárias de marfim opaco cujas chamas azuis estendiam-se e pareciam lamber sua pele.

Ela lutara contra o mal e perdera, mas a guerra não estava nem perto do fim.

O problema da perda é que às vezes ela não atinge você de imediato, pelo menos não em sua verdadeira forma. A raiva era uma aliada muito mais fácil e naquele momento batia dentro de sua cabeça como um tambor, abafando seus gritos internos. Sua agonia invisível. Ela poderia aceitar a raiva de braços abertos; por que qual seria a alternativa? Impedi-la de avançar por apenas um momento permitiria que as lágrimas ardentes caíssem. O peso de sua perda a forçaria a ficar de joelhos, e ela se enrolaria em uma bola apertada e desejaria que o mundo acabasse. Ela seria inútil, e embora ceder fosse tentador — ah, tão tentador —, ela temia não ter forças para se levantar novamente.

Sendo assim não cedeu e não permitiu que suas lágrimas caíssem, continuou avançando como se um exército estivesse em seu encalço.

A passarela úmida parecia sem fim e, a cada batida de suas botas nas pedras, sua determinação se fortalecia e o desespero a impulsionava.

— Margrete! Espere!

A voz atrás dela a lembrou de uma campainha irritante. Contanto que não pertencesse a Bay, ela não se importava muito com a quem pertencia. Margrete não confiava em si mesma para *não* o matar por sua participação na morte de Bash. Foi ele quem colocou a lâmina em suas mãos, e mesmo que ele a tivesse salvado, ela ainda sentia raiva. Por mais injustificada que fosse.

Com a entrada para o reino dos mortos cada vez mais próxima, a magia de Margrete abriu a boca e expirou, estremecendo de antecipação. Ela adorou como aquilo sussurrava em seus ouvidos, uma melodia baixa que se harmonizava com sua própria respiração. Era quase como um corpo com duas almas, seu poder sendo seu próprio ser, preso em carne quente.

Seu nome soou novamente e uma mão pousou em seu ombro. Uma mão tão frágil, fraca e *mortal*. Margrete nunca percebera como os ossos eram quebradiços, mas ela sabia, sem dúvida, que poderia quebrar os dedos que a tocavam no ombro sem nem precisar pensar.

Ela se virou, irritada com a interrupção.

Mila.

A garota recuou, seus brilhantes olhos verdes arregalados com um medo incomum. Ergueu as mãos de forma apaziguadora.

— O quê? — retrucou Margrete.

Ela tinha acabado de perder o amor de sua vida por causa de algum jogo perverso orquestrado por Darius, e lidar com Mila não era prioridade no momento.

— Calma, Margrete — implorou Mila, com o lábio inferior tremendo.

Margrete inclinou a cabeça porque Mila raramente demonstrava alguma emoção. A Azantiana esfregou a camisa manchada, que estava rasgada na cintura, a manga direita quase totalmente em frangalhos. Ela travara uma luta em pé de igualdade contra Shade e suas ninfas. Margrete não duvidava da capacidade de Mila, uma vez que seu temperamento estivesse incitado.

Mas ela estava hesitante.

Aterrorizada.

— Não deveríamos nos apressar para entrar aí. — Mila apontou para o longo e vazio corredor de luz azul bruxuleante, enquanto mordia o interior da bochecha.

— Apressar? — Margrete repetiu, aproximando-se. O calor dançou em sua barriga e sua respiração ficou quente. — Bash acabou de ser *assassinado*. Vou trazê-lo de volta. Os deuses e seus jogos que se ferrem.

Ela fez menção de se virar quando a jovem agarrou seu braço, sem medo. Devagar, Margrete analisou os dedos sujos ao redor de seu bíceps antes de voltar sua atenção para Mila. Audácia. Era muita audácia da marinheira.

— Em primeiro lugar, não sabemos aonde esse túnel leva e, em segundo lugar, seus olhos estão *brilhando* pra caralho. Para piorar, o ar ao seu redor parece carregado de… magia. — Mila deu um passo sábio para trás, permitindo que Margrete respirasse, fervilhasse. — Você não está pensando com clareza, e quando não está pensando com clareza, você é perigosa. Ainda mais agora.

Depois que ela recebeu um presente que nunca quis. Não. Foi uma maldição.

— Como se você já tivesse se importado comigo antes — rebateu Margrete, cobrindo cada palavra com gelo.

Mila nunca gostou dela, tinha deixado isso perfeitamente claro no dia em que Margrete não conseguira salvar Jace na ilha.

— Pelo que me lembro — continuou Margrete —, você implorou para que eu usasse esses poderes, e, quando falhei, me evitou como se eu tivesse deixado seu amigo morrer de propósito.

Mila cerrou a mandíbula, fazendo as sardas em seu nariz se enrugarem e as narinas dilatarem.

— Posso não ter gostado de você no começo, Margrete, mas isso é só porque… — Seu foco mudou. — Bem, para ser sincera, ver você perder a cabeça foi bastante revigorante. Fez você parecer uma pessoa real.

— Em vez de?

— Em vez de algum espécime irritantemente perfeito que todo mundo ama e fica obcecado o tempo todo. Já ouvi seu nome ser falado mais vezes do que gostaria de lembrar desde que você desembarcou em Azantian. Pode me achar cínica por isso, mas descobri que, quando algo parece bom demais para ser verdade, é porque geralmente é.

Mila não gostava dela porque ela parecia muito… perfeita?

Que ridículo.

Antes que Margrete respondesse, mais passos soaram e Dani e Atlas correram para a luz do candeeiro mais próximo.

A cabeça da segunda permaneceu baixa, pesada de tristeza, enquanto as lágrimas escorriam pelo rosto de Dani.

Merda. Agora Margrete se sentia, mais do que tudo, uma idiota. O fogo agitado que a alimentara momentos antes começou a retroceder.

Dani havia perdido o irmão, Jacks. Ela deixou esse pensamento penetrar em seu ser, transparecendo uma careta quando uma imagem de Jonah passou por sua mente. O jovem marinheiro que estava tão ansioso para se juntar a eles morreu nas mãos de Darius da maneira mais horrível.

Ela respirou fundo, tentando dissipar a névoa que tentava roubar sua empatia. Sua humanidade. Seria muito mais fácil permitir que isso tomasse o controle. Pelo menos assim ela não sentiria como se estivesse oscilando à beira de um penhasco.

— Por que me seguiu? — Margrete perguntou com cautela, dirigindo-se a Atlas e tirando Jonah e Jacks de seus pensamentos. Enquanto aquela dor surda e profunda latejava em seu peito, estavam perdendo um tempo precioso.

A guerreira ergueu o queixo. Em um dia ruim, ela era detestavelmente orgulhosa, mas naquele momento uma nuvem parecia pairar sobre sua cabeça, pesando sobre seus ombros e deixando seus olhos em um tom opaco de azul.

— Eu te segui porque este seria o desejo do meu rei. — O olho direito de Atlas se contraiu, mostrando nervosismo, mas ela rapidamente recuperou o controle de suas emoções e se ergueu em sua altura total e imponente. — E *quando* o recuperarmos, ele provavelmente estará me devendo mais do que uma promoção.

Mila balançou a cabeça, os cabelos ruivos roçando suas bochechas.

— Não é hora para piadas, Atlas, e é surpreendente que isso venha de você. — Ela observou a loira com desdém e admiração. Mila tinha o dom de expressar emoções abrasadoras em um rosto delicado.

Atlas não soltou a mão de Dani, mas se aproximou de Mila, se arrepiando.

— Estou fazendo o meu melhor, Mila. Devo fingir ser um pedaço de pedra endurecida que não quebra ou que não sente outra coisa senão desprezo?

— Como você ousa...

— Já chega! — Margrete rugiu, sua voz sacudindo as paredes. As chamas azuis das arandelas oscilaram erraticamente.

Dani avançou, os olhos fixos em Margrete. Cachos escuros caíam em seu rosto, a pele manchada com a sujeira da luta na arena. Mesmo coberta de terra, havia algo diferente naquela mulher, e não apenas por causa do que ela havia perdido. Seus olhos azuis brilhavam com determinação, e Margrete teve que se esforçar para desviar-se de sua intensidade.

— Não vou perder nem mais um minuto — disse Margrete —, mas se você deseja fazê-lo, por favor, fique para trás e não atrapalhe o meu caminho.

Ela continuou entrando mais no Submundo, sabendo que a passagem terminaria em algum momento. Ela caminharia para sempre se fosse necessário.

Alguns segundos depois, passos pesados atingiram a terra rochosa, com suas companheiras relutantes seguindo atrás. A parte dela que ainda se sentia mortal, que ainda se sentia como *ela mesma*, questionou por que não estava exigindo que elas dessem meia-volta e retornassem ao reino humano. Talvez elas não durassem muito por lá — se conseguissem chegar ao Submundo — e certamente não tinham em si a divindade que Margrete agora abraçava.

Ela não questionava mais seu papel entre os imortais. Tudo aquilo a oprimia, sim, mas em vez de lutar e dizer a si mesma que *não era* uma deusa, Margrete acolheu a mudança de braços abertos. Se isso a ajudasse a encontrar seu amor, então ela a aceitaria.

Ela se tornaria um pesadelo vivo se fosse necessário.

O silêncio se seguiu enquanto caminhavam para o desconhecido e, depois de longos minutos, o túnel se alargou. Outra porta estava erguida no centro de uma antecâmara de pedra arredondada, embora desta vez fosse feita de um ouro opulento que brilhava com milhares de pedras preciosas.

Margrete considerou com ceticismo sua estranha posição no meio do lugar.

Ela parou de repente e Atlas bateu suavemente em seu ombro. Margrete estremeceu com o contato, e a marinheira sabiamente se afastou. Parecia que todas estavam com medo dela.

Por um bom motivo. Ela assustava até a si mesma.

— Vamos trazê-lo de volta. *Juntas* — Atlas disse ao seu lado. Seus olhos estavam voltados para a frente, para a porta dourada brilhante. — Bash é meu rei, mas, mais do que isso, sei que ele lutaria por mim também. Por todas nós, se ele pudesse. Porém — acrescentou ela, com a voz severa —, eu não seguiria *uma pessoa qualquer* até as profundezas do Submundo.

Elas travaram os olhares. O de Atlas brilhava com sinceridade, sem um pingo de dúvida marcando o rosto. Por uma fração de segundo, Margrete não se sentiu à deriva, flutuando entre reinos. Ela deu à guerreira um breve aceno de cabeça, sua garganta subitamente se contraindo.

— Depois que passarmos por esse portal, talvez não haja mais volta — alertou Margrete, levantando a voz e virando-se para as outras duas mulheres. — Agora é a chance de voltar atrás. A *última* chance.

Ela silenciou, e nenhuma voz soou em protesto.

Surpreendentemente, Dani foi a primeira a quebrar o silêncio pesado. Ela largou a mão de Atlas e endireitou os ombros magros. Suas bochechas úmidas já haviam secado havia muito tempo, mas as marcas de lágrimas ainda brilhavam na escassa luz do recinto.

— Não tenho mais medo de nada — murmurou, com a voz embargada. — Perdi meu irmão gêmeo, a outra metade da minha alma, e se houver uma chance de recuperá-lo, ou mesmo de me despedir, não vou desperdiçá-la. Estou indo por Jacks. Por meu amigo Jonah. E pela ilha que amo.

— Quero derramar o sangue do deus responsável pela morte do meu pai — acrescentou Mila. — O mesmo que orquestrou um jogo perverso que matou o homem em quem eu poderia ter encontrado um parceiro. — Grant e Jace, dois homens a quem a endurecida marinheira entregara o coração. — Não descansarei até que a lâmina do meu pai esteja escorregadia com o sangue divino de Darius.

Os lábios de Mila se curvaram, mostrando os dentes. Margrete notou que sua mão estava apoiada na arma em questão, aquela que Grant devia ter dado a ela.

Pena que a honra de matar Darius seria dela. Margrete queria ser quem veria a luz morrer em seus olhos de espuma do mar.

— Está resolvido — disse Atlas. E apontou para a porta. — Estamos todas nessa, Margrete, e a seguiremos na escuridão. Agora cabe a você nos guiar até lá.

Margrete afastou-se de suas companheiras. Três mulheres que não poderiam ser mais diferentes. E, ainda assim, não podia negar que tê-las em seu arsenal seria uma vantagem. Ela pensou em Bay por um doloroso momento, lembrando que ele tinha ficado para trás. A hesitação dele depois de tal traição doía mais do que ela esperava.

As guerreiras diante dela seriam suficientes.

Atlas era força, coragem e fortaleza. A presença de Dani lembrou a Margrete a humanidade que ela sentia se afastar cada vez mais. E Mila... ela era a voz — a voz *alta* — em seu ouvido, criticando-a por suas besteiras.

Por mais que ela quisesse invadir o Submundo sozinha com sua magia em chamas, Margrete não tinha certeza do que enfrentaria. Ela examinou o trio, demorando-se para absorver suas feições determinadas, para ter certeza de que suas convicções eram verdadeiras. Nenhuma delas demonstrava sinal algum de incerteza, e Margrete sabia que cada palavra era sincera.

— Tudo bem. Mas fiquem perto de mim e mantenham-se quietas — cedeu Margrete, movendo-se mais uma vez para a porta. Ela se aproximou até que um metro a separasse da estrutura dourada e da maçaneta da cor de ouro em forma de...

Uma Flor de Liander.

A maçaneta que abria o portal para o Submundo parecia um sedativo disfarçado por pétalas — a mesma flor que ela usara com Bash na noite em que eles se beijaram pela primeira vez. Seu coração apertou com a lembrança, mas ela a engoliu com uma careta.

Suas emoções tomariam conta se ela não as controlasse.

Ela ergueu a mão, aproximando-a da maçaneta de metal frio. Era como gelo sob sua pele, e o contato disparou uma corrente elétrica que dançou para cima e para baixo em seu braço. Seus dedos apertaram a maçaneta e sua respiração vacilou ao sentir um peso esmagador cair sobre seus ombros.

Aquele era um momento sem volta. Um momento que ela celebraria ou amaldiçoaria.

Margrete puxou a maçaneta e abriu a porta que levava a lugar nenhum e possivelmente a todos os lugares.

A maldição que ela soltou foi repetida pelas outras mulheres.

CAPÍTULO DOIS
MARGRETE

Ela não esperava que o Submundo fosse tão iluminado. Não que ela soubesse o que esperar.

Margrete passou pela soleira do portal, olhando para cima, para cima, *para cima*...

Elas haviam chegado por um penhasco com vista para um vale rochoso de pedras descoradas, afiadas e implacáveis, todas se projetando como se estivessem apontando para elas com dedos acusadores. *Alertando-as.* Escadas irregulares cortavam o centro da paisagem rochosa, orientando o caminho íngreme. De longe chegava o barulho de água pingando, o ruído constante conjugado à sua frequência cardíaca. Ela seguiu o som e avistou uma cachoeira estreita a alguma distância, seu azul puro fluindo por um penhasco e desaparecendo em um desfiladeiro.

Era infinito; um mundo inteiro aprisionado por rochas imponentes que se erguiam indefinidamente para beijar um céu sem nuvens... que brilhava com *três* sóis. E cada um de cores diferentes, todas intensas e igualmente deslumbrantes. Um brilhava com um amarelo pálido e amanteigado; o segundo, com um azul da cor de ovo de tordo; e o terceiro, com um vermelho brilhante. Este último sol lançava ao reino um brilho carmesim misterioso, causando arrepios em seus braços.

Folhas cor de âmbar brotavam aleatoriamente do terreno acidentado, a flora com um tom quente de outono. Não havia nenhuma flor extravagante, mas juncos finos verde-mar floresciam ao redor do caminho diante delas, levando-as a um castelo muito mais grandioso do que qualquer outro construído por mãos mortais.

Os suspiros que soaram atrás dela fizeram Margrete perceber que havia se esquecido completamente de suas companheiras enquanto observava tudo.

O palácio — se a palavra lhe fizesse justiça — ficava no coração do vale e parecia não ter fim. Luzes brilhantes saíam de seu núcleo, a estrutura radiante com toques de todas as cores imagináveis. Isso a lembrou de um arco-íris preso dentro de uma jarra de vidro.

As pedras vizinhas da ravina eram opacas em comparação ao palácio lustroso; se ela semicerrasse os olhos poderia ver o que pareciam ser pedras preciosas esmagadas incrustadas na rocha, as facetas enviando raios de luz que irradiavam pelo Submundo.

Da paisagem acidentada, a fortaleza erguia-se no ar, dando lugar a sete torres que se elevavam mais alto do que era possível ver... sete torres e o que pareciam ser sete níveis, paredes densas circundando cada patamar. Somente quando ela baixou a cabeça foi que viu o fluxo vermelho-vivo cercando o palácio sobrenatural, abraçando suas margens escarpadas.

Margrete olhou para a encosta do penhasco e para as escadas estreitas que levavam para baixo. Eram traiçoeiras e íngremes, e tão perigosas quanto o seu destino.

Seus olhos deslizaram pelo caminho precário, pelas escadas que levavam ao palácio e por uma ponte encantadora de vidro azul e prateado que atravessava o riacho vermelho. Instantaneamente, sua mente voltou-se para Azantian e suas pontes de vidro.

Não havia como negar que o Submundo tinha semelhanças com a ilha. A forma como brilhava com luz transcendente, as gemas brilhantes e antinaturais. A maneira como o ar vibrava com energia bruta que funcionava tanto para animar quanto para acalmar.

Talvez tais semelhanças se devessem ao fato de Malum ter criado Azantian. Ele moldara sua ilha segundo o lar oficial dos deuses, e quanto mais ela examinava o palácio, mais encontrava pedaços do reino de Bash brilhando diante dela.

Isso fez seus olhos arderem com lágrimas não derramadas.

— Santos deuses — sussurrou Atlas atrás dela. — E eu aqui pensando que entraríamos em um poço de fogo ou mesmo em algum lago com profundidade infinita repleto de almas.

— Essas histórias são de mitos humanos — disse Mila, com desgosto evidente em seu tom.

Margrete se desligou delas. Agarrando-se às laterais do túnel, ela se concentrou na frescura do ar, no frio leve. O poder brilhou em seu peito, aquecendo seus ossos e fazendo com que os dedos dos pés se enrolassem nas botas. Mas, mesmo com o calor, um toque de adrenalina amarga permaneceu.

Ela percebeu que sua magia era semelhante a uma fera indomada. Margrete reconheceu-a como uma entidade própria e, embora a comandasse, sabia que pertencia a algo muito maior do que ela.

— Procure movimento — instruiu friamente, temendo um ataque violento da sentinela a qualquer momento. Mas, pensando bem, os deuses precisavam de soldados para defendê-los?

Semicerrando os olhos, ela percebeu centenas de janelas em arco que se alinhavam aos cômodos do palácio ao longe. Ela esperava ver uma figura, alguma coisa, na verdade, que pudesse lhe dar uma ideia de quem eram seus ocupantes. Mas a caverna em si estava vazia e silenciosa, exceto pelo gorgolejo da cachoeira distante e do riacho vermelho-sangue. Ela se perguntou se era sangue.

Hora de descobrir.

Margrete deu o primeiro passo. A cada degrau, cada passo, sentia um formigamento inebriante percorrer seu corpo para cima e para baixo, como se até o próprio chão tivesse magia. Foi uma atração o que ela sentiu, uma *conexão* com o palácio, que acelerou seus movimentos.

Foram pelo menos trinta minutos para descer. Os membros de Margrete começaram a tremer com o passar do tempo, e a dor que ela lutava para superar antes de recuperar o atraso dificultava respirar fundo. A raiva tinha sido a força que a impulsionava, mas agora, presa em silêncio, uma dor instalara-se em seu peito. Um buraco que parecia ficar cada vez maior a cada nova inspiração. Ela sentiu como se estivesse flutuando e caindo ao mesmo tempo, sua mente incapaz de se fixar em uma emoção sólida. A represa estava se rompendo, e ela também.

E o pior é que ela estava entrando naquele novo mundo não apenas quebrada, mas sem um plano de como consertar as coisas.

Para recuperar a alma de Bash, ela teria que entrar em um reino de morte e, de alguma forma, sair com a própria alma intacta. De repente tudo parecia desanimador.

Ela se sentia desanimada.

Margrete sempre agiu bem quando necessário, mas mesmo com todo o burburinho de seu novo poder, ela se sentia como uma criança pequena, trancada naquela torre em Prias, apenas mais uma alma controlada pelo destino.

Ela queria seu parceiro, seu pirata. Seu Bash. Ela queria ser a mulher forte que sabia que poderia ser e o queria ao seu lado, a mão dele na dela, um apoio silencioso.

Ela sentiu o gostinho de como era ter tudo o que sempre quis e não estava disposta a desistir. Nem agora. Nem nunca. Ela cravou as unhas nas palmas das mãos, concentrando-se na dor, lembrando-se de ser mais durona. De ser mais forte.

Um tinido perfurou o ar muito silencioso.

Margrete estendeu a mão, sinalizando para suas companheiras pararem. O barulho vinha de sua esquerda, da ponte de vidro que levava ao palácio a escassos quinze metros de distância. Desenhos extravagantes pintados em vermelhos vivos e amarelos vigorosos decoravam algumas das pedras que se erguiam bem acima de suas cabeças. Elas eram um lugar propício para o inimigo se esconder.

No momento em que esse pensamento passou por sua mente, uma fumaça cinzenta saiu de trás do maior afloramento à distância. Uma figura solitária, envolta por uma névoa fina, apareceu no centro do caminho.

Margrete agarrou a camisa de Atlas e, com um aceno de cabeça para as outras, rapidamente se escondeu atrás das pedras mais próximas. Todas se agacharam, sendo Mila a última a se ajoelhar.

Mas elas foram lentas demais.

Sem aviso, uma adaga passou rente à orelha de Margrete.

Muitas coisas aconteceram momentos depois, e todas aconteceram num borrão. Atlas alcançou suas lâminas gêmeas, movendo o corpo protetoramente na frente de Dani. Outra adaga voou pelo ar, parecendo formar um arco enquanto subia, o caminho assassino a poucos centímetros da cabeça de Margrete. Ela se abaixou, o metal ainda cantando em seu ouvido.

Exceto Mila. Suas ações foram as que mais surpreenderam Margrete.

Uma terceira lâmina surgiu do nada, assobiando enquanto mudava de direção, curvando-se de forma não natural em sua direção. A magia de Margrete ferveu e ela estava levantando a mão à frente quando Mila saltou diante de seu corpo como um escudo.

Como se o próprio tempo tivesse sido mergulhado em mel, Margrete fixou-se na adaga, sua ponta letal voando na direção do coração acelerado de Mila.

Com apenas alguns centímetros de sobra antes que a arma roubasse a vida da marinheira, Margrete não reagiu. Pelo menos, não com as mãos ou o corpo. Sua *mente* fez isso.

Num segundo, a lâmina rodopiante foi lançada na direção delas, e, no seguinte, Margrete exigiu que ela parasse, uma ordem solitária que soou em sua mente como um terremoto. A arma estremeceu com violência antes de congelar no ar… a poucos centímetros do rosto de Mila. A adaga zumbia com magia e um brilho suave e vermelho destacava as pontas afiadas da lâmina. Um suspiro suave deixou os lábios de sua aliada e os ombros relaxaram com alívio tangível quando seu corpo caiu na direção do peito de Margrete.

Margrete tocou a lâmina, as vibrações subindo e descendo em seu braço. Agarrando o cabo, ela empurrou Mila para o lado, sentindo-se ao mesmo tempo agradecida e enfurecida por seu ato altruísta. Surpresa se misturava a essas emoções específicas, embora ela não tivesse certeza se

Mila havia agido tão nobremente porque *precisava* de Margrete ou porque realmente se importava.

— Apareça! — Margrete exigiu do agressor, a arma em uma das mãos e sua magia brilhando incontrolavelmente na outra. Ela gritava por liberdade, as palmas das mãos queimando enquanto a sensação de águas geladas parecia deslizar por seu corpo.

Não havia mais adagas voando pelo ar, mas aquele silêncio era pior.

— Saia! — gritou novamente, seus lábios se curvando em um rosnado. Talvez Darius, de alguma forma, tivesse chegado antes delas aos portões. Se fosse isso, então Margrete estava preparada para apontar sua própria arma para ele e, desta vez, garantir que ela encontrasse seu coração sombrio. Ela era imortal agora, e só um deus poderia matar outro deus.

Isso quase a fez sorrir.

A tensão espessa saturou o ar, e ela ergueu a palma da mão, preparando-se para atirar de forma imprudente em uma das muitas fendas que ladeavam o caminho, quando uma voz estrondosa gritou.

— Minhas mais sinceras desculpas. Achei que você fosse outra divindade, muito menos virtuosa.

Margrete ergueu a cabeça e virou-se para a direita, encontrando a figura de um homem que se aproximava. Impossivelmente alto, ele pairava acima delas em uma porção saliente de pedra, pairando como um demônio furioso.

Não era Darius, embora pudesse ser de quem ele falara.

— Quem é você? — perguntou ela, sua voz mais dura que aço. A palma da mão pairou na posição, pronta.

Ele riu, emitindo uma melodia de notas discordantes que provocavam arrepios em sua espinha. A figura desceu do penhasco com graça fluida, aterrissando sem fazer barulho. As outras correram para atrás dela. Felizmente, tinham algum senso de autopreservação.

Talvez intuindo o medo delas, o homem enfiou casualmente as mãos no fundo dos bolsos da calça preta fina e começou a se aproximar de forma perigosamente despreocupada. A escuridão girava em torno de seu rosto, mas a cada passo diminuía, deslizando para longe e de volta às fendas de onde tinham vindo.

Quando suas feições ficaram totalmente visíveis, Dani, que estivera quieta até o momento, soltou um pequeno grito de surpresa. Margrete mal conteve a sua.

Mais alto do que ela inicialmente suspeitara — o que deveria ser impossível —, ali estava o homem, a pele negra brilhando na luz etérea do vale. Ele era lindo de uma forma severa, cada ângulo mais afiado que uma lâmina Azantiana, os olhos azul-acinzentados com igual intensidade. Uma coroa prateada circundava sua cabeça, logo acima dos cachos escuros, o metal intocado e polido. Régio.

Um deus. Um *rei*.

Ela observou cada detalhe dele, notando a calça preta de corte impecável e o casaco combinando, fios prateados descendo pelas mangas luxuosas. Ele sorriu, ajustando os punhos, sem se incomodar com os olhares das quatro mulheres que o encaravam.

— Meu nome é Halio e este é o meu reino — disse ele, com um sorriso cada vez maior. — Presumo que você é a mortal que se transformou em deusa. Bem, pelo jeito, não se trata de *qualquer* mortal. — Ele se aproximou e ela ficou tensa. — Afinal, posso senti-*lo* em você toda. Presumo que ele estará aqui em breve.

Seu reino. Margrete estava certa. Ele *era* uma espécie de rei — o rei dos mortos.

Ela viu, pelo canto dos olhos, que Atlas erguia sua adaga. Margrete estendeu a mão para trás, agarrando o braço da mulher e acalmando o movimento tolo. A lâmina não faria nada contra aquele ser. Ele era o Deus da Morte sem nome.

Bem, agora *não tão* sem nome.

Margrete se afastou do grupo e caminhou corajosamente em direção a Halio. O nervosismo percorria sua espinha, mas ela tentou fixar no rosto o que esperava ser uma máscara de apatia.

— Foi Darius quem me forçou a passar pelos *testes* de Surria — ela bradou a palavra — e foi ele quem me transformou no ser que você vê diante de si agora. Eu não queria fazer parte disso.

Ela acenou com as mãos ao redor do vale. Margrete não quis contar a ele qual era sua *verdadeira* missão, que estava ali por apenas uma coisa. A alma de Bash. O Deus da Morte provavelmente não aceitaria muito bem que ela roubasse uma de suas almas.

Tudo de que precisavam era do corpo de Bash, que ela rezava para que a mãe dele tivesse encontrado, e então poderiam devolver sua alma ao lugar a que pertencia. Nymeras supostamente protegiam seus mortos, e se ela tivesse visto Margrete entrar no Submundo, talvez tivesse fé de que traria seu filho de volta. Pelo pouco que Margrete vira da nymera na arena, ela não ficou indiferente ao fato de seu filho ser capturado.

A escuridão tomou conta dos olhos cinzentos de Halio, e ele inclinou a cabeça para o lado em movimentos felinos. Margrete sentiu como se ele olhasse através dela, julgando-a e avaliando-a. Algo naquele ser era pacífico e turbulento ao mesmo tempo, e ela não conseguia discernir qual qualidade se destacava mais. Segundos se passaram, talvez um minuto, mas ela não quebrou o contato visual.

Quando tinha se tornado tão destemida? Ela estava diante de um imortal sem um pingo de medo. Apenas uma raiva justa.

Halio quebrou a batalha visual primeiro, soltando uma faísca pelos olhos que fez com que a íris dele suavizasse, algo que ela poderia confundir com aprovação.

— Todos ouviram falar de sua chegada — disse ele, lançando um olhar por cima do ombro para o palácio, um sorriso sutil puxando seus lábios. — Tenho certeza de que estão... ansiosos para conhecê-la. Eles ficarão surpresos ao ver que você é mais... ousada do que imaginavam.

— Eu não quero conhecê-los.

O deus bufou, alisando os cachos rebeldes que escapavam de sua coroa. O movimento foi tão humano que a surpreendeu.

— Receio que você deva. Eles já estão reunidos no salão principal. É costume apresentar-se a deuses recém-nascidos, e já faz algum tempo que não temos um. Vim buscá-la pessoalmente. As tradições devem ser honradas.

Ela sibilou uma maldição vulgar. Como poderia confiar que eles não iriam atacá-la no segundo em que ela entrasse na sala?

A estrutura maciça de Halio permaneceu imóvel, seu rosto impassível. Ele não ia ceder e, francamente, Margrete queria acabar logo com as *sutilezas*. Ela anteciparia os ataques dos deuses e se prepararia para o pior. Mas uma coisa era certa: nenhum dos bastardos acabaria com sua vida antes que ela fizesse o que tinha ido fazer ali.

Assim que conseguisse sair ilesa da apresentação e aprendesse tudo o que pudesse com as divindades, ela procuraria no Submundo e reviraria cada pedra. Bash estava ali, e pela forma como o coração dela bateu forte no peito quando viu o palácio, ela soube que ele estava lá dentro, escondido atrás das paredes grossas.

A atenção de Halio se voltou para Atlas, Mila e Dani, uma sobrancelha solitária e travessa se erguendo. Ele deu a impressão de permanecer mais tempo em Dani, e seus lábios se contraíram antes de ele se afastar.

— Você não vai me apresentar às suas amigas humanas? Tão corajoso da parte delas ousarem vir aqui nesta situação.

À menção de sua tripulação, a magia de Margrete inundou suas palmas, traços de água fervendo nas chamas azuis escaldantes que dançavam em suas mãos.

— Não, não vou apresentá-las — disse ela, sem dar nada mais a Halio. Ele não precisava saber seus nomes. Na verdade, ele estava ali para espioná-las e coletar informações antes de levá-las aos outros deuses e deusas.

Margrete mordeu a bochecha com força suficiente para sangrar. Ela estava discutindo com a *Morte*, e a imprudência de tudo isso só serviu para adicionar combustível à sua magia.

— Eu estava apenas sendo educado. Já sei os nomes delas — respondeu Halio, piscando. — As almas delas já têm lugares próprios em meu reino quando chegar a hora. — Ele riu enquanto indicava com a mão a paisagem atrás dele, sua risada ecoando nos ouvidos dela. — Eu sou o último deus com quem você deveria se preocupar. Sou indiferente à política mesquinha deste lugar e, francamente, não me importo com você, mas com o *equilíbrio*. Que foi completamente perturbado.

A sinceridade marcou suas palavras tão claramente quanto as batidas do coração de Margrete em seus próprios ouvidos. Ela o estudou por mais um instante, observando a postura relaxada, e a uma única covinha que apareceu em uma das bochechas enquanto ele a avaliava de volta.

Ele não iria machucá-las. Pelo menos não naquele momento.

Halio sorriu como se soubesse que ela havia chegado a tal conclusão, mas então seu sorriso diminuiu.

— Devo avisá-las, entretanto, que este não é um lugar para mortais. Se ficarem aqui por muito tempo, seus corpos vão murchar e se decompor. Elas vão *morrer* — enfatizou ele, com os olhos fixos nas Azantianas. — E não gosto de levar almas ao Submundo antes do tempo.

Margrete cerrou os punhos. Ninguém mais morreria sob sua supervisão. Ela desejou tê-las feito ficar para trás. Era o que *deveria* ter feito. Era o que uma boa pessoa teria insistido.

— Não pretendemos ficar muito tempo — disse Mila, franzindo o nariz empinado. — Na verdade, quanto menos tempo ficarmos aqui, melhor. Eu também não sou fã de chegar ao Submundo antes do tempo. Além disso, até agora este lugar não me impressionou.

Sério? Mila transformou a ameaça da Morte em uma piada. Ela estava perversa de uma forma que Margrete quase conseguia apreciar.

Aparentemente, Halio também respeitava sua ousadia. Ele soltou uma risada estrondosa e falou:

— Eu gosto desta. Ela será uma adição adorável ao meu reino quando *chegar* a hora dela.

— Estou emocionada — comentou Mila secamente, ganhando um sorriso maroto do deus.

Independentemente da indiferença de Mila pela situação difícil dos mortais, medo verdadeiro corria nas veias de Margrete. Ela trocou um olhar breve com Dani, notando os cantos de seus lábios puxados para baixo. Ela não era a única nervosa com o aviso de Halio.

— Ah... — Halio se virou em direção ao palácio. — Chega de falar sobre a morte. Continuemos com as festividades. Entendo que o tempo é essencial, pequenas Azantianas.

— Ele não deixou claro quanto tempo temos... — Mila estalou os dedos, soltando um bufo descontente. — Eu gostaria de esclarecer isso antes de perder minha vida.

Talvez ela estivesse mais preocupada do que deixava transparecer.

— Acredito que ele foi vago de propósito. Tenho a sensação de que os deuses sentem prazer com nossa ansiedade — disse Margrete, indo atrás de Halio. A lógica lhe dizia para não seguir o Deus da Morte até um covil cheio de divindades cruéis, mas a lógica não era uma arma que ela brandia. Isso desapareceu quando Bash dera seu último suspiro.

— Bastardos doentes — murmurou Atlas, mas estava um passo atrás de Margrete. — Fiquemos todas próximas e sigamos a liderança de Margrete. Ninguém vai a lugar nenhum sozinha. E se alguém se sentir... *mal*, vamos dar o fora daqui. Não vou perder nenhuma de vocês.

Mila grunhiu, assentindo, e moveu suas lâminas para que estivessem ao seu alcance. Dani apenas inclinou a cabeça, seus olhos cor de safira brilhando à luz do sol vermelho. Ela estava estranhamente calma. Na verdade, aquela era a situação em que Margrete a vira mais calma.

Halio apontou para a ampla ponte de vidro com vista para o rio vermelho. Ele não parou para colocar todo o seu peso sobre a superfície lisa, embora ela hesitasse, sem confiar que o vidro quase translúcido aguentasse. Com a sorte que tinha, ela quebraria a ponte inteira com um só passo.

Seus dentes cerraram-se e ela prendeu a respiração, o pé pairando sobre a ponte. *Vá em frente*, ralhou consigo mesma. *Se ele perceber sua hesitação, usará isso contra você.*

Suas interações com os deuses apoiavam tais suposições, mas Halio... ele parecia diferente. No entanto, ela não era tola o suficiente para acreditar que ele era um amigo.

Lentamente, ela deu o primeiro passo, suspirando de alívio quando o vidro aguentou. Cada passo seguinte foi mais fácil, embora no meio do caminho ela tenha cometido o erro horrível de olhar para baixo. *Sangue*. Ela não estava errada quanto ao que fluía abaixo. A brisa se intensificou, levando o cheiro pungente de cobre ao seu nariz, fazendo-a engasgar. Ela se perguntou de onde aquilo teria vindo. Quantos corpos tinham sido necessários para encher o rio com tanto sangue.

— Está tudo certo? — Halio perguntou, sem se dar ao trabalho de se virar. Ela jurava que os ombros dele tremiam como se estivesse reprimindo uma risada.

— Tudo bem — retrucou ela.

Só fico enjoada quando ando sobre um rio de sangue, só isso.

Ela certamente preferia as pontes perigosas de Azantian.

— O sangue é a essência de toda a vida — disse Halio afetuosamente por cima do ombro. — Acho muito bonito.

Margrete fez uma careta para as costas do deus. Eles certamente tinham opiniões bem diferentes.

Ela teve que controlar a vontade de suspirar de alívio quando chegaram ao outro lado. *Viu, foi bem facinho*, pensou, o nariz ainda enrugado por causa do odor pungente.

Agora vinha a parte difícil.

— Por aqui — instruiu Halio, apontando para dois portões abertos. Embora compostos da mesma pedra irregular da caverna, era o que havia entre eles que fazia sua ansiedade aumentar.

Bem no centro, uma luz ondulante azul e amarela encobria a vista do palácio. A luz estremeceu quando ela se aproximou, como ondas suaves crescendo antes de suavizar. Ela não conseguia ver nada além das cores vivas se movendo dentro da moldura, e imediatamente pensou no portal que Bash usara em seus aposentos quando ela ainda era sua "inimiga". Parecia ter acontecido havia muito tempo.

Estou chegando, pirata.

A promessa pareceu devolver aos seus passos a confiança que vinha diminuindo desde que chegaram.

— Primeiro você. — Halio inclinou a cabeça, com um sorriso ousado.

— Acho que estou ansioso para ver como tudo isso vai se desenrolar. É uma emoção que não sentia há séculos. Mortais no Submundo! Uma nova deusa! Que divertido.

— Fico feliz em entreter — reclamou Margrete.

Ela não perderia tempo, sabendo que Bash estava preso sabe-se lá em que lugar. Andando furiosamente até o portal, ela estendeu a mão que carregava sua nova e altamente indesejada tatuagem de chama e testou a massa agitada de cores em movimento. O gelo desceu por seus dedos e correu por ambos os braços. O portal ondulou onde ela o havia roçado, mas, fora isso, nada de ameaçador ocorreu.

Margrete respirou fundo e entrou com os olhos abertos. Ela não seria pega de surpresa.

Por um momento, tudo ficou sombrio e cinzento, e uma grande pulsação de energia sacudiu seu corpo. A sensação passou rapidamente quando seus pés pousaram com segurança do outro lado.

Pela segunda vez em pouco tempo, Margrete perdeu o fôlego. O pátio do palácio provavelmente tinha sido construído a partir de sonhos e magia requintada. Ela inclinou a cabeça mais uma vez, vendo que todos os sete níveis brilhavam com um toque de cor, do vermelho-maçã ao azul-marinho, e quando o céu carmesim tocava as pedras, os vários tons do palácio brilhavam como joias.

Era... de tirar o fôlego.

— Não era o que você esperava, hein?

Margrete se encolheu. Halio estava ao seu lado, aquele sorriso irritante estampado em seu rosto astuto. Ela nem o tinha visto se mover. Desviou o olhar, convencendo-se de que era para verificar suas amigas, mas, na verdade, era porque fitar os olhos do deus da morte era como estar caindo sem nunca pousar.

— Este é o lugar para onde vamos quando morremos? — perguntou Dani, com a boca aberta enquanto absorvia todo o esplendor opulento. A mão de Atlas ainda segurava a dela. — É lindo. Um mundo mergulhado em cores.

— Infelizmente, não é para onde os mortais vão — respondeu Halio sombriamente. — Esta é a casa dos deuses. As almas que partiram são mantidas... em outro lugar. — Ele olhou para Margrete enquanto murmurava a palavra final. Ela se perguntou se ele poderia ler sua mente traidora. Se sabia por que ela estava realmente ali.

Mais uma vez, ela pensou no rosto de Bash — não como ele estava naqueles miseráveis momentos finais, mas quando ele tinha o sol nos olhos e a brisa do mar nos cabelos. Ela faria qualquer coisa para garantir que ele ficasse feliz e despreocupado novamente.

— Devo avisá-la antes de entrarmos... — Halio se moveu até ficar a uma distância sussurrante. — Os outros sentiram a onda que ocorreu depois que você completou o terceiro teste. Depois que se *transformou*. Eles estão desesperados para dar uma olhada em você. Fique atenta. E *não incite* seus temperamentos.

— Você quer dizer que eles me sentiram depois que fui forçada a me tornar algo que nem quero ser?

Todos os vestígios do sorriso de Halio desapareceram.

— Como você já possuía a maior parte da magia de Malum, aquele terceiro teste, em uma ilha criada por uma deusa poderosa, catapultou você para a fase final de transformação. Tenho certeza de que Surria foi a primeira a sentir seu renascimento e a ausência do poder residual de seu filho.

— Onde está Malum agora?

Ele estava no Submundo onde o resto das almas eram mantidas? Ou ali, no palácio, com os deuses?

— Malum está no Muito Além, incapaz de pisar nestas terras. Fica no nível mais profundo do Submundo e é quase impossível para uma alma se libertar. Graças aos deuses. — Os lábios de Halio se estreitaram, uma expressão de desgosto se desenhando em seu belo rosto.

O Muito Além. Ela rezou para que Bash não estivesse lá ou estariam ferradas.

— Ele não era seu amigo? — perguntou Margrete, curiosa.

— Meu tom alegre revelou isso? — indagou ele com uma risada zombeteira. — Embora muitas vezes eu seja o equilíbrio entre meus companheiros deuses, isso não significa que gosto deles. Embora, suponho, eles também não sejam meus apoiadores. Afinal, ninguém particularmente *gosta* da morte. Uma pena, porque a morte é apenas a fase final da vida, um lugar onde a alma descansa.

Talvez fosse o absurdo de tudo ou como seu corpo não parecia ser seu, mas, de repente, uma onda de alarme escorreu pelas rachaduras de sua armadura. Ali estava ela, encharcada do sangue seco de seu amado e prestes a entrar na cova dos leões. A suposta casa dos deuses. E mais: suas amigas poderiam morrer a qualquer momento.

Ela cerrou os punhos, resistindo à vontade de olhar para elas.

— Você fica melhor assim, coberta de sangue — murmurou Halio, inspecionando sua aparência. — Quer que eles tenham medo de você, que vejam que não é uma mortal frágil que o destino escolheu misteriosamente. É melhor ser temido entre os sem coração. Eles não conhecem nada além de sangue e raiva, e você, minha querida, está coberta de ambos.

Com essas palavras de despedida, Halio a abandonou na entrada principal.

Ele estava tentando ajudá-la? Ele tinha jogado uma adaga nelas, mas alegou que era para Darius. O que se diz sobre o inimigo do meu inimigo?

Ela teria que mantê-lo por perto.

Prendendo a respiração, Margrete passou por uma entrada em arco de folhas prateadas ornamentadas, com Halio já lá dentro. Poderia ter achado tudo lindo, mas ela não seria facilmente enganada; sabia muito bem que algumas das coisas mais bonitas escondiam a maior parte da podridão.

Uma mão deslizou na dela, quente e pequena. Mila não disse nada, mas caminhou ao lado de Margrete enquanto elas atravessavam as portas e entravam no palácio do Submundo.

— Vou lhe dar um segundo para absorver tudo — disse Halio assim que chegaram ao outro lado e a neblina se dissipou. O orgulho iluminou seu rosto. — É impressionante, não é?

Antes que ela fizesse o que ele sugeria e apreciasse o ambiente, um grito perfurou o ar.

CAPÍTULO TRÊS
MARGRETE

Halio não reagiu como Margrete esperava. Ele *revirou* os olhos.

— Isso são *eles* — anunciou em resposta ao grito ensurdecedor. — Presumo que Brielle esteja no centro disso.

Brielle, a Deusa das Florestas Profundas e da Caça.

Margrete não percebeu que suas mãos estavam erguidas em posição de luta até que teve que baixá-las à força. Desde que adquirira seus poderes, eles eram difíceis de desligar, e gotas de água caíam no chão de mármore, fazendo subir vapor de onde elas pousaram. Parecia que, mesmo no Submundo, o mar insistia em segui-la.

Halio olhou para as mãos dela com um sorriso malicioso, seus olhos cinzentos parecendo sorrir também.

— Eu manteria isso escondido, a menos que prefira uma introdução mais violenta, por mais divertida que seja.

Uma parte dela queria logo afogar todos eles, mas ela desejou que sua magia esfriasse. Foi preciso apenas um pensamento severo, mas a magia ouviu a contragosto, lentamente voltando às profundezas como se estivesse taciturna por ter sido castigada.

Halio começou a seguir a direção do grito quando parou abruptamente, um único dedo erguido como se estivesse pensando.

— Pense neste andar principal como um terreno neutro para todos os imortais. Cada nível acima de nós pertence a um deus ou deusa diferente. Eles têm suas próprias cortes e suas próprias regras, mas aqui não podem quebrar o acordo de paz que assinamos.

O grito não parecia *pacífico*, mas ela assentiu e Halio continuou. Felizmente, ela não precisaria se aventurar em cortes separadas. Ela tiraria Bash dali e voltaria para sua irmã, que provavelmente estava preocupada. Birdie estava sob a tutela atenta de Adrian, e Margrete tinha que acreditar que ele não deixaria que nenhum mal acontecesse a ela.

Claro, pensar em Adrian a fez pensar em Bay.

Ele fizera o impensável... mas salvara a vida dela. Por mais que ela entendesse as ações dele, sua dor era como um incêndio que ela não conseguia apagar. Afastou da mente a imagem de Bay com a mesma facilidade de alguém virando a página de um livro.

Ela lidaria com ele depois de resgatar Bash.

Olhando ao redor do salão, Margrete estudou sua nova prisão, distraindo-se ao observar cada detalhe da luxuosa jaula. Imponentes colunas de marfim erguiam-se do chão de mármore polido como árvores colossais, elevando-se para beijar um teto trabalhado em bronze quente. Ao longe, ela avistou uma grande escadaria e, embora os detalhes estivessem borrados, o metal do corrimão brilhava intensamente.

Nenhum móvel delineava o espaço, mas tapeçarias abundantes os rodeavam, os emaranhados brilhando com os fios mais finos. Margrete semicerrou os olhos para uma tapeçaria em particular. Feita com fibras prateadas e pretas, representava Charion em seu corcel, um punho erguido triunfantemente no ar, um exército sem rosto às suas costas. O Deus da Guerra em seus dias de glória. Um deus cruel e assassino que ela estava prestes a conhecer.

Halio pigarreou incisivamente vendo que ela ficara para trás, o restante da tripulação igualmente atordoada pelas grandes imagens dos imortais que só conheciam através de lendas. Mila se distraíra em Brielle, fitando a deusa musculosa com olhos arregalados repletos de admiração.

Mantenha a calma, Margrete repetiu para si mesma, seu nervosismo aumentando à medida que se aproximava do encontro com os deuses. Se ela sobrevivesse a esse encontro e saísse o mais rápido possível, poderia explorar o resto do lugar peculiar e resgatar Bash.

Por mais que quisesse arrancar uma garganta, agir com calma era a atitude mais sábia. Não sabia se conseguiria vencer uma luta contra sete imortais. Era um risco que ela não podia correr.

Halio apontou para um conjunto de portas duplas no salão principal e, com um barulho dramático, elas se abriram.

Atlas se aproximou dela e apertou seu ombro.

— Não demonstre medo. Eles não merecem nada de você, princesa — sussurrou ela antes de retirar a mão.

Margrete sorriu ao ouvir o apelido, sabendo que Atlas o usava como um lembrete de por quem elas lutavam. Ela estava egoisticamente grata por não ter chegado ali sozinha. Margrete precisava da voz firme de Atlas.

— Não demonstre medo — repetiu, sustentando o olhar da amiga. Atlas baixou o queixo e assumiu a máscara de soldado. Um papel que ela nascera para desempenhar.

Margrete respirou fundo e espiou dentro de uma sala do trono obscenamente luxuosa. Como todas as coisas ali naquele palácio, a câmara fora construída com cada pedra e metal encontrados em todo o mundo. Havia detalhes em ouro, prata, cobre, mármore e delicados pontos em porcelana. Cadeiras de veludo emolduravam os cantos do espaço, e belos estranhos ocupavam seus assentos. No centro, onde deveria residir um trono, havia um único suporte segurando um livro.

A luz entrava através de um vitral arredondado no alto, derramando um arco-íris de cores sobre a capa fechada do texto antigo. Desgastada e rasgada pelo tempo, a capa verde-floresta tinha um cadeado dourado preso em seu invólucro.

O coração de Margrete palpitou quando uma música começou a tocar em sua mente; um sussurro cuja melodia ela não conseguia entender. Quanto mais ela olhava para o livro, mais sua magia vibrava, subindo à superfície como se quisesse se envolver nas páginas. De longe, ela não conseguia distinguir detalhes, mas ele a chamava, sussurros ininteligíveis sibilando em sua mente.

— Bem-vindas — Halio gritou, desviando o foco de Margrete do livro misterioso. O deus passou a mão pelos cachos, os dedos longos roçando a coroa repousada em volta da testa. — Tenho certeza de que não precisam de apresentações, mas mesmo assim vou lhes dar uma.

Margrete enrijeceu, mordendo a bochecha com força suficiente para sentir o gosto de sangue. Tão friamente quanto pôde, ela observou os detalhes dos ocupantes que enchiam a câmara, os seres deslumbrantes sentados em suas belas cadeiras. Ela tinha ficado muito fascinada pelo livro, mas, depois de vê-los, não conseguia desviar o olhar, mesmo que tentasse.

— Deixe-me apresentar Margrete Wood, ex-Prias. — Os seis deuses e deusas ergueram os olhos como pedras preciosas em sua direção, examinando cada centímetro dela. Os que estavam reunidos pareciam imperturbáveis, como se não tivesse havido um grito ensurdecedor que sacudira as paredes do palácio. A única coisa discernível fora do lugar era a cadeira tombada no canto direito da sala, com as pernas quebradas e a almofada de veludo rasgada.

Era evidente que houvera uma discussão e Margrete teve a terrível suspeita de que o assunto tinha sido ela.

Uma loira coberta de peles exuberantes enrugou o nariz arrebitado, a faixa de couro amarrada na testa movendo-se enquanto ela franzia a testa em aparente desdém.

Outra mulher, esta baixa e dotada de curvas voluptuosas, ergueu a cabeça de cabelos cor de corvo, a íris do tom mais profundo de violeta. A respiração de Margrete ficou presa, a beleza delicada da estranha era tão avassaladora que seus joelhos tremeram. A deusa inclinou o rosto para o lado e cheirou o ar, um sorriso sensual levantando seus lábios.

Margrete estremeceu quando alguém pigarreou, exigindo toda a atenção.

Um homem deu um passo à frente, o cabelo prateado brilhante caindo sobre os ombros, a pele bronzeada de um dourado-escuro. Ele era lindo, como todos eles, mas, embora parecesse jovem, havia uma espécie de sabedoria antiga que pesava em suas feições suaves e nublava os olhos amarelos e felinos.

— Finalmente — disse ele, cruzando as mãos atrás das costas. A excitação dançou em seu olhar profundo, um sorriso de entendimento enfeitando os lábios finos. — Por fim conhecemos a infame mortal que virou deusa. Uma raridade que estou emocionado em ver de perto.

Não havia desprezo em sua voz, o que a surpreendeu, dado que a maioria dos outros estava enviando adagas em sua direção. Ela sentiu apenas curiosidade e uma pitada de admiração vazando dele em ondas. Por um momento, ela sentiu o cheiro de árvores perenes e o frio do inverno passar por seus antebraços expostos.

— Eu sou Themis, Deus do Conhecimento e da Justiça. — Ele fez uma reverência, seu longo casaco amarelo espalhando poeira no chão. — E esta é Brielle, Deusa das Florestas Profundas e da Caça. — Ele apontou para a mulher vestida de peles. — E Calista, nossa linda Deusa do Amor. — Ela deu um aceno rígido, seu cabelo preto caindo sobre os olhos cor de violeta. — E vejo que você já conheceu Halio, o estimado governante deste reino.

— Esqueceu-se de mim?

A pergunta veio de um homem gigante no canto mais distante, quase banhado pelas sombras. Sua estrutura musculosa estava adornada com a mais pura armadura dourada, o cabelo ruivo brilhante cortado nos ombros. As feições duras e o queixo pontudo faziam com que ele parecesse a violência personificada. Margrete soube imediatamente quem estava sentado diante dela.

— Charion — soltou ela com um som arranhado.

O homem inclinou a cabeça zombeteiramente, seu olhar brilhando com diversão depravada. O Deus da Guerra. O homem que um dia amou Malum o suficiente para quebrar o vínculo entre irmãos.

E o deus que mais desejaria matá-la.

— Eu ouvi muitas coisas "interessantes" sobre você. E seu pequeno bando de mortais. — Seu olhar pousou atrás dela, para suas amigas que montavam guarda. — Como são pitorescas. Espero que não morram sob o peso do Submundo. Seria uma pena. — Charion levantou-se de seu assento, caminhando até o grupo que a flanqueava, todas com as posturas ficando rígidas.

— Ah, não pretendo fazer nenhum mal — disse Charion, notando a mão de Atlas avançando em direção à sua lâmina. — Só queria ver melhor a mulher que causou tanto alvoroço. — Ele ergueu a mão como se planejasse tocar o rosto de Margrete, mas, quando ela o encarou, com os dedos brilhando com faíscas azuis e brancas, ele sabiamente deixou cair o braço. — Humm — meditou, o deleite em seus olhos se transformando em algo perverso. — Tanto poder para uma jovem. Eu posso sentir o gosto. Tão doce. Tão fresco. — Ele lambeu os lábios. — É uma pena que você o roubou.

— Eu não roubei nada — defendeu-se ela, tentando, mas não conseguindo, morder a língua.

Charion fez uma careta.

— Você roubou mais do que...

— Malum estava fraco e todos nós sabíamos disso — interrompeu a deusa Calista, suspirando dramaticamente. — Supere sua paixão, Charion. Já se passaram séculos.

O Deus da Guerra não se dignou a encarar a deusa. Não, ele reservou seu olhar irado apenas para Margrete.

— Eu me pergunto quão poderosa ela realmente é — murmurou ele, dando-lhe as costas enquanto voltava para sua cadeira. — Aposto que é porque o próprio Darius a criou tanto com sua alma quanto com o mar que ele cobiça. — Ele riu, o som frágil. — Seria uma combinação mortal. Ela seria mais potente do que um deus que acabou de nascer costuma ser e muito mais difícil de matar.

Como se Margrete precisasse de um lembrete de que tinha um alvo nas costas. Ela teria que estar em guarda...

O deus da guerra se virou, enviando uma torrente de chamas pelo espaço. As chamas inundaram as mãos dele, a torrente direcionada diretamente para o coração de Margrete.

Assim como fez com a adaga de Halio, Margrete não pensou, apenas agiu.

Erguendo a palma da mão, com o pulso acelerado de adrenalina, ela lançou um escudo de luz azul e branca oscilante. Um grito estrangulado saiu de seus lábios quando a magia do deus atingiu sua barreira com um estrondo agonizante, e seus braços tremeram enquanto ela lutava para se manter no lugar.

A magia de Charion não era como nenhuma outra que ela já havia experimentado, e a mão que emitia o escudo invisível começou a queimar e formar bolhas. A dor escorreu por seu braço e peito, parecendo envolver seu coração e dar um aperto doloroso. A raiva que borbulhava logo abaixo da superfície inclinou-se, inflamando-se em resposta à agressão de Charion.

Darius nunca usara tanta força bruta nela, nem mesmo na arena.

Charion estava em busca de sangue.

— Ela parece bastante hábil. Eu diria que foi surpreendente, mas minhas suposições anteriores parecem corretas — observou Charion, dificilmente afetado pelo uso de uma magia tão violenta.

Hábil? Deuses, ela mal tinha aguentado. O suor cobria sua testa e seus músculos doíam por segurar o escudo mágico. No entanto, quanto mais ela colidia com o poder dele, mais fácil era para sua raiva borbulhar e tomar conta dela. O ar ficou saturado com o cheiro de fumaça, aço e vitória, e ela quase se perdeu na atração do deus quando o rosto de Bash pairou diante dela, sua imagem a sacudindo das garras malévolas de Charion.

Ela reprimiu um grito enquanto sua pele queimava e o escudo enfraquecia. Ela amaldiçoou, cerrando os dentes e lançando desajeitadamente uma explosão de sua própria magia pela sala do trono em direção a Charion. O Deus da Guerra ergueu a mão no último segundo, fazendo aparecer um escudo.

Ele fez uma careta, lutando contra suas tentativas. Ela sabia que sua força estava desaparecendo e que ele iria rompê-la em segundos.

— Dê tudo o que você tem, jovem — Charion zombou, todos os vestígios de diversão desaparecendo. — Mal posso esperar para o meu fogo devorar...

— Já chega!

Todas as cabeças na sala se voltaram para a nova voz. Uma rajada de vento soprou entre Margrete e a magia do deus da guerra, espalhando-a em nada além de faíscas residuais.

Ela olhou para a origem da voz.

Uma deusa, toda vestida de branco, entrou na sala com a graça do maior dos predadores. O cabelo loiro brilhante estava trançado artisticamente nas costas, e seus olhos azul-marinho lembravam um certo deus que Margrete conhecia muito bem. Seu coração trovejou quando seu escudo caiu, e Charion também deixou cair o seu.

— Surria. — Halio baixou a cabeça. — Posso apresentar...

— Eu sei quem é — cortou Surria alegremente, sua voz semelhante aos ventos que ela comandava, leve e sussurrantemente suave. — Você é a mulher que roubou dos meus *dois* filhos. Magia... e um coração. Alguns podem chamá-la de gananciosa.

Como se Margrete quisesse alguma coisa dos filhos dela.

— Como eu disse antes, não roubei nada — falou ela, com o calor frio queimando seu interior. — Não pedi o poder de Malum e certamente não queria o coração de Darius.

Ela queria a cabeça dele.

Os lábios de Surria se contraíram e sua pele ficou pálida. Margrete sentiu a raiva que reprimia, sentiu o gosto dela na língua. A deusa queria que ela fosse embora. Queria matá-la com as próprias mãos, que estavam cerradas ao lado do corpo, os nós dos dedos brancos.

— De qualquer forma — continuou Surria —, você causou uma grande impressão em todos nós.

Margrete suspeitava de que isso não era bom.

— Darius deveria estar aqui — disse Charion —, não essa impostora, e não suas amigas moribundas que já estão infectadas pela morte!

Amigas moribundas. Ela se concentrou em suas acompanhantes, sem notar nada fora do comum além de olhos arregalados e cheios de alarme.

Talvez ele esteja mentindo, tentando nos tirar do sério. Mas mesmo quando insistia que elas estavam bem, o instinto lhe dizia o contrário. Elas não pertenciam àquele lugar. Cedo ou tarde, o palácio as devoraria.

— Não sei por que você está sendo tão civilizada — Charion dirigiu-se a Surria. — Devíamos simplesmente matá-la agora e acabar com isso!

— Você só quer Darius aqui para poder matá-lo você mesmo — respondeu Surria.

— Ele *mereceria* — retrucou Charion, abaixando-se em seu assento e pegando um copo de uma mesa lateral próxima. Ele tomou todo o conteúdo.

— Podemos fazer uma reunião sem brigar, nem que seja uma única vez?

Brielle, de quem Margrete havia se esquecido, cruzou os braços e olhou feio para todos os presentes. Atlas, Dani e Mila sabiamente ficaram caladas. Elas eram praticamente estátuas pela rigidez com que se mantinham. O que mais a surpreendeu foi o silêncio de Mila. Talvez *realmente* estivessem experimentando os efeitos do Submundo. Seu pulso disparou quando uma pontada de ansiedade a percorreu.

— Minhas desculpas, Brielle — pediu Charion com um suspiro, fazendo-lhe uma reverência zombeteira. Brielle revirou os olhos, jogando sua longa trança cor de mel por cima do ombro. — Para começar, nunca gostei dessas reuniões. — Ele se moveu em direção à saída. — Vou deixar você entreter nossas queridas *convidadas*.

Ele abriu as portas duplas e as bateu ao sair.

Sua raiva sacudiu as paredes.

— Você deve estar cansada da viagem — disse Surria, ignorando a explosão de Charion. Ela inclinou a cabeça, observando com desprezo as roupas esfarrapadas de Margrete, farejando o ar para garantir. — Talvez um banho antes do jantar?

Todo o corpo de Margrete estava uma bagunça, seus membros tremendo por causa do confronto com Charion. Mas não podia permitir que Surria percebesse; usaria isso contra ela.

— Eu não dou a mínima para banho — retrucou, ganhando um suspiro atordoado de Mila, cuja mão encontrou seu ombro, aparentemente para segurá-la. Margrete a sacudiu. — Eu quero meu rei e quero me livrar deste lugar de uma vez por todas. Podem ficar com essa magia corrupta. Eu não tenho nenhuma utilidade para ela.

Silêncio. Todos olharam para ela em um silêncio atordoado.

— Você não quer? — Brielle perguntou, franzindo a testa. — Mas por quê?

Margrete suspirou.

— Eu só quero o que foi tirado de mim. Este poder não é uma dádiva, e eu me livraria dele agora mesmo, se tal coisa fosse possível.

— Ela não está mentindo — observou Themis, avaliando-a silenciosamente do canto mais afastado, com o polegar e o indicador no queixo. Ele franziu a testa, aparentemente confuso com o que via.

— Receio que seu pedido para resgatar seu rei seja inviável — disse Halio, seu tom gentil afastando-a do Deus da Justiça. — Uma vez que uma alma morre, ela não pode ser devolvida ao mundo humano.

Ela ainda tinha o sangue de Bash em sua camisa, o material rígido, o cobre inebriante no ar. Foi um lembrete de seu verdadeiro propósito ali. Ela não se importava se teria que lutar contra cada um daqueles bastardos para chegar ao seu rei, e ela não se permitiu pensar em outra coisa senão sucesso. Se falhasse com ele... bem, ela não tinha certeza do caos que sua raiva era capaz de causar. Sua ira a assustava.

Suas unhas cravaram-se nas palmas das mãos.

— Eu não vou parar até...

— Vou providenciar uma acomodação para ela — avisou Halio antes que Margrete terminasse sua ameaça. Nuvens densas e cinzentas saíam de suas vestes, e ele lançou um olhar mordaz que deveria tê-la deixado de joelhos.

Apesar da alegação de que era inviável, Margrete estava acostumada a lutar contra as adversidades.

Halio se despediu dos imortais, embora eles não tenham reagido. Simplesmente voltaram para a discussão acalorada que os envolvera antes de ela chegar. Ele conduziu o grupo para além das portas, fechando a porta atrás deles com uma rajada de vento.

— Bem, eles são encantadores. — Mila bufou, sua voz longe de ser forte.

— Se vocês soubessem... — respondeu Halio, levando-as para além da sala do trono e para um hall de entrada magnificamente dourado, com uma escada de mármore no final. Ela subia direto antes de se bifurcar em duas direções. — Mas eu teria cuidado. Não confie em nada nem ninguém. — Halio encontrou o olhar de Margrete, suas sobrancelhas grossas e escuras franzidas. — Nem mesmo eu.

Anotado. Embora ela não tivesse certeza se já estava correndo o risco de confiar nele, para começar.

— Você primeiro. — Ele acenou para a escada com expectativa. Todas as Azantianas a cercaram protetoramente enquanto ela olhava para cima.

Vá em frente, ela argumentou consigo mesma. Mas era mais fácil falar do que fazer. Ela não tinha ideia de que novo horror estava à espreita, e uma vez que entrara completamente no Submundo, temia ficar presa em seu domínio.

Halio pigarreou. Ela estava hesitando por muito tempo. Não podia permitir que ele visse o quão assustadoramente perto do limite ela estava.

Margrete cerrou os punhos e começou a subir quando ouviu.

Um nome.

Ela ficou imóvel como a morte, virando-se na direção de onde viera a voz. Um corredor escuro se originava do corredor principal, embora sombras se fixassem nos cantos. Uma sensação desconfortável tomou conta de suas entranhas à medida que ela olhava em sua direção, a mesma sensação que experimentara quando vislumbrou aquele livro misterioso na sala do trono. As sombras em movimento enrolavam-se e dançavam ao longo das bordas do salão, e ela poderia jurar que vira a figura de um homem aparecendo e desaparecendo de vista.

Margrete.

O nome dela. Foi o nome dela que soou. E a voz que o sussurrou? Ela a reconheceria em qualquer lugar. Um canto de seus lábios se curvou, uma esperança imprudente se enraizando em seu peito.

Halio, que permanecera uma presença silenciosa ao seu lado, se fez visível, seus olhos antes sorridentes estreitando-se.

— Está tudo certo? — perguntou ele, parecendo ficar mais alto. Ela olhou para ele como se fosse a primeira vez.

— Sim, estou bem — respondeu ela, um soluço ameaçando quebrar sua compostura. — Vamos continuar. — Margrete voltou a andar, mas a cada passo sentia o olhar penetrante do deus queimando-lhe a nuca.

A verdade é que se aquela *fosse* a alma de Bash falando com ela de alguma forma de além da morte, então sim, estava tudo bem.

Agora ela só precisava encontrá-lo.

CAPÍTULO QUATRO

BASH

Havia apenas paz e um vazio feliz que balançavam Bash de um lado para o outro. Seus pensamentos eram de alegria, de lembranças criadas em ondas selvagens e areias douradas. Lembranças de uma sereia de cabelos castanhos que roubou seu coração. Dias em que eles só falavam de assuntos mundanos. As pequenas coisas que lhes davam conforto, como doces gloriosos, o rico som do trovão ou livros que eles não conseguiam tirar da cabeça.

Bash não conseguia se lembrar de mais nada além daqueles momentos congelados.

Naquele lugar onde morava a felicidade, Bash deixou de lado a raiva, a escuridão, o medo.

Ele simplesmente *era*.

Mas então o grande vazio ondulou e as cenas alegres que passavam por sua mente estremeceram e se transformaram em pó, sendo dispersadas pelo barulho das botas e levadas pela batida constante de um coração que ele conhecia melhor que seu próprio. As batidas familiares quebraram a névoa do nada sereno.

Bash não conseguia sentir seus membros, não conseguia sentir a si *mesmo*... mas ele *a* sentia.

Uma nova visão surgiu, emoldurada pelas sombras mais profundas da noite. Ele se moveu por um palácio opulento em um corpo que não era o dele. Ao redor, ele absorveu esplendor e luxo e, a cada piscar de olhos, aquele batimento cardíaco devoto que o chamava ficava mais intenso. Seu corpo fantasma estremeceu e parou, e ele vislumbrou uma escadaria de mármore marfim.

E então viu o amor de sua vida. A mulher que fazia seu sangue ferver e seu coração disparar. Cada vez que ele a via, era como se fosse a primeira vez.

Ele estava tão longe.

Margrete estava diante da escada, a mão delicada deslizando pela superfície lisa do corrimão, o queixo gracioso erguido em desafio. Bash sentiu ondas de indignação, seu corpo ondulando com uma aura vermelha desconhecida que oscilava dentro e fora de vista. Sua princesa não era de ficar com raiva, não daquele jeito, não a ponto de ele praticamente poder *sentir o gosto*.

Ela era a otimista, aquela a quem ele recorreria quando estivesse em um dia ruim, e ela o forçava a acalmar o temperamento enquanto o abraçava. Era ela quem passava os dedos pelos cabelos emaranhados dele e fazia doces promessas de que o amanhã seria melhor. Que eles teriam algum tipo de problema divertido mais tarde e substituiriam as lembranças ruins por boas.

Aquela não era a mesma mulher de que ele se lembrava.

Bash gritou para chamá-la. Uma. Duas vezes.

Suas narinas dilataram-se como acontecia quando ela estava tensa, em alerta. Lentamente, ela se virou, a névoa vermelha ao redor de seu corpo recuando. As batidas tornaram-se um rugido, e com uma consciência doentia, Bash percebeu que não era o coração *dela* ecoando em seus ouvidos. Era o dele.

Por que a sensação era tão estranha? Era como se ele lutasse e se esforçasse para fazer algo tão simples como bater. E por que não conseguia se lembrar de muita coisa? A última coisa de que se lembrava era de uma noite em Azantian, cercado por amigos e familiares próximos, com a pequena Birdie no colo de Margrete enquanto ela lhe contava um conto de fadas de sua própria juventude.

— Margrete! — Bash gritou o nome dela. Seu coração bateu novamente, um pouco mais forte. Ele tentou dar um passo, mas descobriu que não conseguia; ele não conseguia mover as pernas.

Tantas perguntas, tanta confusão. Tornou-se avassalador, sufocante. Aquela paz entorpecente que o envolvera num piscar de olhos tinha desaparecido, e Bash agarrou-se firmemente à visão de Margrete, quase como se sua vida dependesse de ela olhar em seus olhos e chamar seu nome.

Mas ela apenas franziu a testa e se virou, dando os passos com força deliberada. Algo em seu andar era diferente, mais confiante. Ainda assim, ela se afastou, indo para longe dele.

As batidas em seu peito pararam. *Tudo* parou.

E então Bash caiu, caiu, caiu, caiu de volta na piscina turva de doces lembranças e escuridão reconfortante.

Ele voltou para a visão de areias douradas e um sorriso destinado apenas para ele, dedos passando pelos cabelos e uma voz sussurrando que o amanhã seria melhor.

CAPÍTULO CINCO

MARGRETE

Bash. Ela tinha visto Bash. Ou, mais especificamente, ela o *ouvira*.

O coração de Margrete inchou perigosamente. Onde quer que a alma dele estivesse guardada, tinha se libertado... por ela. Estava absolutamente certa disso. Chame de tolice, mas ela se agarrou a esse pedaço solitário de esperança como as estrelas que se agarravam ao céu.

Deuses, ela queria voltar para aquele corredor, disparar e não parar de correr até ouvir sua voz profunda e rouca novamente. A tentação a chamou, incitando-a a se aventurar além das sombras e entrar na obscuridade que a escuridão havia coberto. Mas ela não podia. Margrete tinha que ser esperta, observar cada movimento, e quando o restante dos deuses seguisse o próprio rumo, ela retornaria.

E então encontraria um caminho para o reino dos mortos.

— Você parece desconfortável — comentou Halio ao lado dela, fazendo-a estremecer. Ele a acompanhara até o patamar do terceiro andar, onde uma única entrada ladeada por ondas se erguia diante deles. O metal ondulou, a água escorregadia brilhando à luz das arandelas. Tudo naquele lugar parecia vivo. Inesperado, dada a localização.

— Estou bem — mentiu Margrete. Quem olhasse para o rosto dela saberia que estava longe de estar bem. Atlas bufou atrás deles. Margrete lançou-lhe um olhar de advertência.

Halio estava pensando em sua explosão? Ela presumiu que ele falaria com ela assim que saíssem da sala do trono, trazendo à tona seu pedido pela alma de Bash, mas o deus permanecera suspeitamente quieto. Talvez estivesse apenas acostumado a ser obedecido sem questionar.

Ou ele a estava observando tão de perto quanto ela o observava.

— Este portal leva à sua corte — anunciou Halio, ignorando a mentira descarada de Margrete. — Melhor dizendo, leva à corte do Deus do Mar. Os outros têm portais semelhantes, mas você deve ser convidada antes de poder passar.

— Então, Charion ou Surria não conseguiriam passar por este portal? — ela perguntou, esperançosa.

— Não — confirmou Halio, e ela deu um suspiro de alívio. — E, se eu fosse você, não permitiria que entrassem. É melhor mantê-los o mais longe possível da corte. Especialmente Surria. Ela não está muito satisfeita com sua presença, apesar de como ela domou Charion.

Margrete estremeceu. Ela compreendera que Surria era astuta e cruel, ainda mais se levasse em conta a história de Darius. Independentemente do quanto ela desprezasse Darius, a mãe o forçara a assassinar sua amada e mantivera seus filhos encarcerados durante anos. Ela não deveria ser subestimada.

Uma *pequena* parte dela poderia até se sentir mal por Darius.

Alguns são vilões de nascença, mas a maioria *se torna* vilão. Margrete foi criada por um monstro, mas triunfou sobre a crueldade. Darius não teve tanta sorte, mas, novamente, ele tinha milhares de anos a mais que ela.

Ela teria ficado como ele se tivessem trocado de lugar? Ou teria...

— Vou deixar você aqui — Halio interrompeu o conflito interno. — Haverá um guia esperando por você do outro lado. Existem algumas almas que o Submundo abraça para si, cada uma distribuída para uma corte que melhor atenda às suas necessidades. Mas tenha em mente que não se pode escolher quem será selecionado para servir. — Ele lançou um olhar aguçado. Ela *estava* pensando em outra opção para Bash caso falhassem, e ele simplesmente a eliminara. — Posso governar o reino dos mortos, mas não governo a morte em si.

Então ele não tinha esquecido.

Halio curvou-se antes de estender a mão para segurar a dela. Ela sentiu os dedos congelantes a envolverem.

— E lembre-se: não faça acordos com nenhum dos imortais. No final, você acabará pagando mais do que esperava.

Com esse aviso final, ele se dirigiu às escadas, sem olhar para trás. Margrete esperou até que ele estivesse fora do alcance da audição para se dirigir às suas aliadas.

— Vocês ouviram alguma coisa lá embaixo? Na base da escada? Uma voz? — As palavras saíram antes que ela pudesse detê-las. Deuses, ela parecia tão desesperada quanto se sentia. Onde estava a raiva entorpecente de antes? Ansiava por ela naquele momento. Tudo parecia real demais, e a chance de fracasso pairava sobre sua cabeça como uma nuvem de tempestade.

Mila e Dani balançaram a cabeça.

— Não — respondeu Atlas, confusa.

— Você ouviu? — pressionou Mila, arqueando uma sobrancelha ruiva.

— Não importa. Não agora.

Margrete seria sensata se ficasse quieta até que encontrassem alguma privacidade. Quando Mila foi protestar, ela ergueu um dedo, olhando incisivamente ao redor do palácio. Como saber se não havia inimigos à espreita?

— Entendo — sussurrou Mila, longe de estar satisfeita.

Margrete ficou de frente para o portal que levava à *sua* corte e, com um aceno de mão, gesticulou para que as amigas a seguissem.

Como acontecera antes, sua pele zumbiu quando ela o atravessou, o gelo esfriando sua pele. No entanto, tão rapidamente quanto se acalmou, tudo voltou à vida do outro lado, e aquela primeira lufada de ar foi uma força que sacudiu seus pulmões.

Ofegante, Margrete observou o corredor em que haviam sido deixadas. Ele se estendia indefinidamente, sombras dançantes azul-marinho girando ao longe, bloqueando a visão de tudo o que estava além da vista. Margrete achou que entraria numa grande corte, mas preferia daquele jeito.

Parada ao lado, com a cabeça baixa, estava uma pequena mulher vestida de seda azul, com o cabelo loiro trançado cuidadosamente nas costas.

Provavelmente era a guia de quem Halio falara. Aquela que a Morte escolhera para agraciar sua corte.

— Deusa... — a estranha murmurou antes de fazer uma reverência graciosa — Meu nome é Dawn. Mostrarei seus aposentos e ajudarei você com suas necessidades diárias.

A mulher diante dela não poderia ter mais de vinte anos. Os lábios se esticaram em um sorriso caloroso, mas a pele... era dois tons pálida demais, quase tingida de um azul doentio.

Dawn estava morta. Levada pela morte para servi-la. Margrete só não esperava que ela parecesse tão *real*.

Mila respirou fundo entre os dentes ao ver aqueles olhos azuis leitosos, as íris quase invisíveis.

— Deuses. Halio não estava mentindo. Você está realmente morta. — A ruiva foi direto ao ponto.

Margrete fez uma careta, mas Mila respondeu revirando os olhos e encolhendo os ombros para garantir o efeito. Atlas ficou boquiaberta, mas deu uma cotovelada em Mila, efetivamente calando-a.

Dawn riu, claramente não ofendida.

— Eu não estou viva, você está certa — disse ela. — Fui escolhida para servir a esta corte e estou muito honrada por estar a seu serviço. Minha vida mortal foi dedicada ao mar, e a Morte Onisciente ditou que eu a servisse na vida após a morte. Se estiver pronta, mostrarei o caminho para os aposentos reais.

— Então você não teve escolha? — perguntou Dani, suas pernas curtas trabalhando para acompanhar o ritmo. A animosidade saturou sua voz delicada.

Dawn balançou a cabeça.

— Nenhum de nós tem escolha. Mas acredita-se que somente as almas que encontraram a paz na vida podem servir na morte. Vivi e morri no mar, e não passava um dia sem que eu não rezasse aos deuses. Agora, se puderem me seguir...

Dani ficou para trás, mordendo o lábio inferior. Margrete percebeu que a resposta ainda a incomodava, e a marinheira manteve os olhos nas costas de Dawn enquanto ela aparecia e desaparecia, seu corpo não muito sólido.

Dawn não teve permissão para uma morte verdadeira e, embora pudesse alegar que aquilo não a incomodava, a escolha não tinha sido dela.

A tensão fez com que os movimentos de Margrete ficassem rígidos ao seguir a nova guia pelo corredor. Ela se perguntou quantos outros cortesãos e servos mortos enchiam as cortes, os escolhidos para servir. Como eles tinham conseguido tal façanha, viver ali no palácio, enquanto os outros eram relegados ao Muito Além? Eis uma pergunta que ela teria que fazer a Halio.

Margrete deu uma olhada em Mila, analisando mais uma vez sua palidez. Os movimentos da mulher não estavam mais tão enérgicos como de costume. Será que o Submundo já havia cravado as garras nela?

Se não encontrassem Bash nos próximos dias, Margrete exigiria que fossem embora. Mesmo que tivesse que forçá-las a ir.

Dawn as conduziu pelo corredor de deslumbrantes arandelas de estanho de cobalto posicionadas a cada três metros, todas sibilando chamas brancas e graciosas. Quando se aproximaram de uma porta em arco feita de vidro marinho, Dawn diminuiu a velocidade e parou, tocando a maçaneta. Margrete notou como sua pele pálida brilhava com o contato, todo o seu corpo ondulando.

Dawn podia tocar e mover objetos sólidos. Interessante.

Margrete entrou nos aposentos, absorvendo todos os mínimos detalhes de um quarto que obviamente era destinado a ela. Uma cama king-size com lençóis brancos de seda repousava bem no centro do espaço. Ao redor do leito havia um riacho de não mais de um metro de largura, com uma pequena passarela conectando cada lado. O riacho sinuoso conduzia à varanda e de lá fluía pela borda do palácio em um sussurro suave.

O sal permeava o ar e uma suave brisa marítima fazia cócegas em suas bochechas. Fechando os olhos, só por um momento, ela se sentiu como se estivesse a bordo de um navio. De volta ao *Phaedra*. Suas pálpebras se abriram com um sobressalto.

— Incrível, não é? — Dawn perguntou com um suspiro de admiração. Ela apontou para uma jarra de água e os quatro copos colocados ordenadamente sobre uma mesa de madeira entalhada ao lado de uma janela aberta, o céu além da escuridão. — Bebam, descansem e conversem entre si. Há roupas limpas no armário e uma sala de banho no quarto ao lado.

— Obrigada — Margrete conseguiu dizer, com a garganta apertada. Não fora assim que planejara derrubar o Submundo. Em sua negligência, planejara explodir todo o reino em pedaços, com deuses e tudo. Mas, uma vez ali, tanto a lógica quanto a covardia a alcançaram.

Era muito grande. Havia muitos inimigos. Muitos oponentes para lutar em um lugar do qual nada sabia. Suas amigas poderiam morrer a qualquer momento e a morte delas recairia sobre seus ombros. Margrete gostava de se considerar corajosa, e talvez às vezes fosse. Mas naquela situação? Ela estava congelada de ansiedade.

— Em breve trarei o jantar, deusa. — Dawn baixou a cabeça e saiu pelo portal. A porta se fechou atrás dela.

— Mais alguém se sente como se estivesse em um barco? — perguntou Mila, sem hesitar em pegar um copo e se servir de uma bebida. — Eu gostaria que isso fosse uísque — comentou secamente antes de beber água com uma careta.

— É peculiar — admitiu Dani de seu lugar ao lado de Atlas. Margrete notou as mãos entrelaçadas. — Mas sinto que algo neste quarto não está certo. Não sei como explicar. Tipo... como se pertencesse a outra pessoa. É frio e insensível, se isso faz sentido.

Atlas lançou um olhar preocupado, mas Dani largou a mão dela e entrou mais fundo no cômodo, pensativa e com os lábios franzidos. Todas a observavam quando Dani se virou abruptamente, seu olhar se arregalando. Margrete poderia jurar que seus olhos brilharam em tons prateados, mas, quando ela piscou, suas íris voltaram a ser de um azul deslumbrante.

— O que foi? — perguntou Atlas, cada músculo de seu corpo tenso. Ela agarrou sua adaga com força suficiente para que os nós dos dedos ficassem brancos.

Dani balançou a cabeça, os cachos acompanhando o movimento.

— Isso... tem algo aqui que não se encaixa. É sombrio, mas não parece intrinsecamente mau. — Ela levou a mão à têmpora e esfregou, exasperada. — Parece ridículo, eu sei. *Eu* pareço ridícula. Inferno, não sei o que há de errado comigo ultimamente.

— Você já se sentiu assim antes, Dani. Quando estávamos na ilha, você sentiu a presença dos mortos-vivos ao mesmo tempo que eu, se não antes — sussurrou Margrete.

Intuições como a de Dani não podiam ser ignoradas. Se algum dia voltassem para Azantian, ela pediria a opinião de Nerissa. Se Dani possuísse dons semelhantes aos dela, a vidente poderia ajudar. Era um dom que poderia aumentar quando se estava cercada por magia.

Ninguém sabia como nasciam videntes e mortais com tais capacidades, mas uma vez Margrete lera um mito que afirmava que almas como a de Dani e Nerissa roubaram um pedaço de magia antes de nascerem no reino humano. Ela se perguntou se tal coisa era verdade.

Dani corou, desviando o olhar timidamente.

— Não fiz nada para nos ajudar. Apenas tenho esses sentimentos estranhos às vezes. Minha mãe costumava dizer que eu era como minha avó, mas ela morreu antes que eu entendesse o que ela queria dizer.

Talvez ela *fosse* uma vidente. Eram pessoas raras, mas não inexistentes.

Quer Dani tenha ou não roubado magia antes de seu nascimento, ou tal dádiva tenha sido transmitida por sua linhagem familiar, sua habilidade poderia ser vital.

— Precisamos de um plano — interrompeu Atlas em tom totalmente profissional. — Certamente não queremos demorar. Para começar, nem deveríamos estar aqui, e não tenho certeza de como nosso corpo mortal reagirá. Não que eu me sinta mal, mas isso não significa que os efeitos nocivos não aparecerão em breve. — Ela mordeu a bochecha. — Além disso, aqueles malditos deuses estavam olhando para você como se fosse a próxima refeição deles.

Mila bufou e inspecionou a própria mão.

— Eu me sinto e pareço bem, então aposto que temos *algum* tempo antes de nos tornarmos espectros. — Ela dificilmente parecia assustada com a ideia, porém Margrete percebeu a farsa. — Mas, por outro lado, Atlas está certa. Parecia que Charion queria esfolá-la viva.

Margrete não tinha dúvidas de que ele o *teria* feito se ela não tivesse reagido a tempo. Ela baixou o olhar para a mão recém-tatuada, que havia magicamente feito o escudo. A barreira apareceu sem pensar e ela girou o pulso com espanto. O que mais poderia fazer? Como se fosse responder, sua tatuagem acendeu brevemente um branco iridescente. Aquela era a marca de uma deusa? Ou outra coisa totalmente diferente?

— Charion não me preocupa — falou Margrete finalmente, olhando para Atlas. — Eu *ouvi* Bash.

Três pares de olhos se voltaram para ela.

— Eu o ouvi chamar meu nome quando estávamos ao pé da escada — continuou. — Tinha um corredor à direita, aquele envolto em sombras. Acho que pode ser onde as almas são guardadas.

Era um palpite, mas ela não tinha muita informação para analisar e aceitaria qualquer coisa que lhe fosse oferecido.

— Precisamos fazer uma busca assim que tudo se acalmar à noite. — Atlas caminhou até Margrete e agarrou seus ombros. — Se *era* ele, então esperaremos até todos estarem dormindo, ou o que quer que os deuses façam à noite, e abriremos aquela porta. Halio disse que todos tinham suas próprias cortes, então esperaremos até que retornem.

— Digamos que, por milagre, o encontremos. Então o quê? — perguntou Mila. — Ele tem um corpo? Ou...

Margrete se encolheu. Ela não tinha considerado isso. Deuses, e se ele fosse apenas uma alma incorpórea, uma forma bruxuleante como Dawn? Seu corpo ensanguentado tinha ficado na ilha, nas mãos de sua mãe.

— Acho que vi aquela nymera pairando sobre ele pouco antes de seguirmos você — acrescentou Dani, parecendo ler os pensamentos de Margrete. — Ela parecia estar protegendo o corpo dele, então pode haver uma chance de ela ainda tê-lo.

Margrete esperava que a mãe sugadora de almas de Bash o tivesse mantido seguro. Lidariam com *aquilo* quando chegasse a hora. Por enquanto, tinham que invadir o santuário do deus da morte. Ela teria rido do absurdo se pudesse.

— Precisamos nos trocar. — Ela fez uma careta, olhando para sua camisa ensanguentada. — E fiquem em guarda. Precisamos estar prontas para partir em um...

Margrete parou no meio da frase.

Uma música tocada, e não a música do mar. Arejada, leve e caprichosa, não se parecia em nada com os acordes mais profundos e sedutores que as águas criavam.

— O que foi? — perguntou Atlas.

Margrete balançou a cabeça em resposta e fechou os olhos. A melodia... quanto mais ela ouvia, mais captava sugestões de saudade e tristeza, de esperança e desespero. Cada nota tinha seu próprio peso e, a cada mudança de acorde, uma nova história se desenrolava.

Ela caminhou pelas câmaras e, se a música diminuísse, ela mudava de rumo. Quando se aproximou de uma mesa simples posicionada ao lado de uma das muitas janelas curvas, ela parou. A música tocava tão vividamente em sua cabeça. Quase com *muita* clareza.

Abrindo as gavetas, ela procurou sem rumo, examinando pilhas de cadernos em branco e penas, frascos de tinta e pergaminhos soltos. Uma escultura de bronze de uma concha pesava na gaveta lateral, a peça pousada ao lado de um delicado pente de madrepérola.

— O que você está procurando? — Mila deu uma cotovelada em seu ombro. — Sua falta de atenção é preocupante.

Margrete a ignorou.

Ela avançou até a última e maior gaveta. A madeira rangeu quando foi aberta, revelando uma variedade de pedras preciosas coloridas e outras bugigangas inúteis. Mesmo assim, a música se intensificou e Margrete explorou em meio à bagunça até um objeto chamar sua atenção.

Uma *moeda*. Outra maldita moeda.

Ela tentou pegá-la. A moeda não se mexeu.

Margrete se aproximou. Na face da peça de prata, três palavras foram gravadas na superfície, uma única gota caindo da palavra final. Isso a lembrou da lágrima de sua nova tatuagem.

Semelhante atrai semelhante.

Aquele espaço já havia sido os aposentos de Malum ou Darius, e agora era dela. Se o toque dela não tinha afetado a moeda, então só havia uma coisa que poderia afetar. A única coisa mais forte que o toque...

Pegando sua adaga, Margrete se preparou para espetar o dedo quando a mão de Atlas alcançou seu braço.

— O que você está fazendo?

Ela suspirou.

— Confia em mim?

Os olhos verdes de Atlas se estreitaram, mas ela a soltou. Devagar.

Margrete cortou o dedo indicador, observando enquanto uma gota *azul* borbulhava na superfície. Seu sangue não era mortal, ela lembrou a si mesma, mas a visão da cor incomum fez seu coração despencar até o estômago. Ela mal percebeu os olhos fixos em sua nuca quando baixou a mão e pressionou o dedo contra a gota que caía na moeda.

A ponta de seu dedo chiou, uma ardência subindo até seu pulso, mas ela a segurou, com a boca aberta enquanto o metal começava a se dissolver. Mas a prata não foi a única coisa a desaparecer.

Os cantos da gaveta começaram a queimar, como se um fósforo tivesse sido aceso e o fogo tivesse consumido a madeira. Suspiros, inclusive o dela, preencheram o espaço.

Logo, a madeira se transformou em nada além de cinzas, revelando um fundo falso.

— Merda. — Todas as atenções se voltaram brevemente para Dani, surpresas, mas ela apenas ergueu um ombro em resposta. Se *ela* estava xingando, certamente estavam em apuros.

Sobre uma almofada de seda branca e macia havia uma caixa retangular feita de pérola negra. Margrete a pegou do esconderijo, o dedo espetado já cicatrizando. Parecia ter pontos positivos em ser uma deusa.

A caixa era surpreendentemente pesada, muito mais do que ela esperava. Cuidadosamente, colocou-a na superfície da mesa, suas amigas se reunindo para ver melhor.

Ninguém falou enquanto Margrete levantava a pesada tampa. Ela a colocou de lado, descobrindo uma chave elegante, ondas indomadas gravadas na cabeça e tentáculos finos agarrados nas laterais. Mas foi o que estava no centro do corpo que a consumiu.

Uma esfera. E dentro dessa esfera, uma gota de líquido prateado brilhante se movia para frente e para trás.

A canção na cabeça de Margrete intensificou e, quando ela envolveu a chave com os dedos, a melodia desenfreada tornou-se insuportável. Girando a chave para um lado e para o outro, ela notou que o líquido não parecia ser água... Era muito mais espesso e brilhava como se mil estrelas em miniatura tivessem sido capturadas em seu interior.

— Margrete.

Ela colocou a chave a centímetros do rosto, paralisada, atraída pela poderosa magia que sentia. Ela foi tomada de arrepios, e seu corpo ficou entorpecido. A música... parecia tão familiar. Como se ela já tivesse ouvido antes. Isso a fez se sentir solitária. Nervosa. *Poderosa.*

— Margrete!

Ela sentiu mãos balançando seus ombros e engasgou, quase deixando cair a chave. Com os dedos trêmulos, colocou o objeto encantado sobre a mesa, recuando como se ele fosse mordê-la.

Mila a segurou pelo ombro com preocupação estampada no rosto. A música que chamava Margrete se transformou em nada.

Ela piscou, percebendo que tinha entendido.

Margrete sabia exatamente o que a esfera continha e, embora não conseguisse explicar a sua certeza, não importava. Ela *sentiu* e suspeitou que tinha a ver com o deus que a criara. Afinal, ele nascera exatamente da coisa guardada dentro do vidro. Ou seja, a alma *dela* também nascera daquilo.

— Surria — ela sussurrou o nome da deusa. — Encontramos uma das infames lágrimas de Surria.

E, com isso, o poder de criar um deus.

CAPÍTULO SEIS

DARIUS

Darius não ia ao Submundo havia mais de cinco mil anos. Da última vez que viajara para baixo, estava em busca de uma certa relíquia preciosa que seu irmão *supostamente* sacrificara na ilha. Malum era astuto e Darius suspeitava que ele tivesse encontrado uma maneira de recuperar o item perdido e escondê-lo em algum lugar seguro.

Se o objeto fosse equivalente à vida de Wryn, então deveria ter valido tudo para seu irmão, e Darius queria saciar sua raiva de toda maneira que pudesse. Mas encontrar o artefato perdido do deus morto não era uma preocupação naquele dia.

— Por que você se esconde? Não é mais um deus legítimo? — O mortal, Bay, mantinha uma distância sábia.

Homem inteligente.

Sombras surgiram como musgo, engolindo o Submundo em um vácuo de escuridão. O tempo passava de forma diferente ali e, embora já fosse noite quando partiram da ilha, faltava apenas uma hora para o pôr do sol.

Enquanto a noite se preparava para reinar, Darius insistiu que se mantivessem nas paredes externas do palácio. A paranoia tinha sido uma constante em sua vida, e Darius imaginava que conhecera seu significado antes do afeto.

Certa vez, sua mãe dissera:

— A única coisa em que você pode confiar é que será traído. Portanto, esteja pronto para derramar sangue quando isso inevitavelmente acontecer.

Palavras que todo filho desejava ouvir de seus pais.

A mãe o preparara para atacar, e atacar sem pensar. Mas agora... agora ele estava *pensando*.

E ele odiou isso.

— Estamos esperando até que os deuses se retirem para suas cortes individuais — respondeu ele à pergunta anterior de Bay, sem saber por que sentia necessidade de explicar o plano ao mortal sob seu controle. O homem não podia se *mover* sem o seu consentimento e deveria se sentir sortudo por ter permissão para respirar. Mas talvez a expressão assombrada naqueles olhos verdes tivesse rasgado algo profundo dentro de Darius. Bay suportara o tipo de sofrimento com o qual o deus estava familiarizado e, dessa vez, não sentira necessidade de atacar. Estranho, visto que a desgraça de Bay era, em essência, culpa de Darius. — Além disso — Darius continuou, pigarreando —, seria fácil invadir o portal e entrar no palácio, mas isso causaria um tumulto, e Charion provavelmente está muito ansioso por um banho de sangue.

Seria uma inconveniência com a qual Darius não estava disposto a lidar.

— Por que são sete níveis? — indagou Bay, sua curiosidade palpável apesar da óbvia vergonha. Sua culpa permanecia no ar como um perfume mofado.

Era estranho ter alguém com quem conversar. Mesmo que esse alguém fosse seu prisioneiro.

— São sete níveis para os sete deuses e deusas mais poderosos. Brielle, Calista, Charion, Themis, eu, minha *querida* mãe e Halio, Deus da Morte. É raro que eles se aventurem na superfície, então geralmente são encontrados aqui, em sua própria corte. Eles não se importam com os mortais ou com seus problemas. Muita bagunça, na opinião deles.

Darius perguntou-se preguiçosamente se Margrete já tinha conhecido a Corte do Mar, ou se ela fora levada aos seus aposentos pela entrada lateral. Os antigos aposentos *dele*.

Ela estava vasculhando sua estimada coleção de livros? Notou suas pinturas mortais favoritas que ele espalhou por toda a suíte? Ou estava deitada na cama dele, debaixo dos lençóis, descansando?

O último pensamento enviou calor para seu sangue. Ele rapidamente respirou ar fresco, rejeitando aquela imagem particularmente atraente.

Talvez ela esteja nos antigos aposentos de Malum. Já que Malum havia sido enviado para o Muito Além e Darius ainda não morrera, ele suspeitou que sua corte a colocaria lá. Ele fervilhava com a ideia, tendo preferido que ela estivesse em sua cama e cheirando a ele.

Felizmente, seu novo cúmplice era uma distração decente com suas perguntas incessantes.

— Nunca imaginei que eles passariam o tempo aqui. Achei que estariam em algum lugar acima, flutuando no céu, fora de alcance — murmurou Bay, passando a mão nervosa pelo cabelo curto. Ele não se atreveu a olhar na direção de Darius. — Quero dizer, eles podem responder às orações trancados aqui?

Porra. Aquele homem não sabia de *nada*. Era quase ridículo.

— O palácio diante de você é muito mais grandioso do que qualquer coisa que seu insignificante cérebro mortal consegue compreender. Sua beleza é incomparável. E no que diz respeito à forma como os deuses passam o seu tempo... a maioria não se importa em interagir com os humanos, a menos que seja absolutamente necessário. Isso é algo que Margrete aprenderá em breve.

A crueldade. A indiferença. Deuses eram criaturas frias que gostavam de brincar uns com os outros, usando os fracos como peões.

Fazia séculos que as orações não chegavam ao Submundo. Houve um tempo em que os deuses se importavam em respondê-las, mas os imortais eram feras inconstantes e os deuses ficaram apáticos depois de alguns séculos de indolência.

Darius realmente quis ser melhor do que isso, uma vez. Ele desejava mudar as vidas pequenas e triviais dos mortais, e se eles acabassem adorando-o por isso, melhor ainda. Ele nunca afirmou ser perfeito. Mas seus planos caíram no esquecimento quando seu irmão se virou contra ele, e a própria mãe cruel amaldiçoou os dois. Ele aprendera havia muito tempo que era preciso ser forte para vencer em seu mundo.

Bay permaneceu em silêncio, mas Darius notou como ele continuava a se mexer ansiosamente. O rapaz desejava fugir, mas sabia que não deveria tentar, ou talvez tivesse aceitado seu destino, acreditando que merecia o castigo. Havia nuvens naqueles olhos, e elas ficavam mais escuras a cada segundo.

Ele cerrou os dentes, frustrado com o ridículo da situação. Em toda a sua existência, nunca se sentira tão desgastado depois de uma briga, nem mesmo com o irmão. Talvez aquilo fosse uma prova da força de Margrete. Ele sorriu com a perspectiva.

Ou talvez não tenha nada a ver com magia. A ideia lhe ocorreu espontaneamente. *Talvez você esteja ferido. Fraco como sua mãe disse que você era. Sempre deixando as emoções assumirem o controle.*

Darius cerrou a mandíbula. Era mais fácil do que deveria engolir a vergonha, o medo e a dor de cabeça. Ele já havia feito isso tantas vezes que se tornara fácil.

Enquanto tentava se recompor, ele se perguntou o que Margrete teria suportado desde sua chegada. Ela provavelmente fora forçada a conhecer seus companheiros imortais, e então teria visto o corredor sombrio de Halio e se perguntado para onde ele levava. Ou talvez...

— Possivelmente já recebeu o chamado dela — Darius disse consigo mesmo, aproximando-se do portal.

A porta que levava ao domínio da morte. Ela atraía todos os imortais com uma melodia misteriosa, uma que sua magia não poderia ignorar. Alguns alegaram ter ouvido a voz de entes queridos falando com eles através do portal, e outros disseram que a música e os ventos fortes encontraram seus ouvidos.

Brielle uma vez dissera a ele que tinha ouvido lobos uivando e o rugido da selva. Calista, porém, dissera que não ouvira nada, mas Darius sabia que a Deusa do Amor costumava mentir. As pessoas se enganavam com seu título, mas ela era uma das divindades mais cruéis que ele já conhecera. O amor poderia ser tão violento quanto gentil.

Darius percebeu os batimentos cardíacos audíveis de Bay se amplificarem. Será que ele temia ver Margrete depois do que fizera ao rei? Embora Darius soubesse que a culpa era *dele*, a maneira como ela olhara para o amigo depois que ele assassinou o próprio rei e o amado de Margrete deram a entender que ela tinha colocado parte da culpa em Bay.

Se seu coração não tivesse sido quebrado e depois remodelado em aço, ele poderia ter sentido um pouquinho de pena de Bay.

— Temos que ser pacientes para evitar o máximo de espetáculo indesejado — disse Darius, virando-se para o guerreiro loiro. Ele saiu da lateral das paredes do palácio. — Veremos sua *princesa* em breve. Você ficará escondido em meus aposentos até que eu precise... te usar.

Os deuses poderiam querer *brincar* com ele, mas Darius precisava de Bay como garantia. Ele não teria utilidade morto. Pelo menos esse tinha sido o motivo que ele dera a si mesmo para Bay ainda respirar. De toda forma, Darius tinha que se certificar de não manter o homem ali por muito tempo. Os mortais não duravam muito no Submundo se possuíssem corações pulsantes. A presença deles ia contra a ordem natural das coisas.

Mas ele não devia se importar. Darius estava ficando mole.

Ele direcionou o foco para o palácio. Margrete já estava atrás daqueles muros, e, se ele conhecia os imortais, eles já haviam começado a inventar maneiras de matá-la. Ele só precisava ter certeza de chegar antes deles.

E talvez... pudesse ser o herói de que ela precisava.

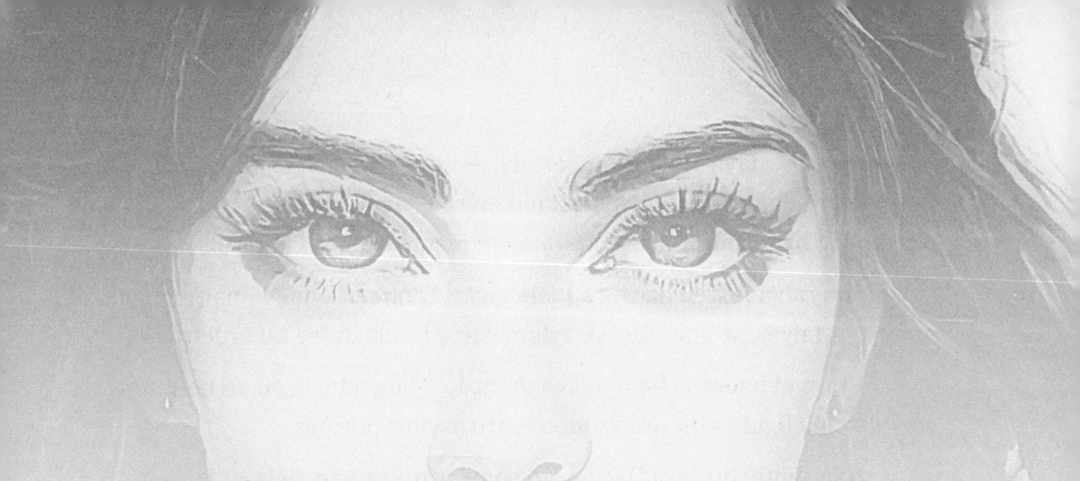

CAPÍTULO SETE

MARGRETE

O plano era esperar até meia-noite.

Atlas apoiou os pés com botas na mesa, a barriga cheia do banquete que os criados uniformizados tinham servido. Todos eles brilhavam como Dawn — não estavam vivos, não estavam mortos, apenas presos em algum lugar no meio.

Embora lhes tenham sido oferecidos quartos próprios, Margrete insistiu que Atlas, Dani e Mila ficassem com ela. Elas não deveriam ficar separadas.

Dani se aninhou em uma cadeira ao lado de Atlas, com um livro de fábulas na mão. Onde ela o conseguira, Margrete não sabia. De qualquer forma, não parecia que estava realmente lendo: já fazia mais de vinte minutos que não virava a página. E Mila não perdera um pingo de tensão em seus ombros, o olhar fixo na porta de sua posição encostada na parede. Ela estava recostada, os braços cruzados, o olhar carrancudo firmemente no lugar. Nem uma vez desviou o olhar da entrada. Ela assumira o papel de protetora, quer elas quisessem ou não.

Margrete não era tão forte quanto a marinheira ruiva e o sono a tomou, o ataque de tristeza, perda e raiva fazendo com que suas pálpebras ficassem pesadas. Tinha sido um erro deitar na cama enquanto esperavam dar meia-noite, porque logo ela caiu em um sono profundo.

Seu sonho começou na mesma ilha que elas tinham acabado de deixar, mas nele ela estava sozinha na arena — sem adaga, sem tripulação e sem Darius para enfrentar. Em seu estado etéreo, Margrete flutuou pelo chão de terra, a lua brilhando sobre ela como um manto branco misterioso.

Sua raiva ferveu ao ver aquele lugar. Ela queria que o mar o engolisse inteiro — talvez, se aprendesse a domesticá-lo, ela desse tal ordem.

Um movimento chamou sua atenção. Margrete virou-se no momento em que uma figura obscura flutuou entre os dois portões.

Não sentiu que era Darius. Ao contrário, era o rei dela.

O cabelo recém-escurecido estava penteado para trás e as escamas de nymera se enrolavam em seu pescoço, mas ele era inconfundível.

Mesmo na morte, com o corpo há muito frio, a conexão entre eles não poderia ser cortada. Então Margrete correu. Ela correu até as sombras se dispersarem e Bash ficar diante dela, e só parou para lançar os dois braços ao redor dele. Não havia outra alma naquele mundo que pudesse fazer seu coração disparar, subir e descer, tudo ao mesmo tempo.

Bash não se assustou e mal se moveu quando ela subiu em seu corpo e envolveu seu torso com as pernas. Suas emoções eram intensas, muito esmagadoras, e ela agia sem pausa ou lógica.

— Bash! — Ela agarrou seu rosto, segurando suas bochechas. No fundo, ela sabia que se tratava de um sonho e entendia que ele não estava realmente ali com ela.

Mas não se importou.

Em resposta, os lábios de Bash se contraíram, mas o restante dele permaneceu congelado. Isso a intrigou.

— Bash, olhe para mim! — Ela forçou seus olhos cegos na direção dela. Ele olhou através de Margrete, sem fazer nenhuma tentativa de passar os braços ao redor de seu corpo.

Margrete caiu no chão, derrotada. O homem diante dela — pálido como a luz das estrelas, os lábios tingidos de azul — parecia *vazio*. O coração batia forte em seus ouvidos e ela o sacudiu, tentando despertar alguma reação, *qualquer* reação. Nada.

Ela deu um passo atrapalhado para trás. Egoisticamente, acreditara que poderia tê-lo em seus sonhos, mesmo que fosse tudo fingimento. Ela estava errada.

— Deuses, estou com saudades — sussurrou tristemente para o fantasma do rei. Ele era como uma sombra, uma imitação do homem que tinha seu coração. — Você não passou nem um dia inteiro morto e já me sinto perdida. Você se tornou parte de mim tão rápido, tão facilmente, que parece errado ficar sem você. — O poder em seu peito pulsava como se perguntasse: *E eu?* Mas poder e amor não eram a mesma coisa.

Ela esteve praticamente sozinha a vida toda, além de Birdie, mas Bash era seu parceiro. Seus braços, seu lugar seguro. Nem todo mundo experimentava um amor tão precioso, e ela o perdera num piscar de olhos.

Margrete então fechou as pálpebras, incapaz de ver a casca dele.

— Eu vou trazer você de volta — jurou baixinho. — E quando eu fizer isso, quero lhe dar minha resposta à pergunta que você fez na caverna. Quero que saiba que sempre foi um sim, Bash. — Foi inevitável que ela se apaixonasse por ele. Embora ela sempre o tivesse achado bonito, foi o brilho de *vida* em seus olhos que a atraíra e cativara. *Ainda* a prendia com força.

Ela veria aquele brilho de vida novamente, mesmo que aquilo a matasse.

— Eu amo...

Dedos mais frios que a brisa de inverno roçaram seu queixo e suas pálpebras se abriram. O sonho dela os transportara da ilha de Surria para seus aposentos em Azantian.

Bash segurava suas bochechas, suas íris escuras ainda vítreas, mas sob a superfície fria, ela quase conseguia distinguir a sugestão da faísca que ela adorava.

— Eu vou te encontrar — prometeu, uma única lágrima escapando. — Eu sinto você, sua alma me chamando no Submundo. — Ele inclinou a cabeça, formando um vinco entre as sobrancelhas, a única falha estragando suas feições estoicas.

— Por que você não está pronta? — perguntou. — Bay vai olhar feio para você a noite toda se chegarmos atrasados. Você sabe que ele está planejando a festa de Adrian há semanas. — Margrete parou. A festa fora dois *meses* antes.

Um sorriso lento se formou em seus lábios carnudos e ele suspirou profundamente, como se estivesse exasperado.

— Presumo que esteja nervosa com o presente de Adrian, mas juro que ele vai adorar. — Bash passou os dedos pela bochecha dela. Os arrepios aumentaram enquanto ela olhava fixamente, observando a memória aprisionada se desenrolar diante dela.

Ela comprara para Adrian cadernos de couro belíssimos e tintas e penas de cores vibrantes. Bay fora às compras com ela e garantira que ele iria gostar. Mas ela queria impressioná-lo.

— Sabe — começou Bash, agarrando as duas mãos dela e envolvendo-as nas suas. — Acho que você está roubando meus amigos, princesa. Eles estão começando a gostar mais da sua companhia do que da minha. — Ele estalou a língua, puxando-a para mais perto. — Você tem sorte de eu também estar encantado, senão ficaria com ciúmes.

Margrete lembrava-se bem daquele dia. Ele brincara com ela minutos antes de saírem para o jantar, um evento luxuoso no grande salão com os amigos mais próximos de Adrian.

Bash tocou os lábios suavemente nos dela, um sussurro de beijo.

— É melhor nos apressarmos... mas, quando voltarmos, espero que tenhamos algum tempo sozinhos. Não vi você o dia todo e estou morrendo de vontade de saber o que achou do final.

O final do livro que ele lhe emprestara. Era a história de um amor perdido e novos começos, e de toda a aventura que ela ansiava havia muito tempo. Ela tinha adorado.

Bash continuava falando, embora nenhum som lhe escapasse. A lembrança estava desaparecendo, o mundo escapando. Ao seu redor, as paredes de seus aposentos tremiam, a escuridão começando a envolvê-los.

— Teremos muito mais lembranças como esta, Bash — prometeu. — Estou indo atrás de você...

Uma mão em seu ombro a sacudiu. A ilha e Bash desapareceram.

A luz nebulosa dos aposentos desconhecidos entrou em foco, apagando todos os vestígios do rei. Atlas pairou acima, empoleirada ao lado dela na cama.

Margrete ainda sentia os dedos de Bash em seu rosto, ainda sentia sua presença. Isso a fez querer chorar e gritar ao mesmo tempo, e a frustração borbulhou em seu peito.

— Está quase na hora — avisou Atlas, sem nenhum traço de emoção pesando em seu tom de voz. Margrete a invejava. Era irônico que, mesmo depois de ter recebido os poderes de uma deusa, o medo ainda a controlasse. Talvez nunca fosse desaparecer e, na verdade, uma parte dela desejava que isso nunca acontecesse. Aquilo significava que ela ainda se agarrava ao seu antigo eu. Que ela não era uma criatura apática como Surria.

Ela estremeceu ao lembrar de si mesma após o último suspiro de Bash. Ela estava irreconhecível. Totalmente assustadora.

Margrete levantou-se, fazendo o possível para não parecer abalada. Mas seus esforços foram em vão quando ela ouviu *aquilo*; aquela música, aquela melodia assustadora que tocara para ela antes.

A chave. Cantando para ela naquele momento.

Mila e Dani se juntaram a Atlas, e todas observaram com curiosidade enquanto ela caminhava até a mesa e removia a caixa ornamentada. A música aumentou e de repente ela não conseguiu suportar a ideia de sair daquele cômodo sem ela. Qualquer que fosse o objeto, *pertencia* a ela, e ela cuidadosamente pegou a chave entre os dedos e a guardou no bolso da calça.

Atlas lançou um olhar questionador, mas não disse nada. O fato de confiar em Margrete fez com que o desconforto e a confiança crescessem em seu peito. Junto com a gratidão.

Os olhos de Margrete arderam ao encarar as mulheres mais fortes que já conhecera.

— Não tenho certeza de onde nossa jornada nos levará, mas entendam isso... sou grata por ter guerreiras tão ferozes ao meu lado. Mulheres que sentiram perdas e tristezas, que lutaram contra demônios em uma ilha mítica e saíram disso mais fortes. Juntas, podemos encontrar Bash e restaurar o equilíbrio dos mares e do próprio mundo.

Foi uma tentativa de fazer um discurso grandioso, e ela rezou para não ter se atrapalhado.

No começo, queria se aventurar sozinha no Submundo, mas teria sido um erro. Talvez o erro de todos os deuses tenha sido se isolarem e, embora tenha sido um pensamento tentador no auge de sua dor, ela precisava de força interior, de lealdade e da coragem delas, para se lembrar de qual era a sua luta.

Justiça.

A garganta de Mila balançou, o único sinal de emoção em seu rosto astuto, e Dani olhou timidamente para as próprias botas, um sorriso sutilmente levantando um lado de sua boca. Como sempre, Atlas a trouxe à realidade, colocando a mão pesada em seu ombro, o polegar esfregando círculos em sua pele exposta.

— Prestem atenção naqueles que perdemos. Se eles estiverem aqui, nós os encontraremos também — acrescentou ela, mesmo sabendo que não tinham corpos para onde retornar. Elas também buscariam as almas de Grant, Jace e do irmão de Dani, e assim teriam a oportunidade de se despedir… ela lutaria para que elas vivenciassem isso também.

Dani deu-lhe um aceno brusco, enquanto Mila cerrou a mandíbula e desviou o olhar brevemente, sem vontade de mostrar o quão profundamente ferido seu coração estava.

— Lutamos por Azantian — disse Atlas com firmeza. Ela fez uma pausa até Margrete encontrar seu olhar feroz. — E agora, lutamos por você. A Deusa do Mar.

Margrete guiou sua tripulação pelo corredor e por uma extensão sinuosa. Nenhuma alma estava no salão. Ela tinha visto apenas um membro da suposta Corte do Mar até aquele momento, e Dawn não aparecera desde que as tinha deixado nos aposentos reais.

Margrete seria uma tola se pensasse que outras pessoas não estavam por perto.

Andando silenciosamente, elas passaram na ponta dos pés pelas arandelas bruxuleantes, suas chamas lançando sombras de espectros e monstros contra as paredes de cobalto. Caminharam mais do que quando Dawn as levara a seus aposentos, ou pelo menos foi o que pareceu. E quanto mais minutos se passavam, menos certeza Margrete tinha da localização do portal.

Finalmente, *finalmente*, um arco prateado apareceu. A magia dentro do portal brilhava e dançava, atraindo-as para passar. Ela suspirou, sua ansiedade se dissipando como vapor.

— Graças aos deuses — disse ela em voz alta, passando a mão pelos cabelos.

— Tecnicamente, você está agradecendo a si *mesma*. — Mila inclinou a cabeça, uma sobrancelha vermelha arqueada. A pele da ruiva parecia um pouco mais pálida, quase doentia sob a luz fraca. Margrete franziu a testa. Não havia mais como negar, o Submundo estava causando estragos em suas amigas, e isso era evidente.

Mais cedo ou mais tarde, aquele reino as rejeitaria. Elas tinham que se apressar. E rápido.

A tripulação não precisou ser instruída a segui-la quando Margrete passou pela magia do portal e foi para o outro lado. Infelizmente, não foi a escadaria de mármore que encontraram ao sair. Não, diante delas estava a sala mais impressionante que Margrete já vira, e ela testemunhara Azantian e seu imponente palácio de vidro marinho.

Um coro de vozes ecoou enquanto uma centena ou mais de olhares arregalados a capturavam, as taças de cristal dos cortesãos cheias de um líquido azul borbulhante espirrando para fora enquanto eles se exaltavam de surpresa. Margrete ficou imóvel, boquiaberta ao observar a cena festiva.

Merda. Elas certamente não estavam no térreo.

A sala tinha bem mais de três andares de altura e o mesmo de largura. Um único trono encontrava-se sobre um estrado de ondas prateadas imóveis, e no topo de seu centro repousava uma magnífica joia de safira. Uma coroa havia sido colocada sobre seu assento cor de jade aveludado, com um elegante aro de pérolas circundando a prata.

As roupas dos cortesãos paralisados balançavam contra o reluzente piso de opala, as partículas azuis e flocos brancos prateados refletindo a luz do lustre suspenso. Centenas de velas brancas iluminavam a resplandecente luminária, destacando a luxuosa corte e seus cortesãos.

Margrete fez o que qualquer um faria quando se depara com um ambiente social indesejado: ela ficou mortalmente imóvel, acreditando que poderia se misturar ao cenário caso não se movesse.

Não teve essa sorte.

— Acho que eles esperam que você diga alguma coisa — murmurou Atlas entredentes, dando-lhe uma cotovelada gentil nas costelas. Dani ficou do outro lado, deslizando uma das mãos pela parte inferior das costas de Margrete e esfregando-a em círculos suaves e reconfortantes. Aquele toque enviou uma estranha explosão de calma por suas veias, e sua respiração seguinte ficou mais fácil.

Dawn voou através da multidão que festejava, e Margrete teve vontade de abraçá-la. Um rosto familiar, por mais novo que fosse, era totalmente bem-vindo. Ela abriu um sorriso ao mesmo tempo falso e inquieto, e que provavelmente era assustador para crianças pequenas e adultos.

— Bem-vinda, deusa — entoou Dawn, anunciando-a na sala. Ela fez uma reverência formal, levando os outros cortesãos a fazerem o mesmo. Todos tinham o mesmo brilho lustroso de Dawn, e aquela beleza não natural era dolorosa de se olhar por muito tempo. — Eu não tinha certeza se desejava conhecer seus súditos esta noite, mas parece que mudou de ideia. — O sorriso de Dawn era tenso e ela levantou a voz propositalmente para que todos ouvissem, fingindo que aquilo havia sido planejado. Ela desejou abraçar a mulher etérea ainda mais.

Margrete olhou ao redor da sala, ao mesmo tempo chocada com os espectadores boquiabertos e sem entender como ela e suas amigas tinham acabado *ali*.

Dawn baixou a voz para um sussurro.

— Os portais são conhecidos por serem... temperamentais. — Ela sorriu brilhantemente, embora não chegasse aos seus olhos. — Levará algum tempo para perceber a diferença entre eles. Se a senhora estava tentando ir para outro lugar, claro — acrescentou.

Então onde estava o portal que levava ao andar principal? A Bash?

Uma onda de alarme gelou seu sangue.

Seu poder sentiu algo. Enrolou-se como uma cobra, pulsando dentro de seu peito, ansioso para escapar e explorar. Ela ignorou o que Dawn estava dizendo, algo sobre bebidas ou música, e procurou na multidão.

Sua magia parecia gritar para ela se mover, correr, e ela examinou os murmúrios dos cortesãos, procurando um sinal. Procurando *qualquer coisa*.

Sua atenção pousou no trono. A coroa. Ela a chamava, e seus dedos coçaram com a necessidade de tocá-la, de colocá-la em sua cabeça. A força da atração era muito forte. Isso a lembrou do puxão que sentira da chave que ela agora guardava no bolso, suspirando enquanto uma onda de energia fazia cócegas em sua pele. A coroa se aproximava e ela não tinha percebido que havia se movido até que a mão de Atlas agarrou seu braço.

O toque foi como uma corrente elétrica, o choque a trazendo de volta à realidade. Os rostos dos cortesãos voltaram a ficar em foco, embora seus murmúrios não fossem tão abafados. Ela precisou de toda a sua força para não olhar para trás, para o trono e para a coroa sedutora que repousava sobre ele.

— Senhora? — perguntou Dawn, a cabeça inclinada para o lado em óbvia preocupação.

Ela tinha o direito de estar preocupada. Os joelhos de Margrete vacilaram e sua visão inclinou-se ligeiramente. Parecia que o tempo havia parado e todos os momentos perdidos estavam voltando para ela de uma vez.

— Saímos porque queríamos esticar as pernas e nos perdemos — explicou Mila. Embora fosse uma mentira óbvia, Margrete agradeceu por ela responder quando não pôde.

— Já que a senhora está aqui, que tal algumas apresentações? —

Dawn se virou e estalou os dedos para uma banda de músicos escondida no canto mais distante. Eles correram para a ação, imediatamente tocando seus instrumentos. Uma voz assustadoramente sombria começou a cantar numa língua que ela sabia pertencer aos antigos. A mulher a quem a voz pertencia era deslumbrante, a pele escura estava radiante sob o lustre, as bochechas brilhando com um pó azul iridescente. Ela inclinou a cabeça para Margrete com respeito, mas sem vacilar a voz rouca e forte.

Ninguém dançou enquanto a música tocava e Margrete virou-se para Dawn.

— Eles estão esperando que você permita a dança — sussurrou Dawn.

Claro.

— Sintam-se à vontade para dançar. Aproveitem — gritou Margrete, com as palmas das mãos úmidas de vergonha.

Aguardarem por seu comando tinha a ver com aquela nova posição e o poder sobre um povo que ela não desejava governar. Imediatamente eles obedeceram, mas foi terrivelmente desconfortável vê-los fingindo voltar às suas conversas sussurradas. O foco deles continuamente se desviava em sua direção, e mesmo enquanto a talentosa cantora cantava uma história de amor não correspondido, nenhuma pessoa dançou ou olhou para o palco.

Margrete fervia enquanto seu corpo tremia, sua alma parecia tremer com a necessidade de subir ao trono. No entanto, ela sabia que, se o fizesse, talvez nunca mais o abandonasse.

Não haveria como salvar Bash naquela noite, e agora ela tinha que escapar daquele salão encantado e de seus muitos olhos. Ela não queria toda aquela atenção. Aquilo fazia sua pele coçar.

Ela podia lidar com monstros.

Ela podia enfrentar os deuses.

Mas um salão de cortesãos sofisticados? Ela queria sair dali imediatamente.

Um criado se aproximou e ergueu diante dela uma bandeja de prata com uma delicada taça de cristal apoiada sobre a superfície polida. Com dedos hesitantes, ela a pegou pela haste, segurando a bebida borbulhante perto do peito. Talvez isso acalmasse os nervos em frangalhos.

— Agora — disse Dawn —, acredito que a primeira pessoa a quem deveria ser apresentada é o membro mais antigo da corte. Ela está aqui há bem mais...

Margrete ouviu o barulho da flecha antes de vê-la.

Antes que pudesse levantar a mão e formar um escudo, braços grossos envolveram sua cintura e a puxaram para o lado. Enquanto ela voava, uma flecha flamejante passou por onde ela estava, com a ponta afiada em um tom vermelho-sangue. O chão sumiu rapidamente e ela fechou os olhos, antecipando o impacto implacável.

Que nunca aconteceu.

O mesmo corpo que a tirara do perigo agora a embalava. Ela sentiu cheiro de sal e fumaça, e quando virou a cabeça para seu salvador, uma bile abrasadora subiu em sua garganta.

Darius.

O rosto dourado pairava a poucos centímetros do dela, e suas íris brilhavam com uma mistura de raiva e adoração, as emoções conflitantes fizeram seu coração falhar algumas batidas. Os braços dele ainda a rodeavam, amortecendo sua queda, mas quando ela tentou se sentar, ele surpreendentemente se levantou, sentando-se agachado.

Uma vez livre daquele cheiro inebriante, Margrete notou a poça preto-azulada manchando sua camisa branca, antes imaculada. A flecha que era destinada a ela perfurou as costas dele, a ponta saindo de seu peito, onde seu sangue fluía livremente.

O deus desmoronou, com as duas palmas apoiadas no chão. Uma expressão dolorida distorceu suas feições quando um suspiro de dor saiu de seus lábios.

— Margrete — sussurrou. Os olhos dele estavam semicerrados, e o peito subia e descia de forma desigual. Ele parecia prestes a desmaiar.

Ele tinha sido atingido por uma flecha para salvá-la. Mesmo depois de ela o ter rejeitado, depois de ter escolhido Bash.

Não era de surpreender. Toda a missão dele até aquele momento tinha sido ganhar o afeto dela, mas ela não esperava que ele arriscasse a própria vida. E quem atirara aquela flecha? Não tinha sido um mortal; ela podia sentir o cheiro forte da divindade por toda a arma.

Só um deus poderia matar outro deus, ela sabia, e pelo jeito alguém havia tentado acabar com sua vida naquela noite.

Dawn gritava algo para a horda de guardas estoicos vestidos com armaduras, e a câmara explodiu em caos. Margrete se inclinou sobre Darius, chocada com o quão perto ela havia chegado de ser atingida por uma flecha na cabeça.

— Por quê? — perguntou. Seu peito se apertou com indignação renovada, mas vê-lo sangrando surpreendentemente não lhe trouxe alegria. Como ela gostaria que tivesse.

Darius ergueu a mão trêmula e ela se encolheu. Imediatamente, ele a deixou cair de lado com um silvo agonizante.

— Não vou deixar você morrer — murmurou, os olhos tremulando. — Pode me odiar o quanto quiser, mas eu sempre protegerei você. Mesmo que você nunca me proteja.

Ela se conteve para não dar um tapa nele.

— Você *matou* Bash. Roubou minha felicidade. Se essa é a sua ideia de *proteção*, então eu não a quero. — O lembrete era o que ela precisava e seu choque se dissipou. — Espero que você morra. — Ainda assim, as palavras pareciam estranhas em sua língua, e o significado por trás delas fez com que sua garganta se contraísse.

Darius soltou um gemido fraco, mantendo o olhar pesado o tempo todo nela, até mesmo quando um curandeiro se aproximou e se ajoelhou diante dele, verificando seu ferimento. Antes de ser levado para fora da sala, ele se despediu.

— Espero que você sonhe comigo, doce Margrete. Talvez então se lembre por que me recuso a perdê-la novamente — despediu-se ele antes de ser levado para fora da sala.

CAPÍTULO OITO

DARIUS

Darius suspeitava que Charion atentaria contra a vida de Margrete no segundo que ela deixasse a segurança dos aposentos reais. Ainda assim, ele questionou como o deus da guerra conseguira escapar tão facilmente. Provavelmente recebera ajuda. Charion não poderia entrar na Corte do Mar sem um convite, a menos que...

Havia algumas lacunas, ou, melhor dizendo, havia Surria. Ela dera à luz Darius e Malum e, talvez a *seu* convite, Charion pôde entrar. Aquela era a única explicação, por mais implausível que fosse, que Darius conseguia pensar.

No dia anterior, depois de esperar até que os deuses partissem para suas cortes, ele entrara furtivamente no palácio. Seu prisioneiro foi rapidamente alojado em um dos muitos quartos de hóspedes de sua corte, e ele trancou a porta com magia enquanto Bay gritava obscenidades criativas e deliciosas ameaças de morte. Felizmente, sua bebida fora enriquecida com um pouco de sedativo. Depois de dez minutos, o silêncio se instalou e o marinheiro ficou inconsciente.

Darius deveria tê-lo matado havia muito tempo, mas estava se contendo. Não queria pensar em por que agia assim.

Naquele momento, atendido pelos curandeiros e acomodado em uma cama de lençóis finos e peles, Darius olhou para seu ferimento, que cicatrizava lentamente. Como era uma arma criada por um deus, a ferida não cicatrizaria instantaneamente, mas era provável que Darius estivesse de pé depois de uma noite agitada de sono.

Mas valera a pena — Darius tinha sido um *herói*.

Ele salvara Margrete, e a expressão de descrença em seu rosto sugeria que havia esperança. Embora desejasse estar em seus antigos aposentos, do outro lado do pátio, disse aos criados que preparassem o quarto de hóspedes, a duas portas do dela.

Enquanto isso, ele permitiria que Margrete tivesse espaço, tempo para processar tudo e talvez sonhar com ele. Só então se aproximaria novamente.

A dor distorceu sua mente, mas Darius se confortou sabendo que Margrete estava perto e que ele poderia protegê-la dos imortais. Ele enviara dois de seus guardas mais antigos e leais para patrulhar o corredor do lado de fora do quarto dela. Ele não duvidava de que Charion enviasse espiões. O Deus da Guerra talvez tivesse descoberto que Margrete significava algo para ele e ansiava por levá-la embora, assim como Darius havia levado Malum.

Você deveria ter deixado que ela se machucasse, sua voz interior rosnou. Afinal, era o plano dele. E Darius inicialmente pretendia que ela testemunhasse a crueldade de seus irmãos. Mas então ele a vira...

E sua mente não era mais sua.

Darius dispensou seus servos e recostou-se, fechando os olhos. Imaginou que Margrete estava fazendo o mesmo, deitada pacificamente na cama, sonolenta. Um sorriso se formou quando ele liberou seu poder, fios de magia quase invisíveis serpenteando das pontas dos dedos e por toda a extensão de seu quarto. A magia luminescente deslizou pela fresta sob a porta e pelo corredor, indo em direção à mulher que se tornara sua obsessão.

Bons sonhos, querida, ele pensou, pouco antes de permitir que o sono o embalasse. Naquela noite, ambos sonhariam com um tempo antes de Darius a trair e perder a coisa mais importante de sua vida. Aquela noite marcava o início do renascimento de ambos.

CAPÍTULO NOVE
MARGRETE

O fracasso de Margrete a destruíra.

Seus dedos queimavam com a necessidade de expulsar a magia reprimida, e o fato de não conseguir controlá-la deixava tudo ainda mais frustrante. Às vezes ela jurava que podia ouvi-la sussurrando em sua mente, uma entidade separada que estava ligada à sua alma.

Todos os deuses pareciam ter as mesmas habilidades, de uma forma ou de outra, mas cada um continha um traço do sujeito ou criação que governava. A magia de Margrete poderia ser glacialmente fria, assim como o mar poderia ser. Outras vezes, ela até conjurava gotículas brilhantes que giravam em torno de suas palmas, as gotas cintilantes da água do mar lembrando-a de pedras preciosas.

Era tudo novo e, sem um guia ou alguém que a ensinasse, ela estava em dificuldades.

Ela não conversou com suas acompanhantes enquanto se acomodavam pelos vários ambientes e cadeiras daqueles aposentos, carrancas em seus rostos. Todas tinham manchas roxas sob os olhos, como se não dormissem havia dias, e a pele parecia desidratada. No entanto, em vez de se preocuparem com a saúde em declínio, concentravam-se no fracasso de uma noite.

Teimosas. Todas elas.

Ela sabia que deveria ser ela a falar.

Margrete olhou para as próprias mãos e viu uma mancha de sangue preto-azulado.

Soltou uma maldição. O ato de heroísmo de Darius não a enganara.

Seja paciente, Bash. Não desisti de você. Ela rezou para que ele pudesse ouvi-la naquele momento.

Ela se trocou, vestindo uma simples combinação de seda, e se enfiou debaixo das cobertas. Embora tenha oferecido dividir a cama com Mila, a mulher recusou a sugestão revirando os olhos:

— Já dormi em lugares piores. E você ronca — dissera.

Margrete suspeitava que a verdadeira razão pela qual ela permanecia acordada era para vigiar a porta. Mila não confiava facilmente. Depois daquela noite, Margrete não poderia culpá-la.

Sua cabeça caiu no travesseiro e ela fechou os olhos.

Foi difícil relaxar e dormir sem o corpo quente de Bash às suas costas. Sempre que a insônia cravava garras em sua mente, ele a fazia se virar e então esfregava seus ombros, aliviando a tensão persistente. Muitas vezes ela adormecia com os cuidados calmantes, a respiração constante do amado afugentando toda inquietação.

Margrete suspirou, prestes a tirar as cobertas e ver se Mila estava disposta a uma aventura noturna pelo palácio, quando uma suave luz azul atravessou seu olhar. Durou apenas um segundo, mas foi o suficiente para sua cabeça pender para o lado e sua mente se desligar, entregue ao feitiço do sono.

Dedos suaves acariciavam seu cabelo, um sussurro de toque.

Os olhos de Margrete estavam fechados, mas todos os outros sentidos estavam muito conscientes. Ela sentiu o cheiro profundo de fumaça e sal no ar. Sentiu os músculos grossos e tensos da coxa sobre a qual sua cabeça repousava. Deuses, ela podia até sentir o gosto de morango fresco nos lábios, como se tivesse acabado de dar uma mordida.

Quando se encolheu, os dedos emaranhados em seu cabelo pararam.

— Algo errado, querida?

A voz continha traços de doce suavidade e subtons de preocupação.

Ela virou a cabeça, encontrando os olhos azul-marinho de um deus — mas não era ela *quem se virava, não realmente. Margrete observou seu corpo se mover sem nenhum controle. Sua mão alcançou a nuca dele, e ela se posicionou na espreguiçadeira macia abaixo deles até montar em Darius, prendendo os joelhos em suas coxas.*

— Estou preocupada com o que acontecerá quando sua mãe exigir que você termine os testes. — Foi ela quem falou, as vibrações ainda eram sentidas em sua garganta, mas, assim como seus movimentos, ela não tinha influência sobre suas ações. Essa nova voz era mais rouca que a dela, mais profunda e inerentemente sedutora.

O olhar de Darius queimou enquanto ele a avaliava, embora algo lhe dissesse que ela não era o alvo de sua raiva. Ele colocou a mão em sua bochecha. O ato terno fez pouco para disfarçar a fúria que nadava em suas íris, como elas brilhavam quando o nome de Surria contaminava o ar.

— Minha mãe não tem sido paciente nos últimos longos meses, é verdade, mas não vou deixar que ela machuque você. — Seu olho esquerdo se contraiu e os braços musculosos em volta da cintura dela ficaram tensos. Ele a segurou como se ela pudesse flutuar para longe.

Margrete suspirou.

— Ela não se importa com o que você quer e tem o poder de destruir tudo, quer você queira ou não. — Sua garganta ficou apertada e seus olhos arderam com lágrimas não derramadas.

Aquela era Wryn, ela lembrou a si mesma. Não ela.

Margrete vislumbrava uma cena de uma vida passada.

Quando ela se aproximou, cabelos pretos caíram em sua visão. Darius agarrou um dos fios, estudando-o cuidadosamente enquanto o girava em torno de seu dedo. Ele parecia cativado pela cor de meia-noite, a forma como envolvia a pele dourada de seus dedos; depois o soltou.

— Ouça-me com atenção — começou Darius, irritantemente calmo. Ele

levantou a cabeça e ela se viu impotente diante da armadilha de seu olhar. — Você é importante demais para mim para que eu te perca. Não vou permitir isso.

Como se ele tivesse algum controle sobre as ações de sua mãe. Ou irmão, naquele caso.

A mão dele deslizou até o queixo dela, os dedos gentis, mas firmes.

— E-eu nunca conheci tanta felicidade — gaguejou, tendo dificuldade em encontrar as palavras certas. Ele engoliu em seco o suficiente para ela acompanhar o movimento. — Minha vida imortal foi preenchida com anos vazios, e somente quando segurei você em meus braços foi que o tempo começou a ter algum significado.

Wryn. Aquelas palavras foram dirigidas a Wryn. E ainda assim Margrete sentiu cada uma delas em seu âmago. Uma única lágrima escorregou por sua bochecha, quente contra sua pele. Darius se inclinou para frente, beijando-a com uma dolorida crueza.

— Sem lágrimas, Wryn — disse com firmeza. — Seu medo e tristeza me tornam um assassino, e estou tentado a partir agora e encontrar Surria em particular. — Ela se mexeu no colo dele, mas não foi muito longe; seu domínio permaneceu impenetrável. — Mas isso significa que tenho que deixar você, e eu não descartaria que minha mãe me enganasse e atacasse você quando eu estivesse fora.

— Posso cuidar de mim mesma — argumentou Wryn, mas não havia confiança em seu tom.

Darius balançou a cabeça.

— Não. Posso ter usado minha alma para lhe dar vida, mas você não tem meu poder. Pelo menos, ainda não. — Ele passou a mão pelos cabelos dela e embalou sua nuca. — Você é a humanidade que nunca tive, e embora eu desejasse que você tivesse algo para se defender, fico egoisticamente feliz por você não estar manchada de poder. Ele corrompe.

— Você não está corrompido.

— Ah, eu estou, sim, pequena. Sou um monstro aos olhos de todos, menos aos seus.

Pode ter sido a intensidade de seu foco ou a força com que segurava Wryn, mas Margrete acreditou nele e seu coração sentiu uma pontada dolorosa. Darius realmente a amava, sua criação, a mulher que ele moldou com sua alma. Ele amava Wryn, isso estava claro.

— Tudo que vejo é você, Darius — insistiu Wryn. — E ainda há algo de bom em você. Mesmo que não consiga ver por si mesmo. Você tem sorte de eu estar aqui para lembrá-lo disso.

Um canto dos lábios de Darius se ergueu, algo travesso lavando a tensão de antes.

— Essa é a minha Wryn — disse ele, suspirando. — Sempre tão otimista. — A mão enrolada em sua nuca se afrouxou e o vinco entre as sobrancelhas suavizou. — Sempre minha luz.

Bash *a chamara de sua luz.*

Agora ela sabia que Darius também a tinha chamado assim. Margrete não sabia o que fazer com a agitação em seu estômago ou com como a culpa que subitamente tomou conta de seu coração.

Se ela não conseguisse salvar Bash, não conseguisse reunir sua alma com seu corpo, a escuridão o consumiria? E se ela não fosse suficiente para protegê-lo? Talvez tenha sido isso que aconteceu com Wryn, talvez ela não tivesse luz suficiente para afastar os demônios de Darius.

O deus, ignorando os pensamentos que giravam caoticamente na cabeça de Margrete, virou Wryn em seus braços. Antes que ela pudesse piscar, ele a colocou de costas, pairando sobre ela enquanto seu cabelo loiro fazia cócegas em suas bochechas. Com os braços prendendo-a em ambos os lados, não havia para onde ir, para onde olhar, exceto para ele.

Margrete sentiu Wryn sorrir e, com isso, o calor incendiou os olhos de Darius. Não houve hesitação quando ele se inclinou para dar um beijo exigente em seus lábios.

Se ela tivesse algum controle sobre seu corpo, sobre a lembrança, Margrete teria se movido. Ou melhor, queria acreditar que teria saído dali. Mas mesmo presa no corpo etéreo de Wryn e dentro daquela lembrança, o toque dos lábios de Darius foi avassalador.

Na medida em que o abraço de Bash era o lar, o toque do deus era uma tempestade violenta em águas abertas — estimulante, perigosa e assustadoramente viciante. Mas, no fundo, estava total e claramente errado.

Ele aproveitou, explorando-a vagarosamente, saboreando-a, sua língua entrando em sua boca e se enroscando na dela. Um gemido baixo deixou os lábios dela, e suas doces carícias se tornaram necessidade. Passando um braço por baixo de sua cabeça, ele a puxou para perto de uma forma impossível e, por um momento, Margrete esqueceu que não era Wryn.

Darius recuou para respirar, com as pálpebras fechadas e um sorriso iluminando suas feições marcantes. Margrete nunca o vira assim, nunca tinha vislumbrado a alegria e a vulnerabilidade cruas que ele demonstrava abertamente. Ela conhecera apenas o imortal que usava uma máscara e sentia ódio em seu sangue.

Ele levou os lábios até a testa dela.

— Você tem muito poder sobre mim, Wryn — falou em um sussurro, a respiração dele fazendo cócegas em sua pele. — Só você.

Margrete observou enquanto ele se afastava, levando o corpo dela consigo. Quando se acomodou na espreguiçadeira, ele a posicionou para descansar encostada em seu peito. Batidas estrondosas atingiram seu ouvido, o coração do deus batendo selvagemente. Parecia tão absurdamente humano.

Wryn deve ter fechado os olhos naquele momento, porque, na próxima vez que os abriu, ela estava pairando acima, não mais dentro de Wryn. Ela era um espectro, um fantasma, e a cena que se desenrolou diante dela teria roubado seu ar se ela estivesse respirando.

Darius posicionou Wryn na espreguiçadeira, os braços dela segurando a cabeceira macia enquanto ele se aproximava dela por trás. Suas grandes mãos envolveram toda a sua cintura, guiando cada movimento dela e deixando-a saber quem estava no controle.

— Bem assim — elogiou quando Wryn soltou um gemido e estendeu a mão para agarrar a coxa musculosa de Darius. Ele baixou a cabeça, observando onde eles se juntavam, de olhos derretidos, seu comprimento impressionante deslizando para dentro e para fora em um ritmo vagaroso.

Margrete sentiu a luz chamá-la, o fim do sonho, e ainda assim... não conseguia desviar o olhar.

Darius envolveu o cabelo preto de Wryn em volta do punho, puxando a cabeça dela para trás e expondo o pescoço esguio.

— Você fica tão linda quando me toma — murmurou ele, beijando seu queixo de cima a baixo, descendo até o pescoço, onde chupou a pele sensível. — Agora seja uma boa menina e diga as palavras.

Ele empurrou com mais força e Wryn lutou para se manter estável. Não que isso importasse — Darius a tinha exatamente onde desejava. À sua mercê.

— Eu te amo — disse ela, um sorriso erguendo seus lábios. — Deuses, eu te amo.

Darius murmurou sua aprovação antes de, com um movimento rápido, virá-la e empurrar de volta para dentro dela.

— Agora repita mais uma vez quando eu fizer você gozar.

Margrete então se afastou da cena, lutando para alcançar a luz da consciência. Permanecer parecia invadir um espaço sagrado, mas a lembrança já pertencera um dia a ela. A constatação surpreendente foi o empurrão final de que ela precisava para sair do sonho.

Ela hesitou por muito tempo, e isso por si só era mais horrível do que qualquer coisa que ela tivesse visto.

CAPÍTULO DEZ
MARGRETE

Margrete acordou com um suspiro.

Ela agarrou a colcha, o corpo encharcado de suor como se tivesse tido um pesadelo. De certa forma, tinha sido um. Embora, no final, tenha sido culpa dela, pois *escolhera* ficar e assistir aos momentos finais.

Talvez precisasse ver a prova da conexão deles. Ou estava muito atordoada para fazer outra coisa.

A verdade, ela sabia, era muito mais complicada do que isso.

Darius prometera que ela começaria a se lembrar de sua vida anterior, mas ela desejou que não acontecesse. Não importava quem ela tinha sido. Importava quem era agora.

Incapaz de voltar a dormir, e com a lua ainda brilhando do lado de fora da janela em arco de seus aposentos, Margrete atravessou o cômodo até a mesa ornamentada onde encontrara a chave. Atlas se mexeu em sua cadeira, as pernas apoiadas em uma mesa de vidro e com Dani ao lado dela, apoiando a cabeça no ombro da guerreira. Mila por fim desistira da vigília e estava dormindo profundamente, com a cabeça caída para a frente e as costas apoiadas na parede.

Margrete sentou-se diante da mesa e começou a procurar, na esperança de encontrar algo deixado por Malum ou Darius — a quem aquele quarto pertencera. Para sua consternação, não havia mais gavetas escondidas ou compartimentos secretos. Ela agarrou as bordas da mesa, a frustração borbulhando na superfície.

Se não confiasse em si mesma para *não* matar Darius, ela o encurralaria e exigiria respostas.

O deus tinha sido tão terno em seu sonho...

Depois tomou Wryn com o desejo de um homem apaixonado. O calor queimou suas bochechas. Ela precisava se livrar daquelas imagens.

Dane-se Darius e o enigma que ele se tornara. Ela ainda tinha um objetivo: encontrar o local em que ouvira a voz de Bash.

E ela não tinha mais paciência para esperar.

Afastando-se da mesa, vestiu um robe simples e passou furtivamente por suas amigas exaustas. A chave que ela encontrara antes pesava no bolso do robe, batendo em sua coxa a cada passo. Ela não tinha perdido a chave de vista. Sempre que ia largá-la, seu peito se apertava como se a reprovasse. Então ela a manteve em segurança enquanto caminhava até a porta e girava a maçaneta.

É claro que, quando ela abriu a porta, dois guardas que não tinha visto antes a cumprimentaram, ambos ficando em posição de sentido. Eles estavam lá para proteção ou algo sinistro?

Margrete testou a teoria.

— Onde está o portal que me leva para baixo, para o primeiro andar? — Ela imitou o modo como Surria havia falado, um ar de arrogância tornando seu tom cruel e cortante. Os homens trocaram olhares apressados antes que o mais alto pigarreasse. Ela poderia jurar que o segundo espiou o corredor, como se buscasse a aprovação de uma fonte invisível.

— Eles mudam de local a cada três horas, deusa. E a esta hora tardia, o portal que você procura deve estar na biblioteca — afirmou o primeiro guarda, o timbre de sua voz profundo e cheio de advertência.

Lugar estranho para uma porta. Por outro lado, era bastante estranho que as portas *mudassem* de lugar.

— Mostre-me — exigiu, erguendo uma sobrancelha ao ver que ele hesitava. Mas o homem, que usava uma túnica azul-escura com uma onda prateada estampada na frente, endireitou-se com relutância antes de assentir com severidade.

Margrete mordeu a bochecha. Dar ordens fazia com que ela se sentisse como seu pai, mas tudo aquilo era mais um jogo, e ela cumpriria seu papel, não importando o quão desconfortável isso a deixasse.

— Siga-me, deusa.

Ela teve que se conter para não revirar os olhos ao ouvir o título e seguiu atrás do guarda enquanto ele navegava pelos corredores elegantes com movimentos tão rígidos que ela temia que ele rachasse e caísse. Eles deram algumas voltas, passando por criados uniformizados e apressados e por alguns cortesãos bêbados que se beijavam distraídos em uma alcova.

De algum lugar distante, ela ouviu sons de uma festa, música e risadas. Parecia que as festividades não tinham terminado depois do atentado contra sua vida. Quanta devoção, hein?

O último corredor pelo qual o guarda a conduziu finalmente se abriu para uma grande antecâmara, o piso de mármore brilhante refletindo seu rosto carrancudo. Ela parecia preocupada, abatida e um pouco perturbada.

Sua aparência de sempre dos últimos dias.

Margrete estudou as dez portas idênticas que revestiam o espaço circular, todas fechadas e emolduradas com uma prata opulenta e desagradável. Nenhum servo ou cortesão à vista.

— Esta aqui — grunhiu o guarda, apontando para a terceira porta. Ela se assemelhava a todas as outras, mas uma lua crescente dourada quase imperceptível e uma única lágrima tinham sido pintadas logo acima da maçaneta. Ela agradeceu, seu tom áspero uma clara rejeição. Ele se curvou e marchou de volta pelo corredor.

Pelo menos ela não era uma prisioneira, como presumira.

Margrete empurrou a terceira porta e entrou sem fazer barulho. A biblioteca era tão luxuosa quanto se poderia imaginar; dois andares de altura, com milhares de livros encadernados em couro enchendo as prateleiras de mogno superlotadas. Mesas de vidro marinho e cadeiras douradas de espaldar alto estavam dispostas ordenadamente em semicírculo. Em um canto, bem ao lado de um retrato pretensioso de Malum — seus longos cabelos pretos e olhos escuros olhando diretamente para sua alma —, ficava o portal em questão.

Seu coração acelerou e a excitação pulsou em suas veias. Suas companheiras deveriam estar ali com ela, mas não havia tempo a perder e suspeitava de que elas estavam ficando mais fracas, se as olheiras abaixo dos olhos e a pele pálida servissem de indicação.

Depois que a névoa azul e nebulosa do portal se dissipou e ela saiu do outro lado, Margrete examinou o grande saguão do andar principal. Não havia guardas posicionados, o que ela achou estranho, mas Halio lhe dissera que aquela área era considerada neutra, então soldados armados provavelmente iriam contra o acordo.

Então ouviu o som solitário do tique-taque de um relógio acima do primeiro patamar da escada, seu ritmo constante combinando com as batidas em seu peito.

No andar térreo, perto do misterioso salão, a pele de Margrete arrepiou-se. Ela praticamente podia sentir o cheiro característico de pinho e mar de Bash, e ansiava por correr até o portal e...

E o quê?

Porra. Ela não tinha pensado em tudo, e se aquilo fosse alguma história de fantasia que estivesse lendo ela xingaria a heroína e se perguntaria por que ela não havia planejado melhor. No que dizia respeito a Bash, Margrete perdia toda a lógica.

A chave em seu bolso pulsava, a energia muito mais forte do que quando ela estava em sua própria corte. Estava chamando algo próximo? Atraída para uma porta na corte de Halio como ela fora atraída pelas sombras que mascaravam a entrada do reino dos mortos?

Ela olhou para o corredor que a levaria até Bash. Como se sentisse sua presença, a névoa rodopiante de ônix ganhou vida, fazendo sua magia vibrar.

Um aviso. Ela entendeu o que era com cada fibra do seu ser.

Ignorando a sensação das sombras nebulosas arranhando sua pele exposta e girando em torno de suas pernas, Margrete se apressou. Ela praticamente correu pelo corredor, mirando à frente, em busca de seu prêmio, que por acaso era uma porta trancada.

Uma porta *trancada*.

Ela enfiou a mão no bolso, os dedos roçando o metal polido da chave. A sorte finalmente estava do seu lado?

Ao contrário do restante das entradas detestavelmente luxuosas, aquela era emoldurada com nada além de pedras escuras e irregulares, a maçaneta curva moldada no formato de um osso de fêmur rachado. O cheiro de mofo e podridão pairava em todo o ambiente, e uma corrente de ar carregando o aroma de terra selvagem encheu suas narinas. A combinação fez sua pele coçar.

Bash?, ela chamou em pensamento, esperando ouvir a voz dele tão claramente quanto no dia anterior.

Ninguém respondeu, o que não deveria tê-la surpreendido.

Margrete pegou a chave e levou-a até a fechadura. Não pulsava tão forte como antes, mas ela segurou firme, deslizando-a para dentro. Uma emoção percorreu suas costas quando a chave entrou sem resistência.

Ela girou a maçaneta.

Resistência.

Margrete agarrou o osso, as mãos úmidas e escorregadias. Inutilmente, virou a chave, a maçaneta e empurrou a porta, fazendo tudo o que podia para abri-la.

A chave não pertencia àquele portal, o destino trabalhando mais uma vez para diminuir sua esperança.

Algo se enrolou em seu pescoço, *apertado*.

Xingando, ela deixou cair o braço, a chave batendo no chão com um estrondo retumbante. Tateando ao redor do pescoço, ela não encontrou nada além de ar, mas a pressão aumentou, cortando seu oxigênio. O pânico aumentou e ela sentiu gosto de cobre na língua.

— Esta porta é proibida, deusa.

Ela não conseguia se virar na direção da voz profunda, não podia fazer nada enquanto a corda do poder invisível cortava sua pele. Margrete caiu de joelhos, o impacto provocando um silvo.

— Por que você está aqui? — continuou a voz, raiva preenchendo cada sílaba.

Como ela não conseguia respirar, muito menos falar, tudo o que conseguiu foi soltar um suspiro sufocado.

— Ah, me perdoe.

Um momento depois, o laço se soltou e a queimação em torno de seu pescoço foi amenizada por um vento gelado. Margrete ficou de pé e se virou. Manchas pretas pontilhavam sua visão.

Halio. Ele estava diante dela, as mãos enfiadas profundamente nos bolsos prateados, o olhar cinzento estreitado em reprovação.

— E-eu ouvi alguma coisa — disse ela, levando a mão ao pescoço. Deuses, aquilo ainda doía.

Ele estalou a língua.

— Não minta para o Deus da Morte, Margrete. É um insulto.

Ela não estava mentindo, não realmente. Ela *tinha* ouvido uma voz — a de Bash. Em vez de dizer isso, ela passou as mãos pelo robe e encarou o olhar furioso do deus. Como ela encontraria Bash com a porra do Deus da Morte em seu caminho?

— Este, minha querida, é o portal para os mortos. Como tenho certeza de que já descobriu. — Seu foco desviou-se para o chão, onde a chave havia caído. Surpreendentemente, ele não fez nenhum movimento para pegá-la. Na verdade, pareceu recuar um pouco. — A entrada é proibida para todos, exceto para mim.

Ela cerrou os punhos.

— Eu ouvi...

— Eu sei o que você ouviu! — A voz de Halio aumentou e suas narinas dilataram-se, a gentileza anterior uma lembrança distante. — E isso não importa. O homem que você procura está morto e não pode voltar, nem mesmo você pode trazê-lo.

Que. Se. Foda.

Ela não tinha ido até ali para ser mandada de volta.

— Não. — A palavra escapou de sua boca antes que ela pudesse contê-la.

— Não? — Halio ergueu uma sobrancelha escura. A coroa em volta de sua cabeça pulsava com luz branca. Ele deu um passo para mais perto, depois outro, até ficarem quase nariz com nariz. — Você não *me* diga não. Não no meu reino, quando não tenho sido nada além de acolhedor. Faça o que quiser em sua própria corte, mas o reino dos mortos é meu.

Margrete procurou em seus olhos alguma coisa, algum sinal de clemência, um sinal de que ela pudesse negociar com ele. Ela daria *qualquer coisa*. Talvez o desespero dela brilhasse em seu rosto, porque os olhos de Halio suavizaram, apenas um pouquinho.

— *Por favor.* — Sua voz falhou e um soluço estrangulado fez seu peito tremer. Ela fez o possível para deixar de lado as emoções, mas, diante da derrota, todas elas vieram à tona. — Farei tudo o que você pedir. Darei qualquer coisa. *Qualquer coisa!*

Halio soltou um suspiro exasperado. Dando um passo para trás, ele inclinou a cabeça e a estudou, e seu silêncio era pior do que palavras duras.

Justamente quando ela pensou que não aguentaria mais, ele disse:

— Uma promessa desse tipo pode ser perigosa, jovem. Se você fosse sábia, aceitaria o que o destino lhe deu e seguiria em frente. Você não está pronta para o que seria necessário para cumprir tal acordo.

Margrete cravou as unhas nas palmas das mãos. Ela havia prometido fazia muito tempo que o destino nunca mais a dominaria.

— Não me importo. Vim aqui por Bash e não irei embora até salvá-lo.

Sua magia ganhou vida e fios de luz azul e branca vazaram de seus poros. O brilho pousou no rosto de Halio, iluminando suas feições incrivelmente bonitas.

— Por favor — implorou novamente, antes de fazer exatamente o que prometera que não faria. Ela caiu de joelhos e ergueu as mãos em oração. Em submissão.

Não houve outro ruído além da respiração constante de Halio, e ela não se atreveu a dar uma espiada nele por baixo dos cílios abaixados. A antecipação do que certamente seria sua rejeição roubou-lhe o ar, e ela tremeu sob a fina cobertura de seu robe de seda.

Halio emitiu um som entre um grunhido e um rosnado.

— Levante-se, Margrete. Nunca se curve diante de outro deus, nem mesmo da própria Morte. Não faça isso, a menos que haja merecimento. — Ela inclinou a cabeça e encontrou os olhos dele. O cinza neles brilhou antes de se transformar em aço.

Com os pés instáveis, ela se levantou, sentindo-se ao mesmo tempo furiosa e tola.

Uma expressão pensativa contorceu suas feições.

— Por muito tempo, os imortais brincaram com os humanos como se suas vidas fossem joguetes, brinquedos para entretenimento. — Seu lábio superior se curvou para trás. — E os Deuses do Mar estavam entre os piores. É culpa deles que seus monstros tenham sido soltos no reino mortal, causando caos e morte. Muito mais mortes do que o previsto. E, como você sabe, mexer com o destino é realmente uma coisa perigosa.

— Por que você e as outras divindades não fazem nada a respeito? — perguntou ela. — Todos vocês têm poder? Por que não intervir e salvar os humanos?

— Ao contrário do restante, não posso deixar estas terras. Mas no que diz respeito aos outros deuses, eles simplesmente não se importam. Quando você vive muito, o que antes era importante perde o sentido. Além disso, os mares não os afetam, então eles não têm motivo para agir. Somente Surria poderia ter subjugado seus filhos, mas ela gosta de ver a anarquia se desenrolar — acrescentou Halio com desgosto. — Ela pode usar vestes alvas, mas por trás de tal pureza existe uma crueldade que faz com que até eu estremeça.

— Soube o que ela fez seus filhos passarem na ilha. — Margrete se aproximou. — Se for verdade, ela é um monstro. Por fazer o próprio filho matar a amada.

Ela podia odiar Darius, mas ninguém nasce mau. O mal é alimentado.

Halio inclinou a cabeça, deixando sua expressão suavizar.

— Sim, mas os deuses originais foram criados assim, deusa. Eles nunca foram humanos e não estão familiarizados com a empatia que você carrega.

Margrete se sentia *principalmente* ela mesma. Estava com mais raiva, talvez, e sim, ela sentia sua magia com uma clareza que a assustava. Mas sua empatia, seu coração? Ela sabia que estavam intactos. E seu coração batia por um homem que o roubou no segundo em que ela o viu no *Phaedra*.

— Não me importo em ser uma deusa ou ter poderes — admitiu. — Só desejo pegar Bash e retornar ao reino mortal. Outra pessoa pode ficar com *isso*. — Ela fez um gesto para si mesma. — Não quero.

O Deus da Morte riu.

— Receio que não funcione assim.

Ela rosnou.

— Bem, então usarei todo o poder que tenho para salvá-lo. Não me importo com o que será preciso. Que crimes devo cometer. Quem eu tenho que *matar*. — A última parte deveria tê-la aterrorizado, mas não fez este efeito. Ela estava falando sério.

As íris de Halio brilharam mais uma vez.

— Sei que quem não quer o poder são os mais adequados para tê-lo — refletiu, começando a rodeá-la vagarosamente, com as mãos cruzadas atrás das costas. Mordendo a língua, ela esperou até que um minuto se passasse e ele parasse abruptamente na frente dela. — Farei um acordo com você, Margrete de Prias — anunciou Halio. — Uma alma pelo preço de milhares.

— Como é? — Ela se aproximou, sem entender o que ele queria dizer.

— Catorze dias — entoou Halio, sua voz parecendo abalar as paredes que os cercavam. — Catorze dias para corrigir os erros dos deuses do mar anteriores e destruir suas feras vorazes, e seu rei terá outra chance na vida.

Margrete quase desmaiou de alívio. Ela abriu a boca para agradecer, mas ele ergueu a mão, interrompendo-a.

— Estou longe de terminar, deusa. Você levará Darius com você, unirá sua magia com a dele e matará as criaturas. Ele causou essa bagunça e deve ajudar a limpá-la. Além disso, ele tem uma lição a aprender e estou interessado em fornecê-la.

— Eu não preciso dele — rosnou Margrete, mas Halio balançou a cabeça.

— É a minha condição. Se você conseguir que ele concorde com os termos, farei o acordo com você.

A raiva de Margrete voltou com força total, e fios azuis apareceram nas pontas de seus dedos, um brilho escorrendo das palmas de suas mãos e fluindo pelo corredor. Ela não precisava de Darius para matar os monstros. Se a vida de Bash estivesse em risco, ela destruiria todos eles em um dia.

— Se você falhar — continuou Halio, sem se deixar intimidar por aquela exibição inexpressiva —, não apenas seu rei será forçado a retornar para cá, mas também todas as almas da ilha de Azantian.

Ela congelou. O tempo parecia ter parado completamente.

— O quê? — A pergunta foi um grito. — Por que você iria querer isso? Presumi que desejasse consertar os erros de Darius e de seu irmão, consertar o destino!

— Eu desejo — disse Halio suavemente. — Para começar, Malum não tinha o direito de criar Azantian, e seu povo é mais poderoso do que qualquer ser humano tem o direito de ser. Isso vai contra a ordem natural.

— Então por que você ainda não a destruiu? — desafiou Margrete.

— Porque apenas um acordo firmado no sangue de um deus do mar poderia me permitir destruí-la. Azantian pertence ao mar e não posso pegar o que não é meu.

O coração de Margrete quase parou. *Azantian*. Se ela falhasse...

— Decida agora, Margrete. Paciência nunca foi uma das minhas virtudes.

Primeiro, ela precisava fazer com que Darius concordasse em ajudá-la. Então, ela teria que matar os monstros que escaparam da ilha. Margrete de repente sentiu a desesperança sufocá-la. Ela não sabia o número exato de feras que haviam escapado e não tinha certeza de quantas nymeras tinham sobrevivido depois do ataque na ilha. Ela só conhecia a mãe de Bash.

Margrete estava encurralada em uma decisão impossível. Ela queria ser egoísta, fechar o acordo sem pensar e segurar Bash nos braços. No entanto, sabia que, se ela não cumprisse o acordo, milhares de vidas seriam ceifadas.

Mais uma vez, ela pensou em seus livros de fantasia favoritos. O herói não colocaria em risco a vida de quem cuidava. Heróis não eram tão egoístas.

Mas ela não era nada parecida com heróis; ela era *real*.

Margrete já havia se decidido quando abrira o portal para o Submundo. Ela se decidira no momento em que Bash dera seu último suspiro...

— Eu tenho minha própria condição — disse ela. — Eu quero a alma de Bash. Quero que ele me acompanhe durante as duas semanas.

Halio zombou.

— Ele seria uma alma sem corpo. Um espectro.

— Ele ainda tem um corpo — rebateu. — Está na ilha de Surria. — Ou para onde quer que sua mãe o tenha levado. Ela teria que vasculhar os mares quando subissem. Mas ela o encontraria.

— Você está pedindo demais — rosnou Halio, um músculo em sua mandíbula se contraindo. — Me orgulho de minha civilidade e do meu charme, mas em questões como esta normalmente não sou tão tolerante.

— Conceda-me isso e farei o acordo. Se você acha que vou falhar, conseguirá apagar Azantian do mapa.

O ácido cobriu sua língua enquanto ela falava, mas ela *precisava* fazê-lo concordar.

Outro minuto se passou. O Deus da Morte parecia entre cortar a garganta dela e adormecer. Então por fim disse:

— Então vamos ver se o seu coração é puro ou se o seu próprio egoísmo a levará à ruína. Temos um acordo.

A dor começou assim que a palavra final saiu de seus lábios.

Seu braço. Ela olhou para baixo, observando enquanto tinta escura se espalhava em torno de sua nova tatuagem de chamas. Vinhas rodopiantes, cheias de espinhos, enroladas em chamas cinzentas, letras antigas florescendo como flores mortais ao longo da escuridão crescente.

— O que você fez? — perguntou ela com os dentes cerrados. Margrete estendeu o braço enquanto levantava o queixo para Halio.

— Um acordo firmado entre deuses está sempre vinculado a duas coisas. — Ele deu um passo para mais perto. — Tinta e sangue.

Ela fez uma pausa. Aquilo não explicava como sua nova tatuagem surgira na ilha de Surria. Ela não fez nenhum acordo com outro deus além da promessa que fez a si mesma. Margrete quis perguntar, mas a ardência em seu braço tornava quase impossível falar.

Halio pegou a bainha escondida sob a jaqueta e tirou uma adaga. Os lábios de Margrete entreabriram-se, mas já era tarde demais. Halio cortou o desenho giratório já gravado em seu braço, criando um corte único e raso. Contas azuis escuras borbulharam na superfície quando ele cortou o próprio antebraço.

— Última chance de recuar — alertou o Deus da Morte.

A tatuagem se espalhou até envolver a única gota preta escorrendo das chamas. Ela reluziu em um branco brilhante antes de voltar ao ônix, e Margrete sibilou de dor, quase como se a adaga de Halio tivesse perfurado aquele ponto exato.

— Não vou recuar — rosnou, ignorando a dor, ignorando toda a lógica e o bom senso. — Faça o acordo. Agora.

Halio assentiu, mas pela primeira vez uma pitada de emoção cruzou seu rosto, algo semelhante a remorso. Ou hesitação. Mas ele ainda assim levantou o braço e pressionou-o contra o ferimento dela, um corte que estava cicatrizando rapidamente.

As sombras brilharam em um tom escuro sinistro antes de se afastarem, abandonando o corredor e os deuses que haviam feito um acordo que poderia terminar em uma morte inimaginável.

Ela simplesmente arriscara *tudo* por um homem. Dúvidas começaram a surgir, embora seu coração batesse com um propósito renovado.

Não. Ela não perderia aquele jogo, porque era assim mesmo. Os deuses gostavam de atacar os fracos. Mas Margrete nunca tinha sido fraca e recusava-se a perder aquela luta. Ela faria qualquer coisa pelo homem que salvara sua alma.

Até mesmo condenar o único lugar que ele jurou proteger.

Se ela falhasse, ele nunca a perdoaria.

CAPÍTULO ONZE

MARGRETE

— Você está fora de si? Que merda você fez? — Mila bateu a taça na mesa de mármore, sua raiva palpável enquanto estudava a adição à já macabra tatuagem de Margrete.

Os espinhos frescos eram afiados e grotescos, as chamas congeladas presas pela sinuosa prisão de espinhos. Assim como ela ficara presa em seu acordo com a Morte.

— Fiz o que tinha que fazer — respondeu Margrete friamente.

Ela escolheu um vestido branco de seu armário, sentindo-se um tanto desequilibrada.

— Você não precisava fazer nada...

— Não me questione — ordenou, sem querer ouvir. — Fiz um acordo com um deus e, se tivermos sucesso, teremos Bash de volta. Para sempre.

Atlas, sentada em um canto do quarto, cheia de ceticismo estampado em seu rosto endurecido, ergueu uma sobrancelha. Ela não estava nada satisfeita.

— E o que exatamente esse acordo implica?

Margrete suspirou. Sabia que *deveria* contar a elas, mas o temperamento de Mila poderia levá-la a fazer algo precipitado e, para ser honesta, Margrete era covarde demais para compartilhar toda a verdade...

Que Azantian pereceria se ela falhasse. Que as pessoas e a ilha que ela aprendeu a amar seriam engolidas pelo mar.

Aquilo seria o seu segredo, o seu fardo e, se não conseguisse, queria afogar-se sozinha. Suas amigas não precisavam se afogar com ela.

— Fiz um acordo com Halio ontem à noite — admitiu cuidadosamente. — É baseado na condição de Darius se juntar a mim, mas fui encarregada de caçar e matar os monstros soltos no reino humano. Teremos catorze dias para matá-los ou... ou Bash permanecerá aqui para sempre. — Mais uma vez, ela deixou de fora Azantian, com as bochechas esquentando. Ela nunca se sentira tão podre, tão vilmente egoísta.

Pare. Você está fazendo isso por Bash. Seja forte. Mais durona, pensou. Mas ela era? Ou estava se tornando exatamente igual ao deus do mar que odiava?

Os limites tinham ficado muito confusos.

— O que você não está dizendo? — A voz pequena e hesitante pertencia a Dani. Ela entrou no quarto com pés leves, os cachos formando uma auréola em torno de seu rosto delicado. Seu olhar era tão penetrante como sempre, e Margrete estremeceu sob ele. A garota via demais. Especialmente desde que chegara ali.

Por apenas um segundo, a chave em seu bolso vibrou, pulsando com consciência. Dani, como se também sentisse, olhou para o bolso de Margrete. Ela encarou o local por um tempo até afastar os olhos com os lábios franzidos.

— Vocês podem se juntar a mim ou não, mas o acordo está feito.

Margrete passou por todas e foi direto para a porta. Procurou a chave no bolso, mas desta vez ela não respondeu como antes, apenas reagindo com um zumbido fraco.

Antes de abrir a porta e sair, uma batida soou.

— Entre — ordenou, dando um passo para trás e tentando recuperar a compostura. Era praticamente inexistente.

A porta se abriu, revelando uma Dawn cintilante.

— Fui enviada para entregar esta mensagem, deusa. Aconselho

humildemente que aceite de imediato. — Um convite violeta estava no centro da palma estendida.

Margrete pegou o papel e inspecionou a intrincada escrita dourada.

Você é a convidada de honra de Calista para o baile que será realizado esta noite na Corte do Amor.

Convidada de honra. Ela duvidava muito disso.

Ela estava prestes a dizer que não poderia comparecer quando um novo plano tomou forma. Darius estava de volta ao Submundo. Ele estava ali e ela *precisava* dele naquele momento. Certamente ele já estaria curado e seria convidado para o baile, e se ela jogasse bem as cartas, poderia convencê-lo a concordar com seu pedido. Ele devia a ela muito mais do que isso.

À medida que o nome dele passava por sua mente, o mesmo acontecia com a lembrança do sonho da noite anterior. Envolvida por seus braços, os beijos quentes subindo e descendo por seu pescoço...

— Diga a Calista que estaremos lá — ela instruiu a uma Dawn surpresa, cujos lábios carnudos se abriram. Ela esperava uma briga. Para sua tripulação, Margrete disse: — Preparem-se. Esta noite jantaremos, beberemos e colocaremos nosso plano em ação.

O portal para a Corte do Amor ficava no patamar do quinto andar.

Dawn havia chegado uma hora antes para ajudar Margrete a se preparar, e ela estava grata pela criada ter feito isso. O vestido prateado e justo que ela usava tinha sido habilmente combinado com saltos altos, e seu cabelo espesso estava preso em um elegante penteado de tranças intrincadas, um estilo que ela certamente não teria conseguido fazer sozinha. Para completar, Dawn a maquiara com a mão habilidosa de uma artista, os lábios de um vermelho delicioso e os olhos escuros e esfumaçados com kohl.

Naquela noite, enquanto viajava pelo portal de Calista — com Atlas, Dani e Mila como acompanhantes —, ela ostentava uma aparência polida como a máscara que era. Desempenhara um papel durante a maior parte de sua vida. O que seria mais uma noite?

Vários membros de outras cortes entraram em fila em uma antecâmara circular a partir de diferentes portais, todos radiantes e vestindo a cor associada à casa do deus a que pertenciam. Muitos levavam símbolos ornamentais presos aos vestidos ou casacos na forma de broches ou joias, como o arco de Brielle ou as escamas de Themis.

Os pertencentes à corte de Charion exibiam violentos vermelho e laranja, enquanto a casa de Brielle vestia tons de terra selvagem, tons de verdes, marrons e uma explosão ocasional de amarelo triunfante. Os poucos da corte de Halio, sem surpresa, usavam preto, mas as rendas delicadas e as sedas brilhantes eram de qualidade incomparável.

Margrete imaginava que aqueles em marfim, branco e cinza-claro pertenciam a Surria. Ela suspeitava que a deusa se considerava acima do resto dos imortais, assim como os céus sem fim que ela governava. O tom escolhido da neve mais pura era apenas uma pequena mentira usada para encobrir a verdade perversa.

O salão de baile em que entraram era algo saído de um sonho pecaminoso de verão. Brilhantes fogueiras fúcsia ganharam vida, sustentadas pelos cerca de trinta suportes de prata posicionados ao redor da câmara curva. As paredes eram escovadas em um tom violeta profundo e, quando Margrete semicerrou os olhos, quase conseguiu distinguir algum tipo de desenho incomum...

Bem, então.

Sim. Havia figuras gravadas em uma cor perolada translúcida nas paredes, todas em... posições comprometedoras. As bochechas de Margrete coraram quando ela se deparou com uma pose particularmente indecente entre amantes que desafiavam a gravidade.

Inclinando o queixo em direção ao teto — e evitando as ilustrações sensuais —, ela encontrou globos de luz flutuantes. Eles pairavam pela sala como estrelas presas, o brilho suave lançando um calor pecaminoso sobre as centenas de almas brilhantes reunidas.

Na verdade, eram tantos os presentes que mal dava para contar. Os cortesãos imortais seguravam taças de cristal cor-de-rosa, riam e conversavam. A pista de dança estava lotada e um violino tocava ao lado de uma harpa extravagante enquanto os convidados se perdiam alegremente no tema da noite: ganância pecaminosa.

— Santos deuses... bem, santos *vocês* — Mila sussurrou ao seu lado. Ela passou as mãos trêmulas pelo vestido azul-escuro que ia até o chão, com uma fenda indecente subindo pela coxa. Manchas de mãos úmidas ficaram em seu rastro, e o peito de Margrete apertou, sabendo que não tinha nada a ver com nervosismo, mas tudo a ver com a pressão a que seu corpo estava submetido. O rosto de Mila estava mais pálido do que nunca e seus passos trêmulos também não passaram despercebidos.

Atlas usava um terno turquesa sob medida, sem camisa por baixo. A guerreira parecia melhor que Mila, e até um tom levemente rosado brilhava em suas bochechas. Ela só parou de ajustar a roupa quando Dani lhe deu um sorriso de apreciação, um tom vermelho aparecendo em suas bochechas. A beleza tranquila usava um vestido simples cor de estanho polido que ia até os joelhos, o material grudado em suas curvas generosas e fazendo lembrar o luminoso casaco prateado que Halio usara no jantar. Margrete tinha certeza de que Atlas a achava igualmente atraente. Na verdade, a saúde de Dani parecia estar estranhamente melhor, a pele fresca e os olhos brilhantes. Era estranho, mas Margrete não estava achando ruim.

Uma criada se aproximou usando um vestido cor-de-rosa avermelhado na altura dos joelhos e um avental branco elegante amarrado na cintura estreita. Margrete aceitou a bebida rosada que ela ofereceu, engolindo o conteúdo de uma só vez para pegar mais uma taça antes que a mulher fosse embora. Ela nem havia pensado que poderia estar envenenada — sua ansiedade estava neste nível. Como não morreu imediatamente, tomou outro gole generoso da segunda taça.

— Nervosa?

Margrete reconheceu a voz profunda de Halio antes de se virar. O deus da morte usava um casaco preto de brocado e calça da mesma cor, a coroa prateada ainda mais brilhante sob a iluminação etérea.

— De jeito nenhum — mentiu. — Vou convencer Darius com bastante facilidade. — Tomou outro gole. Tinha gosto de morango e o líquido queimou agradavelmente ao deslizar por sua garganta.

— Espero que sim, deusa — disse Halio, afastando um cacho preto solto. — Seu tempo já começou a correr.

Ela congelou, a bebida em suas mãos a poucos centímetros dos lábios.

— Eu pensei que só começaria quando chegássemos ao reino mortal.

Halio balançou a cabeça, os olhos franzidos no que poderia ser confundido com preocupação.

— Não, tudo começou quando nosso sangue se uniu como um só.

Merda. Merda. Merda.

Isso significava que ela tinha que convencer Darius *naquela noite* e partir o mais rápido possível. Um dia inteiro tinha sido desperdiçado. Sua magia acordou e seus dedos formigaram enquanto gotas azuis brilhantes giravam em torno de suas mãos.

Halio *tinha* dito a ela para não confiar nele. Ela deveria saber que ele deixaria essa parte de fora.

— Bash terá permissão para deixar o reino durante a caçada, conforme combinamos? — questionou, cheia de pânico e raiva que faziam a sala girar.

Halio assentiu.

— Que bom. Então onde está Darius?

Estava farta de conversa fiada. O tempo estava escorregando por entre seus dedos como areia. Ela deu as costas ao deus da morte e examinou a multidão. Sua magia se estendeu, procurando, chamando Darius. Se eram feitos da mesma alma, certamente ela o encontraria.

Halio riu.

— Tenho certeza de que ele está apenas esperando para fazer uma grande entrada. Ele não perderia a chance de ver você esta noite. — Seu tom continha uma sugestão que ela particularmente não gostava.

— Certamente não estou ansiosa...

Margrete parou no meio da fala, pois ao se virar viu que Halio havia ido embora, desaparecido na multidão. Ela gemeu, retomando a varredura do salão de baile. Momentos depois, suas amigas se aproximaram.

Porra. Mila fez uma careta enquanto avançava, mas tropeçou e precisou se endireitar rapidamente. Ela parecia ainda pior do que minutos antes. Dani segurava o braço de Atlas, e Margrete teve certeza de que Atlas estava apoiada na pequena marinheira, com o olhar nublado.

Queria perguntar como elas estavam, mas suspeitava que iriam encher seus ouvidos com mentiras. Em vez de perder o tempo que suas amigas não tinham, ela se dedicou à missão que tinha em mãos.

— Fiquem de olho em Darius. Vou procurá-lo agora mesmo — avisou quando chegaram perto, estudando as bebidas frescas em suas mãos. Mila bebeu a dela sem vergonha e já foi acenando para um criado pedindo outra. Ela estava morrendo lentamente, mas poderia beber sem limites.

Quando elas se separaram para investigar, Margrete vagou pelo salão, sorrindo tensamente quando alguns membros de sua corte se curvaram. Ninguém a olhava nos olhos, e ela percebeu como tremiam como se estivessem com medo. Isso lhe disse tudo o que precisava saber sobre o tratamento que os imortais davam às suas cortes.

Outra taça lhe foi oferecida, e ela não hesitou em pegá-la. Misturar-se com os deuses exigia muita bebida.

— Então você veio.

Margrete parou, a taça pousada nos lábios. A voz excessivamente doce veio de trás dela, e ela se virou, estampando um sorriso falso nos lábios.

Surria.

— Que surpresa agradável — respondeu Margrete, apertando os dedos na haste da taça.

Sorria, ela lembrou a si mesma. *Deixe-a pensar que você é fraca.*

A Deusa do Vento e do Céu usava um vestido de tule branco com decote profundo. Pérolas brilhantes estavam trançadas em seus cabelos dourados, que haviam sido arrumados em um meio penteado, deixando livre o rosto em formato de coração. Margrete amaldiçoou o quão deslumbrante ela estava. Ninguém *tão mau* deveria possuir tal beleza.

— Estava esperando por você — disse a deusa, sua voz uma melodia assustadora que Margrete queria apagar de sua memória. — Não tivemos muito tempo ontem com toda a comoção. — Ela acenou com as mãos delicadas no ar. — Mas já faz algum tempo que eu queria ficar a sós com você. Embora o assunto não seja tão privado como eu gostaria.

Margrete cerrou os dentes. Sua boca se retesou de desconforto na tentativa de impedir que seus lábios se transformassem em uma carranca.

— Sobre o que você quer falar?

Assassinato? Os filhos vilões? Sua crueldade indescritível?

Os pálidos olhos azuis de Surria examinaram Margrete da cabeça aos pés. Seus lábios se torceram com o que quer que ela tenha visto.

— Cometi um erro há muitos anos com meu filho — começou ela, baixando a voz em um sussurro quase conspiratório. — Darius sempre foi o mais... sentimental dos dois, e pensei que, se lhe desse um *empurrão*, ele ficaria mais forte. Para se tornar o líder que eu gostaria que fosse.

Margrete não queria ficar ali ouvindo mentiras. Então não respondeu, preferindo erguer uma sobrancelha como se dissesse: *E?*

Surria recostou-se, seguindo com sua avaliação sem fim. Margrete não pôde deixar de sentir desejo na presença da mulher, e isso fez sua pele arrepiar.

— Visto que você gosta de sutilezas tanto quanto eu, serei franca — continuou Surria, com a voz rouca, e o coração de Margrete trovejou. — Eu não quero você aqui. Eu *nunca* quis você aqui. Mas meu filho se recusa a me perdoar e ele é tudo o que me resta. Tanto trabalho por uma criança. Minha única esperança. — Ela lançou um olhar penetrante para Margrete, como se perder Malum fosse de alguma forma culpa dela. — Portanto, desejo... fazer as pazes.

Margrete não conseguiu conter a risada. Saiu como um bufo.

— Estou divertindo você? — Os olhos claros da deusa brilharam prateados. Um aviso flagrante.

Margrete pigarreou, acalmando-se.

— Hum, não, mas é difícil acreditar que você realmente se importa com seu filho depois das histórias que ouvi. E se *eu* posso ser franca, simplesmente não acredito em você.

Ela começou a se afastar — para encontrar o homem de quem falavam

—, quando dedos como granito se enrolaram firmemente em torno de seu braço. Instantaneamente, o poder de Margrete sibilou, reagindo, o calor subindo por sua barriga.

Surria se aproximou, seu hálito fresco fazendo cócegas na orelha de Margrete.

— Você perdeu alguém que ama, certo? Talvez uma grande perda mude uma pessoa, não é? — O aperto em seu braço começou a arroxear e Margrete reprimiu um gemido. — É visível a sua mudança. De uma nobre inocente e, francamente, chatíssima, para uma criaturinha vingativa que não conhece os limites de seu alcance — zombou Surria. — Eu teria muito cuidado se fosse você. É uma ladeira escorregadia. Não gostaria que você caísse.

Aqueles dedos implacáveis a libertaram e a pele de Margrete queimou. O sorriso de Surria tornou-se tortuosamente calculista, o vestido longo tremulando enquanto ela deslizava de volta para a multidão, as palavras finais um sinistro presente de despedida.

Margrete sentira a mudança. Sentira que tinha escorregado, tornando-se uma pessoa que mal reconhecia, com uma ganância que ofuscava todo o restante. Mas isso não significava que ela tivesse se perdido completamente, não é?

Não. Surria estava apenas tentando atraí-la, e ela não cairia em tal trapaça.

Você não é nada parecida com Darius, insistiu consigo mesma. *Você ainda* se importa...

Mas a verdade é que... ela *não sabia* até onde iria. Inferno, ela já tinha apostado Azantian, então talvez...

Não. Ela cessou todo e qualquer pensamento sobre a deusa dúbia. Margrete tinha que se concentrar e encontrar Darius. Uma vez que conseguisse controlar o bastardo, chafurdaria e consideraria cair em desgraça mais tarde.

Com outro gole generoso de sua bebida, Margrete examinou o salão mais uma vez, guardando cuidadosamente cada detalhe daquele luxuoso evento.

A festa da deusa do amor era exatamente como ela esperava.

As pessoas descansavam em sofás de veludo, com os membros emaranhados enquanto o vinho e outras bebidas fluíam livremente. Todos os presentes pareciam semelhantes a Dawn: capazes de tocar, beijar e beber, os corpos brilhantes aparentemente sólidos, mas nem tanto.

Com a taça já meio vazia e um zumbido agradável se instalando em sua barriga, Margrete partiu para uma câmara afastada do salão principal e dos sons estridentes de música e risadas. Aquele novo cômodo estava decorado com milhares de rosas, e pétalas vermelhas e cor-de-rosa cobriam o chão de mármore como gotas de chuva caídas. Tinha um cheiro divino, e cada inspiração fazia com que sua cabeça ficasse tonta com o aroma inebriante.

Quando bebeu o último gole, outra taça cheia apareceu em suas mãos. Sua testa franziu. Ela não se lembrava de ter pego outra. Ainda assim, bebeu, viciada no calor e na tontura que tomavam conta dela e acalmavam suas preocupações inquietantes.

Uma pequena voz no fundo de sua cabeça lhe disse para observar o quanto ela consumia, mas aquele cheiro avassalador empurrou de lado aquela voz sensata e a abafou.

Na vasta e luxuosa sala de rosas, Margrete quase se esqueceu do propósito de sua presença naquela festa. Simplesmente observou os cortesãos com um interesse quase hipnótico enquanto eles riam, se tocavam e se beijavam, e quando ela imaginou Bash, não foi dor o que sentiu.

Ele teria gostado disso, ela pensou, ficando ainda mais tonta. Claro, ele já a teria forçado a ir para a pista de dança. Ou a teria levado para um espaço mais privado. Sim, ele sem dúvida a teria levado para uma alcova secreta e a beijaria até deixá-la sem sentido, com aquele sorriso malicioso em seus lábios enquanto sussurrava promessas perversas em seu ouvido.

Margrete suspirou, sonhadora, e desabou na poltrona de veludo mais próxima.

Com a visão turva, ela avistou Calista do outro lado, movendo-se entre os convidados da festa com um largo sorriso no rosto etéreo. Seu luxuoso vestido de seda magenta deixava pouco para a imaginação, e uma fenda alta subia por sua coxa bronzeada. Margrete inconscientemente se inclinou para frente, observando com muita atenção enquanto a deusa cumprimentava seus convidados e fluía pelo espaço. Só quando desapareceu de vista foi que Margrete saiu da névoa.

A Deusa do Amor. Como o título enganava...

Margrete sabia a diferença entre amor, encantamento e obsessão, e certamente não era *amor* o que ela sentia sempre que olhava para a mulher.

A música mudou de tom, tornando-se mais profunda, mais sombria e, sem Calista para distraí-la, ela se ajeitou no assento, a cabeça zumbindo com magia. Pelo canto do olho, notou o redemoinho de mãos, lábios e línguas. Margrete não conseguia parar de olhar, mesmo que quisesse. O espaço parecia primitivo, e um calor que não era sua magia se enrolou profundamente em sua barriga.

Ela levou a taça aos lábios. Estava quase vazia. De novo.

Alguém envolveu sua cintura com a mão e um corpo se jogou na almofada ao lado dela. Ela mal se encolheu quando a frieza dele queimou a lateral de seu corpo, e uma dor deliciosa começou a pulsar em seu âmago.

— Olá, deusa — disse um dos homens mais bonitos que ela já tinha visto. Com base em sua boca sorridente, ele sabia disso também, mas com a bebida viciante em sua mão e a música sobrenatural vibrando em seus ouvidos, ela não conseguia se lembrar por que deveria se importar. Deuses, tudo ficou tão deliciosamente confuso, e isso foi muito, muito rapidamente.

A mão pálida do estranho desceu até sua coxa, o material de seu vestido fino o suficiente para que ela sentisse a frieza de seus dedos.

Por que aquele toque era tão bom? *Não deveria*, pensou Margrete, franzindo a testa. Não parecia certo, nem quente nem tão sólido quanto...

— Eu removeria essa mão se você tem amor a ela.

A frieza em sua coxa desapareceu num piscar de olhos.

— E-eu... mil perdões, meu senhor — gaguejou o belo homem, levantando-se e quase correndo para fora da sala como uma criança medrosa que tinha sido repreendida.

Margrete ergueu o olhar lentamente, observando um terno feito no tom mais profundo de azul. Para cima, para cima, para cima ela viajou, até que saboreou o rosto do homem que fez a ameaça.

— Olá, querida. — Darius sorriu largamente. — Sentiu minha falta?

CAPÍTULO DOZE
BASH

Bash estava deitado na areia, passando a tarde com seu amor. Ela estava perto da costa, sua irmã gritando enquanto Margrete a perseguia. Elas bagunçaram suas roupas, água espirrando por toda parte enquanto corriam na direção das ondas. Margrete por fim alcançou Birdie, balançando-a nos braços enquanto a garota sorria largamente.

Ele poderia observá-las por horas. Ambas viveram pouca alegria sob o teto do capitão, e ao ver o quanto Birdie havia florescido sob o sol Azantiano em tão pouco tempo, seus lábios se esticou como os delas — um sorriso radiante se formou entre suas bochechas.

Enquanto as observava brincar, algo estranho apertou seu peito.

Parecia um alarme, o que não deveria ser possível, dado o quão contente ele estava segundos antes. Mas lá estava, uma onda de medo percorreu sua espinha e o fez sentar-se direito. Margrete e sua irmã não pareceram notar nada de errado, e ele poderia ter ignorado completamente o aviso se não fosse por uma coisa...

Enquanto a cena anterior continuava a acontecer, outra visão tomou forma ao seu lado.

Era como olhar para um reflexo distorcido.

Margrete estava diante da sombra iminente de um homem com o rosto obscurecido pela escuridão. Ela usava um vestido prateado de tiras que ele nunca a tinha visto usar, e seus traços eram suaves e quase vidrados, como se ela tivesse bebido muito vinho. Os lábios pintados se moviam enquanto ela falava com um companheiro invisível, o choque evidente na forma como seus olhos se aguçavam.

A visão vacilou, mas Bash agarrou-se a ela, ignorando o espetáculo muito mais feliz à sua esquerda. Ele não conseguia desviar o olhar do fantasma de Margrete, pois ela parecia diferente. Etérea.

A forma sombria aproximou-se dela, a mão alcançando sua cintura. Ela permitiu.

— Bash! Venha!

Ele se encolheu, forçando sua atenção para a margem onde Birdie havia jogado água na camisa da irmã. Ela acenou com a mão, pedindo-lhe que se juntasse a elas.

Seu corpo zumbia, dividido entre correr para a praia e tentar aprimorar a visão misteriosa que se desenrolava ao lado. Ele sabia que não pertencia àquele lugar... embora não entendesse por quê. Ele apertou o maxilar, o desconforto voltando.

— Bash! — gritou Margrete novamente, com a voz mais insistente. — Venha aqui antes que eu arraste você!

Ele sibilou quando uma luz brilhante o atacou. Fechando os olhos com força, ele aspirou a brisa fresca do mar, afastando o lapso momentâneo de insanidade que tinha sofrido. Não era real. Caramba, nem fazia sentido.

Quando ele abriu os olhos, o mundo ficou certo mais uma vez, e Bash saltou de onde estava para correr pela areia e tirar Margrete do chão. Ainda assim, não conseguiu se livrar da sensação de algo estar *errado*, e isso o seguiu muito depois que as sombras levaram a visão, entregando-o a mais uma cena em que seu coração estava cheio de amor.

CAPÍTULO TREZE
MARGRETE

— Darius.

Margrete pronunciou o nome dele com uma voz quase irreconhecível. Era profunda, baixa e rouca. *Sedutora*.

Ele parecia deslumbrante diante dela, muito *bonito*. Por que ela estava brava com ele mesmo? Havia algo que a deixara chateada, mas agora tudo o que ela queria fazer era agarrar as lapelas do casaco dele e puxá-lo para mais perto.

O olhar de Darius derreteu e seus olhos se contraíram. Ele não se moveu nem um centímetro, não se pressionou contra ela como ela queria. Em algum lugar no fundo de sua mente, ela se lembrou de seu sonho, da maneira sensual como ele havia tomado Wryn. Como os gemidos dele encheram o ar quando ele estava profundamente dentro dela. Perdido em seu prazer.

Ela não deveria estar pensando nisso. Relembrando o sonho. *Corando* por causa dele.

Margrete afogou sua confusão com outro gole do veneno cor-de-rosa borbulhante que balançava em sua taça.

— Droga, pequenina — disse Darius com os dentes cerrados, seu controle um fio prestes a romper. — Você não deveria ter entrado nesta sala. E não deveria estar com um cheiro tão delicioso. Está tornando muito difícil ser um cavalheiro. — O descontentamento ecoou em seu tom de voz, embora ela não conseguisse entender por que ele estava irritado. Tudo era tão lindo. *Ele* era lindo.

E aquela sala peculiar e todas as pessoas ali, os corpos se movendo como um só e entregando-se aos instintos mais primitivos? Era o paraíso na Terra. Ou melhor, um paraíso no Submundo.

O mundo fora feito para ser desfrutado, percebeu Margrete enquanto a bebida continuava a aquecer seu ventre. Ela não deveria perder tempo agindo contra seus desejos. Seu sangue ferveu, o coração pulsou e ela sentiu febre quando a música mudou para um tom mais animado. Ao redor, os cortesãos se moviam, as roupas arrancadas dos corpos, gemidos suaves enchendo o ar. Margrete ficou encantada com a visão do prazer que acontecia diante de seus olhos e ansiava por fazer parte de tal magia.

Lentamente, ela voltou os olhos para o deus do mar. Seus punhos estavam cerrados, e o maxilar, tenso. Ela o avaliou sem pressa, e ao mesmo tempo desconsiderou os sinos de alerta em sua cabeça dizendo-lhe para fugir dali.

— Venha aqui — murmurou para Darius, mas a voz não era a dela. Ela riu do som estranho. — Quero que você se aproxime. — Ela tinha que *tocar*. Sentir. Se não o fizesse, sabia que morreria. Simplesmente morreria ali mesmo. As bebidas que ela consumira davam a tudo um tom sobrenatural, e ela jurava que o móvel em que estava sentada brilhava. O tecido que tocava seu corpo era muito gostoso, as sensações muito avassaladoras. Ela passou as mãos pelas alças do vestido, suspirando quando uma delas deslizou por seu ombro.

Ela precisava daquilo.

Uma mão firme segurou seu pulso.

— Você precisa vir comigo. *Agora* — exigiu Darius, a respiração falhando. O olhar em seus lábios. Os olhos brilhando de tesão.

Margrete balançou a cabeça, confusa.

— Mas estamos em uma festa! Venha, sente-se. — Ela deu um tapinha no espaço vazio da chaise. Ele não se mexeu quando ela tentou puxá-lo para o lado dela, o corpo imóvel como granito. Darius apenas observou o local com uma fome tangível, mas não se moveu. Por quê?

O riso subiu acima das notas do violino, e Margrete lançou outro olhar ao seu, notando os corpos nus entrelaçados, os gemidos que ela tinha ouvido aumentando em tom.

Ela estava com muito calor. Estava pegando fogo? Essa devia ser a explicação mais provável. Ficou ainda mais quente quando olhou para Darius e se perguntou se seu cabelo loiro era tão sedoso quanto parecia. Margrete ansiava por descobrir, a pele vibrando com uma necessidade estranha.

Sua mente parecia deliciosamente inebriada e nebulosa, e quando ela pensou sobre isso, percebeu que nunca se sentira tão bem em sua vida. Como se nada mais importasse além de ceder à luxúria, ao calor e aos beijos roubados. Darius se aproximou lentamente, como se ela fosse alguma presa que ele pretendia não assustar. Ele alisou seu luxuoso casaco azul antes de se agachar. Colocou as mãos nas laterais das coxas dela, que se jogou em seus braços, um gemido suave deixando seus lábios ao sentir a pele dele. Darius rosnou, saindo do caminho.

Margrete inalou seu perfume e levou as mãos aos cabelos dele, cedendo à tentação. Os dedos dela deslizaram pelas ondas sedosas, movendo-se para a nuca, e Darius fechou os olhos com força enquanto ela puxava suavemente as pontas. Humm, era mais suave do que ela pensava, o que parecia impossível.

Ela mergulhou os olhos na área exposta do pescoço dele, nas clavículas. Lentamente, ela desceu as mãos, roçando a pele dele enquanto seu corpo formigava em resposta. Ele praticamente ronronou sob seus dedos exploradores, o deus congelado sob seu feitiço.

Ele era tão quente, tão suave...

Darius agarrou abruptamente as mãos errantes, um ruído doloroso escapando de seus lábios entreabertos. O olhar dele foi para os lábios dela e permaneceu lá por um tempo muito longo.

Ela não conseguia mais ouvir a música, as pessoas ou a corte. Havia apenas toque e sentimento. Apenas a emoção de ceder.

O aperto de Darius em sua mão aumentou.

— Esta sala é para quem procura mais do que simplesmente beber e dançar. — Seus olhos azuis endureceram, e quanto mais ela olhava nas profundezas dele, mais ele clareava, e menos turva a sala se tornava. — A bebida em sua mão não ajudou, mas estas câmaras têm uma certa *influência* sobre quem passa por aquelas portas. — Frustrado, ele esfregou a mão no rosto, um gemido baixo ressoando em seu peito. — Cacete, devo estar mudado mesmo, estou tentando te convencer a *não* me tocar.

Ela inclinou a cabeça, confusa. Como uma sala poderia afetá-la tanto? Aquelas palavras não faziam sentido no estado dela, e ela ficou desapontada por ele não estar sucumbindo aos seus desejos vorazes.

Darius continuou, embora suas narinas dilatassem.

— Embora uma parte minha adorasse que você ficasse e que nós... batêssemos um papo, não posso permitir que você permaneça aqui.

Margrete fez beicinho. Mas o *aqui* parecia tão bom. A música, as risadas e o fogo delicioso se espalhando por suas veias.

Antes que ela argumentasse, Darius gentilmente passou os dedos em volta do braço dela e a levantou. A tontura tomou conta dela quando colidiu nos músculos duros do peito dele, e ela pressionou as mãos contra a parte superior do corpo dele para se acalmar. Darius sibilou com o contato, um leve tremor destruindo seu corpo incrivelmente alto. Ela instintivamente passou os dedos pela camisa dele, abaixando-se para...

Ele agarrou o pulso dela.

— Eu não quero você assim — rosnou. — Não assim, não sob a influência de Calista. — Darius manteve o aperto firme enquanto os conduzia pela sala de pétalas de rosa, as notas fascinantes do violino oscilando a cada passo até a porta. Ele não a soltou, nem mesmo depois de arrastá-la para além das portas duplas da câmara, o salão de baile principal do outro lado.

Um choque percorreu seu corpo no momento em que ela passou pela soleira.

Como um manto de névoa densa se dissipando, sua visão clareou pouco a pouco. O cheiro pungente de rosas deixou seus pulmões enquanto ela respirava ar fresco, aquele perfume enjoativo deixando seu corpo a cada expiração ofegante.

Os sons voltaram rapidamente, as notas melodiosas da harpa soando alto demais em seus ouvidos. Os cortesãos fofocando e rindo esvoaçavam ao redor dela como um borrão, e seus joelhos bateram enquanto a gravidade pesava sobre seus ombros.

Ela levou a mão à têmpora, fechando os olhos.

— O-o que... o que aconteceu? Por que me sinto tão errada? — Ela não conseguia entender. Num segundo, estava em chamas; no seguinte, encharcada de gelo.

Piscando, ela levantou a cabeça e olhou para o deus, que ainda a segurava pelo braço. Seus olhos estavam vincados de preocupação, sua atenção focada nela com toda concentração. Ela sentiu o polegar dele esfregando círculos em sua cintura, um toque terno e doce.

Margrete ficou tensa.

A iluminação sobrenatural perdeu o brilho mágico, e as lareiras acesas por todo o salão pareciam mais ameaçadoras do que acolhedoras. Seu corpo, que estava solto e relaxado, ficou dolorosamente tenso. E sua visão — ela viu o mundo com uma clareza repentina e comovente.

Darius. O Deus do Mar, seu *inimigo*. Ele não sentia preocupação. Ele era um monstro, ela sabia disso muito bem. Ele tinha matado Bash e...

Ai, meus deuses. Ela o convidara para sentar-se com ela e...

O horror fez com que a náusea subisse de sua barriga. Ela ia vomitar.

— Deixe-me ir — murmurou, ficando mais lúcida a cada segundo.

Aquela sala, aquele lugar, aquela corte. Tudo havia sido infundido com magia poderosa. Claro, a Deusa do Amor teria um cômodo exclusivo para a luxúria. Um calor vergonhoso subiu para suas bochechas enquanto ela inspirava, tentando e não conseguindo se recompor.

Os olhos de Darius suavizaram e ele a soltou, embora o tenha feito a contragosto, demorando-se antes de soltar seu braço.

— Só queria ajudar. Você não estava... no seu normal. Acho que Calista encantou aquela sala especialmente para você, esperando que você entrasse. As bebidas certamente não ajudaram. — Um músculo em sua mandíbula se contraiu. — Ela sabe o que você sente em relação ao seu rei, mas é famosa por aproveitar as consequências de uma noite lamentável de abandono. Os deuses adoram brincar com brinquedos novos e manipulá-los como querem.

Margrete irritou-se, sentindo-se totalmente mortificada. Com que facilidade ela aceitara as bebidas, com que facilidade caíra em uma armadilha. Ela ficou abismada. *Consigo mesma.*

— Eu sei que os deuses gostam de manipular — disse ela incisivamente, olhando com fúria para Darius. Ela rezou para que ele não percebesse seu desconforto. Margrete havia perdido completamente o juízo, mas não podia aparentar fraqueza, embora tivesse feito papel de boba. Mais que de boba. Ela abraçara seu maior inimigo com ternura e o quis desesperadamente.

Sim. Definitivamente vou vomitar.

— Eu não estava manipulando você. — Darius fervia de raiva. — Só tive que recorrer a medidas drásticas para fazer você ver a verdade. Nunca menti para você.

Margrete estava furiosa, mas a voz lógica que ela havia deixado de lado voltou correndo, gritando para ela ser gentil. Ela se lembrou de que *precisava* do idiota. Embora naquele momento só se imaginasse envolvendo as mãos em volta do pescoço dele e apertar.

Gostasse ou não, ela tinha que ser inteligente com o que ia dizer.

— Obrigada — grunhiu. Aquilo foi fisicamente doloroso.

— De nada? — disse como uma pergunta, e uma confusão genuína apareceu em seu rosto. Ele não esperava nenhum tipo de agradecimento. Com razão.

Pensando bem, ele poderia ter se aproveitado dela naquele estado.

Ela quase havia implorado que ele a tocasse. No entanto, o deus se absteve.

Ela não queria pensar que ele fosse decente. Ele não era.

Margrete examinou o salão principal, encontrando muitos olhos sobre eles, alguns dos cortesãos com as mãos diante da boca enquanto provavelmente fofocavam ao ver ela e Darius tão próximos. Ela fez uma careta.

Que pensassem o que quisessem. Logo eles não seriam mais da sua conta.

Estava na hora de terminar aquele jogo. E *não* cair em mais armadilhas.

— Tem algum lugar em que podemos conversar? A sós? E de preferência que não seja mais uma sala encantada — perguntou.

Ficar sozinha com ele era a última coisa que queria, especificamente porque desejava cortar sua garganta, mas com tantos cortesãos olhando, era o melhor a ser feito.

Quando um criado passou, Margrete colocou a taça meio cheia na bandeja. Obviamente, ela não tinha feito um bom trabalho cuidando de si mesma naquela noite. Uma lição que aprendeu bem.

— Uma dança primeiro, talvez? — Darius inclinou a cabeça para trás, onde os casais balançavam no salão de baile. — E então podemos nos esgueirar para alguma alcova aconchegante e continuar nossa pequena conversa...

— Não, acho que não — retrucou ela.

— Uma dança e depois falarei sobre o que você quiser.

— Isto não é um jogo, Darius — bradou ela, esquecendo-se brevemente que tinha que controlar a raiva. Ela aguentou um minuto inteiro. O rosto de Bash passou pela sua mente e seu peito doeu, um grande vazio latejando. — Preciso falar com você *agora*. O tempo está se esgotando.

— Humm, impaciente para me ter só para si, hein? Estou surpreso, visto que presumi que o encantamento havia passado. Não que eu esteja reclamando — refletiu Darius, erguendo uma sobrancelha loira. Seus olhos caíram para o braço dela, onde as vinhas farpadas giravam em torno de suas chamas. Ele ficou rígido com a visão e suas narinas dilataram-se. — Ah, entendo agora. Pelo jeito, você fez um pequeno acordo imprudente.

Ela se forçou a assentir. Precisou de tudo de si para não dar um soco no queixo dele.

— É por isso que precisamos conversar.

Ele fechou as pálpebras e respirou fundo, como se estivesse acalmando seu temperamento.

— Eu te deixo sozinha por *um* dia, e você já colocou sua vida em perigo — ele quase rosnou. — Com quem você fez o acordo, hein? Charion? Calista?

— Halio.

— Porra. — Darius se mexeu e passou a mão pelas ondas emaranhadas. Sem outra palavra, ele a pegou pelo braço, levando-a para fora do salão de baile para um corredor sinuoso ladeado por brilhantes paredes de quartzo cor-de-rosa. Ela teve que se esforçar para manter o ritmo dele, e ele não diminuiu a velocidade até se aproximarem de uma desavisada porta cor-de-rosa pálida no final do corredor. Darius olhou para trás antes de enfiar a mão no bolso da calça para pegar uma chave de ouro. Ele a inseriu na fechadura e abriu a porta, fazendo sinal para ela entrar rápido. Quando ela lhe lançou um olhar cauteloso, ele disse:

— Tenho as chaves de todas as cortes. Nunca se é cuidadoso o suficiente. Você aprenderá os truques em breve.

Ela não ficaria ali tempo suficiente para aprender os truques.

Em vez de se encontrar em alguma sala pecaminosa onde ele tentaria seduzi-la — como ela esperava dele —, Margrete ficou cercada por milhares de folhas esverdeadas e vasos de flores. Todas as cores a saudavam, flores de todos os tipos ocupavam as paredes de pedra até o ápice do teto abobadado. Uma fonte rodopiante gotejava no centro da pequena sala, flores de granito jorrando água em um tom rosa-claro.

Ela se virou. Darius encostou-se com indiferença na porta fechada. Ela notou que ele mantinha distância.

— O que você prometeu? — Suas palavras foram muito mais gentis do que antes. — O que ofereceu de si mesma para Halio?

— Eu... preciso da sua ajuda — sussurrou, ignorando os detalhes de sua negociação com o deus da morte. — Ou, mais precisamente, preciso que *você* corrija um erro que cometeu.

Aja com cautela, ela lembrou a si mesma, mas sua magia brilhou em seu peito, aquecendo sua pele até que uma gota de suor frio escorregou por suas costas. Seu temperamento iria levar a melhor. Sim. Ela poderia muito bem matá-lo naquele momento.

— Deve ser terrível mesmo, para você já estar pedindo minha ajuda. Se tivesse que apostar, diria que você duraria uma semana antes de implorar por isso. — Darius se afastou da porta e caminhou em direção a ela com graça felina. — Diga-me — exigiu, parando a centímetros de distância. — O que você prometeu?

Por dentro, ela amaldiçoou. Talvez devesse ser honesta. Ela não confiava nele, mas isso poderia convencê-lo a confiar nela. Não que ela fosse confiar nele. Ela poderia manipulá-lo tão bem quanto ele fez com ela. *Melhor* ainda.

Ela esticou o pescoço para olhá-lo nos olhos.

— Temos que trabalhar juntos para matar as feras que escaparam na noite do ataque. Halio nos deu duas semanas. Se falharmos... ele destruirá Azantian.

— E se você tiver sucesso? O que recebe em troca? — pressionou, um músculo tremendo em seu maxilar.

Não havia como esconder.

— Acho que você já sabe a resposta.

Darius torceu o nariz em desgosto e deu um passo para trás.

— *Ainda?* Você vai tentar salvar seu rei depois de saber a verdade? — Ele apontou entre eles. — Tenho certeza de que você já vislumbrou pelo menos uma ou duas lembranças, então não entendo como pode me olhar nos olhos e pedir uma coisa dessas. — Ele começou a andar. — Nós fomos felizes. Muito felizes. E poderíamos ser felizes novamente, e desta vez tenho um plano para garantir que minha mãe rancorosa não atrapalhe. Um plano para garantir que ela nunca mais machuque você. — Ele ficou imóvel. — Eu matarei qualquer um deles se tocarem em você. Vou queimar todo este reino.

Margrete zombou de sua explosão.

— Não há necessidade de iniciar incêndios, mas, para começo de conversa, não foi você quem me matou? Há mil anos? Você não precisava levar Wryn para a arena e praticamente a entregar como um presente para Surria fazer o que quisesse.

Darius virou-se para ela, suas íris tempestuosas. Ele ergueu as mãos como se quisesse agarrá-la, mas sabiamente deixou cair os braços.

— Você não tem ideia do que está falando, Margrete.

— Eu amo Bash.

A confissão não tinha a intenção de ferir, ela estava apenas declarando fatos, mas pela forma como o peito de Darius se agitou com esforço, ela soube que ele havia sido atingido.

— Você *acha* que o ama.

Ela balançou a cabeça.

— Darius, a mulher que você se lembra é outra. Eu não sou *Wryn*. — Apesar do que estava dizendo, aquelas palavras pareciam falsas. Ela se surpreendeu ao deslizar para mais perto e segurar o braço dele, cessando sua inquietação. Seu olhar pesado caiu para onde ela o tocava. — Eu sei que você se arrepende do que fez com ela, e se existe um momento para consertar isso, é agora. Me ajude.

Darius era uma estátua. Ele olhou para ela com o tipo de desespero que ela nunca tinha visto nele, e, se fosse possível, daria para ouvir o último pedaço de seu coração imortal se partir.

Um minuto se passou antes que ele falasse, e quando o fez, ela quase desejou que ele não tivesse falado.

— Você já fez um acordo com um deus, então por que não dois? — perguntou amargamente. Margrete não gostou do rumo que a conversa estava tomando. — Vou ajudá-la com uma única condição. — Seu olhar se estreitou sobre ela, e um pouco de sua animosidade anterior retornou. — Assim que matarmos as feras e seu rei estiver vivo, permitirei que viva com ele até que o corpo dele murche, envelheça e seja devolvido ao mar. Porém, depois disso... — A mão dele foi até o rosto dela. — Quero você. Você inteira. Pelo resto de nossas vidas imortais. Eu quero que você *tente*.

Tentar amá-lo.

Margrete sentiu-se feita de pedra. Ela não tinha considerado o que aconteceria *depois* de resgatar Bash. Ela permaneceria uma deusa, vivendo por toda a eternidade. E embora pudesse demorar muitos anos, Bash acabaria morrendo. Fosse por velhice ou por um ferimento, ele sempre morreria antes dela, deixando-a sozinha. Ela poderia ter sorte, e ele poderia ser escolhido pela Morte para servir sua corte, mas ela duvidava disso — ele era meio nymera e, de acordo com Halio, um monstro.

A dor saturou seu coração e uma única lágrima escapou de suas defesas. Darius observou enquanto a gota descia pela bochecha até a ponta do queixo antes de passar o polegar por ela com uma ternura enfurecedora.

O que ele pedia...

— E se eu não quiser mais ser uma deusa? — perguntou, quase em um sussurro.

Darius balançou a cabeça tristemente.

— Você não pode voltar a ser o que era antes. Isso significaria se destruir e não acho que você sobreviveria. — Ele abriu a boca como se quisesse dizer mais alguma coisa, mas depois a fechou, seu olhar endurecendo.

Mais um peso esmagador se instalou em seu ventre. Não havia como escapar daquilo, não havia como escapar de seu destino cruel. Ela sempre perderia Bash de um jeito ou de outro.

O que Darius não entendia era que, embora outra versão dela pudesse tê-lo amado uma vez, ele nunca a amou de volta. Não de verdade. O amor impossibilita machucar o coração que lhe foi confiado, ou ceder tão facilmente à influência dos outros e aceitar mentiras como verdade. O amor é um sentimento que se recusa a ser ignorado. Uma verdade que brilha num céu de escuridão e incerteza. Margrete havia experimentado aquele tipo de emoção, aquela *graça*, e não conseguia imaginar como viver sem o companheiro ao seu lado. O resto do mundo que se danasse.

E essa era a diferença. Talvez um dia Darius descobrisse essa verdade, mas não seria com ela.

Darius interrompeu seus pensamentos.

— Aceite e eu me certificarei de que cumpriremos o acordo de Halio. Garantirei que os outros deuses não façam mal a você. Eu protegerei você... e seu rei. — Ele forçou a promessa final, com as narinas dilatadas. Ainda assim, provavelmente via o acordo como uma vitória. O tempo de uma vida mortal não era nada para ele, que já tinha provado ser um homem paciente.

Então por que ela não respondia? Logicamente, ela sabia que era a sua melhor opção, mas aquele homem tinha matado o seu rei. Quase forçara Bay a enfiar uma lâmina em seu coração. Será que algum dia ela poderia vincular sua vida à dele por algumas décadas de felicidade?

Darius prendeu a respiração enquanto esperava a resposta. O desespero estava de volta e seus olhos brilhavam de ansiedade.

— Diga sim — murmurou.

Uma palavra.

Margrete fechou os olhos, incapaz de olhar para ele enquanto falava. Em vez disso, imaginou Bash, os braços em volta dela, o sorriso provocador. A maneira como ele a olhava, como se ela fosse o seu mundo inteiro.

A verdade é que ele também era o mundo dela. Se os papéis fossem invertidos, ela tinha que acreditar que ele faria o mesmo.

A palavra escapou de seus lábios e, com ela, os últimos resquícios de sua liberdade.

— Sim, Darius. Concordo com seus termos.

A dor percorreu sua espinha, e antes que seus joelhos cedessem devido à intensidade, Darius se lançou para pegá-la. As mãos grandes se estenderam por toda a cintura dela, os dedos cavando em sua pele, seu aperto ávido.

— Agora selamos o acordo.

Em vez de cortar a palma da mão, Darius se inclinou lentamente, capturando os lábios dela.

Eles eram macios e surpreendentemente quentes, e o choque deles a fez congelar. Darius não parou enquanto se pressionava mais fundo, raspando os dentes ao longo do lábio inferior dela.

O cobre explodiu em sua língua. Sangue.

O sangue *dele*.

O beijo ficou hesitante, quase vagaroso. E apesar de tudo o que ela havia suportado, contra seus melhores desejos, as bochechas de Margrete esquentaram ao sentir a boca dele pressionada na dela, e ela ficou desamparada quando um suspiro suave escapou, lembranças de seu sonho voltando.

Um gemido retumbou na garganta de Darius, profundo e cheio de desejo. A reação descontrolada dela o estimulou, e quando ele mordeu seu lábio inferior, com força suficiente para tirar sangue, uma parte sombria de si mesma despertou. A parte de si mesma que ela temia.

À medida que a essência de sua vida jorrava da ferida superficial e entrava na boca de Darius, misturando-se com a dele, a dor persistente ao longo de sua coluna desapareceu.

Uma onda de poder percorreu seu corpo e a névoa que a envolvia se dissipou. Encontrando o equilíbrio, ela se endireitou e empurrou o peito duro do deus, sua magia o impulsionando através da sala.

Darius bateu na parede com um estalo retumbante e desmoronou no chão.

Margrete limpou a boca, confusa e enfurecida. Ela não deveria ter gostado tanto do beijo, e foi isso que mais a assustou.

Examinando o deus do mar caído, viu que ele estava ileso. Infelizmente. Nenhum sangue — além daquele dos lábios — manchava sua pele, e ele parecia irritantemente relaxado, chegando ao ponto de se recostar na parede e se espreguiçar, com um sorriso malicioso se formando em seu rosto.

— Da próxima vez — disse ela, com as bochechas esquentando —, corte a maldita palma da mão.

Incapaz de olhá-lo, ela se virou para a porta, determinada a manter um pouco de dignidade.

A risada dele a seguiu, e então seus passos também.

CAPÍTULO CATORZE

MARGRETE

Margrete não conseguia sentir as pernas quando saiu da sala, Darius logo atrás dela.

Estava tão desorientada que não rejeitou quando ele pegou sua mão para guiá-la de volta ao salão de baile. A música estava abafada, assim como as risadas estridentes dos convidados. Rostos passaram por sua visão, seus sorrisos distorcidos e não naturais.

O lindo rosto de Calista capturou o dela do outro lado do mar de cortesãos, um sorriso cruel nos lábios. Margrete encontrou seu olhar veemente e franziu a testa antes de avançar, saindo daquele lugar perverso.

Ela se perguntou como não tinha visto aquilo antes — o encantamento distorcido que Calista havia criado. Tudo fora orquestrado pela deusa do amor. A festa... ela sabia que tinha sido planejada para ela.

Ainda assim, continuou andando, permitindo que o homem que mais desprezava a puxasse em meio à multidão agitada até o portal que levava à corte *deles*. Sua pele zumbiu quando passaram pela fronteira, e quando ela tropeçou nos próprios pés, Darius a segurou pela cintura com mais força, impedindo a queda.

Culpa. Uma culpa intransponível cortou seu interior, corroendo-a até ela temer que realmente iria quebrar e se estilhaçar em mil pedaços.

Ela não apenas fez o impensável e apostou Azantian, mas também fez outra negociação que terminaria em dor de cabeça.

Ela nunca se sentira tão desprezível.

— Margrete — Darius a chamou. Ela não respondeu. — Margrete, olhe para mim.

Dedos agarraram seu queixo, forçando-a a olhar para cima. Ela poderia jurar que vira um traço de remorso enrugar suas feições, seu habitual sorriso arrogante desaparecido. Inferno, ele nem parecia vitorioso. Darius conseguiria o que desejava no final, mesmo que tivesse que esperar algumas décadas antes que Bash morresse de velhice.

Margrete parou bruscamente segundos antes de a bile subir por sua garganta. Virando-se para o lado, ela esvaziou o conteúdo estomacal no chão de mármore diante de seus pés. Surpreendentemente, Darius não pulou para trás, apenas soltou um silvo de surpresa.

— Shhh — entoou, um pânico inconfundível fazendo sua voz tremer. — V-vamos levar você de volta para o seu quarto. Acho que você bebeu muito elixir.

Ou seu beijo me deixou enjoada, ela pensou venenosamente.

Deuses, ela desejou que aquilo fosse verdade. A maldita parte dela que ainda estava ligada a Wryn certamente não sentira náusea com o beijo.

Eles começaram a se mover de novo, provavelmente indo para os aposentos dela sem que ela percebesse. A última hora continuava girando em sua cabeça, torturando-a. Como poderia contar a Bash o que tinha feito? Ela poderia conseguir salvá-lo *naquela* vida, mas e depois? Margrete passaria seus dias como uma deusa ao lado de Darius, e Bash retornaria ao reino dos mortos. *Se* eles tivessem sucesso.

E a dor que se irradiava por sua espinha... ela imaginou que poderia ser de uma nova tatuagem. E se perguntou se seria tão horrível quanto a que tinha em seu braço.

Quando chegaram aos aposentos, Darius abriu a porta, ajudando-a a entrar, silencioso e taciturno enquanto examinava o cômodo com óbvio desgosto. Margrete se perguntou se aqueles tinham sido os antigos aposentos de Malum. A julgar pela forma como os lábios dele se estreitaram e os olhos nublaram, ela suspeitou que sim.

— Bash irá conosco — disse ela suavemente, com a voz rouca. — Halio permitiu que sua alma deixasse o reino para nossa jornada.

Darius soltou um rosnado baixo.

— É uma sorte que *nosso* acordo dependa do nosso sucesso. — Ele a levou para uma chaise antes de caminhar até a mesa e lhe dar as costas.

— Uma negociação que você decidiu que precisava ser selada com um beijo roubado.

— Melhor do que cortar a palma da mão — desafiou.

Era impossível discutir com ele, e não havia razão para isso. O que estava feito não poderia ser desfeito.

— Mandarei uma mensagem para Halio informando que você concordou e partiremos amanhã — disse ela, forçando a vida a voltar ao tom normal. Um desafio. — Mas se você até mesmo olhar para Bash, nosso acordo será cancelado. E... *nunca* mais toque em mim — acrescentou incisivamente.

Darius respirou fundo.

— Tudo bem. Embora não tenha sentido haver muita resistência de sua parte. Na verdade, muito pelo contrário. — Ele revirou os olhos para a carranca dela que se seguiu. — De qualquer forma, minhas mais sinceras desculpas. — Ele não parecia nem um pouco arrependido. — E quanto ao seu rei, não se preocupe. Não posso tocá-lo sem um corpo. E se por sorte a nymera ainda o tiver, prometo que não tocarei nele.

— Não entendo por que você está tão chateado. — Ela ferveu, ficando de pé. Avançou em sua direção, de repente com raiva por *ele* estar com raiva. Deuses, *ela* que deveria estar com uma fúria assassina. Considerando todas as coisas, ela lidou com sua fúria muito melhor do que gostaria. Talvez tivesse a ver com aquelas malditas lembranças voltando, ou como, quisesse ou não, estar perto de Darius era tão familiar.

Ele se virou, mechas loiras caindo em seus olhos.

— Estou furioso com *você* — disse ele, e ela instintivamente deu um passo para trás. Calor se enrolou nas pontas dos seus dedos. — Estou furioso porque você não se lembra de nada sobre mim ou do tempo que passamos juntos.

Margrete o encarou com um olhar letal.

— Eu *me lembro*. Algumas coisas, pelo menos. Já tive sonhos e vi imagens fugazes, mas isso não muda nada! Se você algum dia me amou, me amou de verdade, para começar não teria me forçado a matar Bash! Você não estaria exigindo o resto da minha vida imortal! — Seu peito subia e descia com uma respiração irregular. — Isso me faz pensar que você não sabe o que é amar, Darius, apenas pensa que sabe.

Suas mãos cerraram-se com força e chamas brancas e azuis brilharam entre seus punhos.

— Eu amei você — rebateu, cada palavra um soco, um ataque perverso de vontade. — Não fique aí me dizendo o que sinto. Você ainda não se lembrou de tudo, mas você me *destruiu*, e se isso não é de partir o coração, então não sei o que é. Minha mãe me enganou, alegando que Wryn era uma ilusão orquestrada por ela para me enfraquecer. Tolamente eu cedi... mas deveria ter sido mais forte, deveria ter pensado melhor antes de confiar nas acusações dela.

— Você nem desconfiou da sua mãe. Se o seu vínculo com Wryn fosse tão profundo quanto afirma, teria salvado sua amada.

O tempo parou de avançar quando Darius olhou para ela, seu temperamento quase descontrolado. Ela sentiu a ameaça, sua magia enrolando-se dentro de seu peito em reação ao perigo disfarçado de beleza. Então ele recuou, o que a espantou.

Ela achou que ele iria matá-la, que ela finalmente o tinha levado ao limite. Em vez disso, Darius congelou no lugar, e o que disse a surpreendeu totalmente.

— Você, dentre todas as pessoas, sabe o que é se sentir indesejado por um dos pais. Durante séculos fiz tudo, *tudo* o que minha mãe queria, pelo menos para que ela olhasse para mim da mesma forma que olhava para Malum. Mas nunca foi o suficiente. Quando ela nos levou para a ilha para começar os testes, perdi o controle. Criar você foi um acidente. — Ele passou a mão trêmula pelo cabelo, olhando para o canto. — Eu não acreditei que você fosse real, que não fosse apenas uma alucinação que conjurei. Demorei semanas naquela ilha até começar a acreditar que o que compartilhávamos não era um grande engano, e levei meses até ceder e me apaixonar por você.

"Na noite dos testes, entrei naquela arena preparado para dizer a Surria para ir se foder de uma vez por todas. Mas então ela, de alguma forma, te capturou e levou para o centro da arena. Ela brincou com meus medos mais profundos, alegando que tinha te criado para me ferir. Ela riu, me chamando de fraco por acreditar que alguém poderia me amar. — Darius foi até a mesa e colocou os dois braços em cima da superfície lisa. — Mas no segundo em que a adaga perfurou sua pele e minha lâmina cortou seu coração, eu *senti* a verdade. A metade da minha alma que eu ainda possuía gritou em agonia. E quando seus olhos se fecharam pela última vez, te juro que também morri."

Margrete não sabia o que dizer. A angústia em sua voz não podia ser fingida, e a forma como seus ombros tremiam de tristeza indicava que dizia a verdade. Ela acreditou nele.

Mas aquilo não mudava nada.

— E-eu sinto muito que Surria tenha feito isso com você — disse Margrete, as palavras vazias. Aquele homem podia ter suportado uma dor esmagadora, mas ainda assim a forçara a passar pela mesma dor que sentira. Darius não tinha aprendido com os erros do passado.

— Eu também sinto. — Darius empurrou a mesa e marchou em direção à porta, sem olhar na direção dela. Quando chegou à soleira, fez uma pausa. — Descanse. Vou mandar uma mensagem para Halio para que ele esteja preparado para recuperá-*lo*. Partiremos ao nascer do sol.

Com isso, Darius a deixou sozinha em seus aposentos. Margrete fechou os olhos com força.

Ela odiava sentir pena de Darius, mas sentia. Ele cometera o erro de confiar em Surria, acreditando que Wryn não se importava com ele, que ela *não poderia*, tudo por causa da criatura cruel que o criara.

Antes de se deitar, Margrete foi à sala de banho e tirou a parte superior do vestido. O material brilhante caiu pelos ombros até os quadris, expondo as costas.

Ela não conseguiu conter o suspiro.

A tatuagem horrível que ela imaginou era tudo, menos horrível.

Três lírios brancos ocupavam sua coluna. A terceira e última flor estava murcha, com duas pétalas arrancadas do centro, congeladas no ar em sua pele.

Lírios.

Eram uma flor bem conhecida pelos enlutados e pelos de coração partido.

Margrete vestiu a camisola de seda que lhe foi fornecida e voltou para os aposentos, com a mente muito ocupada com todas as coisas que não poderia mudar. E ficou acordada muito depois de Atlas, Dani e Mila tropeçarem bêbadas para dentro de seus aposentos dez minutos depois, ajudadas por uma Dawn sóbria. Margrete fingiu dormir.

Demorou mais uma hora até que ela adormecesse, e mesmo assim os sonhos foram repletos de campos de lírios. E sempre que ela se abaixava para tocar as pétalas aveludadas, elas murchavam e morriam, transformando-se em pó aos seus pés.

Quando acordou assustada na manhã seguinte, entendeu o que significava o terceiro lírio murcho da tatuagem.

Ou melhor, *quem* representava.

Ela.

CAPÍTULO QUINZE

MARGRETE

Halio estava esperando por Margrete e sua tripulação ao amanhecer.

Darius ainda não tinha aparecido, mas iria. Ela tinha vencido, afinal.

A chave de Surria pesava no bolso da calça de Margrete, o metal zumbindo suavemente sob o tecido grosso. Desde que a descobrira, ela não tinha conseguido se desfazer da misteriosa chave, e às vezes se pegava esfregando a prata fria com o polegar. A energia não natural que ela emitia era um bálsamo para seus nervos em frangalhos. Isso a lembrou da noite anterior, quando o vento sussurrava em seus cabelos e o mundo estava envolto em um manto de escuridão.

A chave parecia animada por estar ali, no andar principal, e ela se lembrou de como reagira de forma semelhante na outra noite. Ela suspeitava que o que quer que a chave abrisse estava por perto. Se ao menos ela tivesse tempo para explorar mais os domínios do deus da morte, mas Bash estava esperando por ela.

— Está pronta, deusa? — perguntou Halio assim que todas o rodearam. As Azantianas examinaram abertamente o deus da morte, claramente sem confiar em suas intenções. Assim como ela.

Fiel à sua palavra, Darius enviara um mensageiro para Halio informando que havia concordado em ajudá-la, e ela recebera uma nota de confirmação na manhã seguinte. Eram apenas cinco palavras em garranchos: *Você sabe onde me encontrar.*

— Sim, estou pronta — disse Margrete, com o pulso acelerado de antecipação. Ela não pensava em nada além de Bash, e até mesmo a ameaça de destruição de Azantian estava em segundo lugar em relação à segurança dele, uma reflexão tardia. Isso deveria tê-la incomodado mais do que realmente incomodou.

Os lábios de Halio desceram até seu ouvido, seu timbre profundo fazendo-a estremecer.

— Sabe, o véu entre os mundos é mais fino à meia-noite.

Ela lançou um olhar confuso e ele explicou, seu hálito frio fazendo cócegas em sua pele sensível.

— Como deusa, você não está presa às correntes que a maioria dos humanos carrega e, portanto, algumas regras não se aplicam a você.

Ela se afastou.

— Ainda não estou entendendo.

Ele soltou um suspiro como se fosse óbvio. Ela achou o deus enlouquecedor.

— Você descobrirá, deusa, mas mantenha o rei por perto quando a meia-noite se aproximar. — Um sorriso, tão sutil que ela poderia ter imaginado, apareceu em seus lábios.

Se ele estava dizendo o que ela tinha entendido, isso significava...

Se ela pudesse *tocar* seu rei, segurá-lo em seus braços, seu coração poderia explodir. Ao contrário de Dawn e dos outros cortesãos escolhidos para permanecer em suas respectivas cortes, a alma de Bash já havia sido entregue ao reino dos mortos. Ela não tinha fé de que conseguiria tocá-lo em sua jornada até a superfície, mas essa possibilidade foi suficiente para trazer um sorriso cauteloso aos seus lábios.

— Me desculpe. Passei do limite.

Darius passeava pelo corredor, sombras lambendo seu corpo imponente. Ele estava vestido de maneira muito parecida à dela — calça de linho e camisa de botão fina —, embora usasse um casaco justo verde-floresta que realçava o azul de seus olhos. Eles tinham um leve brilho, como se brilhassem com um segredo que só ele conhecia.

— Darius — murmurou Halio friamente, baixando o queixo. — Atrasado como sempre. — Seu olhar permaneceu duro, e ela notou como suas narinas se dilataram quando o Deus do Mar tomou o lugar ao seu lado. Atlas arrastou uma tranquila Dani atrás dela e Mila cruzou os braços, seu foco apenas em Darius.

A expressão da ruiva poderia queimar um homem vivo. Ou, até, um deus.

Darius, parecendo sentir seu olhar incisivo, virou a cabeça, um brilho prateado irradiando enquanto absorvia Mila das botas até a cabeça. Seus olhos se estreitaram para o que quer que ele tenha encontrado.

Margrete se encheu de orgulho: Mila fizera *algo* para perturbá-lo.

— Vamos começar — anunciou Halio, forçando a atenção de volta para a porta. — Margrete? Você pode ficar ao meu lado?

Ela obedeceu, os dedos tremendo, a antecipação pulsando até seus pés. O cheiro de magia inebriante atingiu seus sentidos aguçados, a porta para o reino dos mortos despertando. Seu próprio poder respondeu com um puxão sutil, o predador dentro de sua alma ansioso para atacar.

— Espere!

O grito veio de Dani, que se livrou das mãos de Atlas. Caindo de joelhos diante de Halio, ela falou:

— Provavelmente é tarde demais, mas preciso perguntar. — Sua voz trêmula suavizou as feições duras do deus da morte, e ele acenou com a cabeça sombriamente, permitindo que ela prosseguisse. — Meu irmão — disse ela com a voz rouca —, preciso saber se ele está bem. Se está feliz. — Uma lágrima caiu no chão de mármore e sua cabeça ficou baixa entre os ombros enquanto mais lágrimas eram derramadas.

Margrete estava tão concentrada em si mesma que se esquecera completamente de Jacks.

E de Jonah.

E de Grant.

— Por favor, levante-se, querida criança — entoou Halio, estendendo a mão. Dani ergueu o queixo pontudo e estudou a oferta calorosa. No fim, ela aceitou sem medo, colocando sua pequena mão na dele e permitindo que ele a ajudasse a se levantar. — Você percorreu um longo caminho, e não foi apenas por sua lealdade ao rei. — Halio segurou os ombros de Dani enquanto sombras prateadas giravam em torno de seu corpo. — Se você busca o bem-estar de seu irmão, eu lhe concederei esse desejo. Sua alma é do tipo que não conseguiria descansar sem esse conhecimento, e você ainda tem muito trabalho a fazer.

Aquelas palavras pareceram estranhas a Margrete. Mas seu instinto de proteção levou a melhor e ela disse:

— *Sem* acordo, Halio. Não quero que ela carregue esse fardo.

— Só para ela, e sim, sem acordo — assegurou Halio suavemente, fazendo as lágrimas de Dani transbordarem, seus olhos brilhando de tristeza e esperança. — Tenho permissão para entrar em sua mente? — Mais uma vez ela assentiu brevemente e Halio continuou: — Então feche os olhos e deixe-me entrar quando sentir minha energia.

As sombras prateadas dançando ao redor do torso de Halio brilharam e irradiaram quando o envolvimento sobre ela aumentou. Dani ficou ereta como uma vareta, imóvel como uma estátua. Margrete nem acreditava que respirava. Ela desejou arrancá-la de seu domínio, com medo de que ele a estivesse machucando, mas se forçou a permanecer enraizada no lugar.

As íris de Halio nublaram-se, tornando-se leitosas. Todos assistiram com admiração — até mesmo Darius — enquanto a pele negra do deus ficava saturada com prata pura e radiante. Ele parecia longe do prenúncio da morte, e ela inconscientemente deu um passo para mais perto, atraída por sua beleza etérea. Todo o seu medo pela vida de Dani evaporou.

Um minuto se passou antes que Halio soltasse abruptamente Dani, que caiu de joelhos com um suspiro.

Suas pálpebras se abriram, novas lágrimas escorrendo por seu rosto. E então ela... sorriu.

— Jacks — murmurou ela, tomada pela emoção. — Ele está com mamãe e papai.

Arrepios percorreram a espinha de Margrete e os pelos de seus braços se eriçaram. A alegria no rosto da marinheira seria suficiente para aquecer o mais gelado dos corações.

Mila tropeçou para frente, admiração estampada em seu rosto. Margrete sabia que ela queria perguntar sobre Jace e Grant, mas seus lábios estavam selados, presos entre os dentes enquanto ela se forçava a voltar a encostar na parede.

— Ele está feliz — sussurrou Dani, seus joelhos tremendo quando ela se levantou. — Eu o vi em Azantian antes de mamãe e papai serem tirados de nós. Uma das nossas melhores lembranças. — Atlas correu para o lado dela e passou um braço forte em volta de seu torso, sustentando seu peso. Ela afastou os cachos soltos, pressionando os lábios nos fios escuros. — Obrigada, obrigada — disse Dani a Halio, a gratidão iluminando suas feições.

— Sua alma encontrou alegria e ele só conhece o amor. — O sorriso de Halio foi genuíno ao avaliar Dani. Ele permaneceu nela por mais um instante, a mesma curiosidade que Margrete tinha visto antes ressurgindo.

Com relutância, o deus desviou o olhar de Dani e focou em Margrete.

— Estou pronta — anunciou ela, entendendo a pergunta tácita de Halio. Ela estava eternamente grata por Halio ter permitido um pouco de paz para sua amiga, mas eles tinham que começar sua jornada. Além disso, suas companheiras não tinham muito mais tempo; elas pareciam tão doentes quanto na noite anterior, e ela jurava que a pele de Atlas estava tingida de um tom mais pronunciado de azul. Se demorassem mais, nunca sairiam dali.

— Bem, já que é você quem está chamando a alma dele, é você quem abrirá a porta. Se Bash não responder, não há muito que eu possa fazer. Caberá a ele cruzar ou não a barreira entre os mundos. Tudo o que posso dizer é que a alma dele está em conflito. Assim como o irmão de Dani, ele está bastante contente.

Bash *viria*; ela não duvidava disso nem por um segundo. Halio balançou o pulso preguiçosamente e a porta foi destrancada.

Ele não pegou a chave dela, mas sua atenção se desviou para o bolso dela, onde a havia escondido. A forte reação de Halio a isso significava que tinha alguma importância.

Passando por Halio, ela agarrou a maçaneta e abriu a porta.

Todos, exceto os dois deuses atrás dela, engasgaram.

Puta merda.

Espelhos. Espelhos até onde a vista alcançava brilhavam em uma caverna infinita. Não havia começo nem fim para o espaço, e mesmo quando ela semicerrou os olhos, a caverna continuou, indefinidamente. Cada piscina de vidro prateado brilhava no espaço escuro como uma estrela no céu da meia-noite, uma vida presa em sua superfície fria.

— Não é o que você esperava? — perguntou Halio, seu frio hálito se tornando quente contra sua bochecha. Ela se encolheu.

— Não — respondeu ela honestamente. — Eu estava esperando algo mais... severo.

Poços de alcatrão, chamas violentas, uma piscina de almas. Ela não tinha imaginado uma caverna maravilhosa de espelhos prateados e luminosos. Era lindo, ela odiava admitir.

Halio sorriu.

— Cada alma contida nesses espelhos está em paz, revivendo as melhores lembranças de suas vidas humanas. Elas existem em um sonho de alegria sem fim. A ideia é minha maior criação e da qual sinto mais orgulho.

Ele fez sinal para que ela ficasse no centro da soleira. Ela obedeceu com os joelhos tremendo.

— Agora feche os olhos e pense no nome do seu ente querido. Chame por ele. Mas esteja avisada, talvez você não seja atendida. Algumas almas estão cansadas demais para a terra dos vivos.

As pálpebras de Margrete se fecharam e ela respirou fundo algumas vezes. Era agora ou nunca, e ela colocaria tudo em risco naquele momento. *Tudo*... até mesmo sua alma.

Ela pensou no rosto de Bash e então chamou por ele.

CAPÍTULO DEZESSEIS

BASH

Bash flutuava.

Era mais um dia em que ele acordava com Margrete nos braços e, ainda assim, embora reverenciasse aquelas manhãs tão gostosas, tinha a impressão de que algo estava *errado*.

A sensação de desconforto aumentou. A cabeça girava, e sua visão turvou. Ele não parecia real, não parecia sólido. Era como se estivesse faltando um pedaço de si mesmo, mas Bash se forçou a aproveitar o momento e se agarrou a ele como se sua vida dependesse disso.

Margrete brincava com o cabelo dele enquanto ele descansava a cabeça no colo dela. Ela falava animadamente dos planos que tinha para reformar o antigo orfanato, o mesmo em que Bay crescera. Ele sorriu, impressionado com as ideias dela, com a quantidade de pensamento e energia que ela dedicava à restauração do edifício decrépito no lado oeste da ilha. Ela se importava com seu povo a tal ponto que fazia seu coração cantar.

— Bash.

Ele levantou a cabeça. A boca de Margrete se movia, mas ele não conseguia ouvir o que ela dizia. Ele franziu a testa quando seu nome soou novamente, a voz dela como um sino, embora os lábios não formassem o nome dele.

Bash ergueu a mão e segurou sua bochecha, e ela sorriu, inclinando-se ao toque dele, um sorriso travesso aparecendo.

— Bash. Onde você está?

Ele deixou cair o braço. A voz dela soou novamente em sua mente e, de repente, seus aposentos estremeceram. As paredes de vidro marinho tremeluziram com uma luz prateada e iridescente, e ele piscou, tentando endireitar o mundo, mas ele continuou a oscilar dentro e fora de foco.

— Siga minha voz — instruiu Margrete. Bem, não a Margrete que o segurava, mas a que estava em sua cabeça. — Você precisa me encontrar.

Com dificuldade para respirar, Bash olhou para a mulher em sua cama. Algo não parecia certo — o sorriso era perfeito demais, os olhos brilhavam demais. E o quarto ao seu redor? Estava fora de foco, sem vida além da cama em que ele estava deitado.

Que porra está acontecendo?

— Margrete — sussurrou ele, seu pânico começando a florescer. Ele a imaginou, e quando ela gritou novamente, ele agarrou sua voz etérea. Aquela que parecia ser *verdadeira*.

Bash não sentiu nada ao cair na melodia deliciosa, no timbre doce de sua cadência. Ele detectou uma pitada de tristeza pesando nas sílabas, embora não soubesse por quê. Ele não queria que ela ficasse triste, e isso o fez agarrá-la ainda mais forte, como se pudesse devorar seus medos ou tristezas com seu aperto firme.

Uma brisa furiosa bateu em seu rosto e, de repente, Bash estava *caindo*. Seu corpo zumbia por toda parte, os membros formigavam a tal ponto que ele não conseguia mais senti-los. Consciente e se afogando na escuridão, ele estava vivo e ainda assim *não estava*.

Ele abriu os olhos.

Nada. Ele olhou para um vazio.

Bash não conseguia se mover quando o abismo escuro se acendeu. Uma por uma, pequenas luzes bruxuleantes começaram a se formar e brilhar. Ele semicerrou os olhos, tentando distinguir uma forma familiar, tentando lembrar como havia chegado ali. Tudo o que ele lembrava era...

— Siga-me — instruiu Margrete, desta vez muito mais alto e muito mais exigente.

As luzes se intensificaram e brilharam até que o vazio se tornou uma caverna profunda repleta de um número infinito de espelhos brilhantes.

— Que porra é essa? — murmurou para si mesmo, levando a mão ao cabelo.

Ele parou a meio caminho de sua cabeça.

A mão dele... não estava certa. Ele olhou para o próprio corpo e começou a apalpá-lo, o pânico se transformando em terror absoluto.

Deuses, ele podia ver *através* de sua carne. E as pontas dos dedos. Elas eram pretas, assim como as unhas curtas.

Outra rajada de ar o atingiu com intenção violenta. Antes que entrasse em pânico com seu estado bizarro e a falta de memória, ele estendeu os braços diante do rosto, lutando contra a força daquela brisa sobrenatural. Ele tinha que lutar contra aquilo, qualquer que fosse aquela magia das trevas.

— Bash! — gritou Margrete, a dor em seu tom de voz torturando-o, fazendo-o esquecer que estava escorregando entre o que parecia ser o tempo e o espaço. Ele tinha que chegar até ela, tinha que...

Os ventos pararam. *Tudo* parou.

Bash abriu os olhos pela segunda vez.

Em vez de um abismo de escuridão, Margrete estava diante dele — cercada por Dani, Atlas, Mila e o homem mais alto que ele já tinha visto, com uma coroa prateada na cabeça. Bash balançou para frente e para trás, incapaz de encontrar o equilíbrio adequado, a nova visão fazendo com que o sangue subisse à sua cabeça de maneira desagradável.

Outra figura estava parada nas sombras de um longo corredor, imóvel, mas Bash não se importou. Não, o mundo poderia queimar até as cinzas, se dependesse dele.

Ela estava ali.

E estava olhando para ele, uma lágrima brilhando nos olhos, os lábios entreabertos enquanto um suspiro de alívio se soltava.

Ele formou o nome dela só com o movimento dos lábios mais de uma vez. Sua cabeça girou. Ele balançou.

Mas Bash correu até ela, de alguma forma encontrando uma maneira de se mover e correr em sua direção.

A alegria brilhou naqueles olhos azuis que ele tanto amava, e ele quase desmoronou. Não havia uma luz sobrenatural obscurecendo suas feições, nem um brilho nebuloso cobria o corredor que a cercava. Aquilo era... real.

Ela.

Bash se lançou sobre ela, indiferente ao fato de que nada fazia sentido, de que ele só conseguia se lembrar de onde estivera segundos antes. Ele abriu os braços com esperança desenfreada, preparando-se para envolvê-la em seus braços e...

Seus braços passaram direto por ela.

Bash tropeçou, caindo para trás. Uma mortalha de névoa escura girou quando ele se virou.

Os lábios de Margrete se separaram, uma onda de emoções passando por seu rosto em questão de segundos. Somente quando ela se virou para o homem imponente ao seu lado a neblina se dissipou. Bash seguiu o olhar dela, observando um homem robusto cujas feições sombrias diziam muito. O estranho balançou a cabeça de um lado para o outro, uma expressão sinistra nublando as íris de aço.

Bash estendeu as mãos diante de si mesmo, os dedos com pontas pretas tremendo. Ele estava pálido e doentio, sua pele quase translúcida.

Ouviu Margrete perguntar ao estranho o que estava acontecendo, mas não conseguiu entender a resposta. Uma série de imagens aterrorizantes o atingiu como um raio.

Uma ilha.

Escamas, dentes e olhos escuros.

Uma adaga perfurando seu coração.

Bash amaldiçoou. Ele não estava *vivo.*

— Ele permanecerá dessa forma até recuperar o corpo — disse o gigante de mais de dois metros de altura, que lançou a Margrete um olhar de advertência. — Ele não é tangível como Dawn e os outros, pois estes foram selecionados pela própria morte para servir ao Submundo. Seu rei não. Se eu fosse você, daria a ele algum tempo para se ajustar.

Servir ao Submundo? Bash franziu a testa, seu foco alternando entre o homem e Margrete, cujas mãos irradiavam flashes de luz azul. Aquilo o fez lembrar-se do oceano durante uma tempestade.

Ela ignorou o estranho, virando-se para ele, aproximando-se lentamente.

— Pirata? — perguntou ela, com a voz trêmula. — É você mesmo?

Ela estendeu a mão, parando pouco antes de as pontas dos dedos roçarem o rosto dele.

Todo o ar saiu de seus pulmões enquanto ele tentava e não conseguia tocar a palma da mão dela. Só havia frieza onde deveria existir o calor dela.

— Está tudo bem — continuou ela, tentando acalmá-lo. Parecia uma façanha impossível. Mas não foi o seu estado que o enojou. Foi ele mesmo. Suas ações.

— Eu... eu machuquei você — conseguiu dizer, com a voz fraca, sem uso.

Margrete olhou para ele com olhos lacrimejantes. Ela era tão linda que doía olhar para ela. Como olhar para o sol. Bash forçou a atenção, quebrando a conexão e fechando os olhos. A vergonha era monstruosa, sua culpa era tangível.

— Precisamos pegar o corpo dele. Depois disso, iremos atrás das feras. — A voz pertencia a Atlas, e a familiaridade dela aliviava um pouco a tensão de Bash, embora ele ainda se sentisse imóvel, preso. — Quando ele estiver inteiro novamente, terá tempo para se curar. E retornará ao que era antes.

Elas precisavam pegar seu corpo.

Ele estava morto. Morrera na ilha de Surria. E pouco antes de deixar o mundo, ele tinha...

Porra.

Ele tinha roubado uma alma e drenara um humano. Ele se lembrou daquela fome insaciável... e havia uma mulher cujo perfume ele queria devorar. A alma dela.

Aquela mulher era Margrete.

Ele tinha visto suas lágrimas escorrendo enquanto ele arranhava seu rosto naquela arena horrível, incapaz de cessar o encantamento colocado sobre ele. Ele tinha sido uma concha, sua alma presa por uma magia das trevas da qual ele não conseguia se libertar.

E Margrete mal conseguira lutar contra ele. Ela deve ter tido fé de que ele voltaria a si. Mas ele não voltara. Estava fraco demais para se resgatar no monstro em que sua mãe o transformara.

Ele a tinha decepcionado. Tinha se decepcionado.

Ele deve ter cambaleado, pois o cheiro de lavanda invadiu suas narinas. Abriu os olhos e encontrou Margrete com a mão levantada como se quisesse segurar seu braço e mantê-lo no alto. Ela amaldiçoou seu descuido, a incapacidade de estabilizá-lo.

Bash não merecia seu conforto. Ele não merecia *nada*.

— Diga-me o que realmente está acontecendo — Bash finalmente disse, incapaz de encarar o olhar preocupado de Margrete.

— Você quer que eu fique longe? — perguntou ela suavemente, com dor em cada sílaba. A energia nervosa jorrou dela em ondas.

— Preciso que você explique — respondeu ele friamente, sem emoção. Estava se refugiando em si mesmo, a única maneira que conhecia de sobreviver ao momento.

— Fiz um acordo com Halio, o Deus da Morte. Ele me ofereceu a possibilidade de... trazer você de volta — sussurrou Margrete. Bash sentiu-se tontear. — Eu fiz isso para que você voltasse para mim. D-depois que você *morreu*... — ela mal conseguia pronunciar aquela palavra — acidentalmente abri um portal para o Submundo. Tudo que vi foi seu rosto e tudo que pude ouvir foi seu último suspiro.

Ele estava impotente a não ser para procurá-la, a conexão entre eles maior que qualquer vergonha. Assim que ele pousou sobre ela, uma onda de energia o atingiu com a força de um raio. Ela deve ter sentido a mesma eletricidade, pois seu corpo vacilou. Porém, em nenhum momento ela quebrou o contato visual.

— Quero tanto te abraçar.

Bash observou seu pescoço delicado balançar com toda a emoção agonizante que ela engoliu.

Ele sentia dores em lugares que não acreditava serem possíveis. Mas Bash não merecia a simpatia dela. Suas ações anteriores não justificavam tanta gentileza e compreensão. Bash se afastou um segundo depois que uma expressão magoada escureceu seu rosto. Ele sentiu como se tivesse levado um soco no estômago.

— E-eu tentei te matar — disse ele, o tremor em suas mãos aumentando. — Eu te ataquei e tentei roubar sua alma.

Deuses, ele ainda sentia a frieza da lâmina perfurando seu coração, o rosto dela pairando acima dele como um farol para a própria vida. E naquele momento final, enquanto a morte o embalava em seus braços, ele por fim teve forças para se libertar do encantamento sombrio. O feitiço que fora colocado nele para *machucá-la.*

Bash nunca havia sido tão fracassado.

A mulher que ele tentara assassinar — a mesma que ele amava com toda a luz que possuía — descaradamente deu um passo à frente. A tripulação seguiu seu exemplo, embora o olhassem como se fosse um estranho. Ainda assim, confiavam nela, e algo semelhante a orgulho cresceu no lugar onde seu coração pulsante deveria estar. Agora havia apenas vazio e silêncio em seu peito.

— Você estava sob o comando de forças sobrenaturais — argumentou Margrete, inabalável. Ela já tinha decidido e Bash sabia que não haveria como dissuadi-la. Às vezes ela era incrivelmente teimosa, uma característica que ele adorava.

Mas não naquele momento.

Naquele momento, ele queria afastá-la, para que ela estivesse a salvo dele.

— Eu não lutei o suficiente. — Ele fervia. — Se não fosse por... — Ele parou, procurando seu velho amigo. — Onde está Bay?

Os olhos de Margrete se estreitaram em fendas de raiva.

— Não tenho certeza, mas foi ele quem te... — Ela não conseguiu pronunciar a última palavra, mas ele já sabia o que acontecera. Bay fez o que os outros não tiveram coragem de fazer e, por isso, Bash ficaria eternamente grato.

— Bay está bem aqui.

A figura que ele viu surgindo nas sombras — aquela que ele quase esquecera — apareceu na luz. A irritação de Bash aumentou quando a promessa de assassinato ecoou em seus ouvidos.

Darius. O Deus do Mar e o homem que orquestrara os eventos que o levaram a mergulhar nas trevas.

Vestido com um belo casaco verde com bainha de fios dourados, ele parecia o epítome da perfeição, sem um único fio de cabelo fora do lugar.

Ele mudaria isso.

Com um grunhido, ele se lançou sobre Darius, tão feroz e selvagem como tinha sido na arena, embora desta vez não estivesse sendo comandado pelo sangue nymera que corria em suas veias.

Não. Aquilo era tudo ele.

— Você! — O bastardo não se moveu quando o punho de Bash atravessou seu torso. Nem mesmo um piscar de olhos. Bash rosnou, a fúria o consumindo. Se ele conseguisse colocar a mão nele, arrancaria a vida de Darius, deus ou não. Ele imaginou como seria, a luz sendo drenada do rosto do imortal. Embora entendesse que não poderia realmente machucá-lo, Bash com certeza queria tentar.

— Vejo que você está com raiva — disse Darius, sorrindo como se fossem amigos que brigaram por uma bobagem. — Foi por isso que eu trouxe uma surpresa para você.

Darius se moveu para o lado e revelou um Bay intimidado à luz de uma luminária próxima. O cabelo loiro de seu amigo havia crescido e uma mecha caía em seus olhos verdes, que estavam cravados em suas botas, envergonhado. Vergonha que ele não deveria estar sentindo. Instintivamente, Bash abriu a boca para agradecer, mas Margrete avançou.

Ninguém a impediu enquanto ela dava um tapa no rosto de Bay. Ele não emitiu som algum, apenas aceitou o ódio, as frustrações. Segundos dolorosos se passaram, o peito de Margrete subindo e descendo erraticamente, seu olhar cheio de uma mistura de raiva e tristeza. Bay enrijeceu, endireitando-se. Quando ele lentamente voltou o olhar para ela, lágrimas brilhavam em seus olhos verdes.

— Foi preciso, Margrete. Ele ia te matar.

Cada centímetro dela vibrava com um poder estranho, e, mesmo em sua forma incorpórea, Bash podia sentir o gosto da energia violenta no ar. Isso o assustou, mas não era para ele ficar surpreso depois de tudo o que passaram. As tensões estavam altas.

Que inferno, Bash já teria assassinado o Deus do Mar se fosse possível. Ele continuaria a procurar maneiras de fazer isso. Ele estava morto, mas Bash queria o idiota morto ao seu lado.

— Essa decisão não era sua — rebateu Margrete, com a voz mais suave, transbordando de tristeza. Embora o aço em seus olhos não tivesse suavizado.

— Ele está certo, Margrete — Bash se apressou em dizer, e ambos os olhares deslizaram em sua direção. — Ele tinha que me matar. Se alguém aqui é culpado, é Darius. Não se esqueça disso. Ele tentou nos colocar uns contra os outros naquela ilha e conseguiu.

O deus do mar soltou um bufo.

— Eu apenas mostrei a eles o que você era. Sua verdadeira natureza teria surgido mais cedo ou mais tarde. Eu simplesmente ajudei a acelerar o processo. — Ele revirou os olhos como se aquela conversa o entediasse.

Mais uma vez, Bash se acalmou imaginando suas mãos em volta do pescoço do deus.

Margrete voltou sua raiva crescente para o deus.

— Eu vou te matar quando tudo isso acabar!

Ela avançou como se fosse atacar, mas alguém a segurou pelo braço. O estranho de coroa, que certamente era outro membro do divino, balançou a cabeça. Uma conversa silenciosa pareceu ocorrer entre eles quando ela ficou carrancuda.

Pela primeira vez, Bash viu a tinta escura se espalhando por sua pele macia e desaparecendo sob a camisa de seda azul que ela usava. Mais uma coisa que ele teria que perguntar, de preferência quando não estivessem na companhia de Darius. Embora sua cabeça pudesse explodir se outra revelação fosse exposta.

— Você não tem tempo para brigar, lembra, jovem? — O homem puxou Margrete gentilmente para longe de Darius, que teve a decência de parecer ofendido. — Você tem treze dias para matar as feras marinhas, Margrete, e, quando o fizer, conseguirá tudo o que deseja.

As narinas de Margrete dilataram-se, mas ela assentiu a contragosto, e assim o deus soltou seu braço. Ela não olhou na direção de Darius novamente. Ou de Bay, que mais parecia um fantasma de seu antigo eu. Se Bash fosse corpóreo, teria puxado o velho amigo para um abraço.

Mas ele não era, então ficou ali, sentindo-se inútil.

— Vamos nos concentrar — falou Atlas, desviando a atenção de Darius e Bay. — Faremos como Margrete disse antes: primeiro encontramos o corpo de Bash, reunimos sua alma, e depois matamos as outras feras.

— Por mim tudo bem — concordou Mila. — Embora eu ache que quem fez essa bagunça deveria fazer a maior parte da limpeza. — Ela lançou um olhar penetrante para Darius, que sorriu de volta. Isso enfureceu ainda mais a marinheira, cujas orelhas estavam de um vermelho brilhante.

— Visto que a mãe dele é a única nymera que deixei viva, você deveria estar me agradecendo por ter me livrado daquele monte de monstros diabólicos — retrucou Darius. — Sua horda a seguiu até a ilha, e as nymeras foram eliminadas por Shade e suas ninfas sob minhas ordens. Mais uma vez, de nada.

As nymeras… elas tinham sido derrotadas? E a mãe dele…

— Do que vocês estão falando? — Bash finalmente perguntou. Ele se sentia como se estivesse preso em um sonho distorcido. Talvez estivesse. — Podemos voltar aos treze dias que temos para matar os monstros? O que acontece se não o fizermos?

Que acordo desastroso tinha sido feito?

Margrete ergueu a mão pela terceira vez, alcançando o rosto dele, antes de bufar de frustração e deixá-la cair. Levaria algum tempo para se acostumar com aquela barreira entre eles. A dor em seu peito latejava. Ele queria cair de joelhos e professar seu amor. Implorar por seu perdão.

Bash podia sentir os olhos de Darius sobre ele. E se recusava a dar mais um show ao bastardo.

— Temos treze dias para exterminar todas as feras do mar, e então Halio... — Margrete apontou com a cabeça para o deus ao seu lado — ... permitirá que você permaneça em seu corpo e tenha uma segunda chance em vida. Assim que o encontrarmos, claro.

— Ah, e você tem que fazer isso comigo — Darius entrou na conversa, ainda sorrindo maliciosamente. Bash fechou a mão em punho. Imaginou seu punho atingindo a cabeça do deus, a imagem sangrenta acalmando-o em meio ao caos.

— Um alerta, porém — disse Halio. — Assim que Bash retornar ao corpo, aqueles... impulsos que ele sentiu antes de morrer retornarão. Ele assumiu sua verdadeira forma tarde na vida devido ao enlace incomum de seus pais. Nunca soube de um humano e uma nymera que tenham se reproduzido. Isso pode explicar por que demorou tanto para o outro lado se mostrar, e tenho certeza de que a presença da mãe não ajudou. — Halio respirou fundo. — Mas, agora que ele está transformado, os novos impulsos não irão simplesmente desaparecer quando sua alma reunir-se com sua forma física. Por mais humano que você ainda o considere.

Era por isso que ele não havia mudado antes. Assim como ela, ele era um novo tipo de ser.

— Nossa, que bom saber — murmurou Mila, e Dani lançou-lhe um olhar de advertência. O círculo ao redor dos olhos cor de safira parecia mais escuro do que antes, mais pronunciado. Antes que Bash pudesse estudá-la melhor, ela se virou para outra direção.

— Bem, isso certamente vai ser muito divertido — interrompeu Darius.

Todos se viraram para ele, e quando Mila lhe enviou outro sorriso escaldante, todos se juntaram a ela.

— Ah, parem de ficar com tanta raiva. *Vai* ser divertido. Não há nada como uma boa caçada! — Darius ignorou todos eles e começou a andar para trás. — O reino mortal nos aguarda e temos tantos monstros para matar. — Ele piscou para Bash. — E, além disso, tenho certeza que você quer voltar para seu corpo logo, para que da próxima vez que tentar me dar um soco, pelo menos tenha uma *chance* de me acertar.

As narinas de Bash dilataram-se, mas Margrete bloqueou o deus do mar e suas provocações infantis.

Ela inclinou a cabeça e encontrou seu olhar, nada além de amor brilhando. Depois de tudo o que ele fizera, ela continuava a olhar para ele como se ele fosse um homem que a merecesse.

— Você me disse uma vez que me seguiria até o Submundo, pirata — sussurrou ela, um sorriso desanimado levantando um canto de sua boca. Sua antiga tripulação lhes dera um aparente espaço, mas ele continuava a sentir a atenção deles. Provavelmente certificando-se de que não a machucaria novamente. — Você deveria saber que eu faria o mesmo. — Ele fez uma careta e ela acrescentou: — E não me olhe assim. Tão logo recuperarmos seu corpo, matarmos algumas feras cruéis *e* salvarmos o reino mortal, você estará ao meu lado. — Ela estava a poucos centímetros de distância, e Bash poderia jurar que sentiu a respiração dela em sua bochecha. — Nós salvamos um ao outro, e mesmo que eu tenha que salvar você de você mesmo, eu o farei. Você não vai me deixar de novo. Sou muito egoísta, lembra?

Bash queria discutir e argumentar com todos os motivos pelos quais ele não era digno de redenção, mas, deuses, ele só queria se inclinar e beijar aqueles lábios carnudos, transmitindo tudo o que sentia dentro de sua alma. Ele a amava, e o amor o deixava esperançoso.

Se houvesse uma chance de poder se redimir e salvar o reino, ser um herói aos olhos dela novamente, ele faria quase qualquer coisa.

Mas se ele tentasse machucá-la… Ele focou em Bay, e seu amigo, como se sentisse olhares sobre ele, levantou a cabeça. Ele fizera a coisa certa ao enfiar aquela adaga em seu peito, mesmo que Margrete não concordasse. Bash se certificaria de que faria isso de novo se, ou mais provavelmente, *quando* chegasse a hora. Ele baixou o queixo para Bay, comunicando silenciosamente seu agradecimento. Uma única lágrima escorreu pela bochecha avermelhada de seu amigo.

Bay entendera o pedido de Bash. Mas antes Bash faria tudo ao seu alcance para garantir que não fosse necessário. Ele amava Bay como a um irmão e não queria que mais uma pessoa que ele amava se machucasse por sua causa.

Sentindo-se tranquilizado, ele se permitiu um momento sem paredes, barreiras ou medos. Olhando nos olhos de Margrete, ele sussurrou suas verdades, mesmo que fosse indigno.

— Eu te amo, princesa. Eu te amo tanto que teria feito qualquer coisa para salvá-la. Faria qualquer acordo, sem me importar com os riscos. — Ele pensou no estranho imponente. Do acordo que mencionaram. Ele a ouviu respirar aliviada, mesmo que seus olhos tenham escurecido com suas palavras. — Você é minha parceira, minha amada, minha amiga. E eu te seguirei até o fim do mundo.

Aquela mulher era dona dele, e se ele não tentasse compensar a dor que lhe causara, então não havia mais nada pelo que lutar. Ele já estava morto e, embora uma parte de si achasse melhor deixá-la em paz e permitir que ela encontrasse outro amor, o ciúme surgiu. *Ele* queria proporcionar a felicidade dela. Da mesma forma que ela fez com ele.

Deixando de lado seus defeitos e sua possessividade, Bash nunca tinha sido do tipo que recuava e aceitava a derrota.

Ele era um rei, um guerreiro, um *Azantiano*. E não desistiria de corrigir seu maior erro. Bash não desistiria de salvar a única coisa que importava no mundo.

Ele não falharia tão facilmente de novo.

CAPÍTULO DEZESSETE

DARIUS

Halio os levou para uma sala circular localizada fora do salão principal.

Sete portais de pedra simples os cercavam, cada um brilhando com a mesma prata iridescente.

A jornada de volta ao reino mortal seria muito mais fácil do que se aventurar no Submundo. Ou seja, não seria necessário revolver a terra. Os humanos não tinham ideia de que sempre que a terra tremia e se dividia, era apenas o movimento de um deus retornando para a superfície. Um portal era muito, muito menos complicado. Infelizmente, ele só funcionava em uma direção: *saída*.

Halio apontou para a porta à direita.

— Este os levará à ilha de Maribella. Tenho toda a fé de que podem encontrar o caminho a partir daqui — disse Halio com aquela voz profunda, sempre pomposa. Não que ele odiasse Halio; na verdade, ele era o menos desprezível, mas ostentava o tipo de expressão pretensiosa em que Darius muitas vezes desejava dar um soco.

Ou talvez simplesmente se sentisse assim em relação à maioria das pessoas.

Darius fixou suas feições numa máscara de tédio, mas por dentro ele conspirava. Vasculhou suas lembranças da cidade, já decidindo qual mestre do porto seria mais fácil de enganar. Eles precisavam de um navio rápido, especialmente se ele e Margrete fossem forçados a levar os mortais junto… e o fantasma que continuava a frustrar seus planos. Embora Darius supusesse que se divertiria um pouco, visto que o rei continuava a tentar atacá-lo com afinco, todos os atos resultando em um fracasso patético.

Irritá-lo poderia ser uma maneira deliciosa de passar o tempo.

Maribella, embora bonita, poderia ser mortal. Localizada ao norte de Prias, ostentava um dos portos mais movimentados e notórios do mundo, que ligava o nordeste ao restante das regiões do sul. Piratas e todos os tipos de comerciantes duvidosos vendiam seus produtos na bela cidade repleta de cachoeiras cristalinas e flores brilhantes de todas as formas e cores. Era muita ironia.

— Caberá a você escolher como vai rastrear as feras, mas pode pelo menos adquirir um navio no porto, o que é uma gentileza que eu não precisava permitir — disse Halio, evitando olhar para Darius. Embora o homem o irritasse, o Deus da Morte desprezava Darius. Ele atribuía isso a Malum e seus erros, e desprezá-lo era uma consequência disso. De certa forma, era difícil odiar alguém que estava morto. Mais uma pessoa culpava Darius pelos erros de Malum.

Típico.

— Vamos acabar logo com isso — falou Margrete, apressando-se em direção ao portal, ansiosa para enfrentar feras marinhas e salvar seu patético rei. Falando nisso, a alma que ela trouxera do reino dos mortos dificilmente poderia ser chamado de homem. Seu corpo tremia a cada passo que dava, e cada vez que estendia a mão para tocar Margrete, uma pontada de dor contorcia suas feições e ele recuava de vergonha. Darius contou seis vezes que repetiu a ação e, em todas elas, sua frustração ficou mais aparente. Ele praticamente podia sentir o gosto no ar, que estava mais frio desde a chegada de Bash.

Ele quase sentiria pena dele se fosse capaz.

Darius se preparou para seguir Margrete quando a pequena ruiva apareceu na frente dele e de Bay. Seu relutante companheiro não dissera uma palavra desde o confronto com Margrete, e dizer que a tensão era alta seria um eufemismo.

— Fique para trás — avisou ela com uma voz rouca, o cabelo ruivo na altura do queixo tão ardente quanto a paixão girando em suas íris. *Mila*, se Darius se lembrava corretamente. Ele ficou surpreso por ter dedicado tempo para aprender o nome da soldada, especialmente porque ela pouco importava. A mulher inclinou o queixo pontudo em direção à própria cintura e empurrou sutilmente o casaco para o lado para revelar a adaga escondida. Ele reprimiu o sorriso.

— Você me quer só para si? — provocou ele, abrindo seu sorriso lupino. E baixou o rosto até ficar a poucos centímetros do dela. — Eu gosto de uma mulher bem armada.

Ela nem hesitou. Não. Mila esboçou um sorriso astuto tão intenso que causou arrepios nas costas dele.

— Eu *quero* você só para mim — murmurou ela, e Darius franziu a testa em resposta.

— Ah, é?

— Acho mais fácil cortar a garganta de um homem sem testemunhas. — Ela sacou a lâmina e a girou habilmente, encostando a ponta afiada no coração dele, que começou a bater mais rápido. — Você pode estar aqui para matar monstros, mas se olhar para o meu rei e a futura rainha da maneira errada, cortarei sua garganta e me banharei em seu sangue. Pode não te matar, mas vou me divertir.

Darius olhou fixamente para a mulher, que não tinha mais de um metro e meio de altura, era magra e tinha ossos pequenos. Ele calculou que não demoraria muito para quebrar o pescoço dela.

Que surpreendente. Darius normalmente odiava surpresas.

Lentamente, ele aproximou os lábios para sussurrar no ouvido de Mila, sorrindo quando ela estremeceu.

— Não se preocupe comigo, Ruiva. Este acordo é bom para mim também. — Ele se afastou apenas o suficiente para ver a confusão estragar suas feições delicadas. — Ah, e eu gostaria muito de ver você tentar... — Ele agarrou a lâmina e a girou, a ponta afiada mirando o fundo da garganta dela. — Sua ameaça já se mostrou vazia. Suas habilidades são bastante decepcionantes.

Ele se endireitou em toda a sua altura, sorrindo como um idiota enquanto as narinas de Mila se dilatavam de frustração. Coisinha mal-humorada. Ele teria que ficar de olho nela e garantir que não o atrapalhasse. Embora seu sangue esquentasse com a ideia de um desafio. Darius gostava de seus próprios joguinhos.

Margrete pigarreou, roubando a atenção de Darius.

— Obrigada novamente, Halio. Retornaremos em duas semanas. *Bem-sucedidos* — enfatizou ela.

Darius notou como sua tatuagem brilhou brevemente em prata, como se o vínculo entre ela e o deus da morte tivesse se encaixado totalmente. Ele se perguntou que tatuagem havia aparecido em seu corpo quando eles fizeram seu próprio acordo. Cada barganha deixava uma marca diferente e, durante as primeiras horas da manhã, ele se deliciara imaginando uma busca minuciosa no corpo dela. Nesse sonho, ele deslizou as alças frágeis da combinação de seda sobre os ombros de Margrete, observando o tecido se acumular a seus pés. Ele demoraria um pouco, explorando cada centímetro dela de joelhos, beijando suas coxas, seus quadris...

A atenção de sua futura rainha se concentrou em Bash, destruindo a imagem deliciosa que ele construíra em sua mente. Darius cerrou os punhos enquanto alguma coisa não dita passava entre eles. Margrete se lembraria do verdadeiro eu do rei assim que encontrassem seu corpo e os instintos de nymera assumissem o controle. Então, a repugnante festa de amor chegaria ao fim.

Logo, ele realizaria todas as suas fantasias.

Atlas e Dani caminharam atrás de Margrete e do rei enquanto passavam pela barreira giratória azul e amarela até Maribella. Mila, é claro, parou para olhar para ele mais uma vez antes de passar. Ele não podia culpar sua ira — ela havia perdido muito na ilha. Se ele tivesse um coração vivo, poderia até ter se sentido culpado.

— Suponho que também lhe devo um agradecimento — disse Darius a Halio, que grunhiu em resposta. — Tudo funcionou muito bem por causa do seu acordo.

— Você e seu irmão já causaram danos suficientes, e um mero agradecimento nunca será suficiente — resmungou Halio, pela primeira vez mostrando claramente sua frustração no rosto. — Talvez desta vez você possa realmente *tentar* ser melhor. Você poderia ter sido um dos grandes, Darius. Você não é como Malum, que fingia que tinha o coração puro, nem como sua mãe, que não esconde seus desejos. Eu sempre vi isso. — O sorriso vitorioso de Darius desapareceu. — Você tem agora a chance de se tornar você mesmo e fazer o bem.

Ele não esperava essas palavras de Halio, dentre todas as pessoas. Talvez ele esperasse que tal prosa o perturbasse. Darius não acreditou nele nem por um segundo.

Revirando os olhos, a magia de Darius estendeu a mão e agarrou o pulso de Bay. O silêncio do homem, o que ele originalmente preferia, estava ficando cansativo. Ele mal resistiu quando Darius o puxou para frente. O pobrezinho estava totalmente derrotado, nem mesmo tentando fazer contato com Bash, que havia tentado encontrar seus olhos diversas vezes desde o reencontro, na esperança de chamar sua atenção.

— Não se preocupe, Halio — disse Darius por cima do ombro. — Ainda pretendo reescrever a história.

E fazendo com que se curvasse à sua vontade. Halio estava certo; Darius não era como sua mãe ou Malum. Ele queria poder, sim, mas sempre teve uma razão lógica. Às vezes, seus motivos eram egoístas, como desejar secretamente a adoração dos mortais, mas pelo menos sua benevolência beneficiaria ambas as partes.

— Vamos, traidor. — Darius puxou Bay através do portal. Houve uma leve resistência, o marinheiro começando a mostrar mais uma vez sua teimosia. Mas Darius os conduziu através do turbilhão de magia e ventos trovejantes. Nuvens escuras pontilhadas com manchas prateadas e douradas brilhavam, eclipsando o reino entre os mundos. Ele suspirou, saboreando os breves momentos de alívio, de silêncio absoluto. Ele quase perdeu a sensação quando uma explosão de luz forçou seus olhos a se semicerrarem.

Rapidamente ele retornou ao mundo real.

O calor cobriu sua pele e uma rajada de ar costeiro encheu seus pulmões com o frescor das águas abertas. Não havia muitas coisas que Darius adorasse, mas a brisa do oceano? Aquela primeira inspiração tocou as cordas de seu coração frio e escurecido.

Maribella era descrita por muitos exploradores como um paraíso, o epítome da beleza. Árvores verdes exuberantes com frutas baixas pontilhavam a região montanhosa que dava para as águas mais límpidas daquele lado do mundo. As praias não eram cinzentas ou marrons, mas douradas, muito parecidas com as encontradas em Azantian. Na opinião de Darius, Maribella era mais grandiosa do que a ilha mítica, embora ele pudesse ser tendencioso, visto que era criação de seu insípido irmão.

O portal os levara para o repouso das dunas com vista para a cidade comercial, o movimentado porto e suas dezenas de grandes navios. O calor das areias penetrou no couro de suas botas, e enquanto os mortais se moviam desconfortavelmente, Darius abraçou a leve dor.

Ele ficou satisfeito ao ver sua futura rainha parecendo pronta para a batalha, seu olhar penetrante semelhante ao de um falcão. Porém, após uma inspeção mais detalhada, ele notou que as íris dela pareciam mais escuras, menos vibrantes do que ele se lembrava. Ou talvez sempre foram de um azul tão escuro? De repente, Darius não conseguia se lembrar.

— Pare de ficar boquiaberto — retrucou Mila, esbarrando nele. Ele não se mexeu, mas deu atenção à mulher, tudo o que as pessoas normalmente desejavam evitar. Ela trancou os olhos, inabalável.

Deuses. Agora *ele* era alvo de uma perseguidora indesejada.

— Só saiba que enquanto você estiver observando *ela* — Mila apontou Margrete —, eu estarei observando *você*.

A nova deusa agora estava a apenas um metro de distância de seu rei, ambos tremendo, sem dizer uma palavra. Darius revirou os olhos. Amantes que não podiam se tocar. Que clichê.

— Você pode me observar o quanto quiser, Ruiva — murmurou Darius, afastando-se da visão nauseante do casal infeliz. — Mas deveria saber que gosto da atenção.

Um canto da boca de Mila se curvou.

— É claro que gosta. É a única maneira de você se sentir digno. Triste, realmente.

Antes que ele quebrasse seu pescoço, ou pelo menos elaborasse uma resposta espirituosa, Mila disparou para Atlas. Ela também o olhava com a fúria de mil tempestades.

Mila ficou na ponta dos pés e sussurrou em seu ouvido, fazendo com que a linha entre as sobrancelhas da guerreira se aprofundasse.

Darius esperava por isso. Que todos o odiassem. Na verdade, teria sido suspeito se não o odiassem. E ainda assim... quando Mila se afastou de Atlas, ela o perfurou com um olhar que ele nunca tinha experimentado antes, nem mesmo de Margrete.

Foi uma estranha mistura de raiva, desafio e, surpreendentemente, fascínio.

Ele quebrou a disputa de olhares, dizendo a si mesmo que ela estava abaixo dele. Não precisava provar nada para ela.

— Alguma ideia de por onde começamos? — perguntou Dani, escondendo-se atrás dos cachos. Ela parecera mais à vontade no Submundo do que no mundo humano.

— Eu suspeito que a... *mãe* de Bash — Atlas praticamente cuspiu a palavra — o traria de volta para onde sua horda inicialmente fez seu novo lar. Com base nas minhas leituras, as nymeras tendem a preferir águas mais frias. Eu arriscaria um palpite de que precisamos ir para o norte. — Pela primeira vez desde que a vira, Atlas abandonou Dani e marchou para o lado de seu rei. Bash, como se percebesse que os olhos estavam sobre ele, relutantemente se afastou de Margrete.

— Concordo. Boa ideia — proferiu ele sem entusiasmo. — Mas o norte é imenso e existem inúmeras ilhas onde ela pode se esconder.

— Temos dois deuses conosco — disse Atlas. — Imagino que eles provavelmente poderiam rastreá-la. — Ela inclinou a cabeça para Darius, uma expressão de expectativa contorcendo seu rosto.

Margrete e Bash trocaram mais uma conversa silenciosa. Os olhos do meia-nymera estavam semicerrados, os lábios formando uma linha fina. Como se entendesse, Margrete balançou a cabeça, um pequeno sorriso tomando forma em sua boca. O rei quase sorriu de volta.

Mais alguns segundos revoltantes se passaram antes que ela assentisse abruptamente com confiança e então encarasse Darius. Toda a suavidade que ela dirigiu a Bash desapareceu.

— Já que sou nova nisso... — ela apontou para seu corpo — ... que tal você começar e fazer as honras? Mostre toda a imensa habilidade da qual se orgulha. — Ela estava se esforçando tanto para parecer forte. O ato quase o enganou. Ou talvez realmente já tivesse deixado de ser uma atuação.

— Bem, isso beneficia a nós dois, então obedecerei com prazer — disse ele, sorrindo para o rei. A pele de tom doentio de Bash ficou vermelha, seu peito arfando com sua fúria aprisionada. Era uma pena que ele não pudesse agir de acordo com sua raiva; Darius teria gostado de uma briga.

O rei sabia do acordo que o deus fizera com sua amada? Provavelmente ele não sabia ainda, visto que a conversa seria longa.

O peito de Darius se aqueceu com o pensamento.

— Vou encontrar a nymera — acrescentou quando Margrete abriu a boca para falar, provavelmente para proferir uma palavra grosseira ou uma ameaça. Quanto mais rápido eles recuperassem o corpo do maldito rei e matassem as feras, mais rápido poderiam selar o acordo. Então ele esperaria o final de uma vida curta e Margrete governaria ao seu lado. Ele poderia ser paciente, mas nada aconteceria se falhassem, então, infelizmente, ele teria que trabalhar em equipe enquanto isso. A ideia era repugnante por si só.

— Agora observe e aprenda, Margrete.

Darius caminhou até onde as ondas roçavam a costa e instantaneamente seu peito se aqueceu e sua frequência cardíaca desacelerou para um ritmo de felicidade. Aquilo era voltar para casa, voltar ao início de sua vida, ao lugar em que nasceu e onde provavelmente morreria. Sua mãe governava os céus, e seus companheiros deuses presidiam as emoções humanas e até a morte, mas Darius sempre acreditou que tinha o melhor reino. Não havia fim para o dele — era infinito.

As ondas bateram em suas botas quando ele entrou na água, e um zumbido baixo começou nas pontas dos dedos dos pés, subindo pelas pernas, pelo tronco, pelo peito. Todo o restante poderia desaparecer, mesmo que por pouco tempo, e ele não se importava. Mas Darius tinha que se concentrar na missão.

Fechando os olhos, ele flutuou, caindo de cabeça nas águas a seus pés. Se tivesse que explicar isso a alguém, caso perguntassem, ele compararia a cair de um penhasco sem rede, sem saber quando atingiria as águas ou se conseguiria sair vivo. Entregar-se a uma entidade indomável como o mar era muito parecido com isso, e nunca havia a certeza de que não seria engolido por inteiro.

Darius adorava aquela emoção.

Ele flutuou, caiu e se perdeu, os cílios tremulando contra as maçãs do rosto enquanto mil imagens da vasta profundidade passavam por sua mente. Seu reino, tão puro e belo; dos recifes de coral às feras que chamavam o grande azul além de seu lar. Eles não tinham a astúcia ou a ganância dos humanos. Apenas viviam cada momento somente por instinto.

No nordeste, ele sentiu o cheiro do grande Collossious devorando um navio cheio de homens. Ele rapidamente ultrapassou o sabor de cobre que inundava o mar e continuou a jornada para o norte. Aquela fera em particular viria mais tarde.

Ainda fisicamente preso às areias de Maribella, a mente de Darius desviou-se da costa de Rydor, uma região implacável onde as rochas substituíam a areia e os céus estavam sempre cinzentos. A neve macia caía no topo das ondas enquanto ele navegava, embora não conseguisse sentir o frio.

Logo, um toque de podridão obstruiu suas narinas, o cheiro revelador de uma nymera próxima, e ele se moveu mais rápido, só diminuindo a velocidade quando chegou aos penhascos de Rydor. Ele piscou e lá estava ela. *Minthe.* No topo dos penhascos com vista para as águas calmas do norte, ela esquadrinhava o horizonte como se procurasse uma resposta para sua situação. Ou procurando Margrete.

Darius suspeitava de que Minthe esperava que Margrete devolvesse a alma do filho. Que ela iria recuperá-lo do Submundo para ser entregue de volta à sua prisão mortal. Ela estava apenas esperando que fosse encontrada.

Os cabelos de sua nuca se arrepiaram e Darius abriu os olhos com um sobressalto.

— Onde ela está? — perguntou Mila, de repente ao seu lado. Ele não sentira a aproximação. Inferno, ela estava se tornando uma mosca que ele não conseguia afastar.

Margrete e seu rei juntaram-se à sua esquerda, a primeira ficando o mais longe possível. O olhar venenoso que Bash lançou em sua direção poderia cortar um homem ao meio.

— Rydor — disse Darius, forçando um sorriso astuto para enfeitar seus lábios. — E acredito que ela está esperando você o entregar.

— Ela vai pegar a alma dele e te matar. — Dani passou por Atlas e deu um passo à frente e no centro. — Tenho a sensação de que a nymera... — ela lançou um olhar para Bash — ... não planeja nos deixar partir. Ela o quer, e imagino que sinta que somos um obstáculo. Ou melhor, um inimigo.

Minthe não estava totalmente errada. Darius sabia do passado dela, de como o pai de Bash se apaixonara por ela e depois roubou o filho de seus braços. Ela tinha o direito de desprezá-los.

— O nome dela é Minthe — anunciou Bash à sua tripulação, com a mandíbula tensa. — E acredito que ela é capaz disso.

Darius levantou um ombro.

— Ela é arrogante se pensa que pode derrotar dois deuses ao mesmo tempo.

Ignorando completamente Darius, Margrete falou apenas com o seu rei.

— Nós podemos fazer isso, pirata. E talvez possamos convencê-la a... ver a razão. A ver que não vamos machucá-la. — Que não eram como o pai dele, ela quis dizer.

De muitas maneiras, Darius entendia Minthe. Ela tinha confiado em alguém que amava e foi magoada por isso.

Margrete ergueu a mão, deixando-a a poucos centímetros do queixo do rei.

— E se ela se recusar a ouvir, então não permitirei que tire você de mim pela segunda vez. Eu vou matá-la antes que isso aconteça.

— Você não precisará fazer isso — afirmou Bash. — Eu farei as honras. No entanto — ele fez uma pausa, a indecisão pesando em sua voz —, deveríamos matar os monstros primeiro. Não *preciso* de um corpo agora... e se eu voltar a tê-lo e...

— Você ainda é você, e mesmo com sangue nymera em suas veias, você pode lutar contra isso. Por mim. — Margrete ergueu o queixo. Bash suspirou, seus olhos escuros brilhando.

— Tão confiante — ele disse suavemente. — Mas quando a transição ocorrer, não quero você perto de mim, caso eu não consiga derrotar o encantamento. — Margrete preparou-se para protestar, mas o rei lançou-lhe um olhar penetrante. Ela fechou a boca. — Eu preciso dessa promessa sua, princesa. Me recuso a machucar você. Prefiro permanecer no Submundo por toda a eternidade a te machucar novamente.

Algo no peito de Darius doeu. Ele acreditou na confissão do rei, de que desistiria de sua vida sem pensar duas vezes. Quando lhe foi apresentada uma escolha semelhante, Darius não tinha sido tão... heroico.

— Tudo bem — concordou Margrete. — Mas desta vez estaremos todos preparados e *ele* não nos impedirá. — Ela olhou brevemente por cima do ombro para Darius, cujo sorriso engessado se alargou.

— Precisamos nos apressar e garantir uma embarcação.

Ninguém falou quando Bay apareceu diante de todos eles. Ele encontrou o olhar de Bash e o segurou.

— Não vou me desculpar pelo que fiz, Bash — falou Bay, e as narinas de Margrete dilataram-se. — Apenas queria salvá-la de suas garras, e sei que você teria desejado que eu o fizesse. No entanto... — Ele se mexeu, enfiando as mãos nos bolsos. — Eu me arrependo do ato de matar meu amigo. Meu irmão.

Bash contornou Margrete, chegando o mais perto que pôde de Bay.

— Obrigado. — Bash baixou o queixo. Mila resmungou alguma coisa baixinho e compartilhou um olhar astuto com Margrete, mas elas não falaram nada. — Serei eternamente grato a você pelo que fez. Você a salvou. Você me protegeu de cometer o maior erro da minha vida. E não sinto raiva de você. Nunca vou sentir.

— Mas ele…

Bash ergueu a mão, silenciando Mila.

— Ele fez o que ninguém mais teve coragem de fazer e ainda é nosso amigo. — Ele olhou para todos, exceto Darius. Ele tinha a sensação de que a *conversa* deles viria mais tarde. — Perdoe Bay. Ele ainda é o melhor de nós. Um guerreiro com um coração de ouro. Se não consegue superar isso, pode retornar para Azantian. Sozinha.

Bay corou, deixando escapar um suspiro audível. As Azantianas baixaram a cabeça, mas Margrete virou-se para o mar, com a raiva ainda presente nos olhos. Ela perdoava a todos com muita facilidade, mas não conseguia perdoar seu amigo mais próximo. Darius sabia, no fundo, que ela não o culpava, mas diminuía a dor mirar aquela raiva em algum lugar.

— O Collossious está a caminho — acrescentou Darius depois que um silêncio doloroso se fez. Os mortais e suas emoções estavam ficando insuportáveis. — Podemos matar algumas feras antes de irmos para Rydor.

Surpreendentemente, o insípido rei concordou com a cabeça.

— Então devemos arranjar um navio. Agora. — Bay baixou o queixo, mostrando ao rei o respeito que ele acreditava merecer. Darius cerrou os punhos. — E, então, terminaremos o que começamos.

Graças às joias que Margrete e sua tripulação pegaram na Corte do Mar, eles conseguiram adquirir um pequeno navio de um dos muitos mercadores que Darius apontou. Atlas insistira em fazer a negociação e, a julgar pelos gritos acalorados do vendedor, ele não estava disposto a vender seu barco. Ela rapidamente mudou sua opinião quando se ergueu sobre ele e levantou o casaco apenas o suficiente para expor a lâmina que escondia.

Suas habilidades de negociação eram impressionantes.

Dani ficou para trás, com o rei — ele não poderia ser visto em tal estado pelas pessoas da cidade —, enquanto Margrete, Mila e Darius seguiram Atlas. Eles teriam que levar Bash a bordo depois de escurecer, perdendo um tempo precioso.

Mais uma vez, o rei estava sendo um grande incômodo.

O povo de Maribella usava roupas semelhantes às dos Azantianos, embora seus linhos não fossem tão reveladores. Cores claras, principalmente tons de azul, azul-petróleo, verdes e amarelos decoravam a cidade, e as habitações de madeira eram pintadas de forma semelhante. Avenidas estreitas serpenteavam por toda parte, as pedras tinham um tom claro de cinza, manchas prateadas em cada degrau. Era um lugar onde muitos se estabeleceram, clareiras abertas situadas entre florestas exuberantes e colinas extensas, deixando espaço abundante para a construção de novas casas.

Muitas das lojas pitorescas ostentavam sua bandeira — duas linhas amarelas contornando um círculo azul, com a silhueta de um falcão em voo posicionado no meio. Darius sempre favoreceu os falcões, criaturas que simbolizam vitória e liberdade.

Pena que eles não passariam muito tempo ali.

Com Atlas, Bay e Mila distraídos com o navio, Darius sentou-se nas docas, balançando as longas pernas para o lado. A sola de suas botas roçava a água e ele suspirou, sentindo a energia que o mar proporcionava.

Ele sentiu a presença dela antes de abrir um olho.

Margrete sentou-se ao lado dele, adotando a mesma postura, embora suas botas engraxadas mal alcançassem a superfície das ondas. O mar estava agitado, e Darius percebeu que ele doía de raiva.

— Veio destilar mais ameaças? — perguntou ele, ainda olhando para o mar. Atrás dele, os marinheiros e os chefes das docas gritavam, o barulho dos pés batendo nas tábuas como trovões. Ele nunca entendeu por que os marinheiros tinham que falar tão *alto*. Se apenas ouvissem o mar, ele lhes contaria tudo o que precisavam saber, sem a necessidade de gritar.

Margrete soltou um suspiro cansado.

— Chega de ameaças — disse ela suavemente. — Mas quero lhe pedir um favor.

Ele se virou para encará-la.

— O que você precisa, querida? Sabe que estou sempre ansioso para agradar você.

Ele fantasiava agradá-la desde o momento que a vira em Azantian. Nas noites em que ele entrava furtivamente em seus aposentos e a observava, Darius imaginava ficar de joelhos e...

— Não conte a Bash sobre o nosso acordo.

Darius gemeu, o pedido estúpido afugentando seu devaneio travesso.

— Está com medo de que nosso acordo machuque os sentimentos dele? Achei que vocês dois compartilhassem tudo — disse ele, mordaz.

Obviamente, eles tiveram segredos no passado, pelo que ele observara, mas houve uma mudança na ilha, e ele temia que haviam superado seus problemas de comunicação.

Os olhos de Margrete franziram-se nas laterais.

— Nós compartilhamos. Ou juramos que não esconderíamos mais coisas um do outro. Mesmo que pensemos que isso protegerá o outro. Mas não estou pedindo que você esconda isso por muito tempo. Só até eu mesma contar a ele, o que farei esta noite.

Ela se balançou desconfortavelmente para frente e para trás, apontando as pontas das botas em direção à água. As ondas subiram, salpicando o couro.

— Eu não quero que você o incite ainda mais. Ele já está sofrendo.

Sofrendo. O homem não sabia o significado disso.

Darius ponderou. Embora fosse muito divertido frisar o fato de que Margrete seria *dele* após a morte de Bash, a súplica genuína exibida em seu rosto o fez pensar. Se ele queria que ela algum dia confiasse nele, teria que conquistar sua confiança.

Maldição.

— Você se importa demais — falou ele suavemente. Ele não pretendia dizer isso em voz alta, mas as palavras escaparam.

Margrete parou.

— Sempre fui assim — respondeu ela, olhando para qualquer lugar, menos para ele. — Mas só me importo com quem merece, e então faço isso com todo o meu ser.

— Você vai acabar se machucando. — Darius sabia disso melhor do que a maioria das pessoas.

— Prefiro me machucar demais a passar a vida sendo uma concha vazia. — Ela mordeu o interior da bochecha. — Se isso me enfraquece aos seus olhos, pouco me importa.

Ele soltou um bufo.

— Nunca disse que você era fraca. — Ela era forte por si só, mesmo quando era mortal. Foi isso que inicialmente o atraiu, além do que ela carregava na alma.

— Não precisa dizer isso — disse ela, seu tom de voz endurecendo. — Você age como um deus malévolo e desempenha bem esse papel, mas não está me enganando. Você sente tanto quanto um ser humano. Se não mais.

Darius se segurou no cais de madeira, os nós dos dedos ficando brancos.

— Só sinto por você, Margrete, e isso é o suficiente.

Ela girou na direção dele, o olhar feroz.

— Então, se você se importa, faça o que peço.

Ser bom com o rei dela. Parecia impossível.

— Não direi nada — ele se forçou a dizer. — Mas é melhor você contar a ele o quanto antes, porque não posso garantir que isso não venha à tona se ele me irritar. O que ele faz com bastante frequência quando age como herói. Ele não é mais monstro do que eu.

— Independentemente disso — retrucou ela, claramente perdendo a paciência —, mantenha sua promessa. Acho que não consigo lidar com mais tristeza. Já me sinto muito perto de me afogar.

Uma lasca de umidade cobriu as pálpebras inferiores de Margrete e uma pontada de algo estranho percorreu o peito de Darius. As palavras foram ditas com tanta dor, com tanto medo genuíno, que a vergonha envolveu seu pescoço e apertou.

— Nosso segredo está seguro, querida.

Margrete deu-lhe as costas, encerrando a discussão. A dor em seu peito aumentou e ele colocou a mão sobre o coração. Se isso era o que a ter humanidade oferecia, então ele não tinha certeza se queria.

Darius voltou para as ondas. O mar não o confundia. Não o fazia questionar a si mesmo. Ele ficou olhando as águas até ser chamado a bordo, e mesmo então Darius permaneceu fixo no horizonte. Ele ansiava pelo dia em que o sol se poria e seu coração estaria livre.

Se completassem aquela tarefa, esse dia chegaria em breve.

Darius não aceitaria mais nada — porque, tal como Margrete, ele também se sentia à beira de se afogar.

CAPÍTULO DEZOITO
MARGRETE

Eles colocaram a forma incorpórea de Bash no navio meia hora antes da meia-noite. O navio que Atlas adquirira — o *Mare Deus* — não se comparava ao *Phaedra*, mas seria suficiente. Havia duas cabines, uma equipada com dois beliches e a outra, muito menor, acomodava apenas uma cama, provavelmente os aposentos do capitão. Algumas redes balançavam na despensa e Margrete soube exatamente onde forçaria Darius a ficar. Ela fazia questão de evitar seus olhos sempre que sentia seu olhar queimar sua nuca na praia de Maribella, mas, na verdade, sua presença era difícil de ignorar. Sabiamente, Darius manteve distância, em especial depois que conversaram.

E Bay... bem, Margrete não estava pronta para pensar nele ainda. Ela o amava. E entendera as razões dele. No entanto, não conseguia explicar isso ao seu coração, que havia erguido barricadas no que dizia respeito a ele. Tolo, talvez, mas elas ainda estavam em seu coração. Apesar do adiantado da hora, Bay se pôs a trabalhar, consertando o que podia no navio antigo, seus olhos encontrando os dela de vez em quando enquanto ela se familiarizava com a embarcação.

Ela sentia falta do amigo. Ele era a pessoa para quem ela queria correr e confessar sua culpa. Bay tinha a capacidade de acalmar seus medos e forçar um sorriso nos lábios, geralmente dizendo algo altamente inapropriado. Mas ela engoliu a vontade de ir até ele e virou-se para o céu. Acima, nuvens de tempestade sopravam pela extensão escura, pondo fim à ideia de partir imediatamente. Mila ficaria muito desapontada.

Ela assumira a responsabilidade de vigiar o deus do mar, e seu severo escrutínio o compeliu para a grade, longe dos outros. Secretamente, Margrete admirava a coragem de Mila, e ficou impressionada por ela ainda não ter tentado esfaquear Darius.

Margrete roçou a chave no bolso, as vibrações suaves subindo por sua mão. Ela temia que Darius soubesse de sua existência e tentasse roubá-la. Além disso, sua magia reagia ao objeto sobrenatural de uma forma estranhamente agradável. Era um conforto em meio a tanta turbulência.

Uma rajada de vento a atingiu, trazendo consigo o cheiro de sal e de águas abertas e acolhedoras. Isso encheu seus pulmões e fez seu coração quase parar, e ela instintivamente soube que uma tempestade estava se formando ao leste.

Mas foi o calor inundando seu peito que capturou sua atenção.

E não foi mágica ou a sensação do olhar de Darius.

Bash estava nas sombras, mas ela o sentiu sem se virar. Havia muito que precisavam discutir e ela não estava se sentindo excepcionalmente paciente. Quanto mais cedo ela compartilhasse seu segredo mais obscuro... bem, *segredos*, melhor dizendo. Ele poderia odiá-la depois, e essa era uma consequência para a qual ela tinha que estar preparada.

O reencontro deles não foi como ela imaginara. Ela tivera a ilusão irracional de que se abraçariam, de que ele sussurraria palavras doces de conforto com a boca em seu cabelo. Que ela envolveria os braços em volta do pescoço dele com tanta força que ele não teria escolha a não ser se inclinar e pressionar os lábios nos dela.

Mas obviamente não foi assim. Aquela não era a realidade deles. Não tinha sido uma reunião bonita e pitoresca de duas almas que haviam se perdido. O medo, a dúvida e a vergonha obscureceram tudo.

Margrete ansiava pelo sonho.

Sem desejar boa noite aos outros, Margrete voltou-se para o seu rei. Com um movimento de cabeça em direção aos degraus que levavam às cabines, ela se afastou, sabendo que ele a seguiria. Ela escolheu os aposentos do capitão, presumindo que eles precisariam de toda a privacidade que pudessem conseguir.

Depois de fechar a porta, ela se virou para o rei de Azantian.

Ele permaneceu parado, uma estátua imóvel. O único movimento foi o franzir de sua mandíbula enquanto ele olhava para ela com desejo e medo.

Ela detestava os quilômetros que pareciam se estender entre eles. Bash deu um passo à frente. Então outro.

Ela engoliu em seco, forçando-se a permanecer no lugar enquanto ele avançava. Seus movimentos eram felinos e seu olhar, determinado.

— Princesa... — Bash parou a poucos centímetros de distância, suas escamas brilhando à luz fraca da cabine, algumas saindo do topo de seu colarinho e alcançando o pescoço. Com cuidado, ele ergueu a mão e segurou-a a alguns centímetros de sua bochecha.

Um centímetro era um quilômetro.

Margrete fechou os olhos, fingindo sentir o toque dele. Em vez disso, o que ela sentia era *ele* — a forma como a presença dele a dominava e a acalmava ao mesmo tempo.

Bash era a tranquilidade do centro de uma tempestade. O mundo ao redor deles poderia estar se afogando, e ela estaria ali, na segurança da presença dele.

Com a respiração ofegante, ela abriu os olhos.

Poças profundas de meia-noite fixaram-se nela, sua atenção inabalável fazendo seu coração palpitar.

— Se eu pudesse te tocar... — Ele inclinou a cabeça, os lábios perigosamente perto da orelha dela. — Mesmo com tudo o que aconteceu, mesmo depois que eu... — Ele engoliu em seco, provavelmente pensando na ilha. — Mesmo depois de tudo isso, estou indefeso na sua presença.

Margrete exalou trêmula enquanto ele recuava para estudá-la. Ele se demorou, os olhos examinando preguiçosamente seu corpo, demorando-se em suas curvas. Por fim, eles pousaram no braço dela.

— Sua tatuagem — murmurou. — É linda, mas quando você a recebeu? Eu poderia jurar que você falou em *abrir* a terra?

Ela ergueu o pulso, tomando cuidado para não o roçar naquele estado.

— Ah, sim. Aparentemente, destruir o mundo tem suas consequências. — Ela tentou forçar a provocação em sua voz. Mas falhou.

As íris de Bash escureceram.

— Não sei o que dizer e sinto muito — ele finalmente falou com a voz rouca, passando a mão pelo cabelo preto emaranhado. Ele parou na nuca, puxando os fios curtos. — Eu... eu não me lembro de muita coisa, mas estou bem ciente de que te machuquei. Encontrar meu corpo e me reconectar... parece perigoso. E prefiro arrancar meu próprio coração a te machucar novamente. Bem, se eu ainda tiver um coração. — Ele soltou uma risada suave, embora sem humor.

— O que aconteceu está no passado. Não estamos vivendo um conto de fadas, Bash. Isso é para os jovens e ingênuos.

Ele fechou os olhos brevemente.

— Naquela arena, eu tinha ido *embora*. Havia apenas a fera e o que *ela* queria. Eu não tinha controle nenhum, e mesmo quando consegui te encontrar, naquela fração de segundo, não fui forte o suficiente para vencer o mal que espreitava em meu sangue.

— Você não é mau...

Ele ergueu a mão, silenciando-a.

— *Era* o mal. Eu juro. — Ele passou a mão pelo rosto. — Não sou perfeito, de jeito nenhum, e por mais que eu queira ser um bastardo egoísta e exigir irmos primeiro nos encontrar com Minthe, acho que preciso de mais tempo. Ainda estou... porra, ainda sinto que estou sonhando. — Ele olhou para a mão, flexionando-a, estudando os dedos. Eles brilharam ligeiramente com o movimento.

Ela percebeu que ele estava se afastando. Isso a deixou arrasada.

— Como foi? Ficar daquele jeito? — perguntou ela, sua voz quase um sussurro. Ela ignorou o pedido dele de esperar. Eles falariam do assunto mais tarde.

Bash forçou sua atenção para ela.

— Não consigo explicar direito, mas o seu cheiro... deuses, era inebriante, diferente de tudo que já conheci. Eu não desejava nada além de roubar sua essência de vida e torná-la minha.

— Mas agora sou uma deusa completa — argumentou ela. — Tenho certeza de que agora seria preciso muito mais para roubar minha alma. Além disso, sei onde estou me metendo. Entendo o que você poderá fazer quando encontrarmos seu corpo e tenho forças para subjugá-lo, se necessário.

— É melhor você fazer mesmo isso — disse com firmeza. Ele balançou a cabeça e olhou para a pequena escotilha, para o mar além. — Talvez você não devesse ter ido atrás de mim.

Ela soltou um bufo.

— Como se você não tivesse feito o mesmo, se fosse o contrário.

A menor sugestão de um sorriso ergueu os lábios dele, mas desapareceu com a mesma rapidez.

— Provavelmente eu incendiaria o Submundo nos primeiros cinco minutos — admitiu ele com uma risada frágil. — Teria queimado todo o palácio deles até virar brasas e aberto caminho até você com minhas próprias mãos.

O coração dela acelerou. Ela planejara fazer o mesmo... até ser encurralada pelo próprio Deus da Morte.

— Que os deuses protejam a todos nós quando você perder a paciência, meu rei.

— Ah, se eu retornar ao meu corpo inteiro e conseguir não te matar, então todos eles podem ficar assustados — sussurrou ele, endireitando-se em sua altura total e impressionante. Ele voltou a olhar para o rosto dela de uma forma potente como uma marca. — Posso ser mortal, mas a ira que sinto não tem limites. Quero rasgar Darius em pedacinhos e depois atear fogo em seus membros quebrados.

As imagens grotescas deveriam tê-la assustado... mas não aconteceu. O mundo não era preto e branco, separado pelo bem e o mal. Naquele momento, ela nadava em tons de cinza.

Se eles tivessem que sujar as mãos de sangue, que assim fosse.

— Vamos derrubá-los juntos — prometeu ela, mesmo enquanto a tatuagem em suas costas formigava, um lembrete constante de um dos deuses que a possuía.

Ela tinha que encontrar uma maneira de sair do acordo.

— Sabe... — começou ela, chegando perto dele, a centímetros de suas feições tensas. Elas suavizaram com a aproximação dela, a rigidez dos músculos relaxando. — Eu estava preocupada que você olhasse para mim e não me reconhecesse. Estou tão cheia de raiva que isso me assusta. Mas eu também...

— Gosta disso? — Bash terminou por ela.

Ela assentiu.

— É inebriante esse novo poder. E embora eu tivesse me livrado dele em um piscar de olhos, também quero usá-lo para consertar os erros dos deuses. Eles não merecem seus tronos se tudo o que fazem é ficar sentados neles.

Uma expressão astuta apareceu no rosto dele.

— Eu sempre soube que você era formidável, com ou sem magia, princesa. Mas nunca me senti mais atraído por você do que agora. — Sua mão estava mais uma vez pairando sobre a bochecha dela. — Não é a ira que você sente que atrai, mas sua astúcia e sua empatia. Sua determinação. Vejo não apenas a mulher por quem me apaixonei, mas também uma guerreira justa.

Margrete respirou nervosamente. Ela estava tão preocupada que Bash a veria como um monstro, mas ali estava ele, ao seu lado e pronto para lutar pelo que eles poderiam ter.

Se ele ainda a quisesse depois que ela contasse seu segredo mais obscuro. A traição.

— Você é tudo para mim, Margrete Wood — sussurrou Bash, tão perto dos lábios dela que ela sentiu seu hálito fresco...

Espere.

Margrete parou. A compreensão a atingiu e então... ela atacou.

As mãos dela mergulharam no cabelo dele, provocando um suspiro de choque em seus lábios entreabertos. Os fios eram tão sedosos, e ela puxou as pontas com força suficiente para que o suspiro dele se transformasse em um grunhido.

— C-como? — gaguejou Bash, seus lábios se movendo entre os dela. Ele estava tremendo, seu longo corpo balançando como se estivesse se acostumando ao peso punitivo da gravidade.

Ela deslizou as mãos pelo pescoço dele e pelo peito, pousando em seus quadris. Cavou neles, seu polegar pressionando onde aquele delicioso V se formava.

— Meia-noite — pronunciou ela. — Halio me disse para mantê-lo perto de mim quando chegasse a meia-noite. E perto... — ela se arqueou para ele, passando seu núcleo contra seu comprimento endurecido — ... eu vou mantê-lo.

Parecia que o Deus da Morte havia lhe dado uma pequena misericórdia. Quem acreditaria que ele seria capaz de tal coisa? Truque ou não, ela tiraria vantagem. Seu delírio não tinha limites, sua alegria egoísta era muito convincente.

— Porra. — Bash agarrou sua nuca, a outra mão envolvendo seu torso. Ele segurou firme, e seu aperto poderia ter doído antes, mas ele não poderia machucá-la. Naquele momento, ela ansiava pela sensação de seu toque. — Nunca pensei que ficaria grato ao deus da morte.

Margrete estendeu a mão para ele novamente, e sua magia, sua magia linda e terrível, enviou uma estranha luz azul dançando nas pontas de seus dedos. Quando suas mãos se conectaram com a pele gelada dele, sua magia tremeluzindo onde elas se conectaram, ela soltou uma lágrima. A gotícula deslizou por sua bochecha e pingou na mão de seu rei.

Bash deve ter sentido a umidade, porque se afastou, a preocupação marcando seu rosto.

— Não chore, princesa — implorou, com a voz embargada. Ele agarrou seu queixo, seus olhos escuros queimando a alma dela. — Vamos vencer e derrotar todos eles em seus próprios jogos.

Quando ele foi beijá-la, Margrete estremeceu inadvertidamente. Bash parou a um fio de cabelo de seus lábios.

— O que foi? O que há de errado? — perguntou ele, seu polegar esfregando círculos suaves na base do couro cabeludo dela. Ela queria se soltar completamente e se perder nele... mas tinha que contar a ele primeiro, tinha que revelar seus erros. Os segredos já os tinham destruído antes, isso não mais aconteceria.

— Preciso te contar uma coisa — começou, sentindo-se tonta e totalmente instável. Bash recuou lentamente, mas não a soltou. Ela estava grata por ele não ter feito isso.

— O acordo que fiz envolve mais do que Halio. — Bash rangeu os dentes, esperando, mas não interrompeu. — Halio exigiu que Darius concordasse em ajudar a matar as feras, e a única razão pela qual ele está aqui...

— É porque ele exigiu algo de você também. Um acordo com ele. — Bash balançou a cabeça, a raiva tomando conta de seu rosto e endurecendo suas feições. — Eu tinha mesmo imaginado. Aquela cobra.

Ela estremeceu no abraço de seu rei.

— Tive que aceitar, Bash. Eu não suportaria não tentar. Nunca senti tanto contentamento, tanta felicidade, como quando vivi com você em Azantian. Eu não poderia simplesmente desistir.

O olho esquerdo de Bash se contraiu.

— O que ele pediu? — As palavras foram cortadas.

— Ele concordou em ajudar se eu vivesse o restante dos meus dias imortais com ele... depois que você...

— Depois que eu morrer — rosnou Bash. — Entendi. Então ele matou e torturou todos nós, e ainda assim conseguiu o que queria no final. O que o bastardo pensa que lhe é devido.

Bash tentou se afastar, mas Margrete segurou o queixo dele entre o polegar e o indicador.

— Precisamos dele para cumprir o acordo de Halio, mas assim que terminarmos...

Ela deixou suas palavras sumirem. Bash sabia muito bem o que ela queria dizer.

Uma faísca iluminou seus olhos e seus ombros relaxaram. Um pouco.

— Nós vamos matá-lo — assegurou ele, parecendo mais confiante do que ela jamais tinha visto. Isso reforçou sua própria fé. Ele segurou as bochechas dela nas palmas das mãos e deu um beijo em sua têmpora. — Ele nunca tocará em você, Margrete. Isso eu prometo. Vou me certificar disso.

Mais vergonha a consumiu.

— Tem mais...

Aquela seria a parte mais difícil. Como uma covarde, ela esperou o máximo que pôde para confessar. Mas não podia permitir que voltassem ao que era *antes*, quando se escondiam um do outro. Eles cresceriam juntos ou se quebrariam. Ela rezou para que fosse a primeira opção.

— Halio só concordou porque Azantian também está em jogo.

Bash recuou totalmente. O verdadeiro medo contorceu seu belo rosto, e a maneira como ele a olhava... a acusação nublando sua íris, fez com que ela se sentisse como se desmaiasse.

— O que você quer dizer?

— Se falharmos, Azantian cairá.

Aí estava. Foi dito. Margrete baixou a cabeça, incapaz de olhar para Bash, incapaz de ver o que certamente seria decepção ou raiva. Ela já se sentia uma vilã, e talvez fosse. Os vilões arriscavam tudo e todos pelo que queriam, independentemente das consequências.

Um minuto se passou e foi o minuto mais longo de sua vida.

— Então não podemos falhar.

Quatro palavras. Quatro pequenas palavras que a fizeram levantar a cabeça e observar seu olhar determinado. Os lábios de Bash estavam desenhados em uma linha fina, seus olhos mais duros que pedra, mas ele não olhava para ela com desgosto. Ela sentiu a raiva dele... mas, por alguma razão, sentiu a compreensão dele acima de tudo. Mesmo que ele não *quisesse* entender.

— Como? — perguntou ela. — Você não está furioso comigo? Eu provavelmente estaria, no seu lugar. — Mesmo que eles vencessem e salvassem a ilha, Margrete não tinha certeza se algum dia se perdoaria, e era o lar de Bash em jogo. Um reino que ele jurou proteger.

E ela arriscara tudo.

Bash passou um dedo sob o olho dela, pegando outra lágrima antes que ela caísse. Ele a pressionou em seus lábios.

— O amor faz de todos nós tolos, Margrete. Ele nos faz cometer atos imperdoáveis... — Ele se inclinou para frente, apoiando a testa na dela. — Não estou dizendo que perdoo totalmente sua decisão, mas eu *entendo*. Eu gostaria de poder dizer que não teria concordado com os mesmos termos, mas estaria mentindo. Às vezes tenho medo dos atos que cometeria por você. — Bash moveu-se para agarrar sua cintura, prendendo-a contra ele. — Talvez eu seja tão maléfico quanto Darius, porque faria qualquer coisa por você. Ter você para sempre como *minha* e somente minha. Mas, ao contrário dele, princesa, eu nunca te acorrentaria a mim se você não me quisesse. E eu ficaria feliz de assistir você destruindo os imortais um por um. — Ele deu um beijo em seu nariz. — Eu me curvaria a seus pés e lamberia o sangue que cobre sua pele. — Seus dedos pressionaram mais profundamente, sua necessidade crescendo. — Pois minha rainha nunca deveria ser contaminada por tal sujeira.

Margrete estremeceu, a imagem de Bash de joelhos enviando uma sacudida de calor através dela.

— Eu *vou* destruir nossos inimigos — prometeu ela. — Não vou deixar que eles continuem ditando o que será de nossa vida.

O olhar de Bash derreteu.

— Eu confio que você livrará o mundo de todos eles. Azantian não será destruída. E você nunca pertencerá a Darius. Você não pertence a *ninguém* além de si mesma. Essa é a *minha* promessa. — Bash acariciou seu pescoço, seus lábios deslizando lentamente até a orelha dela. Ele mordeu, provocando um gemido. — Mostre a todos do que você é capaz, princesa. Mostre a eles por que não me curvo diante de ninguém além de você.

CAPÍTULO DEZENOVE

BASH

Bash sentiu uma infinidade de emoções.

Ele tinha a necessidade inata de atacar e destruir os deuses — mesmo que suas chances fossem mínimas.

Mas a maior parte do que flutuava sob sua pele era... compreensão.

Foi dolorido saber do acordo de Margrete. Ela colocara em risco milhares de vidas inocentes por *ele*. O que mais o destruiu foi saber que ele teria feito exatamente o mesmo.

Pior ainda.

— Você me despreza? — perguntou Margrete, com os olhos fechados.

O remorso estava estampado em suas feições delicadas, fazendo seus lábios tremerem. Ela esperou com a respiração suspensa pela resposta. Como aquele segredo deve tê-la atormentado.

Algo estalou profundamente dentro dele.

— Eu nunca te desprezaria — disse ele com firmeza. — Embora eu esteja... chateado por ter arriscado Azantian, o verdadeiro culpado é Darius. Ele é o bastardo que orquestrou tudo isso. Que quer o que não pode ter.

Se ele não estivesse tão fascinado por ela, iria atrás do deus, agora que conseguiria agarrar seu pescoço. Ou cortá-lo. Bash cerrou os punhos, rangendo os dentes de forma quase dolorosa enquanto se mantinha no lugar.

Ele não podia perder a paciência e estragar o acordo, ou tudo teria sido em vão.

— Ainda sinto muito — sussurrou Margrete, abrindo os olhos. — Eu era metade de uma alma sem você, e quando fiz o acordo, eu era egoísta, podre e gananciosa demais para fazer outra coisa além de aceitar. Nunca imaginei falhar. Eu não poderia, pois isso acabaria comigo.

— Não falharemos, então — prometeu ele. Não havia como voltar atrás. O passado estava no passado.

Era hora de seguir em frente.

Bash colocou os lábios um centímetro acima dos dela, a respiração quente fazendo cócegas em sua pele sensível.

— Podemos não ser os heróis de nossa história, doce Margrete, mas ainda assim triunfaremos no final, ou então ajudaremos o restante do mundo quando ele experimentar a sua ira.

Ela soltou uma risada áspera. Ele sentiu a suavidade dos lábios dela se moverem nos dele. Um sussurro de um toque.

— Só por você eu arriscaria tudo.

Bash segurou as laterais do rosto dela. Gentilmente, deslizou os dedos em seu cabelo sedoso antes de agarrar os fios, mantendo-a imóvel, exatamente onde ele a queria.

— O futuro é nosso — murmurou ele. E então fechou a minúscula lacuna entre eles e beijou seus lábios carnudos.

O beijo começou suave, lento e hesitante, como se fosse o primeiro. Havia uma novidade na sensação, algo que enviou arrepios estimulantes ao seu núcleo, um choque de eletricidade que o fez gemer em sua boca.

Margrete passou os braços ao redor dele e o puxou para mais perto, derretendo-se em seu abraço enquanto o agarrava com força. Suas unhas cravaram-se na nuca dele, e a leve pontada fez o pulso de Bash disparar.

— Minha — sussurrou ele com a boca grudada nela, a outra mão cavando em sua cintura.

Ela estremeceu, pela pura possessividade da palavra.

— Só sua.

Ele perdeu o pouco de controle que aparentemente possuía. Assim como ela.

Pulando em seus braços, Margrete envolveu o torso dele com as pernas, os calcanhares cravando-se em seu traseiro. A pressão o lembrou do que significava estar vivo e alimentou sua ânsia de voltar. Enquanto ele se adaptava à sensação de ter um corpo físico, mesmo que apenas por uma hora, seu toque era doloroso, mas ela apenas se pressionou mais profundamente em seu domínio punitivo, acolhendo-o.

Bash se deixou levar. Ele agarrou a nuca de Margrete e correu o nariz pelo seu pescoço, respirando seu perfume até que fosse tudo o que conhecia.

Quando ela emitiu um som doce, preso em algum lugar entre o desespero e a dor, Bash a ergueu nos braços e a levou para a cama estreita. Ele a deitou nos lençóis brancos e, vagarosamente, a observou: como o cabelo dela se espalhava ao redor da cabeça como um halo, como ela era tão excepcionalmente deslumbrante e, ao mesmo tempo, tão feroz.

Uma criatura impressionante que ele reivindicava para si.

Bash tirou o cinto e o deixou cair no chão. Os olhos de Margrete ficaram semicerrados enquanto ela o observava arrancar a camisa e depois a calça. Ela saboreou sua pele nua com uma necessidade que alimentava sua fera.

Ao pensar em seu monstro interior, ele se acalmou. Suas escamas. Cautelosamente ele levou os dedos de pontas escuras ao pescoço, fazendo uma careta quando roçou uma escama afiada. E se ele se perdesse novamente? E se...

— Venha aqui, pirata — exigiu Margrete laconicamente, entendendo para onde sua mente estava vagando. A luz suave da lamparina a óleo lançava sombras sobre ela, fazendo-a brilhar em um amarelo radiante. — As escamas são sua armadura. Nada mais.

Ela não entendera. Ela nunca entenderia.

— Eu sou uma deusa agora, lembra? — adicionou ela. — Você não pode me machucar.

Ela praticamente brilhava debaixo dele, sua pele parecia como se tivesse sido mergulhada em ouro. Bash se aproximou, acomodando-se na pequena cama.

— É melhor você estar falando sério, princesa, porque se eu te machucar, isso vai me assombrar até muito depois da minha morte.

— Que bom que você nunca mais vai voltar para o Submundo — afirmou ela com confiança, estendendo a mão para ele. Suas mãos se fecharam enquanto ele lutava contra a vontade de aceitar seu abraço. Mas é claro que ela agarrou as mãos dele e desenrolou cada dedo de pontas escuras com facilidade.

— Use suas garras, meu rei. Eu gosto delas.

Aquelas palavras foram suficientes para fazê-lo rastejar sobre seu corpo, com os braços em cada lado de seu rosto. Ela deu um sorriso triunfante, um tipo de coisa diabólica que ele descobriu gostar demais.

— Apenas um aviso... — Bash se apoiou nos cotovelos, aproximando-se o suficiente para inalar cada respiração dela. — Você me deu seu coração em Azantian e não pretendo devolvê-lo.

— Que bom. E o seu é meu.

Foi a vez de Bash sorrir.

— Sempre. — Ele baixou a cabeça e passou a língua da clavícula até o ponto de pulsação, sugando quando sentiu o batimento cardíaco dela trovejando contra seus lábios. Ele chupou com força, machucando a pele de propósito. Ele queria ver sua marca nela. Queria que Darius visse.

Ele se recostou para admirar seu trabalho antes que sua atenção se voltasse para o corpo dela. Ele balançou a cabeça.

— Essas roupas idiotas... — ele arrancou um botão da camisa dela com um movimento da unha afiada — ... têm que ir embora.

Quando ele passou para o próximo botão, pronto para rasgar a camisa em pedaços, Margrete o deteve com a mão firme em seu peito.

— Acordos com deuses deixam marcas... se eu tirar a blusa, você verá algo que talvez não goste.

Ah. As chamas e as vinhas deviam pertencer a Halio. O que significava...

— Onde? — exigiu ele, fazendo o seu melhor para não sair furioso da cabine e realizar sua fantasia de cortar a garganta do deus do mar.

Hesitante, Margrete começou a sentar-se e ele saiu do caminho. Ele observou enquanto ela desabotoava a camisa e a tirava. Cautelosamente, ela se virou, expondo as costas.

Lírios. Três lírios ao longo de sua espinha.

Bash respirou fundo pelo nariz. Novamente, ele estava a segundos de deixá-la para saciar a violência que nadava em seu sangue gelado.

Mas em vez de permitir que Darius vencesse, ele gentilmente tocou seu ombro, persuadindo-a a se virar.

— Isso não significa nada — assegurou ele. — E não vai me impedir de te querer.

Além disso, aquela maldita tatuagem desapareceria em breve. Bash se certificaria disso.

O alívio inundou seu rosto e suas bochechas ficaram rosadas. Ela se apoiou nos cotovelos, mais calma por causa da resposta dele. Diante de tamanha perfeição, Bash ficou impotente a não ser olhar enquanto ela desabotoava a calça, os olhos fixos nele enquanto fazia isso.

Ele passou as mãos ao longo de suas curvas deliciosas.

— Você é deslumbrante. Tão linda. Tão *minha*.

Os movimentos de Margrete se apressaram e, quando ela se livrou da calça, ele a jogou de lado.

— Absolutamente de tirar o fôlego — sussurrou ele, dando um beijo em seu peito, logo acima de seu coração batendo descontroladamente. Ele viajou até o seio dela, girando a língua ao redor do botão pontudo, e ela soltou um gemido torturado, curvando-se para ele. Suas pernas se abriram ao redor dele, implorando silenciosamente, e ele sorriu contra sua pele. — Mal posso esperar para ver você destruir todos eles — murmurou ele, apoiando-se nos cotovelos. — Que visão gloriosa será.

Seus olhos se estreitaram quando ela colocou os calcanhares em seu traseiro, puxando-o para mais perto.

— *Nós* vamos destruí-los — prometeu ela, alcançando seu pescoço, os dedos passando por cima de suas escamas de nymera. Ele ficou tenso, mas ela o puxou de volta para sua boca, empurrando os quadris para cima, seu pênis esfregando contra a suavidade de seu núcleo.

Ele gemeu ao senti-la, tão molhada e necessitada. Bash quase se desfez antes de ter a chance de começar.

— Temos menos de uma hora, Bash — ela o lembrou. — Quero gastá-la em seus braços e quero que você me mostre o quanto está disposto a lutar. — Ela deslizou a mão pelo corpo, movendo-se para o seio, até o pico endurecido. Seus dentes cerraram-se quando ela deslizou a mão para baixo, para baixo e para baixo em seu corpo, roçando o ápice de suas coxas.

Ele deu um beijo no canto da boca dela. Outro no maxilar, em seu queixo. Ela gemeu enquanto ele a adorava, arrepios deliciosos fazendo seu corpo tremer. Bash recuou para olhar para ela, seu olhar vagando lentamente por cada centímetro de pele nua.

— Eu adoraria apenas mostrar o quanto lutarei por nós, princesa. — Ele agarrou seu queixo, e seus olhares se encontraram. — Mesmo depois que meu coração parou de bater, ele pertencia apenas a você.

Gentilmente, ele desceu pelo corpo dela, sua boca deixando beijos frios em seus seios, barriga, quadris. Ela estremeceu, e suas pálpebras se fecharam. Bash sorriu enquanto passava a língua por seu núcleo. Seus olhos se abriram e um som estrangulado escapou quando a trouxe para sua boca, sua língua trabalhando nela. Mãos agarraram seu cabelo enquanto ele lambia e chupava. Ele poderia se afogar no sabor dela.

As mãos dela apertaram dolorosamente os fios de cabelo dele, e Bash soltou um grunhido baixo de aprovação, enviando vibrações por seu corpo. Agarrando suas coxas, ele a abriu enquanto aproveitava o banquete. Quando ele baixou os dentes, arrastando-os lentamente, ela sucumbiu, os olhos girando enquanto chamava o nome dele. Bash sorriu. O nome dele em seus lábios, pronunciado quando ela estava gozando, era seu som favorito.

Quando ela terminou, Bash foi até seus lábios, dando um beijo em sua boca, permitindo que ela se saboreasse. O prazer que ele arrancou dela.

— Sentiu minha falta, princesa? — Ele empurrou contra ela, seu comprimento provocando sua entrada. Ela tentou agarrá-lo, mas ele segurou suas mãos e entrelaçou os dedos nos dela, levando as mãos juntas para baixo ao lado de sua cabeça. — Se eu não a conhecesse bem, diria que você sentiu mais falta do meu pau do que de mim. — Ele mordiscou seu lábio inferior.

— Homem tolo. — Ela balançou a cabeça, um sorriso suave florescendo. — É porque eu te amo que preciso de você. Você é minha total perdição. Só você.

Ele empurrou para dentro dela, essas palavras calando fundo da melhor maneira. As costas dela se curvaram e ambos soltaram um gemido. Porra, ela era o paraíso, um paraíso delicioso.

— Olhe para mim, Margrete — ordenou Bash, começando a se mover. — Quero saborear esse momento e quando você gozar quero ver o prazer que te dou.

Ele recuou, apenas para avançar mais uma vez, balançando os quadris enquanto suas mãos soltavam os pulsos dela e desciam até os seios. Ele agarrou um botão pontudo, sua língua girando e girando antes de apertar. Um grito borbulhou em sua garganta e ela arqueou o peito em sua boca, desejando mais.

Margrete não era dócil e assumiu o controle de seu próprio prazer, movendo o corpo e exigindo silenciosamente para onde ele deveria se mover. Bash agradeceu ansiosamente.

— Eu te amo — murmurou ele entre beijos, seu comprimento endurecendo dentro dela, quase gozando. Seu núcleo latejava, e ele precisava desesperadamente senti-la desmoronar ao redor dele. Ela estava tão perto.

— Diga para mim — ordenou ele, ofegante, delirante e sem fôlego.

— Eu te amo — jurou ela, ofegante enquanto ele entrava em seu calor. — Neste mundo e no próximo.

— Sim — concordou ele, acelerando o ritmo. Cada movimento de seus quadris provocava um gemido em seus lábios, seus olhos girando para trás enquanto ele comandava seu corpo, trazendo-a mais perto da felicidade. O calor inundou suas veias quando Margrete apertou seu pênis, suas paredes pressionando-o sem piedade. — Nunca vou deixar você ir embora, minha rainha.

No segundo em que o título saiu de seus lábios, a boca de Margrete se abriu, apertando-o, extraindo seu próprio prazer enquanto ela irrompia. Ele sentiu suas entranhas vibrarem enquanto ela engasgava, as pernas tremendo violentamente.

Bash estremeceu acima dela, empurrando mais duas vezes antes de também encontrar sua liberação. Ele desabou, mantendo a maior parte do peso sobre os antebraços enquanto recuperava o fôlego e superava a euforia que zumbia em suas veias.

Eles permaneceram assim, emaranhados como um só, por algum tempo. Bash passou os dedos pelos cabelos dela e deu beijos em sua pele corada. O mundo exterior desapareceu e ele desfrutou da liberdade que eles receberam. Deslizando um braço sob sua cintura, ele a puxou enquanto rolava de costas. A cabeça de Margrete caiu sobre seu peito, exatamente onde ele queria que ela estivesse. Embora ela não encontrasse nenhum ritmo constante de seu coração batendo.

— É melhor você continuar otimista — ameaçou ela, embora sua voz fosse suave. Bash já havia feito isso no passado, se conteve quando acreditou que não a merecia, e ela provavelmente temia que ele fizesse isso de novo. Especialmente agora.

O que ela não percebera é que ele poderia superar qualquer coisa com a luz dela o guiando. Ele sabia disso agora. Inferno, ele sentia que poderia conquistar os mares, o próprio mundo, se assim desejasse. Margrete era sua estrela norte e ele tinha toda a intenção de voltar para casa.

— Estarei ao seu lado o tempo todo — prometeu ele, aninhando-se em seu cabelo. — Lutaremos juntos. De agora até o fim.

Ela se apoiou nos cotovelos, abrindo um sorriso hesitante. A esperança, tão frágil e calorosa, o animara, fazendo o mundo parecer mais brilhante. Ela segurou seu rosto, seu toque um sussurro de algo.

— Ah, e *quando* vencermos, princesa, espero que você responda minha pergunta. Sem mais desculpas. Você sabe que sou do tipo impaciente.

Ele não a pressionou, mas ansiava por uma resposta. Ou melhor, ele não suportaria se não recebesse uma.

Margrete passou os dedos pelo queixo dele e depois agarrou seu queixo.

— Você terá que esperar por essa resposta, pirata. *Quando* vencermos, você a terá — disse ela, repetindo as palavras dele.

Ele estava sorrindo como um idiota.

— É melhor que sua resposta seja sim, então. Todas essas provocações não fazem bem para o meu terno coração.

Ela deu um tapa de leve no peito dele.

— Você e seu terno coração terão que esperar.

Bash abriu a boca para discutir, mas ela o silenciou com um beijo.

Maldita mulher e sua língua perversa.

Ele não conseguia se lembrar do que planejava dizer, nem se importava.

CAPÍTULO VINTE

BASH

Bash acordou com frio.

Seus olhos se abriram e ele lentamente observou o ambiente.

O *Mare Deus*, não o *Phaedra*, teve que lembrar a si mesmo, um sentimento amargo tomando conta dele por saber que nunca mais navegaria em seu amado navio. O primeiro navio que ele comandou como rei não existia mais, seus destroços em algum lugar nas profundezas.

Uma onda de exaustão penetrou seus ossos enquanto ele se mexia na cama, a sensação o fazendo franzir a testa. Ele não acreditava que *conseguiria* dormir devido ao seu estado, mas sua mente estava nebulosa e ansiava pelo esquecimento dos sonhos.

Na noite anterior ele havia falado em luta e triunfo, mas, na dura luz do dia, seu corpo não era mais sólido...

Ele estava consumido por dúvidas; o sol que entrava pela escotilha e refletia nas tábuas da cabine tinha apagado toda a confiança que a noite lhe dera. Ele teria pensado que a vantagem de estar morto seria a falta de ansiedade, mas, aparentemente, era pedir demais.

Com um gemido frustrado, Bash rolou...

E passou a mão direto pelo peito de Margrete.

— Merda — sibilou, retraindo o braço. Então recuou e ficou de pé, afastando-se da cama com pés instáveis. Ela nem sequer se encolheu, mas ele ainda podia sentir o vazio gelado, os dedos dormentes e zumbindo. Olhando para Margrete adormecida, Bash lutou para recuperar o fôlego.

Você precisa permanecer forte, disse a si mesmo mais de uma vez até que isso acontecesse. Se ele sucumbisse ou mostrasse um pingo de hesitação ou fraqueza, Margrete poderia vacilar, e então sua ilha seria destruída.

O que não poderia acontecer.

Bash ficara órfão ainda jovem. Ele estava à altura de assumir a situação, tornou-se rei e lutou por seu povo. E fez isso reprimindo suas emoções. A entrada de Margrete em sua vida destruiu sua capacidade de refreá-las.

Se arrastando até a escotilha, ele observou a tela em branco das ondas azuis, concentrando-se no mar e em sua canção sempre presente. A agitação das ondas, os ventos fortes, o sabor do sal no ar. Ele observou a água até a visão turvar e a ansiedade diminuir. Havia desistido de muito de si mesmo ao longo dos anos, mas nunca mais se esconderia. Embora parecesse que ele estava praticamente arruinado, Bash tinha algo pelo que lutar: sua chance de felicidade. Não a do seu reino ou do seu povo, mas a *dele*.

As ondas batiam contra o casco como se concordassem, o mar em um estado caótico. Mas era isso que ele adorava: como aquilo mudava de um minuto para o outro, de suave e doce para uma impiedosa entidade de ruína. As águas eram tão imprevisíveis quanto a vida e, de certa forma, era uma das coisas mais verdadeiras que ele conhecia.

Um suspiro saudou seus ouvidos. Ele olhou para Margrete, que estava despertando, com a testa franzida e o nariz enrugado. Ele sorriu quando ela agarrou a colcha e puxou-a contra o peito, um estrondo profundo escapando de seu peito.

— Bom dia, princesa — disse ele, apreciando os murmúrios aborrecidos que ela soltou. Seu peito se encheu de orgulho: ele a havia esgotado na noite anterior.

Inferno, se ele tivesse um corpo tangível, estaria dolorido onde ela cravara os dedos em sua pele. Suas costas estariam crivadas com a evidência da paixão, as marcas vermelhas que suas unhas sem dúvida teriam deixado. Bash geralmente as carregava com orgulho.

Por fim, ela abriu os olhos e passou a mão pelos cabelos castanhos bagunçados. À luz da manhã, a sombra o lembrava dos bosques profundos de sua ilha, a cor das árvores no verão quando o sol batia nelas em determinado horário. E os olhos dela, claro, eram os seus favoritos. Seu povo os tinha em alta estima, pois acreditavam que a alma de uma pessoa brilhava. Nos dela, ele via o mar, seu primeiro amor. As profundezas infinitas que poderiam roubar o coração de um homem.

Ela era a criatura mais deslumbrante que ele já tinha visto, especialmente naquele momento, relaxada e macia devido ao sono. Na verdade, as manhãs sempre foram seus momentos favoritos, quando o corpo delicioso de Margrete estava enroscado no dele. Quando não havia barreiras nem a tensão do dever.

Não era o caso daquela manhã.

Margrete sorriu, aparentemente perdida em suas próprias lembranças, mas repentinamente o sorriso desapareceu. Bash desprezava o que o substituiu: tristeza.

Ele não poderia permitir aquilo.

Saindo da escotilha, Bash pairou a trinta centímetros da cama, com as mãos curvadas ao lado do corpo. Foi preciso tudo de si para resistir à vontade de estender a mão e tentar traçar a lateral do rosto dela.

— Lembre-se de seu voto — sussurrou ele, inclinando-se o mais perto que ousou. — A vitória será nossa em breve. — Margrete não respondeu e ele continuou, determinado a fazer voltar aquele sorriso que tanto amava. — Você me fez uma certa promessa para quando tudo isso acabar, e eu, por exemplo, estive imaginando você usando apenas uma coroa. Uma visão bem perversa, devo dizer. — Os lábios dele se curvaram quando ela revirou os olhos; um sinal de vida.

— Sua mente é imunda, pirata — disse ela, embora ele percebesse um tremor em sua voz, o peito começando a subir e descer rapidamente. Parecia que a perspectiva de ser sua rainha estava fazendo algo com ela, e Bash sorriu de alegria.

— É inteiramente por culpa sua — argumentou ele, ansioso para dar um beijo em sua testa. — Além disso, sua mente é tão suja quanto a minha,

minha rainha, se não mais. — *Sua* rainha. Parecia tão certo. Parecia a melhor coisa que ele já havia falado.

Margrete apoiou-se nos cotovelos, olhando-o de uma forma que estava longe de ser provocadora.

— O que foi? — perguntou ele, de repente sentindo frio.

— Você sabe muito bem — disse ela, engolindo em seco. — Por mais que eu adore fingir que tudo vai ficar bem, fisicamente não posso. Eu deveria estar no convés agora, treinando, tentando aprender o máximo com ele.

Ele.

— Eu sei — admitiu ele a contragosto, rangendo os dentes. As imagens perversas de Margrete usando apenas a coroa desapareceram num piscar de olhos. A realidade tinha um jeito próprio de arruinar uma manhã. — Eu odeio que você tenha que passar um segundo na presença dele.

O pensamento o irritou a um ponto que deveria tê-lo assustado, mas Bash engasgou com o ciúme, tentando escondê-lo o melhor que pôde. A julgar pelo suspiro pesado de Margrete, ele soube que havia falhado.

— Confie em mim — pediu ela, seus olhares se travando. Bash praticamente podia sentir o gosto que irradiava de cada poro dela; um único olhar dela poderia inclinar seu mundo e fazê-lo cair em queda livre.

— Não é em você que não confio, princesa.

Uma batida sacudiu a porta da cabine, desfazendo o momento.

Margrete empalideceu, seu olhar indo para a porta. Bash já tinha uma boa ideia de que o homem de quem eles falavam estava do outro lado, provavelmente com aquele sorriso arrogante e áspero.

— Um segundo! — pediu ela, os lábios puxados para baixo enquanto a rigidez tomava conta de seus ombros. Ela se levantou para pegar a camisa, vestindo-a com movimentos mecânicos. Assim que a bainha caiu alguns centímetros abaixo de sua bunda, a porta se abriu.

— Espero não estar interrompendo.

Darius entrou nos limites apertados da cabine, seu corpo de mais de dois metros ocupando muito espaço. Bash ficou de pé e correu diante de

Margrete, fazendo o possível para proteger seu estado seminu dos olhos do bastardo.

— Ah, tire esse olhar severo do rosto, rei. Estou aqui apenas para revisar o plano. — Darius soltou um suspiro dramático antes de sentar-se corajosamente na beira da cama. Bash sentiu um pouco de orgulho diabólico por saber que o deus estava sentado nos lençóis em que eles tinham feito amor na noite anterior.

Sim. Definitivamente não era o momento de maior orgulho de Bash.

— Tudo bem, tudo bem — retrucou Margrete, cruzando os braços e cobrindo o peito. Bash se deslocou para o lado, os músculos do pescoço dolorosamente tensos ao ver o corpo exposto dela. Suas coxas douradas eram uma tentação, e Bash conteve um rosnado quando a atenção de Darius pousou onde o material terminava, os olhos brilhando de desejo.

— Pare de me encarar — ordenou Margrete. Ela passou a mão pela camisa, movendo-se desconfortavelmente diante do deus. — Qual é o seu plano? — Ela bateu o pé descalço nas tábuas, esperando com a paciência de uma víbora pronta para atacar.

Ele não poderia ter ficado mais satisfeito.

— O Collossious está próximo. — Darius ainda não tinha tirado o foco de Margrete, e Bash cerrou os punhos ainda mais quando o deus descaradamente absorveu sua forma, examinando-a da cabeça aos pés sem vergonha.

— Então, vamos matá-lo primeiro. — Ela encolheu os ombros preguiçosamente. — Por mim tudo bem. Como vamos localizá-lo?

— Com magia, é claro. — Darius se levantou, espanando seu casaco fino como se a poeira o cobrisse. Talvez até fosse. Ele passara a noite no casco. — Acho que é hora de você ter uma pequena lição, não é?

Porra. Ele queria esmurrar o rosto de Darius até que ele se transformasse em uma confusão de sangue preto-azulado. A culpa era *dele* que Azantian estava em risco, não de Margrete.

Porém, uma pequena parte de Bash sussurrava o contrário. Ele desligou aquela voz rapidamente, antes que outras emoções que mantinha sob controle viessem à tona.

Darius voltou a atenção para ele e, como se pudesse ler os pensamentos furiosos de Bash, disse:

— Ela precisa aprender para viver. E algo me diz que você gosta muito dela viva, rei. Pode me desprezar o quanto quiser, mas isso não importa. Vocês, humanos, certamente gostam de guardar rancor.

— Rancor? — sibilou Margrete, seu temperamento assumindo o controle. — Você o *matou*. Ele tem todo o direito de te odiar tanto quanto eu. Se não mais. A única razão pela qual você está aqui é por causa de Halio. Não sei por que ele nos forçou a te trazer, mas você é um meio para atingir um fim, Darius. Nada mais.

— Eu tomaria cuidado com o que você diz, princesa — alertou Darius. Bash não se moveu de seu lugar ao lado dela, mas o deus se elevou sobre os dois, o olhar fixo em Margrete.

— Acho que quem precisa ter cuidado é *você* — respondeu ela, e Bash se virou a tempo de ver um sorriso cruel em seus lábios. — Não vamos esquecer o objetivo final.

Bash ficou rígido, toda a felicidade da manhã se desfazendo em cinzas a seus pés. Ele queria dizer a Darius que *seu* objetivo era infrutífero, mas tinha que seguir em frente. Mesmo que isso o matasse.

— Além disso, Halio forçou você a ajudar a limpar sua própria bagunça — acrescentou Margrete. — E ninguém gostaria de perturbar o Deus da Morte.

A mandíbula de Darius cerrou enquanto ele considerava e, finalmente, *finalmente*, ele olhou para Bash. A maneira como o avaliou como um grão de terra o deixou arrepiado.

— Fui incumbido por Halio de ajudar, sim. Mas não pense que não posso mudar o jogo se não quiser.

— Isto não é um jogo — rosnou Bash. Ele não durou muito tempo mantendo seu humor sob controle. — Trata-se da nossa vida. Se você realmente sentisse algo, qualquer coisa semelhante à emoção humana, entenderia isso.

Darius respirou fundo, mas então balançou a cabeça, um emaranhado de cabelo loiro caindo em seus olhos. O azul de suas íris parecia mais escuro. Mais mortal.

Ele se virou na direção de Margrete, rejeitando-o efetivamente.

— Encontre-me no convés em dez minutos. Caçaremos o Collossious juntos. Sem *distrações*. — Com isso, o deus deu meia-volta e saiu da cabine, deixando apenas os sons da respiração rápida de Margrete.

— Bastardo — murmurou ela. Suas palmas brilhavam em azul, a pele com um brilho iridescente. Sua magia saturou o espaço, deixou o ar elétrico.

— Shhh — Bash a acalmou, chegando o mais perto que ousou. Seus narizes estavam a centímetros de distância. — Use-o. Então nós atacaremos e o eliminaremos deste mundo. — Ela não podia perder de vista o objetivo final.

— Continue me lembrando, pirata, porque eu juro que tenho medo de quebrá-lo e matá-lo antes de cumprirmos o acordo.

Ele soltou uma risada frágil.

— Sempre que esse desejo dominar você, venha até mim — disse ele. — Você tem sido minha rocha por tanto tempo. Acho que já passou da hora de eu ser a sua.

Margrete visivelmente relaxou, e o vinco na testa suavizou. Ele percebeu como a magia dela ferveu antes de desaparecer completamente.

Margrete poderia destruir metade do mundo se quisesse, mas ainda não tinha ideia de como se controlar. Por baixo da magia, ele reconheceu a luz com a qual nenhum poder poderia se comparar.

Ele tinha que ter fé — fé em si mesma, não em deuses ou magia. A alternativa significava que sua fúria aumentaria, e ele se preocupava para onde ela seria direcionada quando retornasse ao seu corpo mortal.

— Vá — disse ele. — Treine e aprenda como vencê-lo. Use-o para obter conhecimento suficiente para se voltar contra ele mais tarde.

Bash mal se reconheceu no discurso insensível, mas Margrete assentiu, com feições ferozes.

— Encontro você no convés — prometeu Bash, sabendo que ela precisava se vestir. Enquanto isso, ele examinaria o novo navio... e o inimigo que espreitava a bordo.

Bash saiu antes de fazer papel de bobo e tentar tocá-la novamente. Ele marchou escada acima e sentiu a brisa forte, o mar agitado em ambos os lados do *Mare Deus*.

Na popa estava Darius e, como se sentisse sua presença, virou-se para olhar.

O triunfo iluminou seu olhar. Como se ele já tivesse vencido.

Mas Bash sorriu. O deus não tinha ideia de que havia dado a seus inimigos o combustível de que precisavam para consumi-lo inteiro.

Em menos de duas semanas, Bash se certificaria de cobrir as ondas com as cinzas de Darius.

CAPÍTULO VINTE E UM

MARGRETE

A situação não era agradável.

Nem Bash nem Darius queriam estar perto um do outro. Claro, Bash não poderia causar muitos danos, mas quando encontrassem Minthe e seu corpo, a história poderia ficar diferente.

Depois que Margrete subiu os degraus que davam no convés, ela marcou as posições de cada um de seus tripulantes, precisando vê-los vivos e bem. Atlas estava ensinando Dani a consertar velas, e Bay conversava com Mila em voz baixa enquanto eles trabalhavam para corrigir o rumo ao leme. Ela olhou nos olhos de Bay, seu coração doendo quando ele lhe deu um sorriso esperançoso.

Margrete virou-se. Não podia falar com ele naquele momento. Não quando ela tinha que colocar uma máscara de bravura. Como que para encorajá-la, a chave enfiada em seu bolso pulsou, e ela jurou ter ouvido os sussurros fracos da música que ela havia cantado no Submundo.

Você já passou por coisas piores, lembrou a si mesma, erguendo o queixo. Os deuses sabiam que ela tinha enfrentado e superado dificuldades, e faria isso novamente.

Marchando para a popa, ela ignorou os olhos ardentes na parte de trás de sua cabeça. Não tinha dúvidas de que Bash ficaria de guarda nas sombras, estudando cada movimento que Darius fazia. Seu rei tinha se tornado mais severo desde que deixaram Azantian em busca das feras. Assim como ela.

Margrete fez uma pausa a meio caminho de Darius. Deuses, ela abominava como precisava dele. Se eles falhassem, Bash nunca a perdoaria, mesmo que alegasse que ele próprio teria arriscado Azantian.

Ela sabia que Bash colocava toda a culpa no deus diante dela, provavelmente para que ele não *a* odiasse por suas escolhas.

Que bagunça ela fizera.

— O que você está fazendo? — A voz suave de Darius quebrou o ataque de pensamentos caóticos e dúvidas. Ela encontrou o olhar dele, que suavizou consideravelmente quando desceram para as mãos trêmulas de Margrete.

Ela deveria ter pensado melhor antes de demonstrar tal vulnerabilidade, mas não conseguia controlar o próprio corpo. Margrete era pior que Darius, pior que os monstros que caçariam. Ela era tão egoísta, arriscando milhares de vidas por um homem simplesmente porque seu coração estava despedaçado.

— Eu... — A garganta dela inchou e ela engasgou com a mentira que planejava vomitar. Quando o deus do mar se aproximou, seus lábios não estavam erguidos em um sorriso astuto, mas suas sobrancelhas estavam franzidas no que poderia ser confundido com preocupação genuína.

O navio balançou para o lado, e mesmo assim Darius não tropeçou ao se aproximar. Ele colocou a mão em seu ombro, apertando levemente, e foi apenas o pânico que assolava dentro dela que a impediu de afastá-lo.

Margrete abriu a boca na tentativa de formular uma resposta coerente, mas congelou quando sombras cobriram o rosto de Darius. Inclinando o queixo, ela observou as nuvens cinzentas que corriam pelo interminável céu azul, abafando os raios do sol. As ondas cresceram em resposta, batendo com violência contra o casco do navio.

Ela engoliu em seco, a ansiedade marcando seu coração como uma cicatriz. O dia traria mudanças, ela sabia, algo *grande* que sentia profundamente.

— O que há de errado? — perguntou Darius, sua voz firme. Ele examinou o rosto dela, parecendo procurar feridas que não conseguia ver. — Você está muito pálida. — Suas mãos deslizaram pelos braços dela, o toque longe de ser sensual.

— Estou bem, só cansada — disse ela, surpresa quando sua voz saiu firme. — Não dormi muito ontem à noite.

Darius olhou por cima do ombro dela, com uma expressão amarga. Ela sabia que ele olhava para Bash.

— Parece que ele não aprova a nossa proximidade — zombou ele, abaixando o braço. — Presumo que você contou a ele os detalhes do nosso acordo.

— Sim — respondeu ela, deixando por isso mesmo. Darius não precisava saber que eles também planejavam matá-lo antes de honrar o acordo.

— Entendo — refletiu ele, e ela percebeu o exato segundo em que ele ergueu suas defesas. Ele endireitou a coluna e revirou os ombros para trás. — Bem, divirtam-se enquanto podem.

O habitual desprezo em sua voz estava chocantemente ausente, e ela encontrou a presença de fria indiferença em seu lugar.

— É melhor começarmos. Você não poderá fazer muita coisa se não tiver ideia de como usar sua magia. — Seu olhar permaneceu nela, varrendo os lábios, o nariz, os olhos. Ele a encarou por um tempo. — Embora eu sinta o que está se agitando dentro de você, e é bastante forte, o que funciona a nosso favor — sussurrou ele, baixando ainda mais a voz. — Mas você precisa se concentrar e prestar muita atenção ao que estou prestes a lhe ensinar. O Collossious está próximo. Mais perto do que eu inicialmente acreditava. Seu objetivo é nos caçar e ganhar vantagem. — Ele desviou o olhar para as ondas. — É uma criatura desagradável.

Ela não gostava de falar com ele assim, como se fossem camaradas.

Darius sempre seria o verdadeiro inimigo.

No alto, as nuvens floresceram e os ventos sopraram violentos, açoitando-lhe o rosto com uma raiva que ela sentia profundamente nos ossos.

Margrete acolheu o mar e a raiva para enfrentar o deus que o governava.

— Então vamos trabalhar, Darius.

— Não, assim não.

A ordem de Darius chegou aos ouvidos de Margrete, que de pálpebras fechadas fazia uma busca com sua magia, alcançando a água e abaixo de sua profundeza. Ela cambaleou, tentando manter o controle. Ele queria que ela mesma encontrasse a fera, alegando que era hora de aprender a vastidão de suas habilidades. Ela não discordou.

Mergulhar nas ondas e viajar longe de seu corpo físico não foi tão intuitivo quanto ela pensou que seria, e o gosto de cobre cobriu sua língua. Pelo jeito, ela tinha mordido a bochecha.

— Este é o *seu* reino — murmurou Darius em seus ouvidos. — Lembre-se de quem está no controle. O mar é uma entidade poderosa e não gosta de ser domesticado, mas você consegue. Tem todas as ferramentas de que precisa, basta querer.

Os sons do navio — o assobio do vento, o barulho estrondoso das ondas, os gritos da tripulação — foram substituídos por um zumbido surdo que pulsava em seus ouvidos. Seu corpo deu um solavanco violento, uma única faísca dourada brilhando atrás de suas pálpebras fechadas. O raio divino guiou-a mais profundamente nas águas marinhas, atraindo-a para a localização do Collossious, que se aproximava.

Ela ficou rígida, a adrenalina escorrendo por suas costas.

— Estou sentindo — murmurou ela, aproximando-se de sua presa. Ela estava voando pelo mar, movendo-se com uma rapidez incrível, aproximando-se cada vez mais da fera.

O flash de uma imagem passou por sua mente. Ela sorriu, o coração vitorioso batendo forte. A quilômetros de distância, e movendo-se quase tão rápido quanto ela, estava o monstro sobre o qual os humanos escreveram histórias durante séculos.

— Continue empurrando — instruiu Darius. — Segure a imagem e libere a magia que você está se recusando a soltar. Respire fundo e depois expire, relaxe os músculos. — Ela abriu a boca para protestar, mas ele disse: — Eu sei que você está se contendo. Cada músculo do seu corpo está rígido, enfraquecido por mantê-lo dentro de si. Dê ao seu poder um pingo de comando, permita que ele reine sobre sua natureza humana. Pense nele como um parceiro, um amigo. Só então você realmente experimentará a potência que se tornou.

Com o incentivo do deus do mar ela fez exatamente isso, rangendo os dentes enquanto se concentrava na criatura letal que nadava em direção ao pequeno navio a uma velocidade que não deveria ser possível. E, deuses, era assustador.

Ela não sabia o que esperar — talvez algo como a serpente marinha que derrotaram em Azantian —, mas o Collossious não era nada que ela pudesse ter imaginado. Era pior. Provavelmente com o dobro do tamanho da serpente, a criatura parecida com um tubarão avançou com graça ágil, a luz bruxuleante do sol acima refletindo em seu formato horrível. A barbatana dorsal brilhava como a lâmina mais afiada, o corpo elegante e coberto de escamas cinzentas que lembravam aço. Ela apostava que cortariam sua pele com facilidade, e isso era apenas seu corpo.

A mandíbula...

Enquanto avançava pelas ondas, Margrete distinguiu as três fileiras de dentes irregulares, cada um do tamanho de sua mão.

— Eu vejo — sussurrou, os olhos ainda fechados. — Como vamos matá-lo? — Eles tinham poucas horas, se tanto, antes que se aproximasse.

— A fera tem alguns pontos fracos. Logo abaixo da mandíbula está um deles; o outro é a parte macia de sua barriga. Embora esse seja muito mais arriscado.

As palmas dela se aqueceram, uma onda de pura adrenalina correndo por suas veias.

— Sim, isso mesmo — elogiou Darius, sentindo seu poder. — É preciso muita concentração para mirar, mas com o tempo isso se tornará uma segunda natureza.

Ela sentiu Darius se movendo ao seu redor até ficar atrás dela, seu corpo sólido pressionando sua coluna.

— Mantenha os olhos fechados. Agora respire comigo. Calma e lentamente, inspire e expire. Pense na sua respiração como a pedra que afia sua lâmina. Sua arma. Se você perder o controle, sua magia correrá solta.

Ela mal conseguia respirar fundo. A sensação de sua presença — os músculos duros, o hálito quente em sua orelha, as mãos em seu corpo — a impossibilitava de encontrar a calma. Por mais que ela detestasse, a parte dela que sempre seria Wryn reagiria todas as vezes à presença dele.

— Inspire e expire — murmurou Darius, a voz firme.

Ela rosnou uma maldição, mas fez o que ele pediu. Vários minutos se passaram até que as mãos dele se moveram para a cintura dela. Mas então, uma grande maravilha ocorreu.

Margrete estava com a fera, nas águas, enquanto seu corpo físico estava no *Mare Deus*. Uma sensação de formigamento se estendeu dos ombros até os pulsos e depois para as palmas das mãos, e ela sentiu uma compostura fria substituir o pânico anterior. Simples assim, ela se conectou, e sua respiração — exatamente assim como Darius insistira — a centrou.

Inspire e expire. Ela repetia sem parar, sempre que se sentia à deriva, sempre que seus próprios pensamentos atravessavam o foco da missão.

— Quando você mirar, quando tivermos a fera em nossa mira, você continuará respirando — sussurrou Darius. Ela só ouvia a voz dele. Era suave, uma melodia que percorria seu corpo como seda. — A magia responde a você. Como você reage, suas emoções.

Margrete estremeceu. O Collossious rugiu, e o aviso a sacudiu, fazendo-a perder qualquer aparência de paz. Ele se debateu na água, batendo as mandíbulas, e ela só conseguia pensar em como aqueles dentes poderiam prendê-la.

Ela abriu os olhos com um sobressalto.

Darius não estava mais atrás dela. Não nas costas dela, as mãos na cintura dela...

Ele pressionava o peito no dela, e com as mãos cobria suas bochechas. Ela estava ofegante, uma onda avassaladora de adrenalina fazendo seus joelhos enfraquecerem.

— Você vai ficar bem — murmurou Darius, baixando a cabeça, ousando se aproximar ainda mais do que já estava. Ela estava ansiosa demais para se mover. — Estarei bem aqui. Eu vou guiar você.

— E-está vindo rápido — disse ela ofegante, sentindo como se estivesse se afogando. — Ele também nos vê.

Ele assentiu sombriamente.

— Ele sente você, Margrete. Sangue fresco. Uma morte emocionante.

O medo deslizou por sua espinha.

— Eu diria que temos menos de uma hora — refletiu Darius, os polegares esfregando as bochechas dela. Ela odiava o quão reconfortante era o movimento. Como isso a trouxera de volta de quase sufocar. — Depois que o Collossious encontra uma presa digna, ele não descansa até cobrir as águas com seu sangue. Vai depender de você se ele vai vencer ou não.

CAPÍTULO VINTE E DOIS
MARGRETE

Uma hora depois, Margrete sentiu o Collossious antes de sua magia reagir.

— Está próximo — sussurrou freneticamente, ainda ao lado de Darius na popa. Eles estavam praticando a respiração dela e ele a ensinava com uma voz gentil.

— Eu gostaria de saber que ele desviaria seu caminho quando sentisse você — disse Darius, sua voz cheia de pesar. Ele lhe deu espaço, encostando-se no corrimão, mas estava a centímetros de distância, perto o suficiente para que ela sentisse seu calor.

As ondas balançavam o *Mare Deus*, embora ela quase não prestasse atenção. Sua mente estava muito dispersa, todo o trabalho deles aparentemente inútil. Em breve, ela enfrentaria uma das feras mais temíveis conhecidas pelo homem, e não tinha certeza se era forte o suficiente. Sim, ela era uma deusa e, sim, tinha poder — mas Margrete não se sentia uma deusa naquele momento. Apenas se sentia ela mesma, e isso não parecia bom o suficiente.

— É melhor você não deixar nada acontecer com ela.

Eles se viraram ao mesmo tempo. Bash caminhou até eles, parecendo o rei comandante, mesmo vacilando na luz fraca do dia. As nuvens estavam ficando mais densas, escurecendo o suficiente para bloquear a maior parte dos raios solares. Mesmo com o navio balançando violentamente para o lado, seus passos não vacilaram.

— Achei que teríamos mais tempo — respondeu Darius, pela primeira vez pronunciando suas palavras sem o desdém mordaz de sempre. — Mas não vou permitir que ela se machuque. Você tem minha palavra. — Ele teve que levantar a voz acima do barulho do mar agitado, que ganhava vida com intenções assustadoras.

— Os ventos estão aumentando! — gritou Mila de cima, pendurada no mastro principal. Ela quase caiu ao tentar descer, a embarcação tombando para a esquerda. Margrete exalou de alívio vendo que Mila pousara no deque, gritando ordens para a tripulação. Bay lutava para endireitar as velas enquanto elas balançavam na brisa violenta, e Atlas e Dani verificavam cada nó.

A atenção de Bash pousou nela, ignorando completamente o deus.

— Sei que você vai voltar para mim — disse ele suavemente, embora não menos firme. — Já passamos por coisas piores. E lutaremos para ver outro dia. — Enquanto a voz de Darius a acalmava, a de Bash agitava seu espírito. Sua fé em si mesma. Engraçado como apenas uma voz pode ter tanta influência.

Então uma onda atingiu a lateral do navio e Margrete voou contra o peito duro de Darius com um som de *oomph*. O deus a segurou pelos ombros, endireitando-a. Pelo canto do olho, ela notou como a mandíbula de Bash se contraiu de raiva.

Mas não era hora para ciúmes. Era hora de matar.

Darius a virou para encará-lo.

— Deixe nossa magia se unir, deixe-nos ser um só. — Ele tocou sua pele com os dedos, a intensidade que nadava em seus olhos roubando seu ar. — Liberte-se. Agora — ordenou ele, e, maldito fosse o corpo dela, mas ele reagiu.

A magia dele fluiu para dentro dela, encontrando seu poder com um choque reverberante. Colidiu com força suficiente para enfraquecer seus joelhos, e a sensação era glacial. A energia dele vazou muito além de sua pele até parecer fluir com sua essência vital, o sangue em suas veias se transformando em gelo. Segundos se passaram e seu corpo se acostumou com a intrusão... até que não parecia mais uma intrusão.

Ela se sentia... *inteira*.

— *Nós* somos os mestres da fera — pronunciou Darius, sua voz sedosa envolvendo-a. — Se ela se recusa a se curvar, então atacaremos.

— E se chegar muito perto do navio? — Ela não podia arriscar que os outros se machucassem. Eles corriam pelo convés, protegendo o navio, preparando-se para as ondas violentas que poderiam jogá-los ao mar.

— Você não vai gostar do que eu vou sugerir — sussurrou Darius, o calor de seu corpo pressionando seu quadril. Ela estremeceu.

— Explique-se — exigiu Margrete. — Eu posso lidar.

Darius engoliu em seco antes de dizer:

— Sugiro que mergulhemos. Somos mais fortes na água.

Ele tinha razão, ela não gostou da alternativa.

— De jeito nenhum você vai mergulhar com essa coisa! — gritou Bash. Ela sentiu uma ponta de culpa por ter esquecido que ele ainda estava ao seu lado. — Podemos resistir a bordo. Minha tripulação já dominou todos os tipos de clima e...

— E sua tripulação naufragou na minha ilha — retrucou Darius. — E aquilo foi apenas uma tempestade, embora sobrenatural. A fera, por outro lado... — ele acenou para as águas turbulentas — ... é um ser senciente que não vai parar diante de nada até que seus amigos descansem em seu ventre.

Bash congelou, e um músculo em sua mandíbula ficou tenso. Ele não estava em risco. Ele não poderia morrer duas vezes. Mas e sua tripulação?

— Nós podemos nos proteger — Mila entrou na conversa, acirrando a discussão, o cabelo ruivo emoldurando a pele bronzeada. Com movimentos ágeis das pernas acostumadas ao balanço tumultuado do navio, ela se aproximou do círculo. Margrete viu Darius encarar a marinheira, estreitando os olhos. Mila encontrou seu olhar letal, cada um lutando pela dominância.

— Não, *não podemos* — gritou Dani, a três metros de distância, enquanto ajeitava um nó frouxo. Ela tropeçou. Puxando as mangas, seus longos cachos pretos chicoteando as bochechas, ela parecia nada menos que aterrorizada. — Eu não posso te dizer por que, mas... — Ela parou, piscando rapidamente como se estivesse perseguindo um sonho perdido. — Só sei que não vamos conseguir. O ar tem gosto de morte, mas a água… a *água* não.

Aquelas palavras não faziam sentido para Margrete, mas ela não estava disposta a discutir com a única pessoa que concordava com ela. Bay provavelmente teria ficado com eles também se não estivesse ocupado em algum outro lugar do navio, ou, mais precisamente, observando-os de algum lugar isolado, absorvendo a discussão da maneira calculista própria dele. Estava atento e nervoso desde que se juntara a eles e, embora se mantivesse longe de Margrete, tinha um novo propósito em suas ações, que aumentava cada vez que ela o via.

Seu velho amigo estava voltando a si, embora secretamente ela temesse que aquela noite na ilha tivesse deixado cicatrizes irrevogáveis nele. Ela se importava mais do que deixava transparecer. Muito, muito mais.

Se ela sobrevivesse ao Collossious, talvez falasse com ele. Seu coração doeu com o simples pensamento. Irônico como confrontar Bay parecia mais perigoso do que matar um monstro.

Margrete se desligou da tripulação que agora discutia. Ela capturou o olhar de Darius, o céu cinza por trás de seu rosto assustadoramente lindo. O deus assentiu rigidamente, parecendo entendê-la antes que ela falasse.

— Nós vamos mergulhar — afirmou ela em voz alta o suficiente para que os outros ouvissem.

— Concordo — expressou Darius, embora não fosse necessário. Eles já estavam na mesma página.

Apenas Dani pareceu satisfeita com a decisão; o restante da tripulação franziu a testa. Bash era o pior deles. Ele cruzou os braços musculosos e atirou adagas com o olhar no deus do mar.

Ela se aproximou o máximo possível de sua estrutura intangível. Para ele, ela disse:

— É o que devo fazer e você sabe disso.

Suas narinas dilataram-se, mas ele deixou cair os braços ao lado do corpo.

— Você *acabou* de receber seus novos dons. Se tivesse praticado, se tivesse mais experiência, seria diferente. Você está praticamente pulando de olhos fechados e vai se machucar. Ou pior.

Ele tinha razão. Mas isso não importava.

— Preciso que você confie em mim. — Ela examinou seu rosto, a pele brilhante de um cinza pálido e doentio.

Bash ergueu os olhos, que se encheram de raiva.

— Você sabe que confio em você — falou ele com os dentes cerrados.

Seus olhos arderam quando lágrimas não derramadas ameaçaram cair, mas ela apenas cerrou os punhos agora faiscantes e se concentrou na adrenalina crescente, em como lhe conferia a força de que precisava naquele momento e no que estava por vir.

— Margrete, está cada vez mais perto! — chamou Darius, impaciente. Ela o ignorou.

— Eu te amo — disse ela a Bash, precisando que ele a ouvisse.

— Temos que ir. Vocês, pombinhos, podem retomar isso mais tarde. — As palavras de Darius saíram em um grunhido. — Ainda precisamos de tempo para nadar o suficiente para que a fera não vire este pobre projeto de barco.

Ela amaldiçoou silenciosamente. Ele estava certo.

Bash fechou brevemente as pálpebras, mas quando as abriu, elas estavam queimando em fogo, com a luta que ele havia prometido a ela na noite anterior.

— Eu te amo, princesa — devolveu ele, os músculos tensos de seu pescoço relaxando. — Agora vá e faça o impossível. Mas se você se machucar...

— Margrete! — O grito de Darius elevou-se acima dos ventos, interrompendo o apelo de Bash.

— Eu vou conseguir — prometeu ela, aproveitando para olhar para Bash pela última vez. Antes que ele pudesse dizer outra palavra, ela se virou e correu para a popa, com o sangue zumbindo e a pulsação batendo forte nos ouvidos. Na amurada, ela fechou os olhos e se concentrou na energia sobrenatural que era tanto uma parte dela como seu coração.

— É agora ou nunca — murmurou Darius em sua orelha. Ela não tinha percebido o quão perto ele havia chegado. — Mas vou precisar que você me deixe entrar em sua mente. Não é possível falar nas profundezas escuras.

— Como? — perguntou ela, sem perceber que tinha conseguido bloqueá-lo.

Ela estremeceu quando ele pegou sua mão, seus olhos se abrindo. Em algum lugar bem atrás deles, um estrondo de desaprovação soou. No alto, as nuvens ficaram escuras com um pressentimento.

— Minha magia reconhece a sua. *É* sua. — O polegar de Darius fez círculos suaves na palma da mão dela. — Eu sei que cada instinto está lhe dizendo para me afastar, mas quando você sentir que estou batendo nas barreiras da sua mente, deixe-me entrar. Prometo que entenderá quando isso acontecer. Confie em mim.

Ela queria rir da última frase, mas seu coração trovejou quando o calor invadiu seu peito.

— E agora... — Darius tirou as botas e subiu no corrimão — ... precisamos pular.

Ele olhou para ela, estendendo a mão.

Ela observou por um segundo, talvez dois, depois tirou as botas e agarrou a mão que ele oferecia. Ele entrelaçou os dedos nos dela, apertando ainda mais quando se inclinou para sussurrar:

— Hora de pular.

Margrete gritou ao ser puxada para frente, o mundo se transformando em um borrão azul. Quando ela atingiu as ondas agitadas, percebeu que Darius não a soltara.

Ele se movimentou na direção dela sob as águas, o cabelo loiro flutuando em seu rosto etéreo. Chegara a hora de deixá-lo entrar, e ele silenciosamente pediu que ela concedesse o acesso que ele desejava. Ela sentiu a magia dele — praticamente podia sentir o gosto do sal fresco e das especiarias que a lembrariam dele para sempre — e Margrete sibilou quando seus poderes colidiram mais uma vez.

Faíscas brilhantes irradiaram e crepitaram atrás de seus olhos, e então houve uma erupção de azul, amarelo e prata brilhante.

Ela não resistiu, não lutou contra. De mãos dadas com o deus do mar e a ameaça cruel no horizonte, Margrete quebrou voluntariamente suas barreiras e abraçou a magia familiar de Darius.

CAPÍTULO VINTE E TRÊS
MARGRETE

Não havia tempo e espaço no Reino Intermediário onde ela e Darius colidiram. Sem muralhas ou carne para separá-los, centenas de imagens atingiram-na como flechas, centenas de lembranças que ela ainda não tinha acessado.

Todas eram praticamente iguais, várias cenas em que ela segurava a mão de Darius, ou os dois rindo e compartilhando uma refeição. Ela nunca o tinha visto rir daquele jeito, tão livre e desprotegido, não naquela vida. As imagens mudaram, e ela vislumbrou o mundo da noite e da paixão, os dois emaranhados, os lençóis desordenados. Ele se movia dentro dela com força, um braço forte envolvendo sua cintura enquanto extraía prazer de seu corpo sob a luz da lua.

Margrete não sabia quanto tempo havia decorrido enquanto seu passado voltava para ela, mas não havia mais dúvida — se é que alguma vez houve — de que ela o amara de verdade. Ou uma versão dela tinha amado. Mas, por mais que Darius tivesse mudado ao longo dos últimos mil anos, o mesmo acontecera com a alma de Margrete. Eles podiam estar ligados, mas a faísca que ela sentiu nas memórias de Wryn não a atingia.

Ela sugou um gole de água, permitindo que se acumulasse em seus pulmões.

Com um suspiro gaguejante, ela abriu os olhos.

O olhar de Darius fixou-se no dela, as sobrancelhas franzidas, formando uma profunda ruga. Ele se afastou, apenas para sussurrar *Espere* em sua mente.

Antes que ela pudesse perguntar, o deus do mar a cercou, o peito pressionando firmemente suas costas. Uma explosão de luz azul irrompeu, iluminando os mares, e então eles dispararam através das águas, os braços dele apertados ao redor dela.

Margrete ofegou, respirando a água salgada com facilidade — uma mudança que se tornava cada vez mais fácil. Em segundos, parecia tão normal quanto inalar ar fresco. Melhor ainda. Seu corpo relaxou enquanto o poder de Darius os impulsionava para longe do casco do *Mare Deus*.

Ela fez como nas horas anteriores, quando ele estava em uma posição semelhante, sendo instruída a como manter a calma, como acolher sua magia. E embora ela hesitasse em admitir, a adrenalina que se seguiu foi estimulante, como voar pelos céus em um dia sem nuvens. Espontaneamente, seus lábios abriram-se em um sorriso, e ela sugou o sabor salgado do mar, o sangue fervendo de excitação.

Aquela era a aventura que ela ansiava em Prias, olhando de sua torre, presa. Ela desejava a emoção do desconhecido, a onda de adrenalina que acompanhava o risco. Tal sentimento significava que ela estava viva, e se sentira entorpecida por muitos anos.

Até que Bash apareceu e virou o mundo dela de cabeça para baixo da melhor maneira possível.

Dentro de um momento, o Collossious virá até nós, sussurrou Darius. *Eu atacarei sua garganta e você permanecerá abaixo, mirando em seu ponto fraco caso seja necessário. Não quero que interfira, a menos que seja absolutamente necessário.* Estar conectada a ele permitiu que ela sentisse uma sugestão de tudo o que ele fez, e ela ficou surpresa que o alarme se misturasse com sua determinação. *Só se eu falhar você ataca, entendeu?*

Eles começaram a diminuir a velocidade e ela sentiu a mudança nas águas conforme o monstro se aproximava. O fedor de podridão quase a fez engasgar, mas ela cerrou os dentes, decidida e encorajada pelas promessas que havia feito.

Farei o que achar necessário, retrucou ela, sem querer ser uma espectadora inútil. *Trabalharemos juntos ou não trabalharemos.*

Darius rosnou em sua mente.

Deixe-me ao menos liderar, pediu. *Observe o que eu faço e tente imitar. Você fez um trabalho bastante decente na arena, acessando seu verdadeiro poder. Apenas tem que trabalhar em seu objetivo. Sua magia é energia natural, mas pode ser difícil de conter.*

Como se fosse uma deixa, a luz azul da palma de suas mãos brilhou mais forte.

Se ela imaginasse que o Collossious tinha o rosto de Darius, então não erraria.

Pensando em mim de novo?

Margrete se assustou.

Estou dentro da sua mente, querida. Sua risada a acariciou. *Embora mesmo quando você me tinha como foco, ainda errou, então talvez seja melhor pensar em outro alvo.*

Ela resmungou uma maldição junto com algumas outras obscenidades igualmente vis dirigidas a ele. Novamente, ele apenas riu.

Darius os parou, a corrente chicoteando seus corpos para frente e para trás, fazendo com que o cabelo dela caísse sobre os olhos. Quando ele a soltou, uma parte dela se sentiu vazia, e ela odiou isso.

Ela se lembrou da vez que ele lhe dissera que nunca a abandonaria, logo depois de terem passado a noite observando as estrelas dançarem no universo, as ondas batendo na praia...

Não. Aquela não era a vida *dela*.

Porra, as linhas estavam começando a ficar confusas.

Concentre-se, repreendeu Darius, embora não o fizesse com raiva. Ele parecia sentir a turbulência que a assolava. *Nade mais baixo. Vou distraí-lo e tentar matá-lo com minha magia. Lembre-se, mandíbula e barriga. Esses são os pontos vulneráveis, mas se isso não funcionar...* Ele olhou para a bainha de couro dela, incitando-a silenciosamente a pegar a lâmina. Ela fez isso sem discutir. Sua magia havia falhado antes, e ela não queria ser pega de surpresa novamente. A lâmina de Adrian era um conforto.

Nós trabalharemos juntos...

Suas palavras foram interrompidas quando uma onda jogou os dois para trás. Ela rolou, girando sem rumo. Não conseguia identificar para onde Darius tinha ido, mas teve o bom senso de se impulsionar, batendo os pés até chegar o mais perto que ousava.

Então uma sombra bloqueou o pouco sol que se filtrava pelas ondas. A fera imponente nadava vagarosamente acima, com a mandíbula escancarada desencaixada e impaciente para se cravar na carne. As fileiras e mais fileiras de dentes eram visíveis, mesmo à distância, e o pavor fez o estômago de Margrete gelar.

Apareceu do nada.

Claro, sua maldita magia continuava a brilhar nas pontas dos dedos, e ela não tinha dúvidas de que a criatura a descobriria em breve. Assim que ela começou a nadar mais fundo, outro farol de luz iluminou as ondas.

Seis metros acima dela, com os braços estendidos, Darius flutuava, parecendo um deus caído e sombrio. Seus olhos estavam fechados, sua respiração regular, o corpo estranhamente imóvel. Ele parecia estar dormindo, mesmo enquanto o Collossious avançava em sua direção, estalando as mandíbulas de ansiedade.

Lentamente, uma luz amarela pálida e azul emanou de sua pele bronzeada, florescendo em um poderoso farol.

A fera mudou de rumo, mirando diretamente nele, com seus olhos ônix sem vida arregalados. À medida que se aproximava, ela avaliou seu corpo, que era uma coisa de magnífica brutalidade. As histórias que ouvira acertaram quando compararam suas escamas ao metal. Lembrava uma armadura. Ainda assim, o peso que carregava não o impedia de ser ligeiro.

Fique aí, murmurou Darius, imóvel. *Posso sentir você ansiosa para atacar. É melhor deixar o inimigo pensar que está em vantagem.*

Que meigo. Ela estava dando uma espiada na mente de um deus psicopata.

Não um psicopata. Apenas calculando, respondeu ele. Ela amaldiçoou novamente. Assim que vencessem a fera, ela ergueria mil muros entre eles.

Darius inspirou profundamente pela última vez, o Collossious não mais do que a poucos metros de distância...

Suas pálpebras se abriram e a luz explodiu, incendiando o mundo subaquático com cores devastadoras. Colocando as palmas das mãos diante de si, ele disparou uma onda de energia bruta, cuja força ela sentiu mesmo fora de alcance.

A fera voou para trás, girando em círculos até se endireitar. Seus olhos sem vida se estreitaram. Darius não fez nada além de irritá-lo, pois sua mira errou o alvo.

Ela piscou. Darius já havia feito algo semelhante... Cenas dele protegendo-a de uma versão menor do Collossious vieram à sua mente. Um dia eles nadaram fundo demais, muito além do alcance da ilha, e ela ficou presa entre o coral...

Você está se perdendo no passado de novo, disse Darius, tirando-a de suas lembranças. *Pense em mim o quanto quiser mais tarde, mas agora não é a hora.*

Ela rosnou quando o Collossious avançou novamente, mais determinado do que nunca. Darius disparou outra rajada de pura energia divina, mas a fera desviou para o lado no último minuto. Darius continuou, levantando as palmas das mãos e mirando em seu pescoço largo, os grunhidos do deus soando em sua mente.

O mar se agitava ao redor deles, parecendo ouvir a luta do deus, as ondas ansiosas por ajudar. A corrente turbulenta mudou abruptamente, movendo-se para empurrar o monstro ainda mais para trás, mas a criatura era muito forte.

Não admira que os marinheiros temessem o lendário Collossious. Um *deus* lutava para derrotá-lo.

Enquanto Darius disparava cada vez mais seu poder com abandono, Margrete se preparava. Ele ordenara que ela ficasse onde estava, mas ela não ficaria, e eles precisavam do sangue da criatura para manchar as águas. Ela semicerrou os olhos para seu ponto fraco, franzindo a testa.

Tudo o que ela precisava fazer era mirar. Era isso. Simples, na verdade.

Ha. Como se ela acreditasse nisso.

Margrete desacelerou a respiração como Darius lhe ensinara e se impulsionou para cima.

No próximo ataque da fera, Darius reagiu muito lentamente.

Ela assistiu com horror quando ele caiu para o lado, a boca entreaberta em estado de choque. A criatura não hesitou. Enquanto Darius girava fora de controle, as palmas das mãos brilhando com uma magia que ele não conseguia mirar, a fera desencaixou sua poderosa mandíbula...

E abocanhou o braço de Darius.

Sangue azul escorria na água, a cor quase preta. Darius gritou de dor, e a estridência disso a fez entrar em ação.

Qualquer sensação de calma evaporou quando ela bateu os pés com toda a força, nadando para cima, em direção à luz e ao deus sangrando. Ela sabia que ele sobreviveria, já que os deuses só poderiam ser mortos por outros deuses, mas ele tinha *criado* aquela fera, e se sua magia prosperasse em suas veias, talvez pudesse causar mais danos do que ela inicialmente acreditava. Não houve muito tempo para duvidar quando ela ergueu as palmas das mãos acima da cabeça e gritou no vazio.

O Collossious sacudiu Darius de um lado para o outro, com os dentes cravados em seus músculos. Ele presumiu que havia vencido e ela sentiu o cheiro de seu triunfo. Sua sede de sangue.

Espere, pensou ela, sem ter certeza se Darius poderia ouvi-la.

Darius gritou novamente, e algo em sua dor cortou seu núcleo. Por um momento, ela foi Wryn, e seu amado, o homem que tinha seu coração, estava sendo despedaçado por um monstro. A fúria penetrou em seus poros, seus dedos em chamas enquanto ela se elevava até a barriga macia do Collossious e liberava a ira reprimida.

Ela cerrou os dentes, sibilando de dor enquanto muito poder fluía de seu corpo de uma só vez. Embora não tenha sido treinada nos costumes dos deuses, ela entendeu que tinha feito algo errado, mesmo que a energia que ela descarregou atingisse o animal com força brutal.

O Collossious guinchou e soltou Darius, que caiu para frente, agarrando o braço sangrando. Margrete não parou. Nem mesmo quando nadou perto o suficiente para tocar suas escamas afiadas.

A criatura tinha dez vezes a sua altura, se não mais, mas essa também poderia ser a sua fraqueza. Margrete sorriu, uma onda perversa de adrenalina atingindo seu peito. Quanto maiores eram, mais lentos se moviam.

A fera se contorceu, tentando acertá-la com as barbatanas, balançando a cabeça de um lado para o outro enquanto procurava o agressor.

Margrete se libertou...

Mas nada saiu dela além de um chiado.

O poder... tinha desaparecido.

Você usou muito de uma vez, veio a voz enfraquecida de Darius. Com a besta distraída, ele teve a chance de se curar. O sangue azul não fluía mais para a água, mas ela percebeu, pela maneira como a boca dele se torceu, que a dor ainda era absurda.

Por que você não falou que isso poderia acontecer?, retrucou ela, pegando sua lâmina.

Não achei que você pudesse acessar tanto assim tão rapidamente! Deveria ser impossível.

Seus dedos se fecharam ao redor da lâmina que fora presente de Adrian, e, pouco antes que ela pudesse enfiar a ponta em sua barriga, o Collossious se mexeu. Em um movimento giratório, ele se virou e a encarou, com a boca aberta o suficiente para que ela visse cada dente brilhante.

Ela era uma deusa, mas ainda sentia medo e, naquele momento, isso pesava em cada membro dela.

Margrete pensou em Azantian, no seu povo. Um povo por quem ela se apaixonara. Ela imaginou Adrian e Bay, de braços dados, e Birdie na praia. Ela até imaginou Nerissa, a vidente estoica concedendo-lhe um sorriso raro e caloroso.

Ela imaginou a vida que escolhera e o homem com quem a viveria.

O aperto na lâmina se intensificou. A determinação de viver superou o medo sufocante e ela forçou seu corpo a se mover. Ela levantou a arma...

Tarde demais. A fera estava sobre ela, a boca girando, as muitas fileiras de dentes a centímetros de seu rosto...

A luz prateada chiou na água antes que aqueles dentes afiados se apertassem. Ela girou em direção a Darius, cujo rosto estava contraído de concentração e dor. No entanto, ele não parou o ataque, fazendo com que sua energia penetrasse na cabeça da criatura, e quando ela se inclinou com aquela força, a magia do deus acertou em cheio.

A besta... *se despedaçou.*

Cada escama brilhante se soltou de seu corpo, e os fragmentos voaram em todas as direções. Margrete protegeu o rosto e se encolheu, mas a dor irradiava de seus braços, pernas e costas. Ela sentiu o gosto do sangue nas águas e, quando finalmente abriu os olhos, engasgou.

Azul vazava de seus ferimentos, misturando-se às ondas como nuvens de fumaça.

Com a adrenalina aumentando, ela procurou freneticamente as partes restantes do monstro, mas não encontrou nenhuma. Apenas as escamas brilhavam enquanto afundavam, a luz crescente do sol lançando raios sobre as peças metálicas como chuva de verão.

Eles tinham conseguido.

Tinham derrotado o Collossious.

Margrete sorriu, apesar da agonia. Se Darius tinha se curado, ela também se curaria, e já havia resistido à dor antes.

Darius!, chamou, sem vê-lo flutuando por perto. *Onde você está?*

Não houve resposta. Apenas silêncio.

Darius, isso não é engraçado. Apareça.

Novamente nada. Margrete fechou os olhos e estendeu a mão, procurando sua magia, procurando o brilho familiar de sua força energética.

Tudo estava nebuloso, o mundo era de um azul suave. Ela não o viu. Nenhuma figura nadando em sua direção. Nenhum sorriso triunfante.

Mais algumas lembranças amaldiçoadas a atacaram, mas ela as afastou. Ela não estava em alguma ilha nadando com seu amado e não estava procurando o homem que amava. Margrete não era Wryn e nunca mais seria.

Mas ela ainda precisava de Darius.

Margrete avançou, sugando água freneticamente. Era como se ele tivesse desaparecido junto com a fera, sumido para sempre. No entanto, ela sabia que não era o caso.

Ela tinha acabado de partir em direção ao *Mare Deus* quando o viu — um lampejo dourado.

Margrete parou bruscamente, suas feridas já cicatrizadas o suficiente para que o movimento repentino não fizesse sua cabeça girar. Os raios do sol filtrados pelas ondas lançavam luz sobre o ouro mais uma vez, uma mera faísca na escuridão.

O anel do símbolo de Darius.

Ela amaldiçoou, mergulhando para baixo, para baixo, para baixo, sua magia queimada e incapaz de impulsioná-la mais rápido. Da próxima vez, ela teria que ter mais cuidado e não esgotar toda a sua magia. Foi uma lição bem aprendida. Pelo menos ela ainda conseguia respirar, o que era uma pequena misericórdia por si só.

Nade até mim!, exigiu ela, mas Darius não respondeu. Ele estava inconsciente?

Margrete.

Seu nome soou em todos os lugares ao mesmo tempo. A voz pertencia a Darius, embora estivesse enfraquecida.

Rangendo os dentes, ela se impulsionou mais rápido, e seu coração disparou quando o corpo dele apareceu. O deus não se moveu, seu corpo curvado sobre si mesmo, deixando seu peso levá-lo para baixo. Algo não estava certo.

Margrete grunhiu quando estendeu a mão e agarrou a que usava o anel, apertando o pulso dele e puxando-o em sua direção. Sem peso, ele flutuou e ela examinou seu rosto.

Seus olhos estavam entreabertos, e havia sangue escorrendo de sua boca. E seu peito...

Uma escama havia se alojado no fundo de seu coração.

Não me deixe. O apelo de Darius causou arrepios nas costas dela. *Por favor, não me deixe sozinho novamente.*

Um lampejo de dor a queimou. Tal dor não teve nada a ver com a batalha ou o preço que isso causou em seu corpo. Não, aquela dor tinha tudo a ver com a alma ligada à dela e com a agonia que enchera as palavras de Darius.

Ela agarrou a mão dele, e a indecisão a fez parar.

Darius não merecia ajuda, mas ela não podia deixá-lo: ele era uma condição do acordo de Halio. E, para ser honesta, a parte dela que sempre pertenceria a Wryn se recusava a abandoná-lo. Ele pertencera a ela em algum momento de sua vida, e não havia como mudar isso. Assim como não podia mudar o passado, ela aceitou que *sentiria* algo pelo deus, mesmo que não quisesse.

Margrete fez uma careta.

E então decidiu.

CAPÍTULO VINTE E QUATRO

DARIUS

Darius acordou com uma mão quente em seu peito nu.

Antes mesmo de abrir os olhos, ele agarrou o pulso ao qual a mão pertencia, e houve um pequeno suspiro. Um suspiro feminino.

Seus olhos se abriram.

— Solte — exigiu Mila, franzindo a testa como se ele não fosse nada. Como se não fosse um *deus*. Um canto de sua boca se curvou.

— Não antes de você me dizer o que está fazendo e como cheguei aqui. — Darius examinou cansadamente a cabine, as fileiras de beliches vazias. Ele estava deitado em um beliche inferior, com um toque sutil de frutas cítricas obstruindo seus sentidos.

Seu corpo doía por toda parte, e sua magia era uma vibração entorpecida.

— Margrete trouxe seu traseiro arrogante de volta para o navio… mas na minha opinião teria sido melhor deixar você apodrecer sob as ondas. — Ela fez uma careta. — E quanto ao motivo de estar *aqui,* nesta cabine, é que você estava em muito mau estado. Mesmo que eu tenha protestado, os outros não quiseram te largar entre alguns barris no casco. Decidi ficar e me certificar de que não manchasse meus lençóis — retrucou ela, puxando-o.

A cama *dela.*

Era daí que vinha o aroma cítrico.

— E você está desmaiado há duas horas. Não pensei que os deuses desmaiassem como as damas nobres da corte quando ouvem um palavrão.

O outro lado de sua boca se juntou, e ele se viu entregando-se a um sorriso raro e completo. Antes que ela o atacasse novamente, Darius soltou seu pulso, notando que ela segurava um pano úmido entre os dedos. Ela estava *limpando* seu corpo.

Uma tigela de porcelana estava em um banquinho ao lado da cama, a água manchada com o sangue dele. Quando ele olhou para o torso nu, percebeu que ela havia esfregado a maior parte, embora ainda restasse uma mancha onde uma das escamas havia perfurado seu peito. Provavelmente tinha sido isso que o derrubara. As suposições dele estavam corretas — os monstros que ele e Malum criaram não eram feras comuns.

O que não era exatamente um bom presságio para ele e sua confiança.

Mila passou a mão pelo cabelo curto e ruivo, ainda com a expressão de aborrecimento. Ela o olhava como se esperasse que ele falasse, para lhe agradecer. Talvez ele *devesse* agradecê-la, mas seus lábios permaneceram selados.

Sem dizer uma palavra, ela jogou o pano ensanguentado na tigela e começou a se levantar. Ele deveria tê-la deixado ir, mas agarrou seu pulso mais uma vez, o movimento surpreendendo até a si mesmo. A eletricidade subiu por seu braço quando eles colidiram.

— Por quê? — gritou ele, detestando ter sido reduzido àquele estado. Por que alguém que parecia odiá-lo ainda mais do que Margrete perderia tempo limpando-o?

Seus olhos se encontraram, o azul dele no verde exuberante dela.

— É o que meu pai teria feito. — Ela forçou o braço para se desvencilhar, e dessa vez, quando se afastou, ele deixou. Algo mudou em seu rosto, algo azedo, e ela olhou para ele. Ele praticamente se engasgou com a raiva dela. — Ele morreu por sua causa — suspirou ela, sua voz mais suave do que uma lágrima caindo. Mas ela não precisava seguir com o assunto; o veneno estava presente em cada palavra.

Ela se referia à ilha e aos testes. O pai dela devia ter sido um dos poucos azarados que morreram. Shade relatou algo sobre uma ponte pegando fogo no segundo teste. Um homem falhou em dar o salto de fé. Talvez fosse o pai daquela mulher.

Se esse era o caso, então Darius realmente não entendia por que ela o ajudava naquele momento. Ele efetivamente orquestrara a morte do pai dela.

Normalmente ele não teria se importado, então o sentimento de vergonha o chocou.

— Alguns não são fortes o suficiente para passar pelos testes — respondeu Darius rigidamente, embora mesmo para ele, aquelas palavras soassem vazias. Ele se viu ansioso por uma resposta.

Mila balançou a cabeça.

— Surpreende que você, um deus que já viveu milhares e milhares de anos, não tenha aprendido absolutamente nada, não é? — Ela andou furiosamente até a porta, a mão pairando sobre a maçaneta. De costas para ele, ela acrescentou: — São as nossas fraquezas que podem ser as mais preciosas. E embora tenham o poder de nos matar, são também o que fazem a vida valer a pena. Meu pai... ele se chamava Grant... me diria para agir com misericórdia, especialmente quando se tratasse de alguém que não a merecesse. Ele me diria que se eu agisse de acordo com minha raiva, não seria melhor do que o alvo do meu sentimento.

Darius ficou completamente imóvel.

Ela olhou por cima do ombro e, de repente, esqueceu como inspirar. Aquela criatura era toda dura e furiosa, uma mortal que sempre soube o que pensava e falava livremente por sua própria conta e risco. E ali estava ela, repreendendo um deus, o queixo pontudo erguido com orgulho.

— Nunca vou te perdoar pelo que você fez com Grant, ou com meus amigos, mas vou dizer uma coisa... — Ela estreitou os olhos em fendas. — Sinto pena de você. É uma pena que você não entenda o que é sentir outra coisa senão ódio. Espero que você aprenda a liberar essa raiva, mas não tenho certeza se merece esse presente.

Com isso, ela girou a maçaneta e deixou Darius sozinho.

Algum tempo depois, a porta da cabine se abriu mais uma vez.

Darius não sentiu dor quando inclinou a cabeça para ver quem se aproximava. Todas as suas feridas estavam curadas e seu poder tinha sido reabastecido pelo descanso profundo. Ele deveria ter dito a Margrete para não se esforçar antes de pularem no mar, mas, para ser honesto, não esperava que ela exalasse tanto poder. Ela era uma deusa muito jovem para ser capaz de tal façanha.

Parada na soleira, encostada na madeira, estava Atlas.

Ele sentiu uma estranha pontada de decepção ao vê-la — secretamente esperava outra pessoa.

— Saia — disse. — Você se curou e, se quiser dormir, deve fazer isso lá fora. Você não merece roubar a cama de Mila. Ela tem sido boa demais com você. — Ela inclinou a cabeça para onde algumas redes balançavam perto dos suprimentos.

Atlas não estava errada. Mila tinha sido *gentil*, da única maneira que uma ruiva sarcástica poderia ser. Darius ainda estava cambaleando por ter acordado com ela acima dele. Brevemente se perguntou onde ela estaria naquele momento. Suas palavras mordazes tinham sido uma distração, embora dolorosa.

— Estou esperando — resmungou Atlas, seu corpo musculoso tenso.

Darius suspirou antes de se levantar da cama. Sentir o ar frio da noite tocar seu peito exposto era sublime, mas ele teria que arranjar outra camisa. Afinal, era um cavalheiro e ficar sem camisa não era apropriado.

— Boa noite, guerreira — disse ele, sorrindo ao passar por Atlas. Ela seria a mais difícil de dobrar, mas ele não tinha dúvidas de que conseguiria caso se esforçasse. Não que ele fosse fazer isso. Atlas não o interessava nem um pouco. Ele a achava chata, mesmo que sua lealdade ao rei fosse impressionante.

Ao passar pelo depósito, avistou Bay dormindo em uma rede no canto mais distante. E pairando acima de seu corpo, nada além de uma sombra bruxuleante, estava o rei de Azantian. Ele não tirava o foco do amigo adormecido e, em vez da raiva dançando em seu olhar, Darius encontrou apenas afeto. Isso o confundiu.

Bay foi essencialmente quem cravara a faca. Para acabar com a vida do rei. E ainda assim o rei pairava sobre ele, observando o amigo enquanto dormia. Como um guardião sombrio.

— Precisamos conversar — disse o rei calmamente, sem erguer os olhos.

Darius gemeu. Tudo o que ele queria era se acomodar na rede antes que cruzassem com mais feras. Sua magia lhe dizia que elas estavam próximas. Se não as encontrassem no dia seguinte, certamente as encontrariam no próximo.

Bash sinalizou com a cabeça para as escadas e saiu sem dizer nada. Darius o seguiu a contragosto, embora de punhos cerrados ao ouvir a ordem do rei. *Ele* era o deus, não o mortal falecido. Talvez tivesse que lembrá-lo desse fato, e pisar em seus calos dava muito prazer a Darius.

— Onde está Margrete? — perguntou Darius quando eles já estavam sozinhos no convés, a lua e as estrelas como testemunha.

— Descansando — respondeu o rei laconicamente, com as narinas dilatadas. Ele marchou até a amurada e olhou para o mar. — Ela adormeceu logo depois de arrastar seu corpo para dentro do navio.

Mila não tinha mentido. Margrete realmente o salvara. Bem, não o *salvara exatamente*, mas ela não o abandonada. Ele teria acordado em algum momento, mas ficaria chateado ao se perceber no meio do mar.

— O acordo que você fez. — Bash se virou para ele. Ele estava indo direto ao ponto.

Darius encolheu os ombros, um sorriso malicioso nos lábios.

— E daí?

— Volte atrás — exigiu. — Você e eu sabemos que ela o aceitou sob pressão.

— Ainda assim é um acordo. Você viu a tatuagem dela, presumo?

Com toda honestidade, Darius estava morrendo de vontade de ver a marca que havia deixado nela, mas não pressionou. Ela não teria contado a ele, de qualquer maneira, muito menos lhe *mostrado*.

Bash já estava pálido, mas Darius jurou que ele ficou um pouco mais lívido.

— Os lírios — rangeu ele. — Sim, eu os vi.

Lírios. Que interessante.

— Lindos, não são? — incitou Darius, sabendo muito bem que estava sendo desprezível por estar insinuando que os tinha visto com seus próprios olhos. O que ele poderia fazer? O rei trazia à tona esse lado dele.

— Eles irão embora em breve — Bash quase rosnou.

Darius engoliu uma risada cruel.

— Ah, jovem rei. Você não entende nada de acordos. A tatuagem enfeitará a pele dela por toda a eternidade. Nossas vidas estão interligadas. Até que meu coração imortal pare, ela estará vinculada à sua palavra. — Darius de repente se cansou da conversa. Não havia o que discutir.

Seu inimigo zombou, a raiva desmascarada em exibição aberta.

— Vou passar o resto da minha vida, não importa quanto tempo ainda me resta, procurando uma saída. Mas, se por acaso eu falhar, você realmente acha que ela algum dia irá amá-lo à força?

Darius suprimiu um grunhido.

— Uma hora ela vai esquecer você. Ela foi minha primeiro.

O rei ergueu o punho antes de lembrar que não poderia fazer nada que pudesse causar dor a Darius. Com um grunhido, ele deixou cair o braço.

— Você ao menos se ouve? Você *a teve primeiro*? — zombou. — Uma mulher como ela não é algo que se possa possuir. O amor não tem a ver com propriedade, controle ou manipulação. — Ele começou a se virar mas acrescentou: — Uma parte de mim sente pena de você, deus. Você acha que sabe o que é o amor verdadeiro, mas a única coisa que enche seu coração é orgulho e posse. Ter alguém como ela retribuindo seu amor livremente...

bem, isso é um merecimento e um presente que você nunca receberá.

Por que todos estavam dizendo que tinham pena dele? Primeiro a ruiva, agora o rei.

Bash deixou Darius ali parado, perplexo. Ele nunca ficava sem palavras, mas não conseguia falar. Inferno, ele mal conseguia respirar. Ele compreendeu que a raiva de Margrete não tinha simplesmente desaparecido, e suspeitava que isso aconteceria com o tempo. Ainda assim, ele permanecia confiante de que ela aprenderia a amá-lo como antes, tantos anos atrás. Então por que a ideia de forçá-la fazia com que seu peito se apertasse e sua garganta se contraísse?

Ele estava começando a se arrepender de ter deixado suas emoções livres.

Uma hora se passou enquanto ele tentava se convencer de que o rei falava mentiras, mas quanto mais discutia consigo mesmo, menos certeza tinha, o que era totalmente absurdo. Justamente quando ele planejava voltar para o casco mofado e descansar um pouco em uma das redes velhas, um farfalhar saudou seus ouvidos. Ele olhou para as ondas, distinguindo a forma de duas asas estendidas. O corvo não fez nenhum som ao chegar à embarcação, encontrando um poleiro no corrimão de madeira. Em sua garra retorcida havia uma única flecha de madeira com não mais de trinta centímetros de comprimento.

— E quem pode ser você? — perguntou ele, embora já soubesse a resposta.

Amarrado à perna com uma fita verde-floresta, havia um grosso pedaço de pergaminho enrolado. Cuidadosamente, ele pegou a pequena flecha e desfez o pacote. Darius então libertou o pássaro, que decolou com um poderoso bater de asas cor de ônix.

Um favor por um favor. Da próxima vez que vir meu rosto, exigirei algo de você e espero que você aja e cumpra sua tarefa.

A nota não estava assinada, mas só poderia ser de uma divindade. Brielle.

Ela tinha um talento especial para armas, muitas vezes criando as defesas mais letais em sua extensa floresta. Darius ergueu a flecha leve como uma pluma e a levou ao nariz. Ele sentiu o cheiro.

Instantaneamente, sua magia recuou, quase desaparecendo completamente.

Porra.

Aquela não era apenas uma flecha com a ponta mais afiada do que qualquer lâmina mortal... ela estava envenenada! Envenenada com algo que ele não reconheceu, e Darius conhecia todas as toxinas criadas pelo homem.

A pergunta que ele não conseguia responder era por que ela a dera a ele, e que história era aquela de que um dia ela exigiria um favor.

As perguntas sem resposta não o impediram de fechar os dedos com força em torno do presente. Ele não era do tipo que recusava um favor, não importava o custo.

CAPÍTULO VINTE E CINCO
BASH

Bash queria destruir Darius com as próprias mãos.

Este desejo era constante, mas depois da pequena conversa chegou à conclusão de que não era possível argumentar com Darius. Somente ações estilhaçariam sua fachada zombeteira.

Ele desceu os degraus e foi até a cabine que dividia com Margrete, esperando que ela estivesse acordada. Ela estava exausta quando chegou com Darius, que sangrou por todo o navio. O deus não merecia sua compaixão. Se ao menos eles pudessem tê-lo deixado no meio do nada...

Quando Bash viu o sangue preto-azulado escorrendo em seu rastro, acreditou que fosse dela e quase pulou pela lateral do navio. Mas que bem ele poderia fazer em seu estado? Margrete estava certa: quanto mais cedo encontrassem Minthe, melhor.

Bay foi quem a ajudou no convés, com os braços em volta dela de forma protetora. Por apenas um momento, ela se inclinou para ele, acariciando seu peito. Mas então se afastou, esparramando-se nas tábuas, onde recuperou o fôlego, adaptando-se ao ar fresco. Antes que Bash pudesse alcançá-la, ela desmaiou, inconsciente.

Atlas, junto com uma carrancuda Mila e Dani arrastaram Darius para a cabine maior abaixo, deixando Bay com Margrete. Ele a pegou nos braços, a umidade revestindo suas pálpebras inferiores. No entanto, ele não deixou cair uma única lágrima. Simplesmente a apertou contra o peito e ajeitou seu cabelo emaranhado antes de levá-la para a cama e cobrir-lhe até o queixo.

Ela estava dormindo desde então, e Bash só saiu do lado dela para verificar Bay, que estava adormecido. Quando sentiu a presença de Darius, confrontou-o sem hesitação, praticamente implorando ao deus que libertasse Margrete de sua maldição. Não importava que seu orgulho ficasse na merda; ele teria se ajoelhado diante de Darius se isso significasse que ele a libertaria do acordo. Tudo bem, talvez não fosse tão longe. Bash tinha seus limites.

A porta de Margrete estava entreaberta, deixando amplo espaço para ele passar. Ele parou na soleira, seu humor ainda em ebulição. Não queria que ela o visse daquela forma.

Maldito Darius. Bash sabia que não deveria se deixar levar pelas provocações do deus, mas ele ainda era um homem e não conseguia evitar o ciúme.

— Bash? — A voz de Margrete chegou até ele, de onde ela estava, debaixo dos cobertores. — É você?

Ele suspirou. Ela estava acordando bem na hora. A meia-noite se aproximava.

— Como está se sentindo? — perguntou ele, caminhando até a cama. Uma única lanterna estava acesa ao lado dela, o brilho laranja-avermelhado lançando círculos escuros sob seus olhos.

Margrete levantou-se, aproximando os joelhos do peito. Ela parecia tão pequena, tão frágil. Bash cerrou as mãos. *Em breve*, ele pensou. Tudo o que desejava era abraçá-la e massagear suas costas, algo que descobriu que ela gostava quando a insônia a tomava.

— Não consigo tirar essas lembranças da mente — admitiu ela suavemente, com a cabeça ainda baixa.

Bash prendeu a respiração. As lembranças de quando ela estava com Darius.

— Não é nada que você esteja fazendo — disse ele. — E certamente não é culpa sua.

Ela inclinou o queixo, olhando além dele.

— Vejo esse lado diferente dele e sei que a pessoa que fui todos esses anos atrás sentiu amor por ele.

As entranhas de Bash se contraíram dolorosamente, mas ele permaneceu em silêncio.

— Foi real, não posso negar, mas estou presa em algum lugar entre sentir pena e odiar, e isso está bagunçando minha cabeça. — Ela apertou as têmporas, gemendo.

Só então o ar mudou e ondulou, e a meia-noite chegou com uma brisa fresca que esfriou a pele de Bash. Ele estremeceu, seu corpo se tornando um pouco seu mais uma vez.

Lentamente, ele afundou na cama. Ela se encolheu quando a cama se moveu embaixo dele, arregalando os olhos de surpresa.

— Eu não sabia que horas eram.

— Está tudo bem, princesa. Apenas fale comigo.

Bash se aproximou, posicionando-se de forma que suas costas descansassem na parede da cabine. Gentilmente, ele a envolveu sobre si, a cabeça dela apoiada em seu peito.

— Estou bem aqui — murmurou ele. — Nada que você diga vai me assustar.

Ela permaneceu quieta por algum tempo, e as inseguranças de Bash continuaram a crescer. Ela seria mais feliz com o deus? Ela tinha arriscado muito...

— Acredito que uma alma pode mudar e crescer — começou ela. Ele ficou completamente imóvel. — E como Wryn, eu não sabia de nada. Era uma nova alma, e Darius foi o único outro ser com quem tive contato. Embora o amor tenha florescido, não sou mais aquela mulher que deu o coração a ele. Tornei-me alguém totalmente diferente e não digo isso de forma negativa, mesmo que haja muita coisa que eu mudaria em mim.

Bash emitiu um grunhido de desaprovação e ela zombou.

— O que sinto por você vai além do destino, do certo ou do errado. Minha alma reconheceu a sua imediatamente e, embora tenhamos demorado para perceber isso, nunca me senti tão à vontade na presença de outra pessoa. Assim como em casa. Mesmo quando voltei para a ilha e para Darius, em nenhum momento tive uma sensação comparável.

Bash passou as mãos pelos cachos emaranhados de Margrete, o cheiro de sal impregnando cada mecha. Ela suspirou de contentamento, derretendo-se no colo dele.

— Eu entendo se você estiver em conflito...

— Não estou — disse ela com firmeza, levantando a cabeça para encontrar os olhos dele. — Eu nunca duvidei de você ou de nós. Nunca mesmo. — Ela ergueu a mão para segurar o rosto dele. — Você é meu melhor amigo, Bash. A pessoa com quem mal posso esperar para acordar ao lado e começar cada dia. E nenhum outro homem roubaria meu coração do jeito que você fez. Nem eu quero que faça. É seu.

O alívio se espalhou por ele, aquecendo a pele gelada.

— Este será o nosso maior desafio, princesa — sussurrou ele, acariciando seu rosto, os dedos descendo até seu queixo. — E você estava certa — começou ele, e ela se acalmou. — Eu preciso voltar ao meu corpo, independentemente dos meus medos. Quero terminar isso ao seu lado.

Margrete relaxou, acomodando-se novamente em seu peito vazio. Ela agarrou a camisa dele, sua pequena mão brilhando com magia. Bash não acreditava que ela estivesse ciente disso.

Logo a respiração dela se acalmou e ela caiu no feitiço do sono. Mas Bash passou a hora seguinte segurando o corpo dela de encontro ao dele. Ela centrou seus pensamentos tumultuados, concedendo-lhe uma paz abençoada.

Bash não tinha certeza de quando adormeceu ao lado dela, mas sonhou com os dias que se seguiriam, imaginando dois tronos em uma câmara cheia de vidro marinho e ouro.

Ele imaginou o final e o começo de uma história da qual esperava estar vivo para participar.

CAPÍTULO VINTE E SEIS
MARGRETE

Bash já havia saído da cabine quando Margrete acordou.

Mas ela não estava sozinha.

Ao lado da escotilha estava a última pessoa que ela esperava: Dani.

— Eu sei que você está acordada — disse ela com sua voz arejada.

Margrete sorriu, levantando-se da cama e apoiando as costas na parede. Ela se sentia melhor do que no dia anterior, corpo e magia reabastecidos.

— O que foi, Dani? — perguntou ela. Embora feliz em ver a jovem, estava surpresa com a visita. Não eram tão próximas quanto ela e Atlas… ou Bay. Ela planejava falar com ele o quanto antes, especialmente porque começava a se lembrar dos acontecimentos do dia anterior, depois que ela levara Darius para o convés. Em seu estado confuso, recordava-se de como Bay a segurara e carregara para a cabine. Antes de sair, depois de aconchegá-la, ele tinha dado um beijo carinhoso em sua testa.

Ela tinha que abandonar a raiva ou perderia uma das pessoas mais importantes de sua vida.

Dani se aproximou com uma graça invejável, flutuando pelas tábuas para se deixar cair no colchão fino.

— Você ainda está com a chave, certo?

Margrete inclinou a cabeça, sem entender. A chave estava escondida em sua jaqueta, que por sua vez ela mantinha junto de si o tempo todo. Desde que haviam deixado o Submundo, ela não vibrava com a mesma magia inebriante, levando-a a acreditar que o que quer que fosse desbloqueado pertencia ao reino dos mortos.

— Sim, está comigo. Mas o que isso tem a ver...

— Que bom. Mantenha-a por perto e não deixe ninguém colocar as mãos nela. — Os olhos azuis de Dani ficaram duros. — Eu a senti ontem à noite... chamando. Pensei tê-la ouvido quando estávamos no Submundo, mas desde então ficou abafado. Mesmo assim, compreendi seu poder, mesmo adormecido.

— Não fui só eu, então — murmurou Margrete. — Achei que estava enlouquecendo lentamente.

— Você não está — disse Dani. — Mas vim até você esta manhã por causa de um sonho que tive ontem à noite... — Margrete se inclinou para frente, ansiosa por suas palavras. Dani tinha que ser uma vidente ou algo assim, não havia mais dúvidas. — Sonhei com um livro coberto de sangue e cheirando à morte. Essa chave estava ao lado.

Então não abria o portal para o Submundo.

— E as lágrimas presas na esfera? — pressionou Margrete.

— Posso só presumir que eram o que suspeitávamos.

— Que *ótimo*. — suspirou Margrete. Mas a menção ao livro chamou a atenção dela. — Dani, você se lembra do dia em que chegamos ao Submundo? A câmara para onde fomos levadas pela primeira vez? — Dani baixou o queixo. — Bem, eu vi um livro verde ali, bem no centro do salão, preso por um cadeado dourado. Talvez seja isso que a chave abre.

Na verdade, a chave podia abrir qualquer porta, caixa ou tesouro. Mas aquele livro tinha importância. Não estaria exposto na sala do trono se não fosse.

— Pensarei nisso — murmurou Dani, os músculos de seu pescoço ficando tensos. Quando Margrete ergueu uma sobrancelha, ela suspirou. — Eu estive... praticando — admitiu, baixando timidamente o queixo. — Se eu focar em um objeto por tempo suficiente, geralmente consigo vê-lo em meus sonhos. Vou tentar o mesmo esta noite. Tudo começou em Azantian no verão passado. Todas essas visões. Mas desde a ilha de Surria, elas se tornaram... intensas. — Um rubor rosado espalhou-se por suas bochechas e Margrete se deu conta de que aquela tinha sido a conversa mais longa que já tiveram.

Cuidadosamente, Margrete apertou as mãos de Dani.

— Obrigada por compartilhar e por falar comigo sobre isso. Imagino que seja assustador para você esses novos sonhos e visões. — A jovem levantou a cabeça e um sorriso hesitante curvou seus lábios. — Venha falar comigo se vir mais alguma coisa. *Qualquer coisa*. Esses sonhos são inestimáveis.

Depois de tudo que ela experimentara em Azantian e depois disso, a magia era a verdade de seu novo mundo. Se Dani tivesse o dom da visão, como Nerissa, isso poderia ser fundamental para a missão.

Dani apertou as mãos dela, surpreendendo-a.

— Só me prometa uma coisa, Margrete. Não se esqueça de quem você é. Pode ser tentador ceder a tudo isso, tenho certeza, mas você não encontrará nada além de escuridão em tais profundezas de poder. Lembre-se por o que está lutando.

Com isso, Dani levantou-se e fez uma leve reverência. Ela saiu da cabine, deixando Margrete imaginando o quão óbvia sua transformação havia se tornado. Porque ela *tinha* mudado e não era nada fácil ignorar as vozes dentro dela ansiando por poder. *Implorando* por supremacia. Sua pele coçou com a ideia de tê-lo novamente nas palmas das mãos. E isso não era uma coisa boa.

Margrete havia descido daquele penhasco invisível e agora rezava para pousar entre as ondas.

Um dia se passou antes que Darius se aproximasse de Margrete. Curiosamente, ele tinha estado afastado. Até aquele momento.

— Há uma fera vindo em nossa direção — anunciou Darius sem rodeios.

Margrete acabara de se vestir e sair em busca de Bay, mas, mais uma vez, parecia que a conversa teria que esperar. Bay fizera questão de desaparecer.

— Qual delas? — perguntou ela, parando diante dos degraus que levavam ao convés.

Darius encostou-se na parede, com os braços cruzados, parecendo exteriormente à vontade e inalterado. Margrete viu através dele. Algo sombrio pesava em sua mente, e sua máscara habitual apresentava muitas rachaduras.

— Senti um grupo de três, mas há outro mais perto. Deve ter nos farejado. Bem, você e eu, para ser exato. Dificilmente uma dessas criaturas mudaria de rumo por causa de um mortal.

— Elas nos veem como inimigos? Mesmo sendo *você* o criador delas?

Darius se afastou da parede.

— É claro que somos o inimigo. Meu irmão e eu demos vida a elas, mas somos os únicos seres com chance de destruí-las. Elas são muito mais espertas do que se poderia imaginar.

— Eu adoro lutar contra feras com cérebro. Como se precisássemos de outro desafio — Margrete se irritou. — Bem, que criatura é essa? — Ela gesticulou com as mãos impacientemente. — Você não respondeu minha pergunta.

Darius passou por ela e dirigiu-se para as escadas. Ela fez uma careta, mas não teve escolha a não ser segui-lo.

Uma vez no convés, todos os olhares da tripulação se voltaram em sua direção. Bash estava conversando profundamente com Atlas, mas quando Margrete chegou, ele ficou atento. Seu olhar cauterizou Darius com um ódio venenoso antes de se fixar nela e suavizar.

Darius levantou a voz para que os outros ouvissem acima dos ventos.

— O Eliam está chegando. — Ninguém falou ou pareceu reconhecer o nome. — É uma criatura inspirada na lula, ainda maior que o Collossious e sua tinta seja excepcionalmente mortal. Ou seja — ele se virou para Margrete —, eu não aconselho pular na água desta vez.

— Oba — suspirou Mila, caminhando com determinação. Margrete notou como o olhar de Darius permaneceu na marinheira por um momento muito longo, seus lábios pressionados em uma careta cruel. — Bem, vá em frente, então — exigiu Mila. — Conte-nos o plano, todo-poderoso.

Margrete não tinha percebido Bash se aproximar e arrepios percorreram sua espinha quando a voz profunda dele sussurrou em seu ouvido.

— Deveríamos tirar os mortais do navio e da batalha — disse, o tom preocupado e sombrio. — Se você não puder entrar no mar, a criatura pode muito bem virar o barco e envenenar as águas.

— Você é péssimo em sussurrar, meu rei. — Atlas inclinou a cabeça, sua audição Azantiana captando cada palavra. Bash gemeu. — Não vamos sair do navio. Ficaremos e ajudaremos como pudermos, independentemente de sermos *meros* mortais.

— Somos Azantianos. — A fala de Bay ressoou no ar enquanto ele subia as escadas atrás deles, suas botas batendo na madeira com um propósito renovado. Margrete se virou, com a pulsação acelerada. Ela deu um passo involuntário para frente antes de se forçar a ficar imóvel. — Não temos ideia de como nosso corpo reagiria se caíssemos na água — Bay continuou com toda a calma do guerreiro que era. Atlas endireitou a postura e Mila inclinou o queixo. Até o rosto de Dani se iluminou ao vê-lo.

Elas respeitavam Bay. Sentiam falta de sua voz firme quando mais precisavam. O rancor dela era o culpado.

— Perdoe-o, princesa — murmurou Bash, desta vez baixinho demais para a tripulação ouvir. Margrete engoliu em seco. — Ele protegeu o que mais prezo neste mundo e, por isso, devo-lhe mais do que a minha vida.

Com Bash ao seu lado e a promessa de vitória no horizonte, Margrete fez uma careta e então... olhou profundamente nos olhos de Bay.

Eles eram sombrios, mas astutos, e ele olhou para ela como se o mundo inteiro fosse desmoronar se ela desviasse o olhar. O gelo ao redor de seu coração quebrou e ela sentiu cada grama de vergonha irradiar de seu amigo, implorando silenciosamente por seu perdão.

Aquilo já tinha ido longe demais.

Margrete murmurou três palavras. Três palavras que ela quis dizer com cada fibra do seu ser.

Está tudo bem.

E estava. Ou *estaria*.

Bay soltou um suspiro audível e seus ombros relaxaram, aliviando o peso que havia sido colocado sobre eles. Ela poderia jurar que a cor tinha voltado às bochechas dele, e ele respirou fundo como se fosse a primeira vez em dias.

Atlas descansou a mão em seu ombro.

— Concordo com Bay — disse ela com firmeza, lançando um sorriso sombrio em sua direção. — Vamos caçar esse monstro e mostrar do que são feitos os Azantianos.

CAPÍTULO VINTE E SETE

BASH

Margrete estava perdendo a batalha — ela estava perdoando Bay. Devagar.

Bash não poderia ter ficado mais feliz ao observar a dupla trocar um olhar sincero, transmitindo tudo o que não estavam prontos para dizer em voz alta.

Num momento como aquele, ele teria passado os braços em volta da cintura dela e beijado sua têmpora. Ele teria esfregado suas costas ou acariciado seus cabelos — qualquer coisa para acalmar seus nervos em frangalhos. Porque ela ainda estava nervosa, independentemente do que aconteceu com Bay e sua conversa sem palavras.

Claro, Bash não podia fazer nada além de pairar. Absolutamente inútil.

— Eu diria que temos dez minutos — anunciou Darius, seus olhos vagando para as ondas. — Preparem-se o melhor que puderem. — Para Margrete, acrescentou: — Vamos nos preparar à nossa maneira. Você tem muito o que aprender sobre como controlar sua magia. Ou seja, *não* lançar tudo de uma vez como ontem.

Margrete o olhou feio, mas assentiu de leve.

— Encontrarei você na popa.

Darius se afastou, mas não sem antes lançar um sorriso arrogante para Mila, que estava com as duas mãos nos quadris. Se alguém tinha coragem de enfrentar Darius — além de Margrete —, era Mila. Bash vinha percebendo a maneira como o deus do mar dava uma atenção extra a ela, parecendo se esforçar para irritá-la. Ele sempre dava um jeito de piscar para ela de forma arrogante ou dar um sorriso pretensioso. Os gestos irritavam Mila, e Darius, por algum motivo, sentia imenso prazer com isso.

Margrete aproximou-se de Bash o máximo que pôde. Às vezes ele ainda se sentia sólido, inteiro. Se não fosse pela maneira como sua pele brilhava e tremeluzia, ou pelos formigamentos que percorriam seu corpo o tempo todo, ele poderia acreditar que voltara a estar vivo.

— Eu vi aquilo, com Bay — sussurrou ele para Margrete. Um centímetro os separava, mas poderia muito bem ser cem.

Ela revirou os olhos, tentando parecer severa. E falhou miseravelmente.

— Estou trabalhando na parte do perdão. Não está sendo fácil — admitiu. — Ainda o amo, mas sempre que olho pra ele penso em suas mãos cobertas de sangue...

Gritos tomaram conta do ar, interrompendo-a. Margrete se virou ao mesmo tempo que Darius chamou seu nome.

— Pare de namorar e venha aqui! — gritou. — Odeio admitir quando estou errado, mas... sim, eu estava terrivelmente errado. Este viaja muito mais rápido do que eu esperava! — Sua voz ficou abafada pelas ondas, que se agitavam descontroladamente, aumentando a cada segundo. — Lição rápida, Margrete. Quando liberar sua magia, faça *lentamente*.

— Esse conselho não ajuda em nada! — gritou de volta, mas já estava correndo para espiar por cima da grade.

As ondas batiam nas laterais do navio e, ao longe, Bash avistou o brilho de uma pele branca e brilhante rompendo a superfície.

O Eliam havia chegado.

— Merda — xingou Mila, correndo para o corrimão, com a adaga na mão. Bay correu para baixo do convés, um turbilhão de cabelos e membros loiros, e Dani orgulhosamente encarou a fera que se aproximava, sem nenhum sinal de emoção em seu rosto.

Uma fera que deslizava lentamente acima das ondas.

Tentáculos gigantescos chicoteavam no ar, finos, mas mortais. Eles subiam cada vez mais, e o coração de Bash teria parado se ele tivesse um que batesse.

Uma cabeça bulbosa surgiu, um par de olhos cor de granada brilhando aos raios do sol. Se Bash fosse tão ingênuo quanto antes da ilha de Surria, teria acreditado que tal criatura poderia ser derrotada. Especialmente por um navio cheio de marinheiros e guerreiros Azantianos.

Agora ele sabia que não era bem assim.

A criatura nadou lentamente, a velocidade reduzida a um rastejar. Aqueles olhos misteriosos focaram na pequena embarcação, e Bash poderia jurar que uma faísca de excitação brilhou em suas íris sangrentas.

— Margrete! — Darius agarrou os ombros dela e, mesmo em meio a tanto caos, Bash cerrou os dentes de aborrecimento. O deus precisava parar de tocá-la antes que ele enlouquecesse.

— Você consegue sentir o veneno? — perguntou Darius entrecortado, e ela assentiu. — Tornou-se ainda mais potente ao longo dos anos. — O deus passou a mão nervosa pelo cabelo. Pela primeira vez, não estava tudo meticulosamente penteado no lugar.

No entanto, por mais que adorasse ver o deus egoísta se abater, isso não fez Bash se sentir melhor com a situação deles. Se Darius estava ansioso, eles realmente estavam em apuros.

— Não parece tão ruim quanto o Collossious — observou Atlas mecanicamente, avaliando o alvo com seu típico modo imparcial.

— Discordo totalmente — respondeu Dani, com as pupilas dilatadas de terror. — As aparências enganam.

Bay reapareceu abaixo do convés. Ele carregava um punhado de lanças, o resto do corpo amarrado com lâminas menores.

Ele jogou uma lança para cada uma das Azantianas, apertando a dele com mais força até que os nós dos dedos brilhassem brancos.

— Ele vai nos virar primeiro e depois lançar seu veneno. — Darius ergueu as palmas das mãos, sua magia se desenrolando, fios azuis emanando de suas mãos. — O problema é a pele dele... ela é feita do material mais resistente que pude criar, e mesmo minha magia dificilmente a afeta. Seria necessário que Malum e eu fizéssemos o nosso melhor para destruí-lo.

— *Você* foi tolo a ponto de criar este? — perguntou Margrete, rosnando. — Mas é claro que criou.

— Golpeiem o coração. Ele fica na barriga, pouco antes dos tentáculos — instruiu Darius, ignorando os olhares de reprovação. — A pele ao redor não é tão resistente. Um providencial erro de projeto de minha parte devido a limitações de tempo.

A criatura mergulhou no mar, desaparecendo completamente.

Bash observou Bay pular na amurada, com a lança na mão enquanto examinava as ondas. Seu corajoso amigo vasculhou as ondas, com faixas de suor escorrendo pela testa.

Silêncio. Seguiu-se um silêncio torturante.

De repente, Bay lançou uma lâmina voando...

Diretamente na barriga do Eliam.

Três tentáculos brancos ergueram-se no ar, a fera gritando. Bash sorriu, orgulhoso de que Bay tivesse atingido o local do coração. Mas o momento de orgulho não durou muito.

A criatura avançou. Nadou em direção a eles, com os tentáculos estendidos, preparando-se para envolver o barco e destruir todos eles. As mãos de Bash coçavam com a necessidade de ter uma arma, de fazer alguma coisa, menos observar enquanto seus amigos miravam e soltavam suas lanças.

Todas ficaram aquém, as pontas afiadas caindo a centímetros do alvo.

Enquanto Bay descia em busca de armas reserva, Margrete descarregou uma explosão de magia, as palmas das mãos em chamas com uma energia violenta. O cobalto profundo e o amarelo brilhavam, sua luz competindo com a do sol. Fios soltos chicoteavam o rosto enfurecido, e os lábios se estreitaram com determinação.

Darius se juntou a ela, seus próprios poderes perseguindo o inimigo que avançava.

A criatura nem sequer desacelerou. A cada golpe que eles desferiram continuou seus movimentos, os tentáculos escorregadios alcançando-os, os olhos sangrentos focados em sua presa.

Por que os poderes combinados não estavam funcionando? Bash sabia do que Margrete era capaz e testemunhara isso com seus próprios olhos. E com Darius? Não deveria ter sido tão difícil quanto ele acreditava.

A fera soltou um barulho estridente que raspou suas entranhas. Estava quase em cima deles, com os tentáculos musculosos a poucos metros do *Mare Deus*...

Então veio um raio.

Ele caiu de um céu sem nuvens, colidindo com o corpo impenetrável da fera com um estalo arrepiante. O vapor fervia enquanto o monstro se debatia, abaixando os tentáculos que acumulavam tinta preta ao redor, escurecendo as águas outrora azuis. Mesmo em sua forma, Bash podia sentir claramente o cheiro amargo no ar, o veneno liberado. Ele se arrepiou quando olhou para cima...

O contorno de uma mulher pairava no ar, uma auréola de cabelos dourados flutuando ao redor de seu rosto desfocado. Outro raio irradiou de seu corpo, atingindo Eliam, que se debatia, o cheiro de sua pele queimada permeando a brisa.

Darius amaldiçoou.

— Eu preferiria ter de enfrentar Eliam a *ela* — murmurou.

A mulher desceu, pousando graciosamente, seu corpo sustentado por uma rajada de vento perfumado que lutava contra o fedor da morte.

Margrete baixou as mãos, embora continuassem a pulsar com luz. Ela recuou para perto de Bash, ficando bem diante dele como se o protegesse.

Talvez ele realmente precisasse.

Porque a mulher não era outra senão a própria Surria.

CAPÍTULO VINTE E OITO
MARGRETE

A Deusa do Vento e do Céu desceu de seu Reino como uma pena, os membros elegantes conectando-se graciosamente com as tábuas de madeira do *Mare Deus.*

Sua ajuda, embora necessária, irritou Margrete. Ela desceu como uma salvadora, oferecendo a magia extra necessária para matar Eliam. A questão era por quê.

Margrete não conseguiu evitar dar uma olhada em Darius. Seu olhar se concentrou em sua mãe, as feições frias, mas foi a maneira como ele curvou a mão direita que chamou a atenção dela. Como se sentisse seu olhar, Darius ficou imóvel, obrigando a mão a permanecer aberta, forçando-se a assumir o papel do deus despreocupado que fingia ser.

— Mãe — disse Darius, com um sorriso muito radiante. — Que lindo que você decidiu nos ajudar em nossa pequena missão.

Surria usava uma camisa de seda branca, embora sua calça fosse azul-escura. Seu cabelo caiu sobre os ombros, seus ventos cessaram. Ela ergueu uma sobrancelha fina e loira para o filho.

— Eu estava dando uma olhada quando ouvi uma comoção terrível. — Ela passou os olhos pelos Azantianos reunidos. — Parece que você teve sorte de eu ter aparecido na hora certa. No entanto, estou um pouco desapontada por você não ter conseguido derrotar sua própria criação, Darius. Achei que fosse mais forte.

Surria balançou a cabeça e Margrete notou a tensão no sorriso de Darius. Seus lábios se contraíram com esforço.

— Obrigado, deusa. — Bay deu um passo à frente, sempre diplomata. Seu sorriso nem parecia fingido. Deuses, ele era bom. — Estamos muito gratos pela sua ajuda. E está certa, você chegou bem na hora. — Bay esperou um pouco antes de se endireitar de pé.

— Ah, enfim um homem razoável — disse Surria, radiante. — Fico feliz em ver que nem todos os mortais são tão tolos e simplórios.

Os dentes de Bay estavam à mostra, sorrindo brincalhão como se fossem velhos amigos compartilhando fofocas.

— Podemos oferecer-lhe alguma coisa, deusa? — perguntou firmemente.

Surria acenou com a mão ociosa.

— Estava planejando ficar para jantar, mas essas condições simplesmente não servem. Eu teria imaginado Darius em um navio muito melhor do que esta... relíquia. — Com um movimento de pulso delicado, ela provocou uma rajada de vento. Empurrou as velas, catapultando o navio para frente. Margrete se desequilibrou, quase caindo de cara. Deusa ou não, delicadeza não estava em seu arsenal.

— Ela parece encantadora — sussurrou Bash enquanto Surria passava o braço pelo do filho, levando-o para o que parecia ser uma conversa não tão agradável.

— Surria está aqui por algum motivo — sibilou Margrete. Bay se juntou a eles, ficando ao lado dela. Parecia certo tê-lo ali e, lentamente, mais barreiras desmoronaram. — Não acho que ela realmente queira que cumpramos o acordo de Halio. Ela me vê como uma distração.

— Bem, ela certamente nos ajudou, independentemente de seus motivos — disse Bash, olhando para as ondas. O Eliam tinha sido aterrorizante. Se foi difícil vencê-lo, como conseguiriam matar mais? Margrete não queria ruminar esse pensamento sombrio por muito tempo.

Bay soltou um suspiro profundo.

— Sobre isso... já enviei uma missiva quando estávamos em Maribella

— admitiu. — Achei que poderíamos precisar de uma ajuda.

Ela sabia exatamente para onde ele a havia enviado. Para Azantian e Adrian.

Instantaneamente ela pensou em casa, na ilha, em Birdie. Ela esperava que sua irmã não estivesse tomada de preocupação.

— Que bom — reagiu Bash, aliviado. — Mas quero meu corpo de volta antes de cumprimentar meus homens.

Não demorou muito para perceber que ele estava envergonhado por seu estado, e Margrete entendia suas preocupações. Já seria ruim o suficiente se eles vislumbrassem sua aparência transformada, mas ser nada mais do que uma imagem vacilante? Bash perderia toda a credibilidade e talvez gerasse pânico entre os guerreiros. Se já não estivessem em pânico.

— Informei a Adrian nossa rota, então espero que ele saiba onde nos encontrar caso não consigamos enviar outra mensagem. — Lentamente, Bay dirigiu seus penetrantes olhos verdes para Margrete. — Enquanto isso, você deveria trabalhar com Darius e aprimorar suas habilidades. Por mais que todos nós prefiramos planejar a morte dele.

Ele estava tentando se reconectar, oferecendo-lhe a mão.

Tudo o que ela precisava fazer era aceitar.

Margrete engoliu em seco.

— Perfeito — respondeu, a palavra com um gosto estranho em sua língua. Desajeitada e rígida.

Mas ambos entenderam que levaria tempo para as coisas voltarem a ser como eram.

Os lábios de Bay se curvaram. Ele deu meia-volta e deslizou para o lado de Atlas, provavelmente para transmitir ordens.

— Obrigado, princesa — Bash falou em seu ouvido. — Você quase me convenceu.

Ela suspirou.

— Está melhorando, se isso ajudar em alguma coisa, mas...

Os ventos mudaram abruptamente mais uma vez, fazendo Margrete cambalear. Bash praguejou, movendo-se instintivamente para agarrar o braço dela. Sua mão passou através dela, como esperado. Mas então dedos quentes envolveram-na, puxando-a para trás. Ela encontrou seu salvador atrás dela, com olhos tempestuosos e notavelmente melancólicos. O azul nas íris de Darius ficou atenuado em questão de minutos, o turquesa desapareceu completamente e as manchas douradas que ela vira tinham sumido.

— Cuidado, querida — disse, a voz perdendo a habitual cadência brincalhona. — Não quero que caia no mar antes de chegarmos a Zandar.

— Zandar? — Ela nunca tinha ouvido falar de tal lugar.

Darius assentiu solenemente, ignorando o olhar gelado de Bash.

— A casa de Surria no céu. Significa *crepúsculo* na língua antiga.

— Eu pensei que os deuses geralmente ficavam lá embaixo — Bash falou entre os dentes, a mão indo para sua bainha vazia.

— Como se minha mãe fosse uma deusa qualquer.

Aparentemente, Zandar os encontrou no meio do caminho.

Enquanto o *Mare Deus* corria pelas ondas, impulsionado pelos ventos de Surria, a ilha no céu que ela havia criado emergia das nuvens. Eles não receberam nenhuma explicação quando a deusa ergueu as mãos no ar, fechando-as em punhos cerrados. A forte brisa cessou.

— Ah, minha casa longe de casa. — Surria suspirou, sorrindo astutamente para Margrete. Havia algo naquele olhar que cheirava a más intenções, por mais caloroso que seu tom soasse.

— Santos deuses — Mila ofegou, desviando a atenção de Surria e de volta para o céu.

Bash pairava ao lado de Margrete enquanto nuvens brancas e fofas navegavam, ocultando o sol do meio-dia. Apertando os olhos, ela percebeu apenas um leve indício de uma fortaleza, ou o que parecia ser uma fortaleza. Os muros eram altos e os ângulos austeros, e nada parecia pertencer ao pano de fundo de um azul caprichoso. Certamente não parecia um lar. Parecia uma prisão.

Antes que Margrete questionasse como exatamente todos eles *chegariam* a Zandar, ventos fortes a ergueram das tábuas do navio. Ela ficou com o pé no ar… assim como todos os membros da tripulação, incluindo Bash. Ela abriu a boca para gritar quando Surria estendeu os braços para frente.

Ela saiu voando, todos voaram, carregados por ventos que cheiravam a magia potente, com um leve aroma de madressilva.

Margrete arfou, debatendo-se enquanto tentava e não conseguia se endireitar. No entanto, não importava o quanto lutasse, aquela magia lutava contra a dela, sem reconhecer sua energia; estava longe de ser sua experiência com Darius. Ela olhou para ele, que se portava como uma estátua insensível enquanto era levantado.

Bash sibilou, alarmado, mas administrou a subida melhor do que ela e todos os outros Azantianos, aliás. Dani gritou, Mila ficou com sua lâmina em punho e pronta, chicoteando-a contra nuvens inofensivas, e Atlas e Bay conseguiram agarrar um ao outro. Ela percebeu o quão forte Atlas segurava Bay e se preocupou quando ele ficou um pouco mais pálido.

Fique atenta.

O aviso sussurrou em sua mente, a voz mais como um rosnado sinistro. *Caramba.* Ela tinha se esquecido tolamente de reconstruir as barreiras que mantinham Darius fora de sua cabeça. O problema era que ela não tinha certeza de como o bloqueara, para começo de conversa.

Por que ela está aqui?, perguntou ela, Zandar se aproximando rapidamente.

Um suspiro soou. *Talvez ela tente te matar esta noite.*

Você está falando sério? Margrete não pôde evitar a careta que lançou para ele, indiferente se olhos atentos observavam cada movimento dela. *Por que vamos com ela, então? Por que permitir isso?*

Uma coisa que você descobrirá sobre minha mãe é que ela nunca oferece escolha. Seu tom sombrio tornou-se impossivelmente mais sombrio. *A melhor coisa que podemos fazer é entrar no jogo e nos defendermos caso seja necessário.*

O que acontecerá. E aconteça o que acontecer, não fique sozinha com ela.

Darius nem sequer olhava em sua direção, mas ela sentiu o gosto do desespero dele como se fosse o dela. Ela culpou o vínculo. Ou talvez estivesse começando a vê-lo mais como uma pessoa e menos como um bastardo insensível. Margrete não aceitava nenhuma outra explicação para a crueldade dele, mas a imagem do próprio pai repetia-se continuamente em seus pensamentos.

Abusos como os que ela sofrera certamente teriam distorcido sua mente com o tempo. E Darius lutou contra a mãe por um número indescritível de anos. Ele aprendera isso com ela, e tal crueldade, acreditava Margrete, era ensinada. A questão era: Darius merecia uma chance de redenção?

Ela rapidamente olhou para Bash, que estava ao lado dela. Sua atenção estava voltada para ela, o olhar penetrante. Uma careta profunda marcou sua testa.

Ele estendeu a mão, mesmo que não pudessem se tocar, permitindo que descansasse entre eles. Ela entendeu bem o que ele queria dizer. Margrete engoliu em seco e deu-lhe um sorriso dolorido. Ela murmurou três palavras, que ele devolveu.

O braço de Bash caiu ao lado do corpo quando chegaram à primeira nuvem. Margrete ofegou ao ser colocada sobre a superfície, com os lábios entreabertos num grito. Como não caiu imediatamente, ela forçou a boca a fechar, engolindo o medo. Parecia queimar até sua garganta.

Os outros colidiram na plataforma de seda, embora soltassem uma série de sons, de suspiros a gritos agudos. Este último veio de Atlas, o que a chocou.

Darius pousou com uma graça enervante, parecendo nada menos que entediado.

— Bem-vindos — entoou Surria de algum lugar acima. Margrete levou a palma da mão à cabeça e semicerrou os olhos contra o sol forte, encontrando um par de portões imponentes abertos para o domínio da deusa.

Surria desceu silenciosamente diante deles.

— Agora, se vocês me seguirem — disse alegremente. Alegre *demais.*

Margrete trocou olhares preocupados com Bash, que cerrou a mandíbula com tanta força que ela temeu que a quebrasse, mesmo em sua forma etérea. Ali em cima, o corpo dele parecia menos sólido, e ela percebeu, horrorizada, que conseguia ver claramente através dele quando as nuvens mudavam de lugar.

— Vai dar tudo certo. Darius não permitirá que nada aconteça conosco — sussurrou ele enquanto seguiam pelo céu. Eles subiram uma rampa que os levou até uma parede sólida de pedra cinzenta com veios de prata, onde portões bloqueavam a entrada para o pátio interno e um par de portas de estanho de aparência pesada.

— Ela poderia se voltar contra o próprio filho — argumentou Margrete. — Mas é mais do que isso. Não me sinto forte o suficiente. — Ela esperou a tripulação avançar mais um pouco antes de continuar: — Não consegui nem matar a lula gigantesca.

Ela era uma piada e um fracasso, e a perspectiva de eles enfrentarem mais feras fez com que ela perdesse um pouco da esperança.

Bash se irritou.

— Tem alguma ideia de quão ridícula você está soando?

Ela se virou para ele.

— Você é a faísca que acende a chama. O diamante que quebra o aço. Você é insuperável e impressionante; em absoluto a criatura mais poderosa que já vi. — As sobrancelhas de Bash se ergueram em exasperação. — Você não tem ideia de como eu vejo você. Como os *outros* veem você. Você não tem noção, e isso precisa acabar, aqui e agora, antes de atravessarmos esses portões e enfrentarmos todo perigo que esteja à espreita. Mas não duvide, nem por *um* segundo, que você é capaz de ser a única faísca que incendeia o mundo inteiro. Porque você, Margrete Wood, é e *sempre* foi uma força sobre a qual nenhum humano ou deus poderia triunfar.

Margrete ficou sem ar. A expressão de seu rei ardia ferozmente, e um calor agradável percorreu seu corpo, cercando seu coração amedrontado e envolvendo-o em uma barreira de esperança que ela havia perdido, e a esperança que ele acabara de devolver para ela.

Ela nunca o amara tanto.

— É assim que você realmente me vê? — questionou ela em um sussurro.

— Se precisa me perguntar depois do discurso brilhante que acabei de fazer, então não posso dizer mais nada para convencê-la. — Um sorriso sutil curvou seus lábios e ela se derreteu, como sempre acontecia. Maldito seja ele e aquela covinha solitária. Seria a sua ruína.

— Se apressem!

Margrete se afastou de Bash enquanto Surria a chamava dos portões, acenando para ela e para o rei de Azantian com um movimento equilibrado de seu pulso.

Antes de diminuir a distância, Margrete olhou para Bash uma última vez.

— A única opinião que valorizo é a sua, porque se é assim que você me vê, ficaria surpreso com o quão magnífico eu o considero, pirata. Eu posso ser a faísca, mas você é o óleo que dá vida ao meu fogo.

Ela se virou antes que ele respondesse e andou com determinação em direção à Deusa do Vento e do Céu. Com os olhos astutos de morte e um sorriso venenoso disfarçado de inocência, Margrete invadiu diretamente as portas do reino nos céus.

CAPÍTULO VINTE E NOVE
DARIUS

Lar.

Bem, a casa da sua infância.

Depois que a mãe criou ele e Malum, ela decretou que eles eram muito jovens e ignorantes para seguirem sozinhos. Ela os levara até ali, para Zandar, seu pequeno palácio flutuante de tortura. Ali ficaram Malum e Darius, confinados naqueles corredores, forçados a submeterem-se à tutela da mãe. Desde o anoitecer até o amanhecer, ela transmitira sua "sabedoria", insistindo que eles aprendessem a verdade cruel do mundo antes de se aventurarem nele. Demorou séculos para Darius, mas eventualmente ele aprendeu que tudo tinha a ver com controle — controlá-*lo*. Surria nunca desejou filhos — ela queria soldados.

Ele e seu irmão levaram quinhentos anos para se libertarem.

E ali estava Darius mais uma vez.

Eles entraram em um pátio de pedras brancas austeras e paredes brancas lisas — nada parecido com o pátio de cor e luz do Submundo. Darius detestava a cor branca e tinha feito um esforço consciente para evitá-la. O branco normalmente simbolizava a esperança, mas a esperança era uma mentira.

O rei incorpóreo foi patético em suas tentativas de proteger Margrete, que relutantemente caminhou atrás de Surria. Darius flagrou ela e Bash trocando olhares cúmplices em mais de uma ocasião e, às vezes, Margrete balançava a cabeça sutilmente ou lhe dava um sorriso torto.

Eles tinham esse *jeito*. Podiam falar uma língua criada apenas com os olhos. Darius se percebeu surpreso quando não ficou imediatamente enojado com a visão. A atenção dele se concentrava nas imponentes paredes que subiam ao redor de todos, nervoso demais para não inspecionar sua prisão.

Sua garganta se contraiu.

Relaxe, ele se repreendeu, furioso porque depois de tantos anos estava permitindo que a deusa o atingisse. Ele havia se livrado das garras dela muito tempo antes e regredir não era uma opção.

Margrete ficou rígida como uma tábua na frente dele, com as mãos tremendo ligeiramente. Ele não sabia se era de nervosismo ou raiva, mas, no final, ela forçou um pé na frente do outro. Darius praguejou a certa altura; ela estava prestes a olhar em sua direção antes de desistir.

Ele amaldiçoou internamente. Será que ela o *ouvira* pensando em sua infância? Ela poderia sentir sua apreensão, suas dúvidas e os medos que ele pensava ter enterrado? Ele verificou suas barreiras e confirmou que estavam intactas. Mas quando ela por fim *olhou* para ele, cravando aqueles assustadores olhos azuis nos dele, ele suspeitou que ela havia conseguido.

Merda.

Surria abriu as portas gêmeas que levavam ao seu palácio vazio. Ela preferia que fosse assim.

— Por que eu iria querer imbecis à minha disposição quando posso fazer melhor? — O que ela realmente quis dizer é que forçaria os filhos a responder a seus chamados e *os* faria atender a todos os seus caprichos. Ela prontamente retornou ao Submundo assim que ele e Malum partiram, voltando sua atenção para novos peões com os quais ela poderia brincar: seus companheiros deuses.

— Desculpe pela falta de preparação — começou Surria, estudando o grande hall de entrada de mármore branco, e um pouco além. O lugar parecia mais uma caixa de pedra do que um lar de verdade. — Se vocês se juntarem a mim na sala de estar, convocarei alguns ajudantes meus para auxiliar com a refeição desta noite.

Ajudantes.

Merda. Darius suspeitava qual era o jogo de sua mãe. Seus ajudantes muitas vezes eram *dele*. E uma certa ninfa ruiva o deixara em paz quando Margrete destruíra a ilha. Surria ousaria trazer Shade? Embora fosse uma espiã útil, Shade era muitas vezes imprevisível e deixava a pele de Darius coçando sempre que a encontrava. Não que ela não tivesse tentado seduzi-lo ao longo dos anos. Ela era astuta e provavelmente o via como uma ferramenta.

Darius prometera que não pertenceria a ninguém novamente. A menos que esse alguém fosse Margrete. Sua metade perdida. A única pessoa que teve a chance de ganhar sua confiança. Que não o trairia.

Ele olhou para a mãe enquanto a tripulação passava por outro conjunto de portas para a sala de estar. Surria capturou o olhar e o sustentou, e quem não a conhecesse direito poderia acreditar que o sorriso que ela lhe concedeu era amoroso.

Darius viu através do verniz perfeito. Seus caninos cutucavam seus lábios pintados de vermelho, um tom notavelmente semelhante ao sangue humano. Ele reconheceu o jeito de inclinar a cabeça, avaliando cada movimento seu, e sabia que seus olhos semicerrados demonstravam escrutínio em vez de alegria.

Seria uma longa noite, de fato.

Foi mais um jantar de sua infância. Outra noite silenciosa em que o escrutínio de sua mãe se escondia atrás de sorrisos lindamente elaborados.

Ao redor da enorme mesa de jantar que havia sido construída para acomodar bem mais de duas dúzias de pessoas estavam sentados os Azantianos, Margrete, o rei fantasma — que estava ao lado dela à mesa — e, claro, Darius. Na cabeceira, Surria tomou seu lugar, colocando um guardanapo delicado no centro do colo. As boas maneiras eram inestimáveis para ela, acima de tudo.

— Então, Margrete — refletiu Surria —, diga-me por que meu filho não é bom o suficiente para você.

Darius fechou brevemente os olhos. Se ela acreditava que assim o ajudava, estava redondamente enganada.

Margrete, para seu crédito, não demonstrou nada. No entanto, seu rei mal conseguiu manter a compostura. Suas narinas dilataram-se e ele lançou à deusa um olhar de advertência que teria queimado qualquer mortal vivo. Darius se perguntou como ele reagiria se estivesse completo, se ele seria tolo o suficiente para ficar cara a cara com uma deusa por causa de um comentário mordaz dirigido a sua amada. O amor, ele sabia, muitas vezes fazia as pessoas agirem como tolas. Darius não era exceção.

Margrete inclinou-se em seu assento de honra ao lado de Surria, com um sorriso cruel nos lábios.

— Não zombe de mim com essa pergunta quando você sabe a resposta muito bem.

Surria riu.

— Ela tem garras — disse ela, com aprovação na voz. — Mas deixando de lado os delitos do passado, por que continuar com isso — ela apontou para Bash, que mostrou os dentes em alerta — quando sabe muito bem que não vai durar? Você viverá por toda a eternidade e ele morrerá em breve. Por que não pular para a parte em que você perdoa uma mãe preocupada e o filho que abriria mão de qualquer coisa por você?

Bay bateu a taça de vinho na mesa vazia. O jantar podia não ter sido servido, mas parecia que eles estavam indo direto para o prato principal.

— Por que você nos convidou para vir aqui? — perguntou Bay, deixando de lado todo o comportamento amigável. Ao seu lado, Atlas cantarolou em concordância, mas Dani... ela olhou para Surria com uma pergunta ardendo nos olhos que haviam ficado nublados com prata cintilante.

Estranho, pensou Darius. Ele mal tinha notado a mulher mais jovem, mas talvez devesse ficar de olho nela.

— Porque provavelmente ela quer matar todos nós — respondeu Mila. Ela se levantou da cadeira e apoiou as mãos na mesa. — Então vamos, vá em frente. Estou entediada com todas essas gentilezas. — Nenhum traço de medo marcou seu rosto, e se ele olhasse bem de perto, poderia jurar que ela estava animada com o desafio.

Darius *quase* sorriu.

Surria levou o copo de cristal aos lábios perfeitamente pintados e tomou um longo gole. O copo estava vazio quando ela o colocou de volta sobre a mesa. Durante todo o tempo, Mila a olhava carrancuda, mantendo-se firme enquanto a mãe do deus testava sua paciência.

— Não pretendo fazer tal coisa, jovem — disse Surria, olhando Mila com flagrante desgosto. — Mas você está me fazendo mudar de ideia.

Lá dentro, algo apertou o peito de Darius. Mila não se sentou. Ela ficou *mais alta*. Ele se encolheu, considerando o que estava por vir, entendendo que Surria cumpriria sua promessa e torturaria Mila da maneira que bem entendesse. De repente, Darius era criança novamente, olhando para sua mãe do outro lado da mesa, implorando a ela que não matasse o garoto mortal com quem ele fizera amizade em uma excursão ao continente.

Ele tinha encontrado um amigo em uma pequena cidade litorânea na costa de Maribella. Mickail era seu nome. Quando sua mãe disse que poderia convidá-lo para ir ao palácio, Darius ficou muito feliz.

Naquela noite, quando o corpo sem vida de Mickail caiu sobre a travessa de faisão e legumes grelhados, sua vida mudou. Foi quando ele percebeu que o amor era uma fraqueza. Que amar poderia muito bem destruí-lo.

Parecia que aquela noite estava se repetindo.

Ele. Não. Conseguia. Respirar.

— Se você pensar em tocá-la… — Margrete olhou para Mila com uma expressão sombria — … vou te afogar em sua própria casa. — Ela se levantou tão rapidamente que sua cadeira quase caiu no chão. Bash levantou-se de um salto, ambos se juntando à amiga bocuda. — E vou aproveitar cada minuto.

Surria recostou-se na cadeira e soltou um suspiro dramático.

— Mas que noite tão excepcionalmente intensa. Eu só estava brincando, algo que Darius nunca entendeu. O coitado sempre foi muito sensível. Sente-se, sente-se novamente e não permita que as divagações de uma mulher estraguem a noite.

O silêncio passou e Darius ficou ali sentado, congelado um ga[illegible]tinho indefeso que não fazia nada para impedir sua mãe de liberar seu estado de espírito.

Patético.

As portas duplas da sala de jantar se abriram.

— Ah, aí está a comida! — Surria bateu palmas, seguida de risadas infantis. Ela fez sinal para os criados encapuzados colocarem na mesa o que parecia ser lagosta recém-pescada. — Ah, e mais um lugar à mesa, por favor. Temos outro convidado se juntando a nós.

Bash e Margrete trocaram olhares. Assim como Atlas e Dani.

Apenas Mila olhou diretamente para Surria, inabalável na acusação silenciosa. Seu queixo pontudo se ergueu, o cabelo ruivo brilhante uma chama envolvendo seu olhar astuto.

Tanto a deusa quanto a Azantiana mantiveram contato visual, nenhuma sucumbindo à vontade da outra. As vias respiratórias de Darius ficaram menos contraídas e, quando ele se concentrou em Mila em vez de Surria, os dedos invisíveis em volta de seu pescoço desapareceram.

Mila enfrentava a morte sem pestanejar. Ele sentiu o choque e uma surpreendente sensação de medo tomar conta dele. Porém, antes que uma das mulheres cortasse a garganta da outra, as portas se abriram pela segunda vez.

— Nossa convidada — disse Surria entre os dentes, embora não deixasse de olhar para Mila. A marinheira foi a primeira a desviar o olhar, apenas o suficiente para avaliar a mais nova ameaça.

— Porra — amaldiçoou Darius, pegando sua taça de vinho e bebendo-a até secar. Ele fez sinal para que um servo invisível o reabastecesse e então bebeu mais uma taça.

— Feliz em me ver, hein? — Calista entrou na sala como se estivesse andando no ar. Talvez ela estivesse fazendo isso mesmo. Ela sempre passava por cima de todos, então por que não de elementos que ela não comandava? Como a mãe dele, ela sentia muito prazer em exercer poder sobre os outros, ferindo qualquer um que a contrariasse pelo simples prazer de exercer seu domínio.

— Você não percebe pela minha reação que estou emocionado? — Darius revirou os olhos, sentindo-se infantil e totalmente juvenil. — Por favor, diga, o que você está fazendo aqui? — Porque ela com certeza não estava ali para socializar. A Deusa do Amor nunca deixava o Submundo sem um motivo.

Calista sorriu com seus lábios carnudos e rosados.

— Eu nunca recusaria um convite de Surria. — Ela ocupou o lugar vago ao lado de Dani, que ficou rígida, os dedinhos agarrando a mesa. — E esta lagosta parece tão deliciosa.

— Mãe. — Darius fez uma careta, voltando sua ira pela primeira vez para o verdadeiro monstro na sala. — O que você está planejando?

— Nada — disse ela, fingindo estar chocada. Ela levou a mão ao peito, executando uma performance melosa que muitas vezes precedia o derramamento de sangue. — Sentem-se e comam antes que a comida esfrie. — Ela estalou os dedos no ar. — Ah, e música, por favor!

Um farfalhar soou e então o timbre sensual de um violino saturou o ar. Aquilo o fez se lembrar da noite em que encontrara Margrete na festa de Calista, e se ele não estava enganado, a melodia também era semelhante…

Ele abriu a boca para falar, mas… *não conseguiu.* Nenhuma palavra saiu, só um zumbido agradável, e antes que ele pudesse parar, um sorriso ergueu seus lábios contra sua vontade.

Na verdade, todos os convidados sorriam, até mesmo Margrete, que obedecera a mãe do deus e se sentara. Mila se acomodou em seu lugar um segundo depois.

Bash permaneceu inalterado, embora não estivesse entendendo as ações de sua tripulação. Os mortos eram imunes aos encantos de Calista.

Como um imortal, Darius lutou contra a influência e venceu, mas Margrete não tinha anos de prática. Ela ficaria sob a influência de Calista como os outros. Ele desejou ter tido tempo para mostrar a ela como bloquear os dons de outros imortais, mas ela mal queria matar as feras ao lado dele, muito menos falar com ele por um período prolongado.

Pressionando as unhas na palma da mão, Darius canalizou sua magia, falando com ela como um amante faria, num sussurro suave e doce. A magia reagiu, crescendo, seu calor reconfortante caindo em cascata no vazio de seu peito. Aquilo acalmou as vozes em sua cabeça e abafou os encantos misteriosos do violino.

— Pare com isso imediatamente. — Ele rangeu os dentes, olhando fixamente para Calista.

Ela suspirou, as íris cor de violeta iluminadas com malícia.

— Vim retribuir um favor e é o que estou fazendo. É uma pena que não dê para tirar alguma vantagem disso ou eu pararia. — Ela cruzou os braços contra o vestido magenta profundo, a pele dourada brilhando à luz das arandelas.

Deuses e seus malditos *favores*.

— Mãe... — Darius virou-se para Surria. Ela o ignorou, optando por se levantar da cadeira e, com os olhos vidrados, se aproximar de Margrete. Ele poderia dizer que ela lutava para limpar seus sentidos, mas estava falhando.

Darius se levantou e voou pela sala. Ele se posicionou na frente de Margrete, como uma parede diante de sua mãe. Uma parede que ela quebraria e sentiria imensa alegria ao fazê-lo. Machucá-lo enchia de diversão seus dias mais tediosos.

Algumas pessoas eram cruéis apenas porque gostavam da sensação.

Surria possuía magia de verdade, mas seu vício preferido era infligir dor.

Pela visão periférica, ele avistou Bash passando para o outro lado de Margrete, seu corpo fantasma tremendo de raiva. Mas Darius não conseguia se concentrar no rei naquele momento.

— Mova-se. Tenho algumas... perguntas para a recém-chegada. — Surria o examinou das botas até a coroa, franzindo o nariz de frustração.

— Não. — Darius cerrou a mandíbula, as mãos tremendo ao lado do corpo. Ele disse a si mesmo que era a raiva que as fazia tremer, mas ele sabia que não era só isso. — Pare com isso.

— Estou apenas lhe dando o que você quer. Talvez, uma vez que ela seja sua, você supere essa rixa ridícula entre nós. É realmente bastante cansativo e poderíamos realizar muitas coisas juntos. Pense nisso... Poderíamos governar o Submundo, sem precisar enfrentar Halio. Você estaria livre para fazer o que quisesse.

— Não quero nada com você — retrucou ele. — *Nada* vai mudar isso.

Surria revirou os olhos, ignorando-o enquanto olhava por cima do ombro.

— Margrete — chamou Surria, radiante. Ela sacudiu o pulso delicado no ar, e os ventos afastaram Darius para o lado como um pássaro inofensivo pego por um vendaval, pressionando-o contra a parede. Surria avançou, mesmo quando Bash mergulhou na frente dela, atravessando-o como fumaça. Com a outra mão, a que não retinha Darius no lugar, trouxe outra rajada de vento. Ela não conseguia segurar Bash, mas poderia silenciá-lo. Sua magia girou ao redor de sua forma bruxuleante, abafando seus apelos, a boca aberta em um horror silencioso. Darius desenhou o nome de Margrete nos lábios.

— Calista, por favor, peça a Margrete que explique o que sente por meu filho, eu ficaria muito grata. Talvez ajude... a resolver alguns de seus equívocos também. Gostaria de acelerar o processo, se possível.

Darius lutou sob a influência de Surria, a sala assumindo um brilho nebuloso. Enquanto Calista se levantava e se dirigia a Margrete, voltou a atenção para a tripulação.

Atlas, sob o feitiço da Deusa do Amor, aproximara-se de Dani. Com a expressão relaxada e os olhos nublados, ela pressionava os lábios contra os dela. Dani respondia com uma ansiedade ousada que não era nada típica dela, entrelaçando os dedos no cabelo de Atlas e puxando-a para perto. Bay começou a cantar para si mesmo com um sorriso torto, virando-se para Mila enquanto murmurava o nome de seu amado.

Os olhos da ruiva estavam vidrados enquanto ouvia Bay, mas então ela voltou a atenção para Darius. O calor queimava, brilhante e cheio de luxúria. Ela se levantou, ignorando Bay completamente, e caminhou direto para Darius, os quadris balançando ao som do violino venenoso e seu encantamento.

Mesmo que não fosse real, vê-la fez com que ele relaxasse. Embora Mila não estivesse olhando ou fazendo ameaças — o que ele geralmente achava divertido —, o olhar cheio de adoração fez seu pulso disparar.

A magia de Calista apenas amplificava o que a pessoa sentia, portanto, pelo jeito, Mila o achava atraente. Ela até podia lutar contra a sensação. Ela até podia se odiar por isso. Darius não sabia o que fazer com aquela informação, mas não sentiu nojo. Longe disso.

— Não — repreendeu Surria, acenando com a mão e empurrando Mila de volta para a cadeira. — Sente-se.

Calista sorriu ao passar por Mila presa, que olhava para Darius como se ele fosse a única pessoa na sala.

Não é real, Darius lembrou a si mesmo pela décima vez. Mila nunca olharia para ele daquele jeito, e ele nunca poderia sonhar com um mundo onde alguém tão perspicaz como ela se suavizasse por ele.

Darius grunhiu contra o vento de sua mãe, avançando apenas alguns centímetros. Ele era tão forte quanto Surria, ele *sabia* disso, mas estava atrapalhando seu próprio caminho. Muito perturbado para focar adequadamente.

Ao longe, ele ouviu Calista falando com Margrete em voz baixa.

— Tudo isso foi real — ela afirmou, e os olhos de Margrete brilharam. — Ele te ama muito. Você perdoou todos os que a prejudicaram, e Darius nunca teve a intenção de te machucar. — Calista estendeu a mão e passou um dedo delicado pela bochecha de Margrete. Ela estremeceu com o contato.

— Eu sei, ele não teve intenção — repetiu Margrete. — Eu sinto seu remorso o tempo todo. Isso parte meu coração. Às vezes lembro tudo o que compartilhamos e isso me faz pensar se poderia ser da mesma forma novamente. Como foi entre nós na ilha. Foi tão bom. Tão fácil. E... — ela fez uma pausa, franzindo a testa enquanto procurava as palavras — ... ele me faz sentir tão viva. — Margrete deu-lhe sua atenção e, embora o contemplasse com a mesma adoração que Mila havia feito segundos antes, Darius não sentiu triunfo...

Ele sentiu o fogo ardente da raiva.

— Eu não quero reconquistar o amor dela desse jeito! — gritou, sacudindo as paredes da sala de jantar.

Sua mãe riu.

— Você *matou* o amado dela, querido menino. Isso é muito pior do que o que estou fazendo.

A aspereza de sua voz fez com que Darius se libertasse, rugindo enquanto comandava sua própria magia para formar um escudo. Instantaneamente, ele avançou, o corpo vibrando com energia, com a força do mar.

— Diga a Calista para libertar todos eles. Agora.

Cara a cara com a mãe, Darius não sentia o receio habitual. Não se lembrou de todas as vezes que ela olhara para ele com desdém, odiando o fato de ele não ser como o irmão. Ele não tinha se tornado a criança poderosa e cruel que ela imaginou.

A máscara dela escorregou de leve.

— Durante anos tentei livrar você do pedaço de humanidade que carregava, mas talvez, ao contrário de Malum, você precise dela para *crescer*. — Ela colocou a mão em seu braço e ele precisou de tudo de si para não a empurrar.

— Eu não quero assim — disse ele, evitando a adoração que enchia o olhar de Margrete. Ele podia senti-lo queimando sua carne.

Sim, ele queria que ela o olhasse daquela forma, dirigido a ele e somente a ele. Mas não era real. Como ele poderia saboreá-lo se era falso? Aquilo não era vitória alguma.

Darius tropeçou para trás, o movimento empurrando algo enfiado em seu casaco.

A flecha de Brielle.

Era tão leve, menor que o normal, mas o que cobria sua ponta afiada...

Poderia tornar um deus inútil.

— Vou te dar uma última chance, mãe — avisou, enfiando a mão lentamente no bolso da calça e envolvendo a madeira fina com os dedos. — Diga a Calista para parar.

— Mas ela não pode. — Surria deu-lhe um sorriso felino. — Eu prometi a ela uma de minhas lágrimas. Fizemos um acordo e o selamos com sangue e, a menos que ela cumpra sua parte, não receberá o pagamento.

Como que para confirmar, os olhos cor de violeta de Calista brilharam, ficando ainda mais determinados. Uma luz suave emanava de sua pele enquanto ela passava a mão pelo braço de Margrete, murmurando palavras que nem mesmo Darius conseguia ouvir.

Bash continuava encurralado pela parede de vento, preso e inútil. Quando encontrou os olhos de Darius, ele se acalmou, deixando cair as mãos. Ele murmurou apenas duas palavras.

Por favor.

Um choque de energia percorreu a coluna de Darius. O tempo desacelerou. A agitação em seus ouvidos abafou todos os sons. Tinha alguns segundos para decidir, para permitir que Calista realizasse seu maior desejo... ou para ouvir a voz irritante dentro de sua cabeça. Uma voz que lhe dizia que aquilo estava *errado*.

Darius estava tão perto de conseguir o que queria, mas enquanto examinava a mesa, observando a tripulação em sua névoa de embriaguez, sua moral insuportável gritou...

Na próxima batida de seu coração, a flecha já estava voando.

Um ruído de arrepiar ecoou.

Calista olhou para o peito, os lábios entreabertos e os olhos arregalados.

— O que você fez? — gritou Surria, libertando Bash enquanto voltava o foco para o filho. — Eu estava te ajudando! Você nunca me perdoou por causa dessa sua criação insípida, e agora estou corrigindo um erro! Você deveria estar grato.

Calista desabou no chão, o corpo caindo com graça. Suas pálpebras tremeram dramaticamente antes de se fecharem, e assim que isso aconteceu, a música do violino parou abruptamente. O feitiço que se abatera sobre a tripulação dissipou-se, a sala já não estava quente, dourada e cheia de calor.

Bash correu para o lado de Margrete, colocando as mãos no rosto dela — deslizando *através* do rosto dela. Ela piscou rapidamente, olhando ao redor como se não soubesse onde estava ou como havia chegado àquele ponto. Bash a chamou, tentando continuamente invadir os mundos e tocá-la.

Seu desespero, seu amor feroz, atingiu um nervo dentro de Darius...

embora não fosse aborrecimento ou mesmo ciúme.

— Darius... — Bay quebrou o silêncio, tropeçando até ele — ... ti-tire-nos daqui.

O homem quase rastejou até ele em busca de ajuda. Implorou a ele, seu inimigo, para salvá-los.

Darius virou-se para a mãe, que parecia prestes a atear fogo ao seu próprio palácio.

— Foi uma noite adorável, mãe, mas não vamos repeti-la nunca mais.

Darius fez um gesto com a cabeça para a tripulação, incitando-os a segui-lo. Mila agarrou o braço de Margrete, puxando-a pela sala e para além das portas. Atlas tropeçou, segurando Dani com olhos surpreendentemente claros, e Bay ficou ao lado de Darius, com uma expressão agradecida. Ele não disse uma palavra, apenas inclinou a cabeça em agradecimento, porém uma grande mudança ocorreu.

Não era amor o que ele sentia emanar de Bay... mas algo ainda mais precioso.

Confiança.

CAPÍTULO TRINTA
MARGRETE

Todos saíram correndo daquela paisagem infernal de sala de jantar.

Bash não saiu do lado dela enquanto a tripulação seguia Darius, que gritou para correrem mais rápido. O Deus do Mar abriu as portas do palácio e correu pelo pátio. Os gritos de Surria soaram atrás deles, mas ninguém se preocupou em se virar e desperdiçar segundos preciosos. Segundos que poderiam dar vantagem à deusa.

Calista estava morta. Morta por Darius. Margrete mal conseguia entender aquilo.

Enquanto ela quase escorregava pelo caminho formado por nuvens e magia, Margrete se amaldiçoou por sucumbir à influência de Calista. Ela ouvira o timbre ressonante do violino e se perdera no tremor sensual do poder da deusa. Ela tinha lutado no começo, ela realmente tinha, mas, maldito seja, ela estava exausta.

Era uma desculpa esfarrapada.

— Rápido! — falou Darius por cima do ombro, com Bay logo atrás. Margrete ficou chocada por Bay se manter tão perto do deus que o aprisionara. No entanto, o Azantiano acompanhou cada passo de Darius, e eles pararam abruptamente ao mesmo tempo, na borda da nuvem final. A confiança de Bay não era conquistada facilmente, e o fato de ele ter confiado no deus do mar para ajudá-los naquele momento fazia Margrete questionar absolutamente tudo. Darius ergueu as mãos, o gosto de sal pousando na ponta da língua dela.

Caminhando até a borda, ela reuniu seus próprios poderes antes de olhar para baixo, por cima das nuvens. A luz azul girava abaixo.

— O que você está fazendo? — perguntou Margrete, tendo que erguer a voz acima do ataque da nova brisa.

— Não consigo comandar o vento como minha mãe, mas posso usar outros métodos para nos tirar daqui.

Darius cerrou a mandíbula enquanto a luz azul se aproximava. A água formava um arco no ar, indo diretamente para onde eles pairavam.

Ele estava trazendo o mar até eles.

Esperto.

Margrete canalizou aquela energia agora familiar e apontou as palmas das mãos para as ondas que o deus havia manipulado, sua magia auxiliando a dele. Darius lançou-lhe um olhar agradecido antes de voltar ao trabalho. Juntos, eles ergueram a enorme onda para o céu, posicionando a plataforma de água em movimento diante deles.

— Subam! — comandou Darius, uma única gota de suor escorrendo pela sua testa.

— O caralho que eu vou pular na *água* — gritou Mila, seu alarme justificado. — Nós vamos cair.

— Como se eu não soubesse como funciona a água — retrucou Darius, ganhando uma careta de Mila. — Fique tranquila, sou a porra de um deus e prometo que você não vai cair.

Margrete raramente ouvia Darius xingar e seu tom estava longe de ser provocador. Fazer tanto esforço o estava sobrecarregando, e ela percebeu que ele sustentava a maior parte do peso. Ela mudou, persuadindo mais magia, na esperança de aliviar o fardo. Escorregou dela como lágrimas, cada gota aumentando a estabilidade da onda.

O crepitar de um relâmpago atingiu os céus. A atenção de Surria provavelmente havia deixado Calista, e agora toda a sua ira seria sentida.

— Eu irei primeiro — ofereceu Bay rapidamente, saindo da borda e entrando na plataforma brilhante de água do mar. O medo estrangulou Margrete enquanto ela o observava pisar na superfície brilhante...

Mas ele não caiu.

— Estou bem. — Bay apontou apressadamente para si mesmo. — Agora se apressem! — Ele acenou com as mãos para Atlas, que hesitou por uma fração de segundo antes de agarrar a mão de Dani. Juntas, elas saltaram para o lado e para perto de Bay. A água resistiu.

— Mila... — chamou Darius quando viu que ela se demorava, o rosto contorcido de medo. — Confie em mim.

A expressão de Mila ficou mais nítida do que qualquer lâmina.

— Como se isso fosse acontecer — sibilou.

— Se não confia em mim, então confie em seus amigos — rebateu, referindo-se aos Azantianos pairando em segurança. — Você pode ficar furiosa comigo quando estivermos em segurança no *Mare Deus.*

Mila franziu o rosto e Margrete percebeu que provavelmente estava pensando em Grant. O Salto da Fé. Ele não tinha conseguido pular... e agora ela se encontrava numa encruzilhada semelhante.

Darius foi para o lado dela e estendeu a mão.

— O que você está faz...

Mila foi interrompida quando Darius passou um braço em volta de sua cintura, puxando-a para seu peito. Ele olhou para baixo, seu rosto suavizando com o que viu.

— Segure-se — sussurrou em seu cabelo, e Margrete viu o leve tremor que percorreu o corpo dela. Darius se abaixou e pegou Mila em seus braços, e antes que ela pudesse abrir a boca e protestar, ele saltou para um lugar seguro. Ela não gritou, mas se agarrou à nuca dele, os dedos cravando-se em sua pele. Darius hesitou antes de colocá-la no chão e, quando o fez, foi com um cuidado surpreendente. Ele desviou o olhar da ruiva, cujos olhos vidrados estavam colados em suas costas.

— Agora vocês dois — comandou Darius, apontando para Margrete e Bash.

Seu rei titubeou, seu corpo mal brilhando na noite.

— Princesa, não sei se posso fisicamente...

— Sim, você pode — Darius garantiu a Bash. — Minha magia irá mantê-lo em seu estado.

Outro raio caiu, este mais próximo, o chiado da eletricidade queimando suas narinas.

A mandíbula de Bash se contraiu, mas ele acenou com a cabeça para o deus.

— Estou bem atrás de você — disse ele a Margrete, conduzindo-a à sua frente. Ela não perdeu um momento, pousando na plataforma móvel. Ela se virou no momento em que Bash saltou. Fiel à sua palavra, a magia de Darius o segurou, embora ela tenha notado como gotas de suor caíam de sua testa, escorrendo por suas bochechas e seus lábios finos.

Darius grunhiu com o esforço de mantê-los no alto, e seu rosto se contraiu quando Surria soltou um grito de arrepiar.

— Vamos! — incentivou Margrete. Ela não sabia o que ele estava esperando.

O deus moveu-se lentamente, gemendo como se estivesse com dor. Ele mal conseguia se segurar e sua pele estava com uma cor branca doentia.

Margrete usou seu próprio poder para ajudar.

A intuição e o medo a guiaram enquanto ela estendia a mão e ordenava que a água se estabilizasse, se tornasse densa. As palmas abrasadoras de suas mãos brilhavam na noite muito escura, a magia de Darius combinando com a dela. Quando ela assumiu parte da responsabilidade, a ruga entre as sobrancelhas dele suavizou.

Leve-nos para o norte, ordenou ele, com a voz rouca e fraca.

Só isso deveria ter feito soar alarmes em sua cabeça, mas ela ouviu, fingindo confiança enquanto os empurrava em direção ao navio que haviam abandonado, usando as mãos para identificar seu destino.

Voar pelos céus não era algo que ela imaginasse que uma deusa do mar faria, mas não sabia nada sobre seu novo mundo.

Acho que minha mãe drogou minha bebida, admitiu Darius, falando em sua mente. *Eu me sinto... fraco.*

Isso não a surpreendeu.

Presumo que ela fez isso para ajudar nos esforços de Calista, por mais inúteis que fossem.

Margrete rosnou ao ouvir o nome. Ela queria queimar Calista por tentar roubar seu livre arbítrio.

Calista está morta, disse Darius. *Ela morreu quando aquela flecha perfurou seu coração. Você pode agradecer a Brielle por esse presente. Embora eu não tenha certeza dos motivos dela.*

Que bom. Estou feliz que ela esteja morta. Ninguém deve forçar o amor do outro. É doentio.

A morte de Calista poupara Margrete de ela mesma matar a deusa.

Mirando com a mão, a outra trabalhando em movimentos circulares, ela persuadiu a onda a movê-los, a plataforma em que estavam descendo lentamente. Bash pairava ao lado dela, um olhar desconfortável estragando suas belas feições. Ele não tinha parado de olhar para ela desde sua admissão à mesa...

Você tem o dom, disse Darius, ajudando-a a direcioná-los para baixo em uma descida gradual. *Eu nem precisei te ensinar nada.* Uma risada frágil soou. *Você é melhor em seguir seus instintos do que eu.*

Margrete permaneceu em silêncio até avistar o *Mare Deus* flutuando como um farol esperançoso.

Obrigada por nos tirar de lá.

Darius suspirou. *Eu disse que nunca deixaria que ela te machucasse...*

Mas você poderia ter tido tudo o que queria se permitisse que ela continuasse. Eu não era páreo e o poder de Calista era grande demais. Eu teria feito qualquer coisa naquele momento.

E aí estava. A questão que a atormentava desde que fugiram. Por que Darius *não* tinha permitido que Calista infligisse algum tipo de maldição de amor hedionda? Tinha sido a segunda vez que ele rejeitara a "ajuda" de Calista. Primeiro, durante a festa e, agora, durante o jantar desastroso de Surria.

A frustração de Darius pôde ser sentida claramente quando eles caíram do céu, despencando rapidamente. Mila gritou, movendo-se para abraçar Bay, praticamente subindo nele como em uma árvore.

Eu... eu não quero que seja assim. Forçado, murmurou Darius. *O que senti com você... com a antiga você, foi um amor dado gratuitamente, e não parecia certo roubá-lo.*

Margrete não diria que Darius *estava* roubando seu amor... mesmo que ele fosse cobrá-lo nas próximas décadas. Ele a *estava* forçando a escolhê-lo, mesmo que ele não entendesse isso.

Apenas os suspiros e a respiração ofegante da tripulação foram ouvidos quando chegaram ao navio, todos tremendo de adrenalina e nervosismo. Todos, exceto Bash.

Ele desceu da plataforma atrás dela, como uma sombra imponente. Mas seus olhos escuros estavam nublados e cheios de mistério, e ela não gostou de como os lábios dele se curvaram para baixo em derrota.

Por fim, Darius sentou-se nas tábuas e, com um gemido exausto, afastou a plataforma aquosa.

— Duvido que ela nos siga, mas devemos ficar alertas — avisou Darius. — As águas vão me alertar se ela vier, mas, por segurança, deve haver alguém de guarda a cada hora.

— Concordo — disse Mila, assumindo a liderança. — Vou fazer o primeiro turno. Essa vadia não vai me controlar de novo.

A atenção de Darius permaneceu nela enquanto ele assentia sobriamente. Ele começou a ir para os degraus que levavam à rede quando Bay agarrou seu braço.

— Obrigado — respondeu Bay, quase um sussurro. O amigo dela se aproximou do ouvido de Darius, falando baixo demais para que Margrete pudesse ouvir. Mas o que quer que ele tenha pronunciado fez com que os ouvidos do deus ficassem com um tom sutil de vermelho e, desta vez, um sorriso suave floresceu.

— Descansem um pouco — declarou Bash a todos. — Amanhã chegaremos a Rydor e recuperaremos meu corpo. Estou cansado de assistir do lado de fora, e um rei luta ao lado de sua tripulação.

Atlas baixou o queixo em respeito e Mila deu-lhe um sorriso torto. Dani apenas o observou, um olhar curioso enfeitando suas lindas feições. Margrete se perguntava o que se passava na cabeça dela — e ela perguntaria. Mas só no dia seguinte.

Mila caminhou até a popa e observou o horizonte. Margrete não tinha dúvidas de que ficaria atenta a intrusos.

Ela se virou para Bash.

— Precisamos conversar.

Eles tinham uma hora até meia-noite. Uma hora antes que ela pudesse usar as mãos para segurar seu rosto e forçá-lo a olhar para ela. Uma hora antes que ela pudesse pressionar os lábios nos dele e falar sem palavras...

Mas essa sempre foi a reação inicial de Margrete. Tocar.

Ela foi privada disso desde criança e talvez, no fundo, fosse a forma mais verdadeira de expressar suas emoções. Mas ela passou a reconhecer que as palavras eram necessárias e, mais do que isso, nem sempre era possível resolver um problema abafando o barulho do mundo com o calor do corpo.

Margrete fechou a porta depois que Bash entrou na cabine. A noite tinha sido... bem, tinha sido horrível. Todos suspeitavam que Surria estava tramando alguma coisa e, quando Calista entrou na sala de jantar, Margrete sabia que a deusa havia planejado uma noite horrível para eles. E embora a duplicidade de Surria não tivesse sido um choque, foi a forma como *ela* reagiu que a surpreendeu. Porque, sob a influência de Calista, uma pequena parte dela chegou a um entendimento que não desejava aceitar.

— Margrete?

Ela se encolheu ao ouvir a voz de Bash em seu ouvido. Ela não tinha percebido que ele estava bem atrás dela, esperando que ela começasse. Margrete respirou fundo e se virou.

— Sinto muito por esta noite — começou, notando como os olhos dele escureceram.

— Você não tem nada do que se desculpar — disse ele, seu tom de voz muito frio, também insensível. Bash tentava ser corajoso, fingindo que as palavras dela, mesmo influenciadas, não o tinham ferido.

— Sabe, há uma sensação que tenho quando estou perto de você... — Ela caminhou até a escotilha, dando-lhe as costas enquanto olhava para as ondas iluminadas pela lua. — Acho que sempre senti isso. Como se eu conhecesse você desde sempre. — Ela sorriu, pensando nas primeiras semanas, em como acreditava que não queria nada com ele. Tinha sido uma atuação, e bem péssima. — Na primeira vez que conversamos, você me disse que seu povo acreditava que os olhos carregavam as verdades da alma... e embora você encontrasse tristeza na minha, não pude deixar de ver algo mais na sua. Embora eu não entendesse o que era no início, entendo agora.

Ela se virou e começou a caminhar em direção a ele, lentamente, observando sua postura rígida.

— Existe a fantasia, Bash, e existem realidades que são ainda mais bonitas. O que descobri em seus olhos, o que vi como *sua* verdade, foi um altruísmo que me chocou. Porque poucos são verdadeiramente altruístas, não ao ponto de estarem dispostos a desistir da sua própria felicidade. Mas lá estava você, um rei que teria se destruído por seu povo, e quanto mais eu via aquele homem, mais meu coração ficava cheio.

Bash respirou fundo, seu olhar inabalável.

— Mas isso não é motivo para me amar, não é, princesa?

Ela balançou a cabeça.

— Você não está me entendendo. Você era a alma mais linda que eu já tinha visto. A mais pura, mesmo num mundo de ganância. Eu me apaixonei profundamente por sua alma. E por causa de quem você é, me tornei a melhor versão de mim mesma. A mulher por quem *você* se apaixonou.

— Não duvide, nem por um segundo, que meu coração bate com o seu, ou que não estávamos ligados desde o momento em que coloquei os olhos em você. Eu já tinha sido tomado. Eu já era seu.

Bash se aproximou.

— Eu sei que sua alma também o amou, muito tempo atrás. E embora esteja confiante no que temos, também tenho minhas dúvidas e inseguranças. Não posso deixar de sentir um ciúme que rouba toda e qualquer lógica. — Ele passou a mão pelo cabelo. — Eu odeio me sentir assim, mas como posso ignorar que você é literalmente *metade* da alma dele? Você foi feita para ele...

— A alma que me foi dada é minha — disse ela com firmeza. — Minhas origens não importam. Só o meu futuro. E você, Sebastian, é o futuro da *minha* escolha.

Bash levantou a mão para pairar ao lado de sua bochecha. A umidade cobriu suas pálpebras inferiores, mas ele não derramou uma lágrima. Simplesmente sorriu para ela como se ela fosse seu sol e ele não tivesse alternativa a não ser girar em torno dela.

Ele parecia ferido, tão dolorosamente exposto.

— Às vezes eu só quero rasgar a garganta de Darius com minhas próprias mãos quando ele está perto de você... ou te toca. Fico furioso ao saber que ele teve alguma participação na criação da mulher que amo e, embora eu entenda que a história sempre estará lá, isso não torna as coisas mais fáceis. — Ele olhou para as próprias botas, as narinas dilatando-se ligeiramente. — Eu gostaria de ser um homem melhor, que não sentisse tanta raiva, que não questionasse o que temos, mas talvez sejam as mudanças pelas quais passei, como me tornei outra pessoa... me preocupa que nós estejamos sendo puxados em direções distintas.

Margrete entendia. Se os papéis tivessem sido invertidos, ela poderia não ser tão civilizada quanto Bash. Só de pensar nisso — Bash amando outra pessoa com tanta intensidade —, suas entranhas esquentaram e sua magia reagiu. A luz brilhou em suas palmas, fazendo cócegas em seus dedos e iluminando o cômodo semiescuro com poder.

— Estou ansiosa pelo dia em que tudo isso terá acabado e submeteremos o destino à nossa vontade. Quando voltarmos para casa e estivermos rodeados de nossos entes queridos. Por Adrian, Bay, Birdie e Nerissa. — O olhar de Bash ficou brilhante, seus lábios se separaram, mas ela continuou. — Estou ansiosa pelas noites em que seremos apenas nós, e o mundo ao nosso redor desaparecerá. Pelos momentos em que você me faz rir e enche meu coração com uma magia que nenhuma divindade poderia. E essa realidade será nossa.

Você diz que confia em mim. Confie em mim para isso também.

Os cantos da boca de seu rei se ergueram em um sorriso malicioso. *Ali* estava seu antigo pirata. Seu Bash.

— Se é isso que você está imaginando, então posso presumir sua resposta?

Ela teria batido no peito dele se pudesse.

— Você realmente é o homem mais irritante que já conheci. — Margrete sorriu largamente, balançando a cabeça diante da persistência dele.

— Agora, antes que você fique todo sentimental comigo, quero deitar ao seu lado. A meia-noite se aproxima e você sabe que tenho dificuldade em adormecer sem o seu ronco.

— Eu não ronco — zombou Bash, fingindo afronta.

Ele roncava, *sim*.

— Deite-se — ordenou ela, sorrindo como uma idiota. O peso da noite escorregou de seus ombros. Ela estava de volta à sua órbita. De volta à sua *casa*.

— O que você desejar, minha rainha — disse Bash, sentando-se na cama, quase pairando alguns centímetros acima dos lençóis. Ao seu lado, ele curvou o corpo, observando enquanto ela estava deitada ao lado dele, a centímetros de distância.

Eles compartilharam aquele espaço pelo que pareceram minutos, horas e uma eternidade em uma só respiração. E quando chegou a hora predestinada, Bash se inclinou para frente e preencheu aquela distância irritante. Ele passou os braços ao redor de seu corpo e a puxou para o peito. Lábios gelados pressionaram sua testa e as mãos dele desceram para suas costas, deslizando para cima e para baixo da maneira calmante que ela gostava.

Eles já tinham falado tudo o que precisavam dizer. Então, em meio ao silêncio, Margrete sorriu e se aninhou na curva do pescoço de Bash. Ela plantou beijos ali, sem pressa, adorando-o. Ele retumbava de aprovação a cada beijo que ela dava, e quando ela chegou aos lábios, ele estava uma confusão de ânsia mal disfarçada.

— Quero fazer amor com você, Margrete Wood. — Ele recuou para sussurrar em seu cabelo. — Eu quero sentir cada centímetro de você. — Ele agarrou seu queixo, passando o polegar ao longo de seu lábio inferior. — Eu quero que você sinta cada centímetro de *mim*. E quando nós dois terminarmos, pretendo te abraçar até fisicamente não poder mais. Mas em breve não haverá limite de tempo para tocar em você. E você deveria ficar muito assustada quando essa hora chegar. — Ele riu do beijo dela. — Não conseguirei me conter. Nunca consigo perto de você. E nunca quero.

Margrete sorriu, permitindo-se visualizar o quadro que ele pintava. Ela se aproximou dele, estremecendo quando sentiu seu pau duro pressionar sua barriga.

— Suave e devagar, princesa — avisou ele, passando para a camisa dela. Como havia prometido, Bash tirou a roupa dela com cuidado, com uma deliberação dolorosa que a fez queimar. A expectativa era quase pior do que quando eles agiam com selvageria, e quando ambos ficaram nus diante um do outro, com os membros entrelaçados, Margrete já estava perto do limite.

— Você sempre terá meu coração, Margrete — murmurou Bash, dando um beijo em seu pescoço. Ele falou isso como uma confissão... ou um adeus.

Antes que ela respondesse, Bash entrou nela, centímetro por centímetro, devagar. Os lábios dela se separaram e um som estrangulado retumbou em sua garganta. Por *todos* os deuses.

— Bem assim, pirata. — Ela arqueou os quadris, de encontro aos seus impulsos vagarosos, o pênis atingindo um ponto profundo que a fez ver estrelas. Suas pálpebras se fecharam, mas ela conseguiu reabri-las; não queria perder o êxtase gravado no rosto áspero de Bash.

Ela fez com que ele se desfizesse e, ao vê-lo, o calor entrou em espiral em seu núcleo. Ele deslizou para trás, saindo quase completamente.

— Bash...

Ele empurrou de volta, silenciando seus protestos. Depois repetiu essa ação torturante muitas outras vezes até que ela agarrou seus ombros e o manteve no lugar. Tão perto de seus lábios que ela não resistiu a saboreá-lo, moldando seu corpo ao dele, sem um centímetro de espaço separando-os. Ela percorreu com as mãos o corpo esculpido de Bash, passando pelo abdômen tenso até o peito, os bíceps. As escamas.

Eles se moviam como um só, separando-se apenas quando Margrete perdia o fôlego, mas não perdiam o ritmo. E quando ele se inclinou para beijar sua testa, Margrete sentiu o amor potente que ele derramou nela.

Não muito antes de terminar a meia-noite, Margrete atingiu seu auge, apertando-o enquanto sussurrava seu nome. Ela segurou seu rosto com ambas as mãos, contra os lábios, exalando sua felicidade em sua boca enquanto gozava.

Bash estremeceu, seu núcleo pulsante o desfazendo, e ele a seguiu, um olhar de desejo cru pintando suas feições escuras na luz suave.

Eles tinham poucos minutos antes que o sino tocasse e roubasse a possibilidade de se tocarem. Roubasse a única coisa de que ambos foram privados durante toda a vida. Mas o toque de Bash era fogo e luz do sol, a sensação de estar enrolada num cobertor diante de uma lareira aberta. Sua pele formigou quando ele passou um dedo por seu braço nu, arrepios alastrando-se em seu rastro.

Ela deitou a cabeça em seu peito, a mão emaranhada em seus cachos escuros. Um brilho prateado chamou sua atenção e ela baixou os dedos, olhando através de uma escama. Bash se encolheu, mas não tirou a mão dela. Margrete fez questão de evitá-las, sabendo quanta dor causavam, mas ele tinha que perceber que ela as considerava impressionantes. Eram marcas do que ele suportou, do que ele era, e ela amava tudo nele.

A respiração de Bash por fim se acalmou, mas ela continuou a passar a mão para cima e para baixo em seus bíceps e torso. Não conseguia parar, porque sabia que não poderia mais tocá-lo em poucos minutos.

Acalmada pela respiração dele, acalmada pela pele nua e totalmente fixada nas feições marcantes de seu amado, Margrete considerou-se sortuda.

Porque mesmo um momento como aquele valia uma vida inteira de miséria.

E ela estava muito grata por viver um amor pelo qual muito procurara em sua vida. Independentemente do que o futuro traria, estava feliz naquele momento, envolvida no abraço apertado de Bash, e aquilo era suficiente. Tinha que ser.

CAPÍTULO TRINTA E UM

BASH

Bash acordou bem antes de Margrete.

Depois que seus olhos se abriram e a realidade se instalou como uma praga, ele não conseguiu voltar a dormir, nem desejou fazê-lo. A única coisa que lhe agradava em dormir até tarde era sentir Margrete pressionada em seu corpo, e ele não conseguia mais saborear esse simples ato.

Saindo da cama completamente vestido, ele espiou pela escotilha, sabendo o que o dia traria.

Eles chegariam a Rydor à tarde, o que significava...

Porra.

Ele cerrou os dentes e passou pela porta fechada como uma nuvem de fumaça. Talvez o único aspecto positivo de sua nova forma fosse a capacidade de poder ignorar paredes e portas, apesar de não tornar sua situação mais fácil. Mas teria facilitado escapar do palácio quando ele era mais jovem e estava sob a supervisão de Ortum. Sentia muita falta dele. Ortum tinha sido como um pai, e ele não conseguia esquecer que sua morte foi essencialmente culpa de Darius. Todas as mortes que pintaram sua vida em tons de cinza foram culpa do deus.

Era estranho pensar na morte da mesma forma que antes, tendo estado pessoalmente no Submundo. Enquanto ele ainda fervia com o derramamento de sangue desnecessário, se consolou em saber que seus amigos viviam em suas memórias mais felizes.

Perdido em pensamentos, Bash deu de cara com Bay nos degraus que levavam ao convés. Seu amigo soltou um grito agudo de surpresa e Bash bufou, sorrindo maliciosamente com a estridência do barulho.

— Vejo que você ainda sente vontade de rir às minhas custas — resmungou Bay, embora um sorriso aparecesse em seus lábios. — Pouca coisa mudou.

— Ah, sempre encontrarei disposição para zombar de você quando a oportunidade se apresentar. — Bash mostrou a língua, pensando em todas as maneiras pelas quais conseguiria obter aquele mesmo som dissonante no futuro.

— Tão gentil, meu rei mais generoso.

Bay fez uma reverência exagerada, cheirando a zombaria. Bash teria batido no ombro do amigo e bagunçado seu cabelo, mas não pôde fazer nada além de revirar os olhos. Quando Bay subiu, seu comportamento brincalhão mudou.

— Então... — Bash começou, sentindo-se desequilibrado.

— Então? — Bay ergueu uma sobrancelha.

— A noite passada foi divertida.

— E por divertida você quer dizer que foi o pior jantar para o qual já fomos convidados. — Bay estremeceu teatralmente. — Juro que nem tive oportunidade de provar o prato principal.

— Lagosta *é* o seu prato favorito. — Bash sabia disso porque Adrian detestava lagosta e os dois discutiam frequentemente sobre o cardápio do jantar.

— Pelo menos Darius não permitiu que fôssemos assassinados. Quer dizer, *outra vez*.

Agora o sorriso de Bash diminuiu.

— Por que você acha que ele... impediu Calista?

Ele não havia abordado o assunto com Margrete na noite anterior, pois tinham muito o que conversar, mas agora que Bay tocara no assunto...

Seu amigo esfregou a barba por fazer e suspirou.

— Honestamente, você vai me odiar por dizer isso, mas...

— Ah, não se atreva a sentir pena dele.

— Não, não é isso — Bay apressou-se em dizer. — Definitivamente não estou fechando os olhos para o que ele fez. Eu quero dizer, olhe para você. — Ele acenou com a mão diante do corpo de Bash, para seu cabelo escuro, escamas e depois para suas unhas pretas. — Mas talvez sua moralidade há muito perdida tenha ousado aparecer. Isso me dá esperança, só isso. Poucas pessoas, muito menos imortais, conseguem mudar.

Bash zombou, reconhecendo que parecia uma criança. Mas, inferno, ele tinha o direito de guardar rancor.

— Darius não pensa em ninguém além de si mesmo. Eu não ficaria surpreso se ele interrompesse o feitiço de Calista simplesmente por querer encantar Margrete. A noite inteira o colocou sob uma boa luz, e seria o plano perfeito para ganhar pontos.

— Não foi por isso, rei.

Bash se virou ao ouvir a nova voz. Darius caminhou para a luz, as sombras do casco ainda agarradas ao seu corpo. Fazia quanto tempo que ele estava ali ouvindo?

Fingindo uma indiferença que não sentia, Bash perguntou:

— Então por que você a *impediu*?

Os olhos azuis do deus se arregalaram, aço e cinza escurecendo seu habitual turquesa vibrante.

— Você acha que eu sou mau — afirmou Darius, e embora não fosse uma pergunta, Bash assentiu mesmo assim. *Porra, sim, eu acho.* O deus estreitou o olhar como se estivesse lendo a mente de Bash antes de continuar. — Mas descobri que não acredito nessa palavra. Mau, quero dizer. Nem acredito nos que afirmam estar livres do pecado. — Darius lançou-lhe um olhar aguçado, um que Bash respondeu com um olhar furioso.

Bash tinha sido uma criatura maliciosa. Ele tinha tentado matar seu amor e não sentira nenhum remorso na ocasião. Mas ele estava sob a influência da verdadeira escuridão. A situação não era a mesma, e ele se amaldiçoou por pensar assim.

— Você fez esforços conscientes para machucar as pessoas, Darius — disse Bash, deixando a cautela de lado. — Suas decisões de ferir e matar foram *propositais*, e fazer uma boa ação não equilibra a balança.

Ele se virou e disparou para os conveses superiores, deixando Bay sozinho com o deus dúbio. Eles murmuraram atrás dele, e sua inveja aumentou quando ouviu a voz de Bay suavizar. Tudo o que eles falaram não estava cheio de ódio como Bash esperava. Seu amigo deveria desprezar Darius, e ainda assim ele não tinha ido embora *com* ele. Tinha ficado para trás para conversar com o inimigo.

Bash cerrou os punhos, ansioso para chegar às praias de Rydor, encontrar Minthe e, esperançosamente, seu corpo. Ele esteve impotente por muito tempo, observando a ação de fora, sentindo-se como um espectador em sua própria história. Não demoraria muito para que ele recuperasse o controle.

Só precisava ter certeza de que *permaneceria* no controle quando voltasse.

Os ventos sopravam em seus ouvidos no convés superior, o navio balançando precariamente conforme as ondas aumentavam. O norte não era gentil com muitos marinheiros, mas Mila e Dani estavam controlando seu curso, e Mila era mais do que hábil para conduzi-los com segurança.

Bash diminuiu a velocidade quando avistou Atlas encostada no corrimão, a cabeça inclinada sobre um mapa em frangalhos e desgastado pelo tempo. Ela vestia um casaco, o ar fresco ficando mais gelado a cada minuto.

— Quanto tempo mais? — bradou, mal conseguindo controlar sua ira. Então experimentou uma mistura de emoções, tanto raiva quanto medo, e não tinha certeza de qual delas triunfou sobre a outra.

Atlas não levantou a cabeça com a saudação brusca.

— Veremos a praia em breve. E então faremos com que os deuses encontrem Minthe.

— Que bom. — Bash sentou-se ao lado dela, seus lábios se contraindo de vez em quando, sua frustração aumentando. Ele não deveria se sentir tão furioso por Darius, especialmente depois da conversa com Margrete na noite anterior, mas o deus o irritava e fazia ser impossível trabalhar ao lado dele.

— É surpreendente... — murmurou Atlas, ainda examinando o mapa. — Eu também estava curiosa para saber por que ele impediu Calista. Eu ouvi você lá embaixo. Vocês três falam mais alto do que um bando de fofoqueiros da cidade.

— Ah, não. Você também não. — Agora o seu próprio povo estava defendendo o homem que assassinara sua gente na ilha. Será que eles tinham esquecido o rastro de corpos que Darius havia deixado?

— Não, eu também não. Mas, como Bay estava dizendo, talvez seja bom que o bastardo não seja tão malévolo quanto presumimos. Claro que eu o mataria na primeira oportunidade. — Ela por fim levantou a cabeça e encontrou seu olhar pensativo. — Mas, por enquanto, usamos sua *bondade* e a exploramos.

Ah. Aí estava a guerreira calculista que ele conhecia bem.

— Pelo menos eu tenho você — disse Bash, baixando o queixo em agradecimento. Um pouco do peso em seu peito diminuiu. — Quanto mais cedo acabarmos com essa farsa, melhor. E então poderemos fazer justiça às almas que perdemos.

Atlas se aproximou, sua voz se transformando em um sussurro conspiratório.

— Você e Margrete já descobriram o que aquela chave abre?

Ele se irritou.

— Que chave?

— Ah, merda. Bem, não fique bravo com ela, ela provavelmente apenas se esqueceu de te contar, considerando tudo. — Mais uma vez, Atlas acenou para ele como se seu estado incorpóreo explicasse tudo. — Encontramos uma chave no Submundo, e tanto Margrete quanto Dani acreditam que a esfera afixada em seu cabo contém algumas gotas das lágrimas de Surria.

— Porra. Sim, teria sido bom saber. — Bash soltou o ar pelo nariz.

Viu, eles nem te dizem mais nada. Para que servia um espectro?

— Vou perguntar quando ela acordar, mas me questiono por que isso passou despercebido.

Atlas deixou Bash sozinho com seus pensamentos, que não estavam exatamente cheios de sol e arco-íris. Ele guardou a informação sobre a chave, perguntando-se sobre seu significado. Como aprendera até aquele momento, nada era o que parecia.

— Praia! — gritou Atlas com toda a força de seus pulmões, fazendo com que Dani, diretamente na frente dela na proa, se encolhesse. Bash se encolheu junto com ela, sabendo o quão potentes os pulmões de Atlas poderiam ser.

Mas sua velha amiga estava certa. Rydor apareceu no horizonte e, com os ventos a favor deles, chegariam à terra em pouco tempo.

Bash teve uma vontade repentina de vomitar.

O que era totalmente impossível, pensou.

— Estou bem aqui, então não comece a se precipitar. Eu sei como essa mente funciona — repreendeu Margrete à sua direita, ficando perto o suficiente para que ele pudesse alcançá-la e segurá-la. Com sorte, ele realizaria esse desejo em breve. Se não se tornasse um monstro e rasgasse sua garganta imortal.

Ela usava uma jaqueta por cima da camisa que, embora não fosse tão gasta quanto a de Atlas, tinha alguns buracos e rasgos. Ele não conseguia sentir nada, então a queda de temperatura teve pouco efeito sobre ele.

Ele assentiu, concordando. Minutos antes ele estava se preparando para chegar à praia, mas, agora que estavam ali, ele pensou em todas as maneiras como poderia assassiná-la. Porra, ele desmaiara quando Minthe o alimentou com sua primeira alma humana. A criatura dentro dele assumira o comando, e todos os vestígios de quem ele era tinham sido devorados por dentes fantasmas e uma fome insaciável.

Na verdade, a fome era a coisa mais clara que ele lembrava desde antes de sua transição. Isso o devastara, transformando Bash em uma verdadeira fera sem um pingo de humanidade ou pensamento.

O único conforto que ele teve foi saber que Bay — ou Darius, nesse caso — iria derrubá-lo se, ou quando, ele se perdesse para o monstro. O deus provavelmente estava muito ansioso por isso.

Navegaram em silêncio por mais ou menos uma hora, Bash e Margrete parados junto à amurada, observando a terra rochosa e cinzenta do Norte aparecer. Certamente não era Azantian. Ele não conseguia entender por que alguém iria *querer* morar ali, onde as praias cortavam as solas dos pés e os ventos glaciais roubavam o ar. Foi *assim* que ele originalmente imaginou o Submundo. Engraçado que sua ideia de morte estivesse localizada no reino dos vivos.

— Tem alguma coisa na água!

Esse grito veio de cima. Bash inclinou o queixo, observando Mila, que estava pendurada na vela principal, com o cabelo curto e ruivo flutuando em volta do rosto.

— Parece uma jangada — comentou Bay friamente, lutando para espiar pela borda. Margrete correu ao lado dele, sua excitação palpável.

Bash se aproximou deles lentamente, desconfiado do que Mila tinha visto. Não poderia ser nada de bom. Ele não era *tão* ingênuo.

— Tem alguma coisa nela — sussurrou Margrete, semicerrando os olhos. Ela ergueu a mão, a magia se desenrolando e acendendo. Com um movimento do pulso, as ondas que rodeavam a jangada de madeira, que não tinha mais de três metros de comprimento, elevaram-na para a frente, aproximando a embarcação decrépita das laterais do *Mare Deus*.

Bash não precisou olhar para saber o que havia dentro da jangada.

Ele já sabia. Ele *sentiu*.

Todos engasgaram, inclusive Darius. Cercado por juncos escuros que cheiravam a decomposição estava o corpo de Bash.

Ele congelou com a visão, absorvendo a pele pálida e as olheiras sob os olhos fechados. Era estranho ver-se ali, morto, enquanto esvoaçava como um fantasma. No entanto, não conseguia desviar o olhar — ele estava sob o feitiço do impossível, e isso fazia sua forma fantasma tremer.

— Ajude-me a tirá-lo! — gritou Bay. Ele correu em direção à escada quando Margrete agarrou seu braço.

— Não toque nele — avisou ela. Ela examinou as águas com os olhos semicerrados, procurando um inimigo. — Pode ser uma armadilha. E acho isso muito conveniente.

Minthe nunca teria abandonado seu corpo assim...

Margrete estava certa. Tinha tudo para ser uma cilada.

Bash inspecionou as margens distantes das praias rochosas de Rydor. Não havia sinal de movimento, mas não haveria. Nymeras eram extraordinariamente furtivas...

Barbatanas perfuraram o topo das ondas, dando lugar a um corpo alongado do vermelho mais profundo. Margrete agarrou Bay, arrastando-o para dentro da embarcação, longe do perigo que se aproximava. Uma onda os encharcou quando a criatura rompeu a superfície, e em seguida caiu de volta nas profundezas com um rugido arrepiante. Segundos depois, Bash avistou sua silhueta sob as ondas, indo na direção deles a uma velocidade impossível.

Bash esperava que sua mãe fizesse sua entrada, e não outra das maiores feras do mar...

Para o leste, uma figura balançou no ar, embora esta irradiasse um azul brilhante, com espinhos cruéis pontilhando uma cabeça bulbosa. Os tentáculos apareciam, mas ao contrário do Eliam, eram estreitos e afiados em pontas serrilhadas. Mais de uma dúzia de olhos ameaçadores piscaram, suas íris em um tom assustador de prata.

— Há um terceiro!

Bash zumbiu para onde Mila apontava, os últimos resquícios de sua esperança desaparecendo.

Lá, quinze metros além da primeira criatura semelhante a uma serpente, surgiu um *terceiro* monstro. Ele não viu muito além da parte superior de sua pele, mas suas escamas verdes ofuscavam a luz fraca do dia nublado.

— Margrete! — rugiu Darius. — Precisamos atacar o Tralla agora.

O Tralla. Outro nome para um monstro que ela teria que lutar poucos segundos depois de saber de sua existência.

Darius não esperou pela resposta enquanto segurava a mão dela e os virava para a criatura mais próxima. Era a fera de olhos prateados com tentáculos afiados e escamas azuis. Ele murmurou algo em seu ouvido que Bash não conseguiu entender, e então ela passou a imitar as ações do deus, direcionando-os para seu inimigo.

— Confie nos seus instintos! — trovejou Darius quando Margrete deixou cair os ombros. — Direcione a onda de magia para fora, exija que ela cumpra suas ordens. Se você for forte, ela ouvirá. E controle a respiração!

O maxilar de Margrete ficou tenso, mas ela se endireitou e, juntos, torceram os pulsos e estalaram os dedos em padrões absurdos. Bash observou em transe enquanto as ondas ao redor da criatura se curvavam para cima, subindo alto no ar. Eles irradiaram em um azul brilhante, e ele viu faíscas de eletricidade nas águas crescentes.

— Liberte! Agora! — ordenou Darius, baixando os braços para o lado do corpo. Margrete fez o mesmo e o mar que eles comandavam respondeu.

Em uma corrida violenta, as águas encantadas dispararam em direção ao monstro, soltando um lamento profundo quando o alvo foi atingido. Ele afundou, provavelmente para se recuperar, e Bash suspeitava que voltaria.

— O vermelho assustador está chegando — retrucou Mila, desviando o foco para a esquerda.

Havia muito em que se concentrar ao mesmo tempo, e Bash era tão inútil quanto tinha sido durante a maior parte da jornada. Ele cerrou os punhos, querendo gritar, pular na amurada e atirar uma lança na barriga do inimigo.

Ele não podia ficar ali parado só *vendo* Margrete salvá-los — ou dando a própria vida tentando.

Bash tomou uma decisão precipitada, que poderia acabar com sua vida para sempre. Enquanto a tripulação estava distraída, ele rastejou até a escada; a jangada em que seu corpo descansava balançava agitadamente contra a popa. Descendo os degraus, ele pulou, caindo em cima do corpo, sem que a falta de peso causasse impacto.

Ele olhou para si mesmo, horrorizado com as escamas pretas e as garras afiadas. Em sua forma atual, elas eram mais curtas, embora ainda pretas, e as escamas não eram tão letais. Mas aquele cadáver doentio era ele, o corpo horrível a seus pés, e, quer ele gostasse ou não, teria que usar aquele rosto tenebroso para salvar os que amava.

Bash cambaleou para frente, pairando sobre seu corpo, a mão a poucos centímetros da bochecha pálida e exangue.

Eu estava esperando por você.

A voz de Minthe se infiltrou em seus pensamentos. Ele retraiu a mão. Devagar. Afinal, ela era uma predadora.

Não tenha medo, filho. Este era o destino. A garota acabou sendo útil para alguma coisa. Depois de uma pausa, ela continuou: *Devo admitir que estou surpresa com o esforço que ela fez para recuperar sua alma...*

Ouvir sua mãe falar de Margrete o deixou arrepiado. Mesmo que a última metade do seu discurso contivesse um toque de gratidão.

Diga-me o que fazer, exigiu ele, procurando na água algum sinal de sua forma lânguida. Poderia discutir e irritar-se com ela mais tarde. Agora, ele precisava de respostas.

Tudo o que encontrou foi uma gargalhada.

Você ficará com fome quando se conectar e, desta vez, espero que se alimente. Não vou perder você pela terceira vez, filho.

Na primeira, ele era um bebê, roubado de seus braços pelo próprio pai. Na segunda vez, a morte o levara. Bash se encheu de compaixão ao pensar em sua mãe antes que ela se transformasse em uma entidade sem coração decidida à vingança. Vingança que de repente ele considerou justificada. Se alguém roubasse seu filho, Bash não tinha certeza do dano permanente que isso causaria ao seu coração.

Vamos, persuadiu Minthe, afastando-o de um passado sombrio. *Seus amigos precisam de você.*

Isso era tudo que ela precisava dizer.

Gritos soaram ao seu redor, e ele cravou as garras na parte carnuda das palmas das mãos, concentrando-se em sua forma imóvel. Quando estava prestes a gritar pela ajuda de Minthe, a superfície mudou e ondulou, e uma cabeça de cabelos pretos emergiu, um par de olhos escuros brilhando de uma forma que ele jurou ver adoração.

Minthe havia chegado.

Depressa!, disse ele, acenando para ela se aproximar. Se ela soubesse como ajudar a reconectar sua alma com o corpo, ele aceitaria sua ajuda. Mas ela tinha que se mover mais rápido. Margrete já estava gemendo com o peso de suportar uma magia tão devastadora, e seus gemidos quase o fizeram se dobrar.

Estou fazendo isso por você. Sempre por você. Seus olhos profundos nublaram-se, e seus lábios se curvaram para baixo. Bash viu os braços alongados dela se contraindo ao lado do corpo, quase como se desejasse alcançá-lo. Não foi o que ela fez. *Agora... mergulhe a mão na cavidade torácica*, instruiu, com a voz imparcial. *Depois de envolver o coração com a mão, aperte.*

Ela o encarava a três metros da embarcação, e, embora seus olhos lhe revelassem tantas verdades, também havia mistério neles e uma pitada de emoção que ele interpretou como medo genuíno. Uma emoção que só um ser com alma poderia carregar.

Bash hesitou, sem confiar se suas instruções eram verdadeiras. Ele se moveu *através* de todo o resto.

Confie em mim, insistiu ela, e mesmo que *não* confiasse, Bash mergulhou o braço no peito de seu corpo e procurou. Seus dedos zumbiam com uma magia desconhecida quando ele encontrou seu coração e envolveu o órgão frio e sem vida.

Embora o coração estivesse ferido, ele conseguiu senti-lo, segurá-lo entre os dedos fantasmas e apertar, exatamente como Minthe orientou. Os sons da batalha foram abafados, tornando-se menos claros a cada segundo, e ele se rendeu à energia abrangente que subia por sua mão e seu braço até o peito. Ele fechou os olhos.

Imagens brilharam na parte de trás de suas pálpebras, do momento pouco antes de Bay enfiar a adaga em seu coração. Ele vislumbrou como realmente era e testemunhou com horror quando se lançou sobre Margrete, que sussurrou seu nome e implorou que ele se libertasse do que o controlava.

Bash ficou à deriva em um mar de lembranças horríveis, incapaz de se libertar. Uma corrente de pesadelos girava ao redor dele e, embora não se sentisse mais no controle de sua própria forma, imaginou o rosto manchado de lágrimas de Margrete, segurando-o com força, na esperança de que fosse o suficiente para evitar que a escuridão o tragasse por completo.

Lentamente, Bash curvou o dedo, os olhos ainda fechados. Ele mexeu os pés, os braços, torceu o nariz...

Os olhos de Bash se abriram...

E aquela mesma fome que o levara à morte voltou.

CAPÍTULO TRINTA E DOIS
MARGRETE

Margrete estava perdendo energia. Rápido.

Desacelere!, gritou Darius em sua mente. Ela esticou o pescoço, usando a pouca força que lhe restava para se inclinar em sua direção.

Enquanto o suor escorria pela testa dela e seu corpo tremia, Darius permanecia sólido e imóvel… porém, quando ela olhou mais de perto, percebeu como sua mão direita tremia levemente. Aquele tremor não existia no início.

Eles derrubaram o Tralla com sucesso usando águas eletrificadas. A parte elétrica foi obra de Darius, provavelmente um presente de sua mãe, e Margrete usou sua magia para ajudar na força letal da onda. Foi necessária concentração absoluta para mirar na cabeça da criatura, onde ela era mais vulnerável, de acordo com Darius. Mas seus pensamentos estavam começando a vagar para Bash, que tinha desaparecido.

Sem dúvida, ele estava fazendo algo tolo — como tentar se reunir com seu corpo físico para poder ajudar na luta.

Sim. Ela tinha certeza de que era isso que ele estava fazendo. Embora desejasse procurá-lo e ajudá-lo em seus esforços, ela não conseguia mover os pés. As pernas estavam enraizadas, congeladas como pedra inflexível, e era necessário um grande esforço para simplesmente mover as mãos e guiar sua magia.

Concentre-se em Cyros, o vermelho. Está voltando, disse Darius, sua voz começando a falhar. *Use sua força para guiar minha magia para o lado direito de seu ponto fraco. Uma parte de sua pele é mais pálida. Aponte para isso.*

As instruções eram claras, mas, à medida que a fera se aproximava — um monstro que se assemelhava a uma cobra com barbatanas largas, semelhantes a arraias, estendendo-se de cada lado —, menos confiante ela ficava.

Uma onda enorme atingiu o casco, fazendo a tripulação tombar. Eles gritavam, e então o pior som saudou os ouvidos de Margrete...

O som de alguém caindo no mar. Um respingo seguido pelos gritos agudos de Atlas.

— Dani!

Atlas correu para o lado, procurando-a freneticamente. Ela não reapareceu. Não havia sinal dela.

A magia de Margrete se enrolou, implorando para que o monstro aparecesse para matá-lo, mas a criatura que eles procuravam se escondia nas mesmas águas em que Dani havia caído.

— Não a vejo! — gritou Bay ao lado de Atlas, segurando as laterais de madeira.

Atlas xingou antes de pular no corrimão, as ondas turbulentas fazendo com que perdesse o equilíbrio em um instante. Ela mergulhou no mar com um grito rouco.

— Darius! Precisamos fazer algo *agora*.

Suas amigas estavam lá, provavelmente prestes a serem mortas, despedaçadas e devoradas pelas duas criaturas que ainda viviam. Enquanto pensava nisso, uma barbatana vermelha brilhou como o pesadelo musculoso de uma fera apontada para o navio, para Dani e Atlas, que ainda não haviam ressurgido.

Você tem que me deixar entrar de novo, insistiu Darius. *Conectaremos nossos poderes e os usaremos como um só. Nossos ataques serão muito mais potentes. Podemos salvá-las juntos.*

Ela vacilou, momentaneamente congelada de medo, mas Darius agarrou a mão dela com firmeza, mas gentil.

Confie em mim, Margrete, implorou. *Não vou enganar ou prejudicar você. Nunca quis.*

Mas você fez mesmo assim, argumentou ela. *Você não fez nada além de me enganar. Não posso perdê-las.*

Darius suspirou em sua mente.

Nunca serei uma boa pessoa, Margrete, mas deixe-me fazer uma coisa boa. Por favor...

Darius parecia sincero. Ele sempre parecia. Margrete fechou os olhos e fez a única coisa que podia.

Ela baixou a guarda.

CAPÍTULO TRINTA E TRÊS

DARIUS

Darius passou pelos bloqueios que haviam sido erguidos com cuidado, e mergulhou na mente de Margrete. Seus pensamentos eram caóticos, girando em uma confusão vertiginosa de dúvidas e medo.

Ele não acreditou que ela realmente aceitaria que ele entrasse depois da última vez, mas Margrete confiava nele. Apenas o suficiente. Aquilo era muito mais do que comunicação mental — ele poderia acessar as reflexões mais íntimas dela e todas suas vulnerabilidades.

De repente, ele sentiu o peso de tal presente. Isso o lembrou de como se sentiu quando Bay o agradecera, com um olhar compreensivo em seus olhos verdes. Darius também sentira isso, aquela fé. E embora cada centímetro dele tivesse o desejo de explorar sua mente, ele se conteve para não corrompê-la com sua própria escuridão.

Luzes azuis e prateadas brilharam em sua visão e a mão de Margrete tremeu. Juntos, eles zumbiam, queimando com um poder unido que o Submundo nunca tinha visto antes. Nem mesmo quando ele e Malum trabalharam juntos experimentaram uma energia tão crua e potente.

Segure-se em mim, instruiu, agarrando um fio da magia de Margrete. O poder dela provinha do vigor, da força, e a magia dele girava em torno da precisão.

Mas como um só, eles eram inimigos do medo.

Ele abriu os olhos.

Atlas e Dani quebraram as ondas, a primeira mantendo a cabeça de Dani acima da água. Os olhos da mais nova estavam fechados, os cachos escuros grudados em seu rosto. Ela não estava consciente.

Atlas fazia o possível para nadar até o *Mare Deus*, visando a escada, mas não estava conseguindo chegar. O Cyros — a fera com escamas vermelhas brilhantes — já estava sobre elas.

Margrete gritou quando a criatura cravou sua poderosa mandíbula no antebraço de Atlas, arrancando-a de Dani e arrastando-a para as profundezas.

Alguém mergulhou. Darius observou a cabeça loira de Bay aparecer. Ele nadou até onde Dani afundava lentamente, seus braços fortes envolvendo-a rapidamente antes que ela afundasse por completo.

Com Dani a salvo, Darius voltou seu foco para onde Atlas havia sido levada. Ele nunca se importara particularmente com ela, mas Margrete sim. Ela fazia parte daquela pequena família, e a magia de Darius brilhou quando ele imaginou seus rostos angustiados se a perdessem.

Ele agarrou a mão de Margrete, aproveitando seu poder, sua força, forçando-a a emprestar um pouco de sua magia para ele. Seus joelhos tremeram, mas ela deve ter entendido suas intenções porque não lutou contra ele. Ela o deixou pegar, pegar e pegar.

Ali. Um movimento de cauda a noventa metros de distância. Darius atacou sem hesitação.

As águas ondularam quando seu poder colidiu com o mar, atingindo a cauda do Cyros. Um grito desumano perfurou o ar enquanto o sangue escuro saturava as ondas azuis.

Ele percebeu que estava prendendo a respiração, esperando que a cabeça loira de Atlas emergisse. Ele esperou e esperou — e nada. Provavelmente ela já estava morta. Dani, ainda inconsciente, por sorte não assistiria quando o cadáver de Atlas aparecesse.

— Onde ela está? — gritou Margrete, perdendo a força nas mãos. Qualquer aparência de controle desapareceu, e ele observou as mãos trêmulas, as lágrimas escorrendo pelo rosto.

Cabelo loiro.

— Ela está a trinta metros a oeste! — apontou Darius freneticamente para onde um corpo flutuava, sangue vermelho fluindo livremente de alguma ferida escondida.

Antes que eles tivessem a chance de formular um plano, um bote estava sendo baixado e Mila remava sozinha, com movimentos firmes e inabaláveis. Uma onda desconhecida de ansiedade fez a cabeça de Darius girar, e ele assistiu impotente enquanto Mila se dirigia para Atlas.

Todos prenderam a respiração e até as ondas pareceram se acalmar, como se o mar também estivesse observando.

No segundo em que ficou perto o suficiente, Mila mergulhou no mar, nadando até Atlas.

— Porra, está voltando! — avisou Bay. Ele estava agachado, amparando Dani enquanto ela lentamente acordava, mas ele se levantou, lutando para ficar ao lado de Margrete.

Escamas vermelhas e lisas brilhavam, e o Cyros e suas barbatanas largas cortavam a água com facilidade. Não era do tipo que desistia de sua presa, e se Darius e Margrete não interviessem, levaria Mila e Atlas.

Uma imagem do corpo frio e ensanguentado de Mila passou por sua mente.

— Foco! — ordenou ele a Margrete, entrelaçando seus dedos. Ele apertou a mão dela com força suficiente para machucá-la, mas ela retribuiu com a mesma força. — Precisamos afastá-lo e matá-lo antes que chegue até elas.

Suas mentes colidiram com um estrondo.

Enquanto ele agarrava o poder de Margrete, e ela segurava o dele, imagens do passado o atingiram.

Foi o pior momento possível para uma compreensão tão séria, mas tão profunda em sua mente, mais profunda do que nunca. Ele vislumbrou uma sugestão da mulher que ela costumava ser — *sua* Wryn. Mas então aquela mulher desapareceu e uma nova sensação se estabeleceu em seu peito.

Ele tinha visto Margrete e Wryn como a mesma pessoa, mas...

Wryn era uma chama fraca na parte de trás de sua cabeça, e a nova e poderosa criatura que ela se tornara parecia mais uma estranha. Uma estranha que ele estava tentando forçar a amá-lo.

Wryn se fora. Ela se fora fazia mil anos. E Margrete não era ela, não era a mesma alma que ele havia formado a partir da sua. Ela pegara as peças que Darius lhe dera e as moldara do jeito que queria, tornando-se uma pessoa que seu coração não reconhecia inteiramente.

Essa compreensão o arruinou e o energizou. Ela o libertou de uma jaula que ele mesmo criara e trouxe uma única lágrima aos seus olhos. Ele lamentou o que considerava perdido e se odiou pelo papel de bobo que se permitira fazer.

Você está perdendo o controle, sussurrou Margrete, em tom firme. Provavelmente ela estava sentindo todas as emoções que seu coração irradiava tão livremente, e o vínculo entre eles dificultava esconder as verdades um do outro. Mas em vez de ser cruel, em vez de se regozijar com a súbita compreensão, ela apenas apertou sua mão de um jeito tranquilizador.

Nós vamos vencer. Temos seis metros antes que ele chegue ao barco delas, disse ela, *e então, quando ele afundar, atacaremos. Vou precisar que você esteja pronto quando eu mirar.*

Porra, ela parecia tão segura, tão focada. E ali estava ele, um homem bagunçado. Ele se odiava.

Pare, implorou ela. Ele se virou para ela. *Preciso que você se concentre. Não posso salvá-las sem você.*

Palavras tão poderosas. O coração de Darius saltou ao ouvi-las.

Não porque a mulher que ele amou as pronunciou, mas porque a mulher que deveria detestá-lo com cada fibra do seu ser decidiu dar uma chance a ele e deixá-lo entrar em sua mente. E confiar nele.

Os planos de Darius caíram no esquecimento. Ele não ruminou sobre o passado e, pela primeira vez, ponderou o que poderia acontecer se perdesse a frágil confiança dela. Se ele perdesse a confiança de Bay. Como se sentiria se ele morresse? Se Atlas ou Mila morressem?

Mila cuidara de seus ferimentos, embora ele tivesse roubado a pessoa mais preciosa de sua vida. Mila não merecia morrer, não uma mulher com tanta ferocidade no sangue e vida brilhante nos olhos. Nenhum deles merecia.

Eles não eram insetos para esmagar. Eles evocaram emoções em Darius que ele acreditava estarem mortas havia muito tempo. Embora fosse um presente e uma maldição, ser apático, frio e insensível era pior.

Merda.

Margrete apertou-o com mais força, forçando-o a se aproximar do Cyros. O monstro nadava a menos de sessenta metros de distância. Mila nadou com Atlas até o bote e estava tentando embarcá-la. A marinheira rolou até o fundo, ainda inconsciente… ou pior. Mila deu um impulso e caiu ao lado dela. Ambas estavam a bordo. Ainda assim, Darius sabia que não teriam chance em mar aberto. Era agora ou nunca.

Ao meu sinal. Margrete assumiu o controle, levantando a mão livre e depois movendo-a em círculos, criando um redemoinho. Darius permitiu que uma onda de seu próprio poder entrasse no corpo dela, e a corrente ficou ainda mais forte. Ele se sentia mais livre do que em décadas, apesar das emoções flutuantes, apesar de entregar mais um pedaço de si mesmo a uma mulher que se recusava a retribuir o seu amor.

Ele deu tudo de si, pouco a pouco, e o controle de Margrete sobre o redemoinho se fortaleceu. Em pouco tempo ele observava maravilhado que a deusa se erguia bem alto, alto o suficiente para que ele tivesse que esticar o pescoço para absorver todo o seu esplendor letal.

As águas estavam escuras e agitadas com flashes de água azul, e quando ele exalou, Darius adicionou sua própria faísca à mistura. Ele se concentrou no movimento, na corrente, reforçando-a para que, quando mirassem no Cyros, fosse um ataque mortal.

Pronta?, perguntou a Margrete.

Quando você estiver.

Darius torceu os dedos, assim como Margrete, e as águas rodopiantes caíram sobre a fera vermelha, fazendo com que o bote balançasse precariamente para o lado, quase virando completamente enquanto ela lutava para remar para um lugar seguro. Ele não conseguia ver os detalhes do rosto dela, mas sabia que estava franzido de determinação, os olhos penetrantes provavelmente se estreitando em fendas.

Por um instante, ele se preocupou que tivessem falhado e que o Cyros tinha escapulido e conseguido nadar para longe. Mas então ele avistou seu corpo rolando, com a barriga exposta.

Golpeie!, ordenou Margrete, e Darius se libertou.

Ele descarregou a raiva que encorajou sua magia e libertou o poder que era uma extensão de si mesmo. A onda que ele dirigiu ao ventre do Cyros atingiu-o com força e precisão, perfurando-o com a mesma eficiência de uma lâmina.

A água era uma arma nas mãos de Darius — uma que ele conhecia melhor do que qualquer outra coisa em sua vida — e ele não escondeu nada.

A fera gritou quando seu corpo se abriu, seu grito estrondoso parecendo música para os ouvidos de Darius. A pele lisa se enrolou conforme o corte crescia, rasgando-a ao meio, sangue escuro jorrando.

Antes que ele percebesse o que estava acontecendo, dois braços envolveram sua cintura e ele estava sendo... *abraçado*.

— Conseguimos! — gritou Margrete, excitação emanando dela como o mais doce perfume.

As mãos de Darius estavam rígidas ao lado do corpo, mas ele lentamente retribuiu o abraço, seu coração batendo mais rápido.

Os olhos de Margrete estavam iluminados quando ela recuou, e como se ela estivesse saindo de um torpor, eles rapidamente se aguçaram para observá-lo. Ela se esquecera de si mesma e *dele*, e a excitação que ele sentiu se desfez em nada.

Ele se sentiu reduzido a nada.

— Estão quase chegando! — disse Bay, com entusiasmo em sua voz, vendo que Mila se aproximava com o bote. Sua alegria rapidamente se extinguiu como uma chama moribunda. Inferno, mal tinham tido tempo de tomar as rédeas da situação. — Merda. Olhem para o nordeste! — avisou ele, quebrando o momento precário, e os dois voltaram à ação.

— O Kora. Era óbvio que estava apenas ganhando tempo — alertou Darius.

— O quê? — perguntou Bay, levantando-se de onde havia colocado Dani no convés. Ela estava voltando a si, um olhar atordoado suavizando suas feições.

Darius apontou para as ondas, para o monstro de escamas verdes que espreitava.

— Você está prestes a descobrir.

Malum o criara e era de longe o animal mais mortal de todos. Darius estava se preparando para avisar Margrete quando uma sombra surgiu no topo das ondas.

Não. Não era uma sombra. *Um homem.*

Margrete praguejou e correu em direção à escada e à jangada que transportava o cadáver do rei. Ela teve que se agarrar ao corrimão para não cair, com os joelhos bambos.

— O corpo... Bash sumiu.

CAPÍTULO TRINTA E QUATRO

MARGRETE

Bash disparou da água como um pássaro em voo.

Seu corpo brilhava, embora fosse um tipo estranho de luz; escura e prateada. Margrete acompanhava seus movimentos, seu pulso acelerando quando confirmava suas suspeitas, por mais óbvias que fossem.

Bash iria atacar o Kora. Sozinho.

— Me ajudem! — gritou Mila, seu barco balançando contra o *Mare Deus*.

Bay voltou à ativa, saltando para dentro do bote e ajudando Mila a levar Atlas a bordo.

Era tanto sangue...

Dani soltou um soluço sufocado, levantando-se debilmente com os membros instáveis para envolver Atlas com os braços no momento em que foi colocada no convés. Ela não estava se movendo.

Bay empurrou seu peito, tentando fazer o coração voltar a bater. Dani soluçava, segurou sua mão e a levou aos lábios.

— Nós nem sequer tivemos uma chance — disse Dani com voz rouca, baixando a cabeça.

— Ela perdeu muito sangue, mas tem pulso! — Bay a virou de lado e Atlas cuspiu água salgada nas tábuas. Ela ofegou por ar, a pele mais pálida que a neve. Ela havia perdido muito sangue e, mesmo que tivesse expelido toda a água dos pulmões, estava longe de estar segura.

— Seu rei deseja morrer!

Darius trouxe o foco de volta para Bash. Com Atlas viva e respirando, sob os cuidados de Bay, Margrete desejou poder sentir algum alívio. Mas Bash estava em perigo: tolamente, enfrentava sozinho um dos filhos do mar.

Ela o chamou, segurando o corrimão com força suficiente para jurar ter ouvido a madeira ranger. Faíscas voaram das pontas dos seus dedos, mas perderam a potência, e quanto mais ela ficava fora de controle — seu pânico ultrapassava todo o resto —, menos sua magia falava com ela, e mais difícil era invocá-la.

— Precisamos fazer algo! — disse, encarando Darius.

Ele observava com uma mistura do que ela supôs ser admiração e... respeito?

Darius abriu e fechou a boca. Todo o seu corpo ficou rígido.

— Tem algo se aproximando — murmurou ele, estreitando os olhos.

— Mais feras? — gritou ela, examinando o mar. Naquele momento, eles não poderiam derrotar...

Ela ficou boquiaberta quando visualizou o último recém-chegado. *Não era possível...*

Um barco. Um grande navio com bandeira azul e lua crescente.

A bandeira de Azantian.

— Adrian — sussurrou para si mesma com admiração, arregalando os olhos enquanto a embarcação Azantiana se aproximava. — Como ele nos encontrou?

Bay surgiu de onde Dani estava abraçada com Atlas.

— Eu lhe disse que enviei uma carta quando estávamos em Maribella, mas não tenho ideia de como ele nos encontrou aqui. Eu diria que foi um presente dos deuses, mas agora sei que isso não é verdade. — Ele olhou para ela e para Darius.

Margrete estava admirada, sem mais controlar suas expressões faciais.

Que sua dor, sua raiva e sua confusão fossem para o inferno. Ela puxou Bay para um abraço apertado, lágrimas gêmeas escorrendo. Ela quase perdeu Atlas, quase perdeu Mila.

Ela entendeu como o tempo poderia ser precioso.

Embora não quisesse Adrian ou seus guerreiros em perigo, ela sabia que poderiam ajudá-los naquele momento, quando mais precisavam. E Bash...

Adrian saberia o que fazer. Ele era seu irmão em todos os aspectos que importavam, e ela queria que ele estivesse com seu rei mais do que qualquer outra pessoa.

Margrete se afastou de Bay e percebeu que ele também tinha lágrimas escorrendo pelo rosto. Ele as enxugou bruscamente e pigarreou, incapaz de encará-la.

— Te amo, Bay — declarou ela, engolindo em seco. — Eu sei por que...

— Também te amo — afirmou ele, cortando as palavras que não eram necessárias.

Os segundos que compartilharam foram breves, e um estrondo os atraiu de volta à luta.

Um canhão disparou do navio de Adrian, atingindo as águas perto do *Mare Deus* com um estrondo alto. Bay instintivamente agarrou o braço dela, preparando-se para cobrir o corpo dela com o dele, mas não houve necessidade. A explosão fez o Kora tombar para o lado, girando para a direita.

Ela prendeu a respiração, procurando freneticamente sinais de Bash. Somente quando uma cabeça de cabelos pretos surgiu na superfície foi que ela exalou.

— É melhor que seu rei seja um bom nadador — murmurou Darius.

Ela ficou imóvel, a declaração pegando-a desprevenida. O Deus do Mar tentou fazer uma *piada*? Era uma piada ruim, mas ainda assim.

— Precisamos ajudá-los — disse a ele, agarrando as mãos do deus. — Conecte-se comigo novamente. A tripulação do navio pode não ver Bash e acabar atingindo-o.

Darius hesitou, um músculo de seu maxilar se contraiu, mas então ele assentiu e imediatamente fechou os olhos.

Margrete se abriu, como antes. Mas desta vez... desta vez não houve *nada*.

Nenhuma faísca. Nenhuma pressa esmagadora de seus pensamentos. Ela estava do lado de fora, batendo os punhos para entrar na mente dele e, por mais que tentasse, não conseguia quebrar as defesas.

— Por que você não está me deixando entrar? — perguntou, exasperada.

— Eu *estou* — argumentou Darius. — Ou estou tentando. Não há barreiras.

Margrete praguejou alto o suficiente para lutar contra os ventos furiosos que sopravam em seus ouvidos.

— Tudo bem, então faremos isso sozinhos.

Então gritou para Bay:

— Aproxime-nos!

Seu amigo gritou em confirmação, ajustando as velas para fazê-los avançar. Margrete usou sua magia para ajudar, falando com a corrente para carregá-los até o próximo inimigo. Ela ergueu as mãos, apontando para o Kora.

Um segundo tiro de canhão soou e ela se preparou — assim como ao *Mare Deus*. Adrian, de pé no convés e comandando a tripulação, conseguiu direcionar o ataque com precisão, disparando toda aquela pólvora na cauda do Kora. As ondas tremeram com o impacto e as águas azuis ficaram pretas com o sangue da fera.

Pode ter sido enfraquecida, mas a criatura estava longe de morrer.

Ele balançou para o céu, sua boca se abrindo para revelar quatro fileiras de dentes serrilhados. Com metade do corpo no ar, parecia um dragão-marinho... como o monstro que ela vira em seus livros de mitos.

E logo atrás dele, segurando firmemente uma de suas nadadeiras, estava Bash.

Ela se virou para a embarcação de Adrian, notando que ele havia sinalizado para que parassem. Não houve mais disparos de canhões e, quando ela olhou para o convés superior, avistou sua figura imponente com a mão levantada.

Adrian não poderia saber que o homem nas costas do Kora era seu amigo e rei, mas reconheceu a forma de um homem e não era do tipo que atirava em inocentes.

Nuvens pesadas cor de ardósia agitavam-se no horizonte e uma névoa densa varria Bash e a fera. Quando ela se lançou para baixo e voltou para o mar, seu rei aguentou-se e mergulhou junto.

Margrete fechou os olhos e permitiu que sua alma vagasse. Instantaneamente, ela estava abaixo da superfície, uma espectadora fantasma. O Kora se debateu para tentar se livrar do rei, mas Bash não cedeu. Na verdade, ela notou aquele brilho estranho em sua força.

Erguendo a mão no ar, ele rugiu, sua voz chegando até ela através da água densa. Não foi abafada como ela esperava...

Ele estava respirando debaixo d'água?

A mente desligada de Margrete aproximou-se. Os olhos de Bash eram os mais escuros que ela já tinha visto, e suas unhas escurecidas não estavam mais aparadas e bem-cuidadas, mas afiadas, longas e em pontas perfeitas. Ele subiu nas costas do Kora, pouco afetado pela luta. E não parou até escalar suas costas e alcançar sua enorme cabeça. Lá, ele agarrou os dois lados da cabeça do monstro, suas unhas cravando-se em sua pele iridescente. Margrete resfolegou quando ele abriu a mandíbula de forma anormal, suas escamas de nymera brilhando com magia das trevas.

A criatura gritou, intensificando sua luta, mas Bash apenas inalou, e gavinhas vermelhas brilhantes deslizaram da boca aberta da criatura.

Bash estava... roubando a *alma* da fera.

Claro, ele precisaria se alimentar quando voltasse ao corpo. Eles sabiam que essa era uma possibilidade, mas vê-lo realizar o ato, mesmo em um monstro, fez Margrete voltar a seu corpo sólido no *Mare Deus.*

Ela sibilou, abrindo os olhos para encontrar Darius e Bay olhando para ela, o primeiro com um olhar solene.

— Para onde você acabou de ir? — perguntou Bay, segurando seu ombro. Sua presença sólida a acalmou.

— Eu-eu o vi. Bash está... ele está tomando a alma do Kora agora mesmo.

O mar no local em que seu rei e a criatura lutavam ondulava violentamente, e as ondas se agitavam, escondendo a briga que ocorria abaixo.

Minutos se passaram, e justamente quando Margrete se preparava para mergulhar de volta com suas reservas de magia, as águas pararam de se agitar...

Ela viu a cabeça dele primeiro, seu belo rosto se contorcendo com um grunhido quase selvagem. Bash ergueu-se no ar, seu torso nu brilhando com as escamas de nymera. Enfeitando o topo das ondas, ele avançou, deslizando em direção ao *Mare Deus* com uma expressão vidrada. Não havia humanidade ali, apenas vazio, e ela conteve o terror que crescia em seu coração.

Pouco antes de ele alcançá-los, a menos de quinze metros de distância, outra nymera apareceu.

Minthe.

Ela saltou do mar e circulou Bash como uma serpente, o cabelo esvoaçante um borrão da meia-noite. Margrete não viu nada além de Minthe e agiu instintivamente quando a nymera cravou suas garras no homem que ela amava.

Margrete pulou na amurada e saltou pela lateral do navio.

CAPÍTULO TRINTA E CINCO

BASH

Ele era eterno.

Seu corpo vibrava com energia, a alma do Kora alimentando sua adrenalina. Desligado da realidade, ele mal se deu conta da figura que o rodeava. Dificilmente se daria ao trabalho de impedi-la de agarrar seu braço.

Você fez bem, meu filho. A voz era familiar e ele se concentrou na mulher — a nymera — olhando em seus olhos. Houve uma sensação de calor em seu peito, mas desapareceu quando ela desviou sua atenção para o lado, para onde um navio balançava para frente e para trás nas ondas.

Nuvens de chuva cobriram o azul do céu e logo gotas caíram. Ele fechou as pálpebras, entregando-se à sensação, todos os seus nervos eletrificados, sua pele quase sensível demais.

Precisamos ir, disse a nymera novamente, com um tom de pânico. Ele franziu a testa, e o entendimento o tomou.

Minthe.

Sim, ela disse, apertando-o com mais força. *Agora devemos ir.*

Ela tentou puxá-lo para baixo, mas ele se libertou, a incerteza e o medo o fazendo parar.

Ele estava se esquecendo de alguma coisa...

O nome. Qual era o nome dele mesmo? Ele pensou nisso, ignorando os protestos da nymera, e vasculhou sua mente em busca da resposta. Não encontrou nada além de vestígios remanescentes de magia do Kora.

Que refeição foi aquela. Ele se sentiu cheio de sua alma, tão deliciosamente satisfeito. A fera que ameaçava eclipsar seus pensamentos pareceu uivar em concordância, e ele teve que se esforçar para empurrá-la de volta.

Ele tinha algo que precisava fazer, certo? Uma missão, um objetivo que tinha que alcançar. Mas com o sangue zumbindo e a névoa em sua mente cada vez mais densa, ele não conseguia se lembrar.

O movimento à sua direita capturou seu foco.

Uma figura nadou em direção a eles, aparentemente uma mulher. Ele cheirou as águas, franzindo o nariz quando sentiu que ela não era humana. Ele sentiu o cheiro de sua divindade, o cheiro desagradável de seu perfume floral. Lavanda.

Uma imagem brilhou; uma beleza de cabelos escuros olhando para ele, um sorriso nos lábios carnudos. Ela desapareceu em um piscar de olhos.

O instinto o fez recuar, preparando-se para uma luta, suas garras se curvando. Se ela ousasse atacar, ele estaria pronto.

Escute-me!, a nymera gritou, agarrando-se a ele. *Precisamos ir!* Os olhos dela se arregalaram em alarme, um olhar que o confundiu. Não havia necessidade de ficar alarmado. Eles eram os predadores, os monstros que os outros deveriam temer.

Não, disse ele friamente, *um inimigo se aproxima*.

Ele podia não saber seu nome, mas não se esquivaria de uma briga. Além disso, ele era forte, seus membros queimavam de poder. Sua última refeição tinha sido decente, muito maior do que qualquer alma natural deveria ser. Seu peso aguçara seus pensamentos a um grau assustador.

Mas ele queria mais. Sempre mais. Aquele buraco em seu estômago continuava a crescer, provocando-o até que seus dentes cerraram.

Quando a estranha diminuiu a velocidade e ficou a seis metros de distância, ela ergueu a cabeça da superfície das ondas. Ele percebeu os olhos azuis e a pele macia, e sua fera interior rosnou de alegria. Ele podia sentir isso arranhando seu interior, desejando, *doendo* que ele roubasse sua alma.

Mas então ela ergueu as palmas das mãos e as ondas que a cercavam começaram a subir. Com apenas as mãos, ela subiu, pairando como ele, embora a água parecesse roçar nela de forma quase afetuosa.

Ele olhou para ela... e uma pontada repentina o apunhalou no peito. Tal sensação fez com que ele hesitasse.

— Bash — chamou ela, uma ferocidade pontuando o nome, transformando-o em uma arma. — Venha aqui.

Bash? Um nome tão estranho. No entanto, não havia dúvida de que ela se dirigia a ele. Ele inclinou a cabeça, inspirando longamente.

Aquele aroma era avassalador, familiar e quente. Fez com que ele se lembrasse do verão, do sol e da felicidade.

Ele queria devorá-lo.

Isso mesmo, persuadiu Minthe. *Roube a alma dela*.

Aquela alma provavelmente era ainda melhor do que a do monstro marinho. Não havia dúvida. Algo nela era único de uma forma que ele não conseguia identificar.

Sem pensar, ele navegou por cima do mar e em direção à mulher com os olhos azuis tão vibrantes que rivalizavam com o próprio mar.

— Você não é você mesmo — disse a estranha, com os músculos do pescoço tensos. — Volte para mim, pirata.

Ele podia sentir o medo dela. Fluía docemente por todos os seus poros. Seu sorriso floresceu.

— Nós conversamos sobre isso — continuou ela, aumentando a voz —, o que aconteceria quando você voltasse ao seu corpo. Quão perdido você estaria. — A umidade cobriu seus olhos e, embora ele se coçasse ao ver as lágrimas não derramadas, elas também o fizeram se sentir... *errado*. — Mas sei que você me reconhece. Eu sei que você está questionando como e por quê... e preciso que se lembre. Lembre-se de mim. Lembre-se de *nós*.

Ele fez uma pausa, absorvendo-a. Ela tinha ousado se aproximar dele e discutir. Se ele não tivesse devastado a alma do Kora, já teria atacado, mas algo mais o segurava...

Lavanda.

Aquele maldito perfume novamente.

Obstruía suas narinas e dominava todos os sentidos, e então mais imagens passaram como estrelas cadentes. Ele vislumbrou uma ilha ao sol, uma criança loira rindo enquanto corria pelas ondas. Ele viu a mulher diante dele segurando seu rosto, dizendo que o amava. Chamando-o de *Bash*. Segurando-o como se ele fosse seu maior tesouro.

Ele a conhecia, sua *besta* a conhecia, já a tinha provado antes. Unhas invisíveis arrastaram-se pelas costas dele, e sua visão se tornou um túnel.

Ela não era estranha.

Ela era...

— M-Margrete? — disse em voz alta, que falhou, soando profunda e rouca, como se tivesse gritado por horas a fio. Ela soltou um suspiro de alívio, as lágrimas que ela estava mantendo sob controle agora deslizando por seu rosto. Aquele era Bash e era um rei. Ele... ele a conhecia, *amava* aquela mulher...

Um turbilhão de investidas escuras.

A nymera — *Minthe* — era a própria noite quando se lançou sobre Margrete, que estava distraída demais com ele para se defender. Ela a envolveu e cravou as unhas na pele macia de Margrete, provocando um grito de dor.

Bash lutou contra o caos agitado que eram os pensamentos de sua fera interior, o som do grito de Margrete o impulsionando para frente.

Antes que pudesse agarrar Minthe, antes que pudesse libertar Margrete das garras de sua mãe, um homem correu atrás dela e puxou Minthe com suas garras.

Não, ele se lembrou, não qualquer homem. Um deus.

Darius.

De alguma forma, ele tinha se aproximado furtivamente e prendido a nymera em seus braços com facilidade. A luz azul dançava ao seu redor, o ar brilhando com magia.

— Mate-os! — gritou Minthe, observando Bash com os olhos

semicerrados. — Eles vão te trair no final. É o que eles sempre fazem.

Ele se lembrou que ela tinha uma história de desgosto e perda. Ela tinha sido traída pelo pai dele tantos anos antes. Ficou presa sob a *rocha*. Durante os testes de Darius, Bash sentira pena, mas isso foi antes de ela forçá-lo a se tornar um monstro. Mesmo agora, a escuridão gritava de fúria, tentando abrir caminho de volta e assumir o comando. Mas a fome de Bash não era tão intensa quanto na ilha, e ele cerrou os punhos, desejando afastar o encantamento perverso.

Não sou mais aquela coisa, pensou ele. *E nunca serei.*

Ele tremia enquanto caminhava lentamente até Margrete, tomando cuidado para manter algum espaço entre eles. Não confiava em si mesmo e temia que o controle sobre seu corpo falhasse, sua visão ficasse mais escura, os pequenos pontos pretos tremulassem sobre seus olhos.

Rigidamente, ele se virou e encarou a criatura que o gerou, mantendo Margrete fora de sua vista. Mesmo assim, ele sentiu o olhar dela perfurar seu rosto. Ele podia sentir sua preocupação, a emoção saindo dela em ondas.

Uma lembrança lhe veio à mente, de uma época em que ele comandara um poderoso navio, um dia depois de ter roubado a filha de seu inimigo.

— Você não pode condenar uma espécie inteira simplesmente porque homens maus vivem entre eles — disse Bash, repetindo as palavras de Margrete naquele dia fatídico. — Lamento que você tenha sofrido, que tenha sido descartada por meu pai. O que ele fez foi desprezível, não estou discutindo isso. — Não, pois ele entendera o quão cruel seu pai tinha sido. Por dar amor a Minthe e depois prendê-la. Por mantê-la longe de seu *filho*. Todos os bons pensamentos que Bash tinha sobre o pai mudaram no segundo em que ela contara sua história. — Mas esta mulher aqui... — Ele apontou para Margrete, que sorriu com orgulho. — Ela é o meu coração. Minha alma. Eu dei a ela meu amor gratuitamente e ela o manteve seguro, me presenteando com seu próprio amor em troca.

Bash deslizou para frente, a poucos metros de onde Darius ainda segurava sua mãe. As sobrancelhas de Minthe estavam franzidas, seus dentes expostos em uma raiva feroz. Seus olhos foram para Margrete e depois para ele.

— Não vai durar — rosnou, lutando inutilmente para se livrar de Darius. — Ela verá quem você é de verdade e fugirá. Apenas dê um tempo. Você está saciado *agora*, mas o que acontecerá quando ficar com fome?

— Então cuidaremos disso — retrucou Margrete. — Encontraremos uma maneira de ele sobreviver *sem* perder a humanidade. — Ela estudou Minthe com compaixão brilhando em seus olhos. — Eu vejo a escuridão dele, assim como ele vê a minha. Eu não sou pura. Sou imperfeita, egoísta e estou muito zangada na maior parte do tempo. — Ela respirou fundo e baixou o queixo. — Fiz escolhas das quais não me orgulho, possivelmente condenando milhares de inocentes à morte porque amo o seu filho e não consigo imaginar a vida sem ele. Não sou nenhuma heroína.

Minthe ficou imóvel, seus membros magros congelados.

— Se seu filho consegue perdoar minhas ações indefensáveis, então como você pode afirmar que não perdoarei as dele?

— Ele é tudo o que me resta... — Minthe lutou com as palavras, uma lágrima escura escorrendo por sua bochecha encovada. — Eu... ele foi tirado de mim. E acabei de encontrá-lo. Você não tem ideia de como foi perder um filho, e eu amava o pai dele, assim como você ama o meu filho. Eu o amava com cada fibra do meu ser, e ele roubou minha alma quando me prendeu. — Ela se virou para Bash. — Eu só queria um *tempo* com você. Tempo que foi roubado de mim.

Algo dentro de Bash se partiu. Enquanto sua mãe chorava lágrimas cor de ônix, seu rosto era mais humano do que ele jamais vira. Ela tinha sido injustiçada. Ferida. Destruída.

O que ele via era a casca quebrada de uma mulher que buscava um grama de amor. *Seu* amor.

— Precisamos matá-la ou Halio não honrará sua parte no acordo — Darius disse severamente. — Ela tem que morrer.

Margrete ficou rígida.

— Mas...

— Não. — Darius balançou a cabeça tristemente, e quando ele afrouxou o controle sobre Minthe, ela surpreendentemente não aproveitou a oportunidade para se libertar. — Halio disse para você matar os filhos do mar. As feras que *eu* criei. E ela, infelizmente, é uma delas.

— Azantian... — Margrete engasgou com um soluço. — Halio vai acabar com tudo se falharmos. Ele é realmente tão insensível que não a pouparia?

Minthe permaneceu congelada, seus olhos escuros colados em Bash. No filho dela. Suas feições suavizaram e, desta vez, quando ela olhou para Margrete, não foi com malícia ou suspeita. Bash viu... esperança.

— Você a ama tanto assim? — Minthe perguntou a ele, a garganta trabalhando para conter os soluços. — Você arriscaria *tudo* por ela?

Bash assentiu sem pausa.

— Tudo e mais. Tudo o que sou. Arrisco a ilha que amo por ela, seja isso certo ou errado.

Minthe se livrou de Darius e ele permitiu. Ela se aproximou de Bash, procurando uma mentira nele, seu olhar tão potente quanto suas escamas.

— Eu tive uma vida solitária e cheia de traição — disse ela, colocando a mão no rosto dele. Ele estremeceu quando a pele gelada dela fez contato. — Mas não quero isso para você. — Outra lágrima escura escorreu até seu queixo. — Posso... posso abraçar você? — perguntou, seus lábios tremendo, o corpo ágil começando a vacilar.

Bash respirou fundo. Da última vez que ela o segurara, ele era um bebê. Ele era jovem demais para lembrar como era seu toque.

Quando ele assentiu de leve, Minthe passou os braços em volta dos ombros dele e segurou com força, as unhas cortando seu pescoço. Ele não se importava com a dor — ela não podia deixar de causá-la.

— Senti sua falta — murmurou ela. — Isso era tudo que eu sempre quis. Tudo que eu precisava. — Bash sentiu Minthe tremer em seus braços. — Fiz tudo que pude para te ver inteiro, para te ver feliz. Não quero me transformar na pessoa que destruiu minha própria vida. Não vou fazer isso.

Bash engoliu em seco, o rosto do pai aparecendo em sua mente mais uma vez. Deuses, sua vida era uma mentira.

Minthe o abraçou pelo que pareceram minutos e então recuou, colocando distância entre eles.

— Você pode lutar contra a escuridão — sussurrou ela —, desde que tenha algo em que se agarrar. — Com isso, ela pegou uma de suas unhas compridas e passou a ponta afiada ao longo da própria garganta.

Bash gritou o nome dela e Margrete correu para agarrar a nymera, segurando-a enquanto ela caía para frente. Sangue preto jorrou do ferimento autoinfligido, escorrendo pela forma de Minthe e cobrindo-a de morte. Por todo o tempo, ela sustentou os olhos de Bash e estendeu a mão, que ele pegou.

Ele derramou uma lágrima, de luto por sua mãe. A mulher que ela poderia ter sido em circunstâncias diferentes. O relacionamento que poderiam ter tido.

Ela se sacrificara por *ele*. Por amor.

Os olhos de Minthe se fecharam, e ela soltou um último suspiro.

Bash assistiu horrorizado enquanto ela se desfazia em mil pedaços diante de seus olhos... desmoronando no mar e sendo varrida por uma única onda.

CAPÍTULO TRINTA E SEIS

DARIUS

Ele estava prestes a matá-la.

Minthe era a última das nymeras, e ela foi uma de suas criações. Mas a morte dela era necessária se eles quisessem ter sucesso e completar o acordo com Halio. Claro, Darius hesitara, sabendo muito bem que a tripulação o chamaria de malvado. Um vilão. Todas as coisas que eles já o consideravam. E talvez estivessem certos.

Mas a nymera escolheu um caminho diferente. Um que ele não esperava.

— Bash... — lamentou Margrete, aproximando-se, embora sem a rapidez suficiente para alcançá-lo e agarrá-lo. Ainda havia apreensão no ar, a incerteza de como o meia-nymera reagiria. Darius os observava, preparando-se para intervir caso a escuridão de Bash criasse raízes, o que era uma possibilidade.

Surpreendentemente, Bash girou e mergulhou nas profundezas, cortando a água como uma flecha. Ele nadou próximo à superfície, a silhueta visível de onde Darius e Margrete observavam, as ondas acariciando as laterais de seu corpo.

Darius deu uma espiada nela, e fez uma careta ao ver sua reação.

— Dê a ele algum tempo — disse ele. — Ele tem que processar os acontecimentos. — As palavras eram duras, ele sabia disso, e provavelmente sem conforto. Mas tentou o seu melhor para parecer reconfortante.

— Ela fez isso por ele — murmurou Margrete, ainda em estado de choque.

Margrete olhou para a água, o ponto em que tinha visto Bash pela última vez, embora agora nem mesmo Darius estivesse ciente de seus movimentos. Ele poderia caçá-lo se quisesse, mas seguiu seu próprio conselho e deixou o rei em paz.

— Minthe desistiu de tudo pela chance de felicidade do filho. Sem um único segundo de hesitação. — Os olhos de Margrete ficaram ferozes enquanto ela olhava para Darius. — Ela... ela mudou, e tudo por causa de um único momento. Um apelo do filho dela.

Por causa do amor. Minthe desistiu do filho e da chance de se reconectar com ele por causa do *amor*.

Darius fechou os olhos, compreendendo o significado mais profundo do que Margrete dissera. Ele não era como Minthe. Não era altruísta o suficiente para deixar o passado para trás. Ou o futuro que imaginava. Ele dizia que a amava, e ainda assim...

E ainda assim ele não a amava o suficiente para deixá-la partir.

Darius abriu os olhos.

Ele estava nas ondas...

Sozinho.

CAPÍTULO TRINTA E SETE
BASH

Bash não se lembrava de como voltara ao navio. Ele não se lembrava de muita coisa... além da expressão de tristeza que distorcia as feições de Minthe enquanto se sacrificava por ele, por sua ilha e por seu bem-estar.

Depois de tudo o que ela fizera, depois de todas as suas ambições e os seus planos, ela fizera uma escolha, e tinha sido *ele*. Ela o escolhera bem quando ele precisou dela.

Como tinha sido fácil para Bash olhar para ela e gritar *Monstro*. Ele viu suas escamas, suas unhas, seus dentes, e desligou sua compaixão como um interruptor. Talvez seja isso que a maioria das pessoas faz quando se depara com algo que não entende — considera aquilo uma abominação, algum demônio. Mas a verdade que ele estava aprendendo era que todos, de uma forma ou de outra, eram monstros aos olhos de outra pessoa.

Heróis em armaduras brilhantes não existiam, e nenhuma pessoa naquele navio poderia se dizer ser um, muito menos ele. Talvez fosse por isso que os heróis pertenciam apenas às histórias, porque a vida real é confusa e cinzenta. Ele não mais presumiria que escolher o caminho errado o tornava mau.

Ao longe, Bash sentiu alguém tocando-o, roçando seu queixo. Mas tudo parecia surreal, como um sonho do qual ele não conseguia acordar. Ele sentiu a maciez de um colchão embaixo dele, lençóis de algodão puxados sobre seu torso nu, a camisa úmida removida. Ele sentiu cheiro de sal e madeira velha, e um toque de lavanda.

— Olhe para cima — exigiu a voz.

Dedos delicados seguraram seu queixo e forçaram seus olhos para cima.

Dani pairava acima dele, avaliando-o de uma forma que o deixou se sentindo ainda mais infeliz. Seus lábios estavam curvados para baixo e os olhos estreitados em apreensão ou descrença.

— Você é... você — pronunciou ela por fim. — Quero dizer, pensei que seria mais difícil, mas... *como* você se reconectou?

Bash não respondeu. As últimas horas tinham sido um borrão.

Mas ele se sentia satisfeito. O que era um alívio, embora a pele ao redor das escamas coçasse sem parar.

— Ele precisará se alimentar em breve — disse Dani, olhando por cima do ombro. Bash percebeu que Margrete e Bay estavam atrás dela. Eles estavam na cabine que ele dividia com Margrete, o restante da tripulação ausente. Inclusive Darius.

Alimentar. A palavra soou tão suja. Minthe afirmou que teria algum tempo antes de precisar consumir outra alma, mas seu pulso acelerou com o simples pensamento de se perder na escuridão mais uma vez.

Ele procurou os olhos de Dani, surpreso quando eles brilharam prateados, o azul-safira mascarado inteiramente pelo aço endurecido.

— Quanto tempo ele tem? — perguntou Margrete.

— Ele é *meia*-nymera, então espero que a alma do Kora o sustente, mas ele precisará se alimentar de almas em algum momento. Ele não voltou ao corpo *curado*. Só agradeço aos deuses que o Kora, ao contrário de um humano, tem uma alma que será muito mais potente, dando-nos tempo para nos reagruparmos. Deve ser por isso que ele conseguiu manter alguma aparência de si mesmo.

Margrete estava fazendo uma pergunta, mas Bash estava totalmente paralisado pelos olhos bruxuleantes de Dani. Como brilhavam de forma sobrenatural na pouca iluminação da cabine. Eles o lembravam alguém... um certo deus da morte.

Ela cheirou o ar, deixando as mãos caírem ao lado do corpo.

— Visto que ele se alimentou da fera, presumo que pode se alimentar de animais, mas isso nos daria apenas algumas horas.

Ele continuou sendo o tema da conversa, todos falando sobre ele como se ele não estivesse ali, e Bash descobriu que não se importava. Estava de volta às águas, sugando a vida do Kora. De volta no tempo, vendo sua mãe abrir a própria garganta. Repetia-se continuamente em um ciclo vicioso. Ele fechou os olhos, como se assim pudesse fazer alguma coisa para salvá-lo daquela lembrança.

Bash estava de luto por ela, mesmo com a raiva residual vivendo em seu coração. Ele se perguntou se os momentos finais de sua mãe poderiam superar as escolhas que ela fizera na ilha.

A criança perdida dentro dele queria acreditar que isso poderia acontecer.

Ele deve ter cochilado, porque ao abrir os olhos novamente, apenas Margrete estava na cabine. Ele a encarou, paralisado por ela, seus sentidos aumentando lentamente à medida que a observava. Tudo parecia tão nítido, claro e avassalador.

Bash não tinha certeza do que havia mudado desde a ilha. Como ele tinha conseguido afastar sua fera interior, mesmo depois da alma do Kora.

— Bash, o que foi? — Margrete sentou-se ao lado dele na cama, tomando cuidado para deixar alguns centímetros entre eles. Ela estava sendo muito cautelosa perto dele, e isso o fez se sentir mal. Mais do que ele já sentia.

— Eu... — Ele se mexeu na cama, com coceira na própria pele. Ele roçou uma escama serrilhada no pescoço, as bordas formigando a ponta do dedo. Eram maiores do que em sua forma fantasma, assim como suas unhas, que eram afiladas em pontas perfeitamente afiadas.

— Desta vez, eu não fui tão... facilmente dominado. — Ele tinha ficado satisfeito com a alma do Kora, sim, mas seu lado mais sombrio ainda sentira desejo de matar, especialmente uma pessoa com um aroma tão divino quanto o dela. — Quero pensar que foi mais do que a alma que eu já tinha absorvido que fez a diferença. Eu me segurei em você e, embora não queira colocar tal fardo sobre seus ombros, sinto que seu rosto me manteve presente.

A voz dele era pouco mais que um sussurro, mas ela o ouviu, balançando a cabeça, refletindo.

— Eu estava pensando o mesmo — admitiu ela. Seu nariz enrugou e parte do peso foi retirado de seu peito. Ele adorava quando ela fazia isso. Uma pequena peculiaridade que acontecia quando ela ficava intrigada por algum mistério.

O rosto dela relaxou e, de repente, um olhar conhecedor suavizou os traços.

— O que foi? — perguntou ele.

Ela passou a mão pelos cachos, que estavam emaranhados e cheiravam a mar.

— Não consegui falar com Darius durante a batalha final com o Kora. Estávamos bem quando os dois primeiros atacaram, mas então algo mudou e... não consegui alcançá-lo. Eu só senti você.

Bash ponderou suas palavras. Ele certamente não era especialista em almas, deuses ou laços imortais, mas tinha uma ideia de por que ela havia lutado para alcançá-lo na ilha. E tinha a ver com o mesmo deus que a enganara em uma barganha indesejada.

— Se Darius não tivesse controle sobre sua alma...

— Então poderia se conectar com a sua — ela terminou por ele.

Ele suspirou. O que aquilo significava? Será que Darius tinha desistido dela? Ou foi apenas um golpe de sorte?

Bash estava prestes a expressar seus pensamentos quando outro o atingiu.

— Espere. — Ele pegou a mão dela com a mão fria e ela soltou um suspiro de alívio, enrolando os dedos com força em torno dos dele. — Você viu como os olhos de Dani ficaram prateados agora há pouco? Ou eu estava alucinando?

Isso com certeza parecia importante.

Mas Margrete franziu a testa.

— Não... quando foi isso?

— Quando ela estava me inspecionando. Seus olhos brilharam prateados por um breve momento, mas eles não eram... humanos. Não sei de que outra forma posso descrevê-los. — A pele de Bash formigou quando ele ousou levar a mão livre ao rosto de Margrete. Ela fechou as pálpebras enquanto ele deixava os dedos deslizarem por sua pele macia.

Uma hora por dia não era suficiente e parecia a primeira vez que ele a tocava em semanas.

— Ela... ela ficou submersa por muito tempo. Ela caiu no mar. Atlas mergulhou para resgatá-la, mas então o Cyros atacou. — Margrete engoliu em seco. A respiração de Bash engatou. O foco em recuperar seu corpo o impedira de saber quão perto estivera de perder os amigos.

— Elas estão bem? — indagou, a garganta se contraindo.

Ela assentiu e ele soltou um suspiro hesitante.

— Atlas perdeu muito sangue devido a um ferimento no antebraço, mas está quase curada e descansando agora. E Dani... — Margrete fez uma pausa, formando uma ruga entre as sobrancelhas.

— Ela parece bem, mas... sinto algo nela, ou talvez esteja faltando alguma coisa. Como se o mar...

— Como se o mar tivesse levado sua alma e depois devolvido? — sugeriu Bash, pensando em quando perdeu Margrete. Como seus olhos mudaram quando as águas lhe deram nova vida.

Ela balançou a cabeça, confirmando.

— Ela não fala sobre isso, mas é uma boa explicação.

Eles ficaram em silêncio por longos minutos. Bash se preocupava com Dani, com Atlas, com cada membro de sua tripulação. Mas ele também se preocupava consigo mesmo. Sobre o que aconteceria quando ele ficasse com fome. Não era pela *sua* vida que ele temia.

— Como vamos consertar isso? *Me* consertar? — perguntou, por fim. — Eu me sinto como uma bomba prestes a explodir e não quero que você seja pega no rescaldo. — Bash não conseguiria descansar sem um plano. Planejar era importante, a ordem fazia com que ele se sentisse ligeiramente no controle e ter controle era ter segurança. Esta era uma de suas muitas regras como rei, uma forma de lidar com o estresse da coroa. Nem sempre era saudável, mas era a única maneira como conseguia lidar com as situações.

Margrete olhou para o canto mais distante da cabine, o lábio inferior preso entre os dentes enquanto mil emoções passavam por seus olhos. Ela se levantou lentamente, caminhando até um banquinho onde havia uma pequena bolsa de couro. Vasculhando seu escasso conteúdo, ela tirou uma chave.

Uma chave.

Merda. Mais uma coisa que Bash tinha esquecido de perguntar a ela. Atlas lhe contara que ela achara uma chave no Submundo, e embora ele quisesse questioná-la, eles ficaram tão ocupados com, bem, todo o *resto*. Caramba, ele ainda estava se recuperando do sacrifício de Minthe.

— Isso estava dentro de uma mesa em meus aposentos. No Submundo. Eu queria te contar antes, mas estava mais preocupada com a sua segurança. — Ela a segurou contra a luz, dando tempo para Bash observar os detalhes intrincados das ondas no cabo que se erguia para circundar uma esfera. Dentro do vidro, um líquido azulado espirrou, um leve brilho irradiando do fluido misterioso.

— O que você acha que é? — perguntou ele, seu peito ficando apertado. Algo na chave fez os cabelos de sua nuca se arrepiarem, e a escuridão que ele mantinha afastada nadou até a superfície. Era fria, sua magia, sua magia *das trevas*. Como antes, tinha uma qualidade senciente, como se ele compartilhasse o corpo com uma entidade separada.

Margrete passou o dedo pelo vidro.

— Achamos que são lágrimas de Surria. E elas supostamente podem criar um novo deus. Foi assim que ela criou Darius e Malum. — Ela levantou a cabeça, a pergunta que ela não estava fazendo aparente.

Bash zombou, momentaneamente atordoado.

— Você quer tentar usar isso em *mim*?

Se funcionasse, se fossem as lágrimas de Surria... Bash poderia se tornar um deus ao lado dela e viver sem se preocupar em matá-la. Ele possuiria magia e, se tudo desse certo, a capacidade de esmagar seus instintos mais sombrios.

Parecia perfeito *demais.*

— Penso em perguntar a Halio quando voltarmos a nos encontrar, mas não tenho certeza se posso confiar nele. — Ela ergueu uma sobrancelha como se dissesse: *Obviamente.* — Claro que não quero expor você a algo que o prejudique, então poderemos ser forçados a pedir a ajuda dele de qualquer maneira. — Ela suspirou, esfregando a mão livre no rosto. Margrete estava mais do que exausta e Bash não queria aumentar suas preocupações. Mas o tempo estava passando e, mais cedo ou mais tarde, ele ficaria com fome novamente.

Ele olhou para suas mãos, para suas garras escuras afiadas. E então ele riu.

Margrete franziu a testa, olhando para ele como se lhe tivessem crescido duas cabeças. Inferno, naquele momento nada a chocaria.

— Qual é a graça, pirata? — indagou, com uma carranca adorável no rosto.

— Minhas unhas. Preciso aparar minhas malditas unhas. — Não foi engraçado, de jeito nenhum, mas Bash levantou-as e torceu os pulsos, sorrindo como um idiota. — Corro o risco de arrancar meu próprio olho com elas.

Bash presumiu que as pessoas recorriam ao humor quando a vida estava uma merda. E ele estava aceitando a risada quase histérica que borbulhava em sua garganta.

— Sério, um movimento errado durante o sono e é assim que morrerei. Se eu morrer por causa de uma *unha*, por favor, minta para o meu povo.

— Deuses, Bash. Pare com isso — disse Margrete, embora não tenha conseguido reprimir uma risadinha.

Quando ele se acalmou e parou de rir, encostou a cabeça no ombro dela. Ele suspirou em seus cachos, balançando suavemente a cabeça diante do absurdo que se tornara a vida deles.

— Então — disse ele depois de muitos minutos de silêncio feliz —, matamos todas as feras, certo?

O ombro de Margrete ficou tenso.

— Eu acho que sim. Assim que voltamos a bordo, Darius gritou: "Está feito", e desapareceu. Acho que o vi indo para as águas, mas não tenho certeza. Não pensei em procurá-lo.

Bash imaginou que o deus estava se posicionando, frisando o fato de que logo teria tudo o que queria. Mas Darius havia desaparecido, o que era estranho para o bastardo presunçoso que aproveitava toda oportunidade para se gabar.

Talvez ele tenha sido tão afetado pelo sacrifício de Minthe quanto Bash... mas enquanto Bash sentiu uma mistura de tristeza e confusão, Darius podia estar sentindo inveja. Sua própria mãe nunca teria feito o que Minthe fez. Surria *o* teria matado antes de a si mesma.

E enquanto Bash tinha alguém para confortá-lo quando ele acordasse, aliviando a dor com risadas e toques doces, Darius não tinha ninguém.

Não sinta pena dele, Bash se repreendeu, surpreso por ter sentido aquela maldita emoção. Talvez, ao retornar ao seu corpo, algo vital tenha sido alterado. Era a única razão que ele via para que sentisse uma compaixão imerecida.

Margrete passou os dedos pelos cabelos dele, as unhas arranhando seu couro cabeludo. Ele fechou os olhos, liberando a primeira respiração verdadeiramente relaxada desde que acordara. Iria cimentar aquele momento em sua mente, porque sabia que, quando refletisse sobre sua vida, pensaria em momentos como aquele; os que pareciam insignificantes, mas significavam o mundo inteiro.

— Podemos voltar ao Submundo amanhã? — Margrete quebrou o silêncio. — Eu só quero uma noite antes de enfrentarmos todos eles.

Os deuses. Halio. *Darius.*

Eles ainda não tinham encontrado uma saída.

— Esta noite será nossa — prometeu Bash, dando um beijo em sua testa.

Uma batida sacudiu a madeira da cabine. Ambos estremeceram ao mesmo tempo, prestando atenção.

— Sou só eu, não fique muito nervoso.

Bash cambaleou em direção à porta, abrindo-a para revelar a melhor visão que ele poderia ter conjurado. Ele acreditava que tinha sonhado, uma alucinação provocada pelo seu estado, pelo seu cansaço, mas...

Adrian se lançou sobre ele, os braços apertando-o como aço e tirando o ar de seus pulmões. Bash grunhiu, mas, deuses, ele retribuiu aquele abraço, um sorriso se esticando em seus lábios.

— E eu pensando que você tinha se esquecido de mim depois dos meus valentes esforços para salvá-lo. Embora eu não tenha certeza se fizemos muito além de enfraquecer o monstro. Você fez todo o restante — murmurou Adrian em seu ouvido, recuando. Ele agarrou os braços de Bash, estudando-o da cabeça aos pés. Por fim, balançou a cabeça e revirou os olhos.

E porque ele era Adrian, ele sempre sabia exatamente o que dizer.

— Você sempre foi meio dramático. — Adrian sorriu e o calor inundou o peito de Bash, afastando as dúvidas remanescentes. — Para sua sorte, sua aparência agora combina com seu jeito de ser.

— É muito gentil da sua parte dizer isso — respondeu Bash, bufando. — Presumo que a mensagem de Bay chegou até você.

O calor nos olhos verdes de Adrian brilhou.

— Sim. Embora tenha demorado um pouco para chegar às minhas mãos. Nossos batedores nas ilhas humanas mais próximas tiveram que enviar um pássaro para carregá-la pela distância final.

— Lembre-me de dar um aumento a eles — falou Bash, sabendo que agora devia a Bay por mais de um motivo.

— Estou feliz que todos vocês estejam... bem — sussurrou Adrian, sério. Ele olhou para Margrete, que permanecia na cama, dando-lhes espaço para o reencontro. Por "bem", Adrian quis dizer que estava grato por eles terem perdoado Bay por seu ato na ilha. Bash tinha certeza de que seu namorado tinha contado enquanto ele dormia.

— Estamos — assegurou Bash, segurando o ombro de Adrian. — E continuaremos bem. Nada pode mudar isso e nada pode tirar a gratidão que sinto por vocês dois. — Bash não pôde deixar de puxar Adrian para outro abraço. Ele abraçou seu irmão, agradecido por sua presença firme, agradecido por ter viajado até Rydor para ajudá-los quando enfrentassem as feras do mar. Adrian era sua família, e o vínculo deles nunca foi tão grande.

Adrian foi o primeiro a recuar.

— Diga-me, Bash… além do seu novo visual, o que mais eu perdi?

Margrete soltou uma risada sufocada.

Adrian provavelmente deveria sentar-se para ouvir esta história.

CAPÍTULO TRINTA E OITO

DARIUS

Darius estava sentado em uma pedra com vista para a praia cinzenta. No segundo em que retornou ao navio, verificou Dani e Atlas. Ambas as mulheres viveriam. Atlas estava se recuperando, dormindo sob o olhar atento de Dani. Quando ele se aproximou o suficiente de ambas, sentiu uma mudança, algo chamando por ele.

Dani. Ela renascera no mar. Ele a sentia agora, para sempre como parte das águas que ele amava. Ela tinha se afogado e seu coração certamente tinha parado. Mas ainda não era a hora dela de morrer. Ainda não.

Algumas pessoas conseguiam enganar a morte — apenas porque a morte tinha um destino muito maior reservado para elas.

Darius as deixou sozinhas e subiu com determinação a escada até a proa. Ele saltou para a lateral do *Mare Deus* e nadou.

Não queria sofrer o escrutínio dos outros. Não tinha feito nada de errado e ainda assim temia ter conquistado a desconfiança deles. Darius esteve *tão* perto de matar a nymera. Em silêncio, ele ruminou a cena repetidas vezes até sentir apenas o vazio.

Ter alguém que se importava daquele jeito… a ponto de fazer o impensável? Ele nunca tinha ouvido falar de algo tão impossível. Provavelmente ele nunca faria algo semelhante. Darius estava sozinho. Agora e sempre.

Nunca, em todos os seus muitos anos, Darius esteve perto de um grupo de pessoas como aquele. Quando tinha vagado pelo mundo, amaldiçoado como um mortal, se mantivera isolado, interagindo apenas quando necessário. Naquela época, ele fizera isso acreditando que os humanos estavam abaixo dele e, portanto, eram uma perda de tempo.

Mas aquela família de desajustados amava-se de tal forma que até o coração insensível de Darius podia sentir.

Perdido em suas próprias reflexões sombrias, ele não notou que alguém tinha acabado de chegar.

— Eles estão se perguntando onde você está, sabe?

Ele levantou o queixo e viu Mila andando com determinação pela areia, ndo em sua direção. Atrás do corpo ágil, ele avistou um pequeno bote a remo na praia.

— Por que você está aqui? Veio me insultar para me fazer sentir ainda melhor? — resmungou, embora não quisesse nada além de perguntar se ela estava bem. Mila pulou na água sem parar, colocando-se em risco. Assim que ela saltou nas ondas agitadas, uma centelha de raiva queimou dentro dele.

Mila bufou e então teve a audácia de se sentar ao lado dele. Tão perto que ele podia sentir o calor do corpo dela através das calças. Uma corrente subterrânea de eletricidade acendeu antes que ele percebesse.

— Como você está? — As palavras escaparam de sua boca sem que ele pudesse contê-las. Ele se amaldiçoou.

— Eu vou sobreviver — disse ela com rispidez, e a ira de Darius ferveu. Ela não tinha consideração pela própria vida. Isso o irritou profundamente.

— Por que você está aqui? — perguntou ela depois que ele ficou em silêncio. — Está incomodado com a escolha de Minthe?

Darius balançou a cabeça.

— Estou… para ser honesto, fiquei confuso com o que ela fez, mas não é só isso.

Uma cotovelada atingiu suas costelas com uma força surpreendente, e ele soltou um suspiro, se virando para Mila com os olhos arregalados.

— Por que isso?

— Estou tentando ser legal, apesar de você não merecer, e você está taciturno e sendo todo vago. Isso me irritou. Daí a cotovelada. — Ela encolheu os ombros como se fosse óbvio. Darius não conseguia acreditar na audácia daquela mulher. Destemida. Absolutamente destemida.

— *Você* está sendo legal? — zombou. — É uma coisa que eu pagaria bem para ver.

— Você está vendo isso agora, idiota. — Mila mudou de lugar, uma carranca marcando sua testa. Seu olhar de raiva era incrivelmente adorável, como um gatinho com garras para fora. Ele escondeu seu sorriso florescente atrás do punho fechado.

— Você não a matou — disse Mila depois de um momento enquanto observavam silenciosamente as ondas. — Por quê? Ela estava bem ao seu alcance e você teve a oportunidade. Mas hesitou.

Darius se virou para encará-la.

— Eu *ia* matá-la. Ela só terminou o trabalho antes que eu tivesse a chance.

— Não — retrucou Mila. — Você teve *minutos* para cortar a garganta ou quebrar o pescoço dela, mas a segurou enquanto ela conversava com o filho. Enquanto ele confessava seu amor por sua rainha. Você não a teria matado a menos que ela o provocasse.

— Por que tanta certeza? — perguntou ele, o calor fervendo seu sangue. Dias antes, ela praticamente amaldiçoara o nome dele e agora estava defendendo suas ações? Qual era o jogo dela?

Mila passou a mão pela areia escura, peneirando os grãos entre os dedos. Darius se viu observando, hipnotizado pelos movimentos gentis enquanto esperava a resposta dela.

Quando seus olhos verdes o encontraram, seu coração imortal e furioso quase parou. Como ele nunca percebera como eram brilhantes? Como eram vibrantes e exuberantes? O restante dela era formado de ângulos agudos e linhas duras, mas seus olhos? Eles eram tão quentes que a respiração de Darius descompassou depois de os encarar por mais tempo.

Ela deve ter visto algo mudar em seu olhar, porque endureceu de imediato.

— Não me entenda mal. Eu ainda te odeio pelo que você fez. Acho que isso nunca vai mudar. Mas você também foi vítima. E embora nunca tenha aprendido a amar, acredito que está aprendendo o que é sentir empatia. Talvez haja esperança de que você possa mudar.

Mudar. Ela queria que ele mudasse. Claro que queria.

— E se eu não mudar? — perguntou ele, o tom de voz aumentando. — Por que importa para você que eu me torne menos monstro aos seus olhos? Hein?

Suas narinas dilataram-se e ela ficou de pé, olhando para ele com toda a fúria de um vendaval.

Darius, tomado pela própria raiva, continuou como um tolo.

— Eu matei o único pai que você conheceu. Seus amigos. — Darius sussurrou as palavras, avaliando a resposta dela, que não veio. A expressão de Mila não mudou. — Você não deveria ter *pena* de mim. Ou desejar que eu seja uma pessoa melhor. Não sou nada para você além de um pesadelo.

Mila estava pensativa, seus longos cílios espalhando-se pelas maçãs do rosto sardentas enquanto piscava rapidamente, considerando.

— E ainda assim sou irracional o suficiente para acreditar que você pode ser melhor. Que você *já* foi melhor. Grant, meu pai, teria desejado isso. Ele teria me dito para ouvir a voz que muitas vezes deixo de lado, aquela vozinha que me diz que preciso ser mais aberta, mais compreensiva, para aceitar que a vida não é oito ou oitenta. — Seus olhos brilharam vermelhos enquanto a umidade os enchia. Darius sentiu como se estivesse caindo e girando enquanto ela olhava para ele, como se estivesse realmente olhando para sua alma podre.

Merda. Ele bem que podia ter mantido a maldita boca fechada. Sempre foi sua maior inimiga.

— Me... desculpe. — Duas palavras. Duas palavras simples que ele nunca havia falado, ainda mais de coração. Duas palavras que ele disse com o coração palpitando no peito, uma faixa desconfortável envolvendo-o e apertando. — E-eu não sei mais o que raios estou fazendo. Ou dizendo, nesse caso.

Ele passou a mão pelo cabelo, que estava oleoso, despenteado e absolutamente não era dele.

Algo suave e inseguro passou pelo rosto de Mila, desaparecendo num instante.

— Se você sente muito, então continue a ser melhor. Palavras são inúteis, deus do mar. Mostre-me. Mostre-*se*.

Mila virou-se e marchou até a costa, em direção ao bote. Minutos depois ela estava na água e navegando de volta ao *Mare Deus*, sem nem por um momento se virar para olhar na direção dele.

Darius permaneceu naquela rocha até o sol se pôr e o mundo ser roubado pela noite. Ele ficou ali sentado até o pequeno bote retornar e outro barco Azantiano maior se juntar a ele, atracado nas ondas.

Os Azantianos tinham chegado em auxílio de Bash e agora visavam a ilha. Algumas tochas foram acesas em preparação para a noite, que tinha acabado de começar. Uma mulher tocou uma música alegre em um violino velho e surrado. Rostos passaram, vozes familiares soaram e tudo em que Darius se concentrou foi em quão pequeno ele se sentia naquele momento. Insignificante e facilmente esquecido.

Não um deus. Não uma entidade todo-poderosa.

Mas um homem que quase destruiu o mundo em busca de algo que nunca teria.

CAPÍTULO TRINTA E NOVE
MARGRETE

— Graças aos deuses, Bay pediu minha ajuda — disse Adrian enquanto seu bote roçava na costa de Rydor. — Bash nunca teria me pedido ajuda sozinho. Homem teimoso.

Bash saltou do bote e ajudou-os a içá-lo à terra. Ele lançou ao seu amigo mais antigo um olhar entre o aborrecimento fingido e a gratidão.

Margrete os deixou com suas provocações, juntando-se a Atlas, Dani e Mila na areia. Atlas estava pálida, com o braço enfaixado, mas, fora isso, se mantinha forte. Dani parecia inalterada, e, vez ou outra, quando a luz atingia seu rosto corretamente, Margrete vislumbrava o brilho em seus olhos que não a abandonava desde o renascimento. Ele sempre estivera lá, ela percebeu, escondido logo abaixo da superfície. Agora ela não conseguia mais esconder o que o destino havia escolhido para ela.

Bash, Adrian e Bay entraram no grupo, seu rei e Adrian lado a lado.

— Bay contou a você o que aconteceu na ilha de Surria? — perguntou Mila, seu olhar vagando para um agrupamento de pedras, seus olhos procurando. Como não encontrou o que procurava, ela voltou a olhar para Adrian. Seu rosto estava contraído, o vinco entre as sobrancelhas mais pronunciado do que o normal. Margrete desejou que sua magia lhe permitisse ler mentes.

— Sim, ele me contou — respondeu Adrian com um gemido, olhando para suas botas. Vermelho tingiu suas bochechas. Ele lançou um olhar cauteloso para Bash, que o recebeu com um sorriso suave e encorajador.

— Ei. Não vamos voltar a isso — disse Bash com firmeza. — Na verdade, hoje vamos *comemorar*. Acho que estamos todos cansados da destruição sem fim no horizonte. Merecemos uma pausa, e tenho certeza de que Adrian trouxe um pouco de cerveja Azantiana.

Com isso, Adrian se animou.

— Minha tripulação está desembarcando a cerveja agora mesmo. — Covinhas gêmeas apareceram em suas bochechas. — Só não beba muito, meu rei. Lembra aquela vez que você bebeu tanto que acabou nu nos jardins, agarrado a uma estátua de...

— Silêncio! — repreendeu Bash, correndo para agarrar o colarinho de Adrian de brincadeira. — Ninguém quer ouvir essa história.

— Hum, eu quero, sim — argumentou Margrete, sentindo-se mais ela mesma do que em semanas. Ela sentia como se estivesse em Azantian novamente, cercada por seu povo. A praia que ocupavam podia não ser a mesma costa dourada, mas ela tinha a percepção de que a única coisa que importava era com quem a compartilhava. Ela passou um braço em volta da cintura de Adrian enquanto caminhavam pela praia. — Por favor, conte, Adrian. Adoro ouvir histórias sobre o formidável Bash de Azantian.

Enquanto Adrian contava uma história sobre bebidas, nudez e estátuas que aparentemente *exigiam* abraços, uma parte da tripulação, cerca de vinte pessoas, chegou à praia. Foram necessárias três viagens para que todos os passageiros e, mais importante, a cerveja, chegassem à terra, mas Bash estava certo: eles precisavam ter ao menos *uma* noite para rir, contar histórias e se embebedar.

No dia seguinte... bem, ele seria uma história completamente diferente.

Margrete olhou para o antebraço tatuado enquanto seus amigos riam e brincavam uns com os outros. A tatuagem parecia a mesma, não tinha mudado desde que ela completara o acordo com Halio. E *estava* completo, certo?

Talvez ela devesse retornar ao Submundo para que tudo fosse oficialmente concluído.

— Sua mente está em outro lugar. — Bash se inclinou para sussurrar em seu ouvido. O violino tocava uma melodia animada enquanto Bay distribuía canecas de cerveja. Ela capturou os olhos dele enquanto aceitava a dela.

Sua mente *estava* em mil lugares ao mesmo tempo, e a grandiosa cena de Azantianos dançando e compartilhando bebidas ao redor de uma fogueira havia perdido o efeito sobre ela.

— Então — pressionou Bash —, no que você está pensando? — Sua voz era rouca e soava diferente. Mais profunda. Ela se perguntou se ele pensava em sua mãe e na morte dela. Ele não dissera uma palavra sobre isso depois que saíram do *Mare Deus*.

— Eu deveria estar perguntando como *você* está. — Ela segurou a bochecha dele, apreciando sua solidez, como a barba por fazer arrepiava a palma de suas mãos. Ele respondeu com um de seus sorrisos muito radiantes, aqueles que já havia muito tempo ela tinha descoberto que eram falsos. A visão era desanimadora.

— Eu vou ficar bem — disse ele. — Eu só... — Ele fez uma pausa, e ela colocou as mãos em seu colo e segurou sua mão livre. — Eu nem a conhecia. Ela era realmente uma estranha e, embora eu perceba que *deveria* me sentir destruído após sua morte, tudo que sinto é gratidão. Uma estranha sensação de paz. Isso faz algum sentido?

Margrete sabia que nem todos processavam o luto da mesma forma, e a reação de Bash não era totalmente chocante. Ele estava certo — ele não conhecia Minthe, não de verdade, e ela o forçara a roubar sua primeira alma, efetivamente apagando sua mente. Seu senso de livre arbítrio.

Embora a nymera tenha se redimido no final, Bash ainda travava uma batalha com o que ela pôs em ação. Sua transformação.

Margrete se aconchegou ao lado dele. A pele dele estava fria ao toque, mas ela não se importava.

— Lamento que as coisas tenham acontecido do jeito que aconteceram. E eu gostaria que ela tivesse feito a escolha de abandonar sua vingança mais cedo, quando houvesse mais tempo. A tempo de vocês dois se reconectarem. Antes de você ser enviado para o Submundo.

Mãe e filho tinham perdido um reencontro. Uma chance de vivenciar o vínculo que existia entre eles.

Margrete olhou para Bash, notando o quão forte ele cerrou o maxilar. Ela deu um beijo gentil em seu rosto.

— Mas, no final, ela *demonstrou* seu amor da única maneira que sabia, e acho que seu sacrifício, embora horrível, foi sua maneira de te salvar.

— Talvez você esteja certa — murmurou ele, examinando a praia, observando os Azantianos que ele chamava de família. Pessoas que literalmente iriam até os confins do mundo por ele. A maioria chamava sua atenção de vez em quando, baixando o queixo em respeito, e todos tiveram o bom senso de lhe dar espaço, indo para onde Bay estava envolvido nos braços do namorado. Adrian o segurava com força, acariciando seu cabelo enquanto sussurrava em seu ouvido. A pele de Bay não parecia mais pálida, seus olhos estavam mais nítidos e vibrantes do que há semanas. Até Atlas e Dani se misturaram aos outros, alguns que Margrete reconheceu e outros que não. Mas a ideia era a mesma.

Todos estavam fugindo da realidade. Era bem-merecido.

— Vejo como eles estão olhando para mim — disse Bash apressado, observando a mesma cena com interesse. Ele levantou a gola da camisa como se isso pudesse ajudar a esconder as escamas. Não escondeu.

Ela não sabia o que dizer, porque ele estava certo.

Sim, seu povo assentia com respeito, mas também se detinha em seu rei modificado e em sua aparência sombria, alguns parecendo forçar um sorriso ou se esconder atrás de uma bebida. E sempre que ocorria uma calmaria na conversa, ela notava como Adrian levantava a voz, garantindo a atenção de qualquer mente divagante.

Eles podiam rir, cantar e beber, mas não eram tolos. As coisas nunca mais seriam as mesmas. Mesmo que eles *tivessem* vencido as feras.

— Deixe-os olhar — ela falou por fim, virando-se nos braços de Bash. — Você deveria usar as marcas de suas provações com orgulho. Você sofreu por eles, e ainda está lutando. Eles deveriam ver isso e ficar orgulhosos.

Margrete percebeu que ele não concordava, mas Bash inclinou a cabeça sobre os cachos dela e suspirou.

— Direi isso todos os dias até que você enjoe de mim, mas tenho muita sorte de você ser minha, princesa.

O calor floresceu em seu peito.

— Não se preocupe, pirata. Nunca me cansarei de ouvir essas palavras.

Bash passou as mãos para cima e para baixo nos braços dela antes de deslizá-los pela cintura.

— Quer dar um passeio? — perguntou, uma leve cadência iluminando sua voz. Ela quase morreu ao ouvir isso, porque fazia muito tempo que não o ouvia falar com tal leveza. — Mas, desta vez, sem Flores de Liander — acrescentou, fazendo o possível para parecer severo.

Ela virou a cabeça para cima, arregalando os olhos em inocência.

— Não sei do que você está falando — disse ela, sorrindo maliciosamente.

Como poderia um momento ser tão alegre e ainda assim carregado de tristeza? Com amor e medo?

Bash levantou-se e estendeu a mão para ela.

— Que cavalheiro. — Ela aceitou com um sorriso malicioso.

— Não conte a ninguém.

Ela o cutucou, permitindo que ele liderasse o caminho para a praia. Eles vagaram pelas pedras, além da festa e de seus muitos sons. Caminharam em um silêncio feliz até que restassem apenas eles e sua respiração tocando como uma melodia alegre.

— Nós realmente conseguimos — falou Bash, quebrando o silêncio. — Não acredito que realmente matamos os monstros. — Ele soltou um bufo. — Sinto que há uma pegadinha, pois é bom demais para ser verdade.

Ela diminuiu a velocidade, fazendo-os parar. A lua, quase cheia, lançava sua luz sobre seu rosto, delineando as bordas proeminentes de suas maçãs do rosto. Ele era bonito, do jeito que era. Ela o achava mais atraente agora do que quando o viu pela primeira vez, e seu coração nunca conheceu tal plenitude.

— Talvez as coisas realmente tenham dado certo para nós — refletiu ela. — Gostaria de pensar que finalmente vencemos uma batalha. Os deuses sabem que merecemos um pouco de paz.

Eles tinham passado por tanta coisa em tão pouco tempo. Tudo o que ela queria era voltar para casa em Azantian e passar os dias com Bash, Birdie e...

Porra. Ela tinha se esquecido. Ou melhor, ela se forçou a esquecer a verdade: ela não era humana e não envelheceria, e Bash acabaria morrendo. Eles poderiam experimentar a paz por alguns anos, mas não duraria. Seria ingênuo pensar o contrário.

Margrete estendeu a mão para Bash antes que suas preocupações tomassem conta, um medo desesperado guiando suas ações.

Ele se encolheu de surpresa, mas quando seus lábios encontraram os dela, ele gemeu. Ele passou a mão em seu cabelo e agarrou os fios, a língua deslizando em sua boca, movendo-se no ritmo dela. Foi um beijo gentil, lento, doce e cheio de amor.

As ondas batiam contra a praia, e o cheiro de sal pesava no ar. Cheirava a casa, e com Bash nos braços, Margrete resolveu que, como os outros, iria fingir, mesmo que apenas por uma noite.

— Cansei de ser seu pessimista adorável e bonito — murmurou Bash de repente enquanto recuava para respirar. — Eu sei o que você está fazendo, o que está tentando esquecer.

Seu peito subia e descia de forma irregular enquanto ela ofegava.

— E o que estou esquecendo?

— As coisas *podem* ser boas. Não resolvemos *todos* os nossos problemas, mas tivemos sucesso nesta rodada, a mais importante, e não vou permitir que você desista. — Ele agarrou seu queixo, mantendo-a no lugar. — Quando voltarmos ao Submundo, se Darius se recusar a romper o acordo, você o matará. Ou talvez *eu* mate. A única razão pela qual não fiz isso foi por sua causa, e isso exigiu imensa força da minha parte.

As palavras afundaram em seu coração como veneno. Ela não sabia por que mal conseguia respirar. Darius merecia a morte, certo?

Então por que ela estava hesitando?

— Nós vamos dar um jeito no resto depois que ele... lidar com isso. Imortal ou não, você me tem, princesa. Você sempre me terá. — Ele a beijou na têmpora e ela estremeceu. — Encontraremos um caminho porque não vamos parar até conseguirmos.

Os lábios dele percorreram a lateral do rosto dela até as bochechas e o queixo. Seu corpo formigou quando ele chegou ao seu pescoço, sugando a carne sensível, provavelmente deixando uma marca. Ela não se importou.

— Porra. Quando você se tornou tão otimista? — perguntou ela com a voz rouca, fechando as pálpebras. Ele estava circulando a língua em um ponto delicioso abaixo da orelha. — Não está jogando limpo.

Ele riu, um som profundo e estrondoso que vibrou para cima e para baixo em seu corpo.

— A vida nunca foi justa. Por que eu deveria? Além disso, eu deveria estar *morto* agora, então o otimismo pode ser necessário.

Bash puxou-a de volta para um beijo, e, por todos os deuses, Margrete cedeu à sua fantasia. Para o que *poderia ser*.

Se as coisas corressem mal no dia seguinte, ela teria o que queria naquele momento.

— Por que... — sussurrou ele, beijando seu pescoço — eu nunca fiz amor com você na praia? — Ele se moveu para o peito dela, com as mãos em concha em seus seios. Ela se arqueou contra suas mãos, desejando sua boca. Ele não a fez esperar muito.

Quando ele se afastou, ela percebeu como suas íris haviam ficado escuras, as pupilas quase eclipsando o branco dos olhos. Uma sugestão de que sua besta interior estava saindo para brincar, e enquanto a apreensão dançava por sua espinha, o mesmo acontecia com a alegria.

Havia algo no lado obscuro dele que chamava o dela. Isso fez seu sangue ferver e seu coração bater forte.

Bash alcançou a parte superior da camisa dela e agarrou o material fino antes de rasgá-lo ao meio. Botões caíram na areia, perdidos para sempre na ilha de Rydor.

Ele vagarosamente passou as mãos por suas costelas, sobre as curvas de seus seios, e um grunhido baixo ressoou do fundo de sua garganta. As palmas calejadas dele eram deliciosas contra a pele dela, acrescentando a quantidade certa de fricção, eletrizando cada nervo.

Bash a levou ao limite com seus cuidados lentos. Ele demorou, reaprendendo-a, memorizando cada centímetro dela. Ela estava tremendo, uma bagunça sob seus dedos habilidosos.

Os lábios gelados baixaram para circundar um bico rosado, sua língua perversa adorando-a antes que seus dentes raspassem a carne sensível. Ela choramingou, arqueando-se contra ele, empurrando o seio mais fundo, precisando de mais dentes. Mais dele. Um grande vazio a consumia, um vazio que se expandia à medida que ele brincava com ela.

Suas mãos agarraram os quadris dela enquanto ele continuava, dando atenção ao outro seio e entregando a mesma tortura. Ela sentiu seu sorriso enquanto agarrava suas costas, incitando-o. Suplicando.

Margrete decidiu que bastava.

— Homem perverso — murmurou ela, empurrando-o e rasgando sua camisa. Seu olhar a queimou viva enquanto botões voavam por toda parte, deixando seus gloriosos músculos à mostra. Os olhos dela caíram para o abdômen dele, para os gominhos, para o peito forte. Ela queria lamber cada centímetro dele.

Ela agarrou o cinto dele, abrindo-o lentamente, tentando torturá-lo como ele havia feito com ela. Ela manteve o contato visual, mesmo quando seu coração palpitou descontroladamente sob sua atenção sombria. Um músculo em seu pescoço ficou tenso quando ela jogou o cinto de lado e desabotoou a calça.

— Sua vez — sussurrou ela, deslizando a mão para dentro, os dedos envolvendo o pênis. Ele gemeu, o som primitivo. Impaciente.

— Eu planejava fazer amor com você, minha doce, doce e irritante Margrete, mas agora… — sibilou ele quando ela guiou a mão para cima e para baixo, provocando-o enquanto o apertava. — Agora vou te curvar sobre essas pedras e te foder até que você não consiga mais se mover. — Ele agarrou a mão dela e, com uma força chocante, a força de uma nymera, ele a afastou de sua calça. Ela abriu a boca para discutir, mas Bash se inclinou e a colocou por cima do ombro.

— Bash! — gritou ela, um sorriso se abrindo em seus lábios. Ela adorava quando ele ficava assim, tanto quanto adorava quando ele a tomava com ternura. Caramba, talvez ela gostasse mais desse lado dele. Porque era ele. Era ela.

Um monstro e uma deusa.

Ele a levou até uma pedra lisa com vista para o mar. Com os olhos semicerrados, ele tirou o resto da camisa dos ombros, cada músculo do rosto tenso com controle. O cinto dela saiu em seguida, e então ele caiu de joelhos, olhando para ela enquanto tirava as botas. Deuses, a visão dele de joelhos sempre a impressionava, e ele sabia disso. O sorriso de Bash era diabólico enquanto ele se abaixava e tirava a calça dela, as mãos exploradoras demorando-se nas curvas.

Ele beijou seu tornozelo, passando pela parte interna da panturrilha, na coxa.

Margrete gemeu de frustração.

— Que impaciente — repreendeu ele, antes de beliscar suavemente a parte interna da coxa. Ela choramingou mais uma vez, a dor fazendo seu núcleo pulsar quase dolorosamente.

Muito devagar, Bash passou a língua até o ápice das pernas dela, dedicando sua atenção a todos os lugares, menos onde ela mais precisava dele. Ela enfiou os dedos em seu cabelo, puxando as mechas, incitando-o a se aproximar.

A risada que se seguiu só a fez puxar com mais força.

Justamente quando ela pensou que não aguentaria mais, Bash lambeu sua fenda e ela arquejou com um soluço. A frieza de seus lábios, de sua língua — era deliciosa. Era tudo.

— Tão doce — murmurou ele, enviando vibrações que irradiaram por toda parte. — Eu poderia te saborear por horas.

Sim. Ela murmurou o nome dele, mal conseguindo se mover, perdida demais no prazer que ele estava lhe proporcionando.

— Agora seja uma boa garota e goze na minha língua.

Bash a chupou antes de mergulhar um dedo em seu núcleo aquecido.

Ela gritou o nome dele, embora fosse um som entrecortado e rouco. Ele acrescentou outro dedo antes de enrolá-los, alcançando aquele local delicioso que a fez ver estrelas. Ela ficou na ponta dos pés com um grito, quase perdendo o equilíbrio.

A magia em seu sangue ganhou vida, e ela cavalgou seu rosto, gritou seu nome, soltou maldições e elogios. Margrete perdeu-se inteiramente nas sensações que ele provocava em seu corpo e, quando ela se soltou e caiu, uma luz azul emanou de todos os seus poros, iluminando a noite.

Bash não cessou até que seu brilho se extinguiu, até que seu corpo relaxou e apenas a forma como ele a segurava entre as coxas a mantinha de pé. Ela mal conseguia respirar direito.

— Ainda não terminei — ameaçou ele, levantando-a e colocando-a em seus braços novamente. Quando a colocou no chão, foi sobre uma rocha fria e lisa. Arrepios percorreram sua espinha. — Acredito que fiz uma promessa a você...

Ele a virou de bruços, um braço embaixo dela, protegendo-a da pedra. Com a mão livre, ele baixou a calça, o som da fivela sendo afrouxada aumentando a expectativa. Margrete sorriu, seu poder vivo e crescente, seu corpo flutuando e saciado. Ela olhou por cima do ombro, apreciando a magnífica visão dele. O abdômen perfeito, as escamas cor de ônix, os olhos profundos e escuros que podiam olhar para ela com adoração e pecado.

— Não se contenha — disse ela. — Eu quero *você* esta noite, não o rei.

Ela queria a fera.

E Margrete queria libertar-se totalmente em troca.

— Não há como conter — prometeu ele. E então mergulhou em seu núcleo com um golpe punitivo.

Ela irradiou seu poder enquanto Bash gemia, e o som era melhor que música. Ela se empurrou contra ele, incitando-o a continuar, precisando que ele alcançasse as partes mais profundas dela. Como sempre, seu pirata obedeceu.

Ele cravou as mãos nos quadris dela enquanto empurrava profundamente.

Eles estavam completamente sincronizados. Completamente um.

Ela não precisava esconder o que queria dele. Não precisava ser outra coisa senão ela mesma. Quer fosse uma deusa ou uma mortal, Margrete estava grata por ter encontrado um parceiro de quem não precisava se esconder.

— Tão bom. — Bash ofegou, seus movimentos selvagens, desiguais. Frenéticos. — Mas eu preciso ver seu rosto, linda.

Ele saiu dela antes que ela pudesse discutir, e então a reposicionou para que ela se sentasse na pedra, de frente para ele. Margrete envolveu o torso dele com as pernas e puxou-o para perto. Bash ficou imóvel ao vê-la, os olhos arregalados que ela sabia estarem transbordando de fome.

Só para ele.

Bash não mergulhou nela, mas deslizou, centímetro por centímetro delicioso, dentro de seu calor. Ela choramingou, a plenitude quase demais. Ele manteve o olhar fixo no dela quando saiu, apenas para voltar para dentro, fazendo amor com ela de uma forma que parecia mais profunda do que a própria emoção.

— Eu nunca consigo me controlar com você. Você acaba comigo tão docemente, Margrete — sussurrou, inclinando-se sobre ela, os músculos de seus braços tensos. A boca dele contornou os lábios dela, e sempre que ela levantava a cabeça para beijá-lo, ele recuava.

— Preciso que isso dure. Preciso observar seu rosto. — Com uma das mãos envolveu sua nuca, prendendo-a onde desejava, e com a outra gentilmente massageou seu seio, os dedos beliscando o botão sensível, fazendo com que ela se aproximasse cada vez mais da felicidade. — Só você pode domar qualquer monstro que esteja dentro de mim. E ficarei feliz em usar as algemas por você, minha linda e poderosa rainha.

Margrete gozou tão abruptamente que todo o seu corpo convulsionou.

Cada nervo foi eletrificado e sua magia aumentou, a luz suave que irradiava de sua pele agora se transformando em chamas. Ela gozou tão longa e profundamente que não tinha certeza se voltaria. Caramba, ela não queria.

— Assim — elogiou Bash, acelerando, buscando seu próprio alívio. — Porra, você parece que foi feita para mim. — Quando ela voltou a si, agarrou seus quadris e puxou-o com mais força, mais perto, mais rápido.

Ela apertou os músculos ao redor dele, deliciando-se com a expressão quase dolorida em seu rosto.

— Então me mostre — murmurou ela. — Quero ver como eu possuo você também.

Bash sibilou uma maldição, penetrando nela impiedosamente, atingindo o ponto celestial dentro dela repetidas vezes até que ela gritasse seu nome, espasmos em torno de seu comprimento grosso e duro.

— Eu te amo — gemeu ele, pouco antes de estremecer e o calor se derramar em seu núcleo. Seu pênis pulsava, cada pulsação arrancando o prazer persistente que a tinha destruído.

As mãos de Bash caíram ao lado dela, prendendo-a enquanto ele recuperava o fôlego. Ela o estudou ao luar, memorizando sua bela feição. Quando ela conseguiu se mover fisicamente, segurou seu queixo e deu um beijo suave em seus lábios.

— Eu te amo — repetiu ela, sabendo que nada jamais seria tão verdadeiro. — E...

Gritos perfuraram o ar.

Bash se endireitou ao mesmo tempo que ela, ambas as cabeças girando na direção da festa.

Os gritos ficaram mais altos, mais estridentes.

Bash ajudou a acomodá-la e correu para pegar suas roupas, entregando-as a ela enquanto procurava as dele. Ela teve que amarrar as pontas soltas da camisa, deixando a barriga exposta. Bash abandonou completamente a camisa arruinada, apenas puxando a calça para cima, deixando o peito escamado nu. Quando ambos estavam prontos, ele agarrou a mão dela. Juntos eles correram em direção ao som do caos.

CAPÍTULO QUARENTA
BASH

O peito de Bash doeu.

A magia das trevas dentro dele ganhou vida, parecendo reagir ao que quer que estivesse acontecendo à frente. Margrete correu ao seu lado, raios azuis de luz voando de suas palmas, o cabelo irradiando seu brilho etéreo. Bash não brilhava, mas com certeza sentiu a grande mudança.

Naquele momento, no portão que guardava sua escuridão, um prisioneiro deslizou gradualmente para trás. Aquela barricada tinha acabado de cair quando eles fizeram a curva e se depararam com uma cena tão horrível que até mesmo sua nymera interior sibilou. O sangue cobria as areias onde os marinheiros Azantianos momentos antes celebravam.

Corpos jaziam imóveis, braços e pernas dobrados de forma não natural, gargantas cortadas e os últimos suspiros de vida soando.

Figuras compostas de luz brilhante passavam, movendo-se rápido demais para que os poucos tripulantes sobreviventes pudessem reagir. Restavam apenas cerca de seis do pequeno grupo de marinheiros de Adrian, e Bash fez uma careta quando viu Atlas com a atadura do braço machucado aberta e o corte sangrando novamente. Ela estremeceu de dor enquanto empunhava sua adaga, tentando pegar um dos atacantes fugazes. Bash contou cerca de dez criaturas etéreas.

Margrete não esperou. Ela ganhou vida, erguendo as palmas das mãos em direção a um dos agressores e enviando uma explosão de força bruta. Mas seu alvo era rápido demais e, no momento em que sua magia chamuscava as areias, a figura já estava avançando para a próxima vítima.

— Que bom que vocês chegaram — grunhiu Darius, aparecendo à direita deles.

Bash foi para a esquerda de Margrete, ele e Darius flanqueando-a.

— Ouvimos os gritos e corremos o mais rápido que pudemos — disse Margrete pouco antes de conseguir pegar uma das figuras. A criatura diminuiu o ritmo e Darius enviou uma explosão de seu poder diretamente em seu centro. Um grito estridente perfurou o ar e a criatura caiu na areia. Bash não conseguia entender os detalhes, pois a magia de Darius ainda encobria sua mais nova forma.

— Bom golpe — elogiou Margrete, e Darius baixou o queixo, procurando outro alvo.

— O que eles são? — ofegou Bash, suas garras crescendo novamente. Elas romperam a pele abaixo das unhas e ele sibilou com a dor. O ar estava cheio de sangue, a potência do odor fazendo seu estômago revirar de desejo. Ele ansiava por se mover, por fazer algo que eliminasse o buraco crescente em seu interior.

Antes de responder, Darius derrubou mais um, e desta vez um rosnado distintamente humano soou. Uma luz vermelha brilhante irradiou e Bash vislumbrou a forma abaixo.

— Merda.

— Merda, de fato — concluiu Darius. — Charion e Calista compartilham ninfas. Embora algumas sejam mais leais a um do que ao outro. Já que Calista não está mais conosco...

Charion tinha que estar por trás daquele ataque. Provavelmente ele soube do sucesso da empreitada deles, mas, como não haviam chegado ao Submundo, ainda tinha tempo para entregar o que considerava sua vingança legítima.

Mila rugiu enquanto se esquivava de uma das ninfas, saltando para o lado antes que ela envolvesse seu pescoço com as mãos. A luz que irradiava da ninfa era brilhante, forte demais para distinguir características, tornando difícil identificar seus pontos fracos. Mas Mila estava determinada e perseguiu uma delas, com a adaga pronta e um grito de guerra nos lábios.

Darius respirou fundo quando ela conseguiu fazer um corte nas laterais da criatura, diminuindo a velocidade o suficiente para ela enfiar a adaga diretamente em seu peito. Mila continuou cortando, manchando o rosto de sangue, a essência vital da ninfa cobrindo suas mãos.

— Você vai precisar estreitar seu escopo, Margrete — comandou Darius, desviando o foco de Mila. — Sua mira tem que ser impecável. Mila teve sorte em derrubar esse. Nenhum mortal derrotou um antes. Não que eu saiba. — Orgulho encheu sua voz, e seu foco permaneceu preso em Mila, que rosnou enquanto outra ninfa avançava.

Margrete assentiu, os músculos do pescoço tensos enquanto ela levantava as palmas das mãos. Uma alfinetada de poder escapou, atingindo a parte superior do corpo de uma das criaturas. Ela não caiu, mas tropeçou, e Bay apareceu entre as árvores densas, balançando a adaga para terminar o trabalho. Seu rosto estava manchado de sangue, os cabelos loiros cobertos de vermelho.

Bash examinou a praia.

Adrian.

Ele atirou uma lança em uma ninfa, mas ela sorriu quando arrancou a lâmina do peito. Ela jogou a arma na areia, e seu corpo desacelerou o suficiente para Bash ver os músculos tensos, a pele brilhando com magia e malícia.

Em um piscar de olhos, Bash se moveu, sua velocidade desumanamente rápida enquanto jogava o corpo diante do amigo. A ninfa não hesitou.

Quando ela pegou sua lâmina tosca e cortou a pele nua de Bash, ele sangrou uma gosma preta que escorreu pelo abdômen. Sua besta interior rugiu. A ninfa soltou um grito de triunfo, e seus lábios carnudos se ergueram em um sorriso malicioso.

— Bash, não! — gritou Adrian, mas ele já havia levantado a mão, as unhas recém-afiadas apontando para a delicada garganta da ninfa. Ele não sentiu nada além de uma adrenalina feliz percorrer todo o seu corpo quando se conectou com carne e músculos, as unhas cortando o pescoço pálido com uma facilidade doentia.

Ela agarrou a ferida, os olhos arregalados. Bash bateu nela com a outra mão, as unhas aprofundando na ferida, cavando entre os dedos que a cobriam. Ele mal percebeu os gritos preocupados de Adrian, a voz de seu amigo mais antigo embargada de pânico.

Bash vislumbrou um borrão de metal voando por seus ombros, perfurando outra ninfa que ele avistou pela visão periférica. Ele se virou. Bay estava diretamente atrás dele, com as mãos agora vazias — ele o salvara mais uma vez. Com Bay e Adrian trabalhando juntos, Bash entrou em frenesi, suas garras alcançando qualquer um que ousasse atacar.

Pelo canto do olho, vislumbrou Margrete e Darius trabalhando em conjunto, eliminando as ninfas brilhantes, seus gritos estridentes no ar noturno. Mas Bash não fazia parte da unidade deles, e quanto mais sangue era derramado, mais faminto ele ficava e maior se tornava o buraco em sua barriga. Ele matou, mas não comeu.

Quando alcançou sua quarta ninfa, Bash diminuiu a velocidade. Sem lhe cortar a garganta e vê-la sangrar como fizera com os outros, agarrou-a pelo pescoço e forçou-a a abrir a boca. Ela se mexeu em seu abraço, seus silvos não naturais e perversos. Perversos como *ele*.

Ele inalou...

A ninfa gritou. O mundo desacelerou.

Bash roubou sua alma vil com três goles, deixando cair sua casca sem vida na areia com os outros. Sua magia das trevas parecia sorrir.

A próxima ninfa tinha um sabor melhor, se não mais antigo. Sua alma lembrava a Bash os dias de inverno e céu nublado. Não como a outra, que tinha um gosto muito fresco, muito parecido com uma brisa de outono.

Ele não sabia como descrever as sensações que o inundavam, pois provavelmente não fariam sentido se ele tentasse, mas sua barriga estava cheia e estufada, e seus membros ardiam de energia. Ele se movia mais rápido, com mais confiança. Ele empurrou um Azantiano para fora do caminho pouco antes de serem atacados, e também roubou daquela ninfa imprudente sua alma cruel.

Bash não percebeu que estava sorrindo até suas bochechas ficarem tensas.

Quando atacou a próxima vítima, estava muito embriagado para se importar com o quanto estava se divertindo.

CAPÍTULO QUARENTA E UM
DARIUS

Malditas ninfas.

Darius as desprezava quase tanto quanto desprezava seu irmão. Eram como pequenos mosquitos malvados, criaturas cuja suposta lealdade significava menos que nada. Ele acabara de matar uma das ninfas que haviam jurado lealdade a *ele* apenas algumas semanas antes, na ilha.

Traidora.

Margrete ofegava ao seu lado; não tinha o costume de canalizar sua magia de maneira tão meticulosa. As ninfas podiam se mover a uma velocidade chocante, e por mais rápida que fosse a magia dela e de Darius, às vezes as ninfas eram mais rápidas. Mas ela aprendia depressa e destruiu uma delas sem a ajuda dele.

Darius levou um momento para recuperar as forças, observando Adrian mirar sua adaga, errando uma ninfa por um centímetro. Felizmente, Bay, logo atrás do namorado, cortou o outro lado da criatura. O sangue caiu quando a ninfa gritou e saiu mancando. Tanto Adrian quanto Bay a seguiram, provavelmente acabando com ela de uma vez por todas.

O ferimento de Atlas não estava lhe ajudando em nada, mas surpreendentemente Dani se segurou, ficando diante da loira com uma ferocidade no olhar que ele não tinha visto antes. Ela cortou o ar, desafiando os inimigos a se aproximarem. Afinal, o mar a mudara.

Darius estava preparado para rastrear as ninfas restantes e acabar com elas quando um grito familiar soou. Um grito de dor. De orgulho. De teimosia.

Darius se virou.

— Olá, bonitão.

Shade. Ela segurava uma lâmina na garganta de Mila, um sorriso cruelmente lindo florescendo em seu rosto. O longo cabelo ruivo estava trançado atrás dela, uma tiara de espinhos vermelhos na testa, uma coroa de morte. Darius tinha se esquecido dela, acreditando que ela fugira da ilha com o resto de suas baratas.

Mila lutava para escapar, mas seu olhar furioso foi direcionado a Darius como se o massacre fosse culpa dele. Seus olhos eram duros como pedra, todos os seus músculos tensos. Seu grito de susto foi o único som que ela permitiu escapar.

— Deixe-a ir — rosnou ele, saindo do lado de Margrete. Ele sentiu o olhar dela sobre ele, mas ela não disse nada, provavelmente ocupada demais lidando com as poucas ninfas que se recusavam a morrer. Bash estava fazendo sua própria bagunça, e Darius de repente não se importou em se manter ali.

Cacete, ele só se importava com uma coisa.

Shade zombou, sua lâmina raspando o pescoço de Mila, tirando mais sangue. Ele borbulhou na superfície antes de deslizar pelo pescoço gracioso. Ela nunca pareceu tão frágil como naquele momento, enredada pela pura maldade com um rosto deslumbrante.

— Shade, isso é entre mim e você. — Darius apontou o queixo para Mila, algo apertando seu peito. — Faça seus asseclas pararem e vamos resolver isso.

— Eu segui você por anos, Darius — sibilou Shade —, e nunca percebi o quão fraco você era. Eu deveria ter ouvido os outros, mas, como uma tola, acreditei que você poderia se livrar das falhas que não atormentavam seu irmão. Apostei errado e agora estou sozinha, minha amante se foi e estou pagando o preço.

— Pagando o preço... — ele se interrompeu, entendendo o que ela dissera. — Calista enviou você antes de morrer, não foi? — perguntou ele, aproximando-se.

Shade instantaneamente segurou Mila com mais força, fazendo-a choramingar quando a lâmina cravou em sua pele sardenta. Ele nunca percebera que as sardas dela desciam pelo peito, um padrão semelhante a pequenas constelações?

Foco. Não é a hora.

— Para começar, eu não deveria tê-la traído — disse Shade, balançando a cabeça. Seu cabelo caiu para trás, revelando sua antiga queimadura, sua marca da deusa: uma flor murcha. Darius a encantara para desaparecer de sua pele por anos, mas ele se distraíra com Margrete e seu rei de tal forma que não pensou muito em Shade, mesmo depois da ilha.

— Agora sou forçada a ficar com um novo mestre, e ele certamente não gosta de você. — Shade inclinou o queixo triunfantemente. — Um sentimento que ambos compartilhamos.

— Mate-a logo! — exigiu Mila, demonstrando impaciência. Darius quase sorriu com a audácia.

— Alguém deseja morrer — rosnou Shade, trazendo a orelha de Mila para perto de seus lábios.

O rei de Azantian rugiu de algum lugar atrás de Darius, muito ocupado inalando as almas das ninfas para notar Mila nas mãos de Shade. Mas também Darius deveria estar vasculhando a praia para ter certeza de que estavam livres da ameaça, não tentando salvar uma mísera mortal.

E ainda assim ele não conseguia se mover.

— Eu vejo como você olha para esta aqui — provocou Shade. — Ela é importante para você, mesmo que você ainda não entenda. Não é um olhar tão poderoso quanto o que dá para a futura rainha de Azantian, mas... — Shade fez uma pausa para puxar sua lâmina para cima, movendo a ponta afiada pela bochecha avermelhada de Mila, cortando a pele enquanto ela avançava. Não deixaria cicatriz, mas Mila sibilou com a dor.

Um grande calor começou a agitar-se no núcleo de Darius. Foi o mesmo início de raiva que ele sentiu quando matou Malum nas ondas de Azantian. Darius desejou atear fogo em seu cadáver depois de brincar com ele, depois de cortá-lo em pedaços e vê-lo sangrar. Devagar.

Darius sentia por Shade o mesmo tipo de ódio que sentia por seu irmão, sua mãe e os outros deuses. Mesmo que uma parte pequena e sem importância dele tivesse pena dela. Uma emoção com a qual ele não estava familiarizado poucos meses atrás.

Mas vendo o rosto de Mila se contorcer de dor... sua ira venceu.

Shade estava falando, provavelmente zombando dele um pouco mais, mas ele sorriu, aproveitando aquela chama viva e respirante que queimava seu interior tão deliciosamente.

Tudo o que ele precisava fazer era liberá-la. Mesmo assim, ele permitiu que ela crescesse, que crescesse como uma erva daninha, até que fisicamente não aguentasse mais a pressão.

Ele trancou os olhos com Mila. A mulher cuja família ele basicamente matou. E ainda assim ela cuidara de suas feridas, apesar do ódio irradiando dela; tinha mostrado a ele mais bondade do que qualquer pessoa que ele já conhecera. Tudo porque ela acreditava que era a coisa certa. Mesmo para alguém tão irredimível quanto ele.

Darius sustentou o olhar dela, que ficou suave por apenas uma fração de segundo.

E então ele explodiu.

CAPÍTULO QUARENTA E DOIS

MARGRETE

Ela tinha acabado de abater a última ninfa quando uma explosão sacudiu as praias de Rydor. Bash, que pairava sobre um corpo imóvel, com a pele brilhando suavemente com uma luz pálida e doentia, virou-se para olhar para onde Darius liberava sua magia.

Shade. Ela estava de volta, e lutando com Darius. Margrete teve vontade de arrancar a garganta da ninfa. Ela queria rasgar membro por membro apenas para saciar sua própria raiva. A traição de Shade custou não apenas a Margrete e Birdie, mas também a Bash e seu povo.

Bash continuou a rosnar, seu foco voltado para o deus do mar. No entanto, ele não atacou, mesmo enquanto enrolava as unhas agora alongadas. Ela suspeitava de que ele também imaginava rasgar a garganta de Shade.

A adrenalina percorreu sua espinha enquanto a magia viciosa de Darius cercava Shade e a mulher que ela segurava; uma refém, sem dúvida. Mas quando Margrete semicerrou os olhos e observou as feições da refém, o alarme tomou conta dela. Mila... era Mila nos braços de Shade sendo usada como escudo humano.

Ela estava prestes a avançar e enviar uma explosão de poder em Shade, quando Darius ergueu a mão e a cerrou em um punho com os nós dos dedos brancos.

Mila gritou quando a faca de Shade penetrou mais fundo em sua bochecha, mas a magia de Darius não estava focada nela...

Deslizou entre o corpo da marinheira e o da ninfa, uma onda de aço azul e cinza vívido. Shade sibilou, amaldiçoando seu nome, mas Darius não cedeu. Ele caminhou em direção a ela, um vento anormal soprando em seu cabelo loiro. Sua mão estendida apertou, e o grito de Shade que se seguiu abalou a ilha.

Margrete assistiu com horror enquanto Shade — antes a estimada tesoureira da corte de Azantian, antes suposta amiga e confidente de Bash — explodiu em mil pedaços de cinza-escuro.

Seu grito ecoou muito depois que o mesmo vento anormal varreu seus restos mortais, a ninfa despedaçada tão brutalmente, tão facilmente, que Margrete não pôde evitar o medo que cresceu ao ver Darius. Ela nunca tinha visto uma demonstração de poder tão grande. Não sabia que ele era capaz daquilo. E, a julgar pelo choque momentâneo que cruzou suas feições, ele também não. Era como se a ameaça à vida de Mila tivesse revelado um aspecto inteiramente novo de sua magia.

Darius correu para pegar Mila antes que ela caísse, segurando-a com cuidado, quase terno. Ele a cercou, a mão grande apoiando sua cintura, e a outra pressionada na parte inferior de suas costas.

Com a batalha praticamente terminada, e o sangue das ninfas e dos Azantianos cobrindo as areias, o foco de Darius era exclusivo de Mila. Seus cílios tremularam quando ela abriu os olhos e mirou os dele, os lábios entreabertos em choque. Um segundo depois, ela caiu em seus braços, desmaiando de exaustão, adrenalina ou pelos efeitos colaterais de estar tão perto de sua poderosa magia.

Darius a pegou com todo o cuidado do mundo. Com a ruiva em seus braços, ele se virou para Margrete, seus olhos azuis três tons mais escuros. Bash rosnou, um borrão preto brilhante enquanto corria para se posicionar na frente dela. Ele era uma fera protegendo-a, com a boca aberta, os caninos salientes, as pontas brilhando em advertência. Foi instintivo, e ele agiu sem outro pensamento a não ser proteger o que considerava seu.

— Está tudo bem — sussurrou Margrete, dedos suaves acariciando seu braço. Para frente e para trás, ela os passou para cima e para baixo em seu braço, persuadindo-o a ficar calmo, para que seus ombros se soltassem gradualmente. Mas ele não tirou sua atenção de Darius enquanto passava por Atlas ferida e Dani preocupada, que agarrou a mão de Atlas enquanto pressionava a cabeça contra o ombro da mulher. Bay e Adrian se abraçaram enquanto também testemunhavam o Deus do Mar carregar Mila em seus braços, nuvens azuis e brancas girando em torno de ambos como vapor. Ele só parou quando chegou à praia, o mar batendo suavemente em suas botas. Darius ficou ali enquanto os outros recuperavam o equilíbrio e avaliavam seus ferimentos. Ele não se moveu, mas apontou o queixo para o céu, para a lua. Margrete não conseguia imaginar o que se passava em sua cabeça.

— Precisamos voltar para os barcos — resmungou Adrian, indo até onde ela observava o deus. Margrete voltou-se para ele, obrigando-se a não encarar Darius e perguntando-se por que ainda não conseguia senti-lo tão claramente como antes.

Agora que ela pensava sobre isso...

Ela não tinha mais sido atormentada por lembranças. Nenhuma lembrança de seu passado desde... desde que ela não conseguiu se conectar com ele quando lutaram contra o Cyros.

Bash cheirou o ar, com as narinas dilatadas.

— As ninfas se foram. Todas elas. — Sua voz era brusca e pedregosa.

— Bash... — Adrian se livrou do abraço de Bay e estendeu a mão para seu amigo, suas mãos tremendo ligeiramente. Bash se assustou, seus olhos escuros se estreitando. O coração de Margrete quase parou quando Adrian se atreveu a tocar seu ombro. — Estou bem aqui, cara — foi tudo o que ele disse, embora tenha se aproximado ainda mais, segurando corajosamente a bochecha mal barbeada de Bash.

Seu rei era uma estátua, desprovido do calor que irradiava normalmente.

Ela ficou ao lado de Adrian, que se mexeu para dar espaço. Juntos, eles seguraram Bash, falando seu nome, sussurrando sem parar.

— Eu... — Ele fez uma pausa, seu corpo se sacudindo incontrolavelmente. — Eu me sinto mal.

Adrian o segurou antes que ele caísse de joelhos. Margrete curvou-se sob a pressão, mas ela também segurou, evitando que ele caísse.

— Estamos com você — murmurou Adrian, sua voz, como sempre, uma canção de ninar. Um timbre suave que ninguém poderia replicar. — Estamos bem aqui.

Eles caminharam lentamente em direção ao bote, Bash entre eles, os olhos vidrados e desfocados. Margrete e Adrian apoiaram seu peso, incitando-o a chegar à embarcação que o levaria para um local seguro e para uma cama quente. Ele precisava descansar, se recuperar. Todos eles precisavam.

Margrete olhou por cima do ombro, avaliando aqueles que haviam perdido.

Mais de uma dúzia de almas desapareceram num piscar de olhos.

— Vou cuidar deles — sussurrou Bay, logo atrás dela. Ele colocou a mão calmante em seu braço, dando-lhe um aperto reconfortante. — Vou ficar e realizar os enterros.

— Eu vou ajudar — disse um marinheiro da tripulação de Adrian, um menino que a lembrava de Jonah. Seu coração doeu com a lembrança da perda. Outros dois se ofereceram para ficar e construir as jangadas necessárias para o tradicional enterro Azantiano. Eles incendiaram as embarcações nas águas, queimando o corpo até virar cinzas, onde o oceano consumiria o que restasse.

— Obrigada — respondeu Margrete, sustentando o olhar de Bay. Muita coisa poderia ser dita em tão pouco tempo, e o que trocaram falava além de palavras frágeis. Mas eles sempre tiveram esse jeito. Ela soube então que o vínculo deles nunca poderia ser rompido.

— Ele precisa dormir — Adrian lembrou-lhe suavemente, e ela assentiu, acelerando o passo e conduzindo seu rei em direção ao bote. Eles conseguiram enfiá-lo na embarcação, e ele se deitou com um gemido, suas escamas brilhando ameaçadoramente na noite, quase brilhando.

Margrete lançou um olhar para Darius, que, surpreendentemente, estava olhando em sua direção.

Ela não encontrou animosidade, amor ou luxúria dirigida a ela. Em vez disso, o deus, pela primeira vez, olhou para ela com o que ela poderia confundir com arrependimento.

— Vou mandar o barco de volta — gritou para ele, apontando para

Mila, ainda desmaiada em seus braços. O deus assentiu, movendo o queixo com sutileza. Ela notou como ele a aconchegou para mais perto, a mão em sua têmpora afastando os emaranhados fios vermelhos.

Adrian, Atlas, Dani e dois tripulantes de Adrian empurraram o bote para a água.

No segundo em que Margrete entrou nas águas, com as mãos na embarcação de madeira — a última a saltar —, sentiu o mar tremer. Como um suspiro de alívio. Exultante, ela estava de volta ao seu abraço.

A corrente empurrou sob seus pés quando ela saltou, impulsionando-a para o navio. Enquanto remavam de volta ao *Mare Deus*, ela arrastou o dedo nas ondas azuis agitadas, a outra mão segurando a do rei.

Quase lá, pensou, girando os dedos sob a superfície.

Amanhã vamos acabar com tudo isso.

Na manhã seguinte, Bash acordou ofegante.

Margrete passou a noite toda ao lado dele, acomodada na beira da cama. Foi impossível para ela dormir, incapaz de encontrar algum resquício de paz. Bash se revirou a noite inteira, e ela acalmou sua testa franzida, na esperança de tirá-lo do pesadelo que o consumia. Desnecessário dizer que a noite tinha sido longa.

Seu rei se assustou quando ela estendeu a mão e a moveu lentamente para tocar seu rosto, sua bochecha. Ele se afastou com um grunhido de dor, os olhos mais escuros que a meia-noite.

— Bash — ela sussurrou, recuando.

Ele se arrastou pelo colchão e grudou na parede, examinando Margrete desde as botas até o topo da cabeça com o olhar cauteloso. Ela poderia jurar que ele nem estava respirando.

— Fale comigo...

Margrete entendeu que a noite anterior tinha sido diferente para ele, diferente de quando ele consumira a alma do Kora. Ela não sabia por quê.

Corajosamente, ela se aproximou, ignorando o estrondo de desaprovação que se seguiu.

— Diga-me como está se sentindo. — Ela não sairia do quarto até que ele falasse com ela. Aquele dia seria uma mudança de vida e, embora fosse apenas um passo em direção ao seu objetivo, seria o maior deles. Bash tinha que estar pronto.

— Eu sinto... — Ele pigarreou, com a voz embargada. — Eu me sinto c-como se estivesse c-congelado.

Ele tinha devorado as almas das ninfas no dia anterior. Quem sabia que tipo de maldade crescia dentro delas?

Quando Margrete foi segurar seu rosto novamente, Bash deixou, embora estivesse tenso, com os músculos do pescoço esticados. Ela passou um dedo pelo maxilar dele, queimando a pele gelada do rei com seu calor.

— Hoje voltaremos — disse ela, sentando-se no colo dele.

Ele não resistiu, mas permaneceu em guarda, as costas ainda pressionadas contra a parede. Suas unhas não estavam aparadas e os caninos pareciam anormalmente longos à luz da manhã.

— Estou satisfeito — grunhiu, e ela franziu a testa antes de entender.

— Ah — cantarolou ela, balançando a cabeça rigidamente, sem saber a coisa certa a dizer. — Então você deve ser forte se encontrarmos algum... obstáculo.

Como aconteceu com Surria e Calista em Zandar. Darius dissera que as ninfas trabalhavam para a deusa do amor, e aquelas que o serviram semanas antes — incluindo Shade — não possuíam senso de lealdade. Agora tinham dado sua lealdade inútil a Charion.

Bash por fim relaxou e ela suspirou quando ele se apoiou na palma da mão dela, fechando os olhos.

— Foi bizarro — disse ele, engolindo em seco. — Desta vez me senti eu mesmo, meus pensamentos eram um pouco meus, mas... — Suas pálpebras se abriram e ela notou que nenhuma das manchas prateadas habituais pontilhava suas íris. — Não tive nenhum impedimento. Se eu quisesse cortar um inimigo, de repente eu estava fazendo isso. Não havia hesitação.

Ele olhou para seu colo e ela deixou cair a mão, segurando a dele. As garras de Bash cutucaram sua carne, mas ela ignorou a leve picada.

— Mas você me protegeu — respondeu ela, lembrando como ele ficou diante dela quando considerou Darius uma ameaça. — Você estava fora de si de tanto se alimentar e ainda assim resistiu.

Bash passou a mão pelos cabelos pretos.

— Isso pode ter sido apenas sorte — resmungou, claramente frustrado.

— Nós vamos descobrir o que fazer — prometeu ela, movendo-se para pressionar a testa contra a dele. — Pretendo abrir o portal em uma hora. E então o acordo com Halio estará finalizado. — Ela descobriria o que fazer com Darius depois, embora...

Ela não o via desde a noite anterior, quando Margrete poderia jurar que o vira entrar na cabine com Mila. Talvez sua culpa finalmente o tivesse alcançado. Ou talvez ele estivesse aprendendo seu significado. Seja qual fosse o motivo, ela estava grata, porque lhe dava esperança de que havia uma bússola moral enterrada no deus. *Em algum lugar.*

— Agora, antes de começarmos... — disse ela, empurrando Bash suavemente para a cama — ... quero abraçar você mais um pouco. — Ela se enrolou em torno dele, com a mão em seu peito, a cabeça apoiada em seu braço musculoso. Bash não disse uma palavra, e ela também não.

Ficaram abraçados até que uma batida soou.

Chegara a hora de retornar ao Submundo.

CAPÍTULO QUARENTA E TRÊS
BASH

Algo não estava certo.

Eles supostamente tinham acabado com as feras. Tinham derrotado as ninfas sedentas de sangue. E o fizeram com a ajuda de Darius. A quem Bash continuava a desprezar com cada grama de seu ser, independentemente de como os outros pareciam ter suavizado suas opiniões.

As pessoas tinham esquecido tão facilmente tudo o que ele fizera?

Bash caminhou ao lado de Margrete até o convés principal. Suas pernas tremiam ligeiramente, mas o único que percebeu foi Adrian, que rapidamente olhou para as botas antes de voltar o olhar para as ondas. Ele se aproximou do amigo, Margrete do outro lado, Darius ao lado dela.

Atrás dele, Bash viu Bay solicitando mais lâminas para reabastecer as perdidas durante a luta com as feras, mas ele ignorou a conversa sobre armas. Já havia o suficiente acontecendo em seus pensamentos. Felizmente, Atlas estava completamente curada após o ataque da noite anterior; seu sangue Azantiano era uma bênção. Ainda assim, Dani ficara ao seu lado a noite toda.

E Mila...

Bash procurou a marinheira, encontrando-a logo ao lado, escondida nas sombras. Ela estava sentada em um barril, brincando com um pedaço solto de corda, os dedos vermelhos pela fricção ao passar a corda pelas mãos. Ela olhava para todos os lados, menos para Darius.

Ele se perguntou por que o deus do mar gostava dela. Ela não parecia retribuir o sentimento, embora Mila quase nunca demonstrasse suas verdadeiras emoções.

— Está pronta? — perguntou Darius, aparentemente incapaz de olhá-los nos olhos.

Ele quis dizer se Margrete estava pronta para abrir o portal para o Submundo. Para terminar o acordo feito com o Deus da Morte. Uma negociação que, se bem-sucedida, levaria ao seu próprio triunfo.

— Pronta — disse ela, com a mandíbula impossivelmente tensa. Cada centímetro dela exalava tensão, e Bash percebeu como suas mãos brilhavam levemente, um azul suave que o lembrava do mar durante o verão. Ela estava nervosa, o tempo todo colocando e tirando o cabelo de trás das orelhas, os olhos brilhantes buscando o horizonte como se esperassem que um inimigo atacasse.

Bash nunca a tinha visto tão apreensiva, e isso o preocupava.

Por mais que odiasse admitir, ele precisava que ela estivesse bem, porque, verdade seja dita, *ele* não estava bem. Cada respiração que ele dava era pesada. Cada vez que inalava a brisa marítima, o cheiro de podridão permanecia em suas narinas. O mundo estava muito claro, muito cheio e muito barulhento. E a cada segundo que ele passava sob a luz, mais sua pele formigava, e as áreas ao redor de suas escamas pegavam fogo.

Ele não permitiu que Margrete ou Adrian cortassem suas unhas, caso fosse preciso enfrentar problemas. Adrian torceu o nariz, aborrecido. Bash sabia que Adrian não se incomodava com a cor, mas com o comprimento; ele era meticuloso com certas coisas, e as bordas irregulares provavelmente causavam palpitações cardíacas em Adrian.

Como se soubesse que estava nos pensamentos de Bash, Adrian colocou a mão na dele, evitando suas garras com cuidado.

— Admita que você precisava de mim e está feliz por eu ter vindo — inquiriu, e, mesmo se tratando de uma provocação, suas palavras, como sempre, tinham a tendência de soar genuínas.

Bash apertou a mão do amigo. Eles tinham crescido juntos. É claro que ele estava feliz por Adrian estar ao seu lado. Só não queria que ele se machucasse.

— A arrogância de Bay deve ter contagiado você — respondeu ele, apertando-o mais uma vez antes de soltá-lo.

— Você nunca diz o que quer dizer. — Adrian fez uma careta. — Tão teimoso. Se eu não te amasse, ficaria chateado.

O calor afugentou um pouco da adrenalina gelada no peito de Bash. Mas ele não olhou para Adrian. Tinha que construir seus muros e se preparar, não se expor ainda mais.

Margrete o roubou de seus amigos, atraindo-o de volta para seu lado. A sensação de estar perto dela — o calor acolhedor, o aroma de lavanda de seu cabelo — o acalmou. Ele saiu do fedor sufocante de magia das trevas que saturava seus pulmões.

Ela ficou na ponta dos pés, sua respiração fazendo cócegas na orelha dele.

— Eu te amo, pirata — sussurrou, beijando sua bochecha. Antes que ela pudesse voltar ao chão, Bash gentilmente envolveu sua cintura e a levantou, trazendo seus lábios aos dele. Ele a beijou na frente de sua tripulação, de seus amigos, diante do deus do mar que desejava destruir sua felicidade.

Bash a beijou enquanto o destino deles estava a seus pés — todas as incógnitas e os obstáculos que eles ainda teriam que enfrentar.

Mas ele não se importou. Ele teria aquele momento. *Eles* teriam aquele momento.

Quando por fim ele a soltou, ela estava quase sem fôlego, os lábios curvados em um sorriso sutil. Ela sorria assim só para ele.

O lado direito da boca estava ligeiramente mais alto que o esquerdo, deixando a covinha direita à mostra. O sorriso dela brilhou em seus olhos enquanto ela olhava para Bash com tudo que ele nunca pensou que merecia.

Parte da geada ao redor de seu coração sombrio derreteu e, desta vez, ele não tentou reabastecê-la. Ela poderia pegar o que restava dele. Ele daria tudo a ela.

— Vamos — comandou Darius, e Bash soltou um estrondo que soou mais como uma besta do que como um homem. Talvez ele fosse uma agora.

No entanto, ao olhar para o deus, ele não encontrou prazer. O rosto de Darius estava inexpressivo — uma tela de pedra insensível. Nem mesmo seus olhos brilhavam com malícia quando ele se virou para Margrete, oferecendo-lhe a mão.

Bash franziu as sobrancelhas. Ou ele estava tramando alguma coisa ou algo acontecera *a* Darius. Não havia tempo para questionar mais que isso.

Os instintos possessivos de nymera de Bash brilharam ao ver a mão dela na de Darius, mas ele mordeu o interior da bochecha, concentrando-se nas vibrações poderosas que agora agitavam o *Mare Deus*. Ele tinha que reprimir a necessidade de derramamento de sangue só mais um pouco.

As ondas tornaram-se turbulentas, os ventos, vingativos e, num minuto, nuvens cinzentas mascararam todo o azul do céu.

Bash espiou pela lateral do navio. Ali, quinze metros à frente...

A água estava se *abrindo*.

Tudo começou devagar, tão devagar que ele teve que piscar para ter certeza de que confiava na visão. Mas então o corpo de Margrete começou a emitir uma cor turquesa vívida que se infiltrou pelo navio e iluminou os rostos dos homens e mulheres da tripulação restante. A maioria segurava suas armas e todos tinham um traço de medo nos olhos. Até mesmo Mila, que se aproximou, com os lábios abertos de admiração.

Darius ergueu a mão livre e Margrete o seguiu. A água estremeceu com a sua exigência tácita, e quando o deus do mar começou a igualar o brilho de Margrete, uma onda vibrante de magia varreu as ondas, separando-as ainda mais.

Bash não estava com Margrete quando ela invadira o Submundo criando seu próprio portal. Era justificável, pois ele estava basicamente *morto*. Mas vendo os dois ali — trabalhando juntos, com as pálpebras fechadas, concentrados, os corpos brilhando com poder —, Bash não pôde deixar de sentir a mesma admiração que os outros.

Ele ainda estrangularia Darius se tivesse oportunidade.

Darius e Margrete abriram as mãos cada vez mais, e o *Mare Deus* estremeceu com violência ao pousar precariamente sobre o que agora era uma borda de água.

Eles dividiram o mar ao meio — ou, mais precisamente, criaram um buraco mais oval, com o fundo macio do mar inteiramente visível do navio.

— Agora, a parte difícil — sussurrou Darius. Ele sacudiu a mão, enviando uma onda em cascata pela lateral do *Mare Deus*. Bash pulou enquanto a água corria por baixo de suas botas, por baixo das botas da tripulação. Aquela mesma água encantada que Darius havia ordenado que ajudasse na fuga de Zandar os ergueu, empurrando-os para frente... sobre a maldita grade.

Bay abafou um grito horrorizado — Bash sabia que ele não era fã de altura — e Dani sibilou, estendendo a mão para agarrar Atlas enquanto eram carregados. Adrian, incapaz de chegar a Bay a tempo, gritou seu nome, fazendo o possível para acalmá-lo.

Ele esperava que Darius levantasse os membros restantes da tripulação de Adrian, mas eles ficaram nas pranchas de madeira, boquiabertos enquanto Mila e Bash se juntavam a seus amigos.

Parecia que o deus do mar tinha seus favoritos. Ou, no caso dele, estava simplesmente transportando os jogadores principais.

Margrete olhou por cima do ombro e sorriu. Bash relaxou quando o poder dela o alcançou, parecendo sentir seu desconforto. Ele soltou um suspiro. Sua magia era leve, arejada e cheirava a mares primaveris. Isso o fez sentir-se aquecido, e os nervos de Bash se acalmaram o suficiente para que ele controlasse seu medo.

Ele podia ser meio monstro, mas sentia bastante medo. Aquilo era um equívoco, concluiu então, quando foram colocados suavemente sobre a areia esponjosa. As pessoas muitas vezes pensavam que os monstros não sentiam nada, ou talvez apenas sentissem sede de sangue. Agora ele sabia que não era o caso.

Ele se virou para Darius antes de desviar rapidamente a atenção.

Suas botas afundaram profundamente na lama e ele precisou de um grande esforço para mudar de posição e se movimentar. Em ambos os lados do grupo, as águas subiram. Isso o lembrou das paredes de vidro marinho de seu palácio, mas se ele apertasse os olhos, poderia distinguir o brilho de uma escama, o movimento de uma cauda. Os animais das águas abertas vagando pelas profundezas.

Era... de tirar o fôlego.

— Será mais fácil se abrirmos um portal juntos — disse Darius, ainda segurando a mão de Margrete.

Bash não conseguia parar de olhar para os dedos entrelaçados. Seu ciúme não era algo de que ele se orgulhasse, mas existia. Ele fechou os punhos, as unhas compridas cravando-se na parte carnuda das palmas das mãos. Ele sentiu cheiro de cobre no ar segundos depois.

Margrete ficou rígida. Ela se virou para ele, seu foco caindo nas mãos dele, como se ela também sentisse o cheiro do sangue de sua raiva.

— Vamos acabar logo com isso — murmurou, ainda olhando para Bash.

Ela falou só com o movimento da boca aquelas três palavrinhas das quais ele nunca se cansava, e ele afrouxou os punhos... *um pouco*.

Bash esperava que Darius se vangloriasse ou dissesse algo perverso e provocador, mas ele apenas assentiu. O comportamento dele era estranho, e novamente Bash se perguntou que raios havia acontecido com aquele bastardo. Ele só se importava porque a presença de Darius afetava o acordo com Halio. Um acordo que poderia resultar no fim de sua ilha natal.

Bash estudou seu rosto, analisando cada mínimo detalhe. *Ali estava*. Foi tão sutil, que durou apenas um piscar de olhos, mas quando Darius olhou para Margrete, formou-se uma ruga profunda.

Darius ignorou a emoção indescritível, suavizando suas feições. Sem aviso, ele moveu as mãos entrelaçadas no ar e mergulhou-as na areia fofa.

A luz azul explodiu, espalhando-se por toda parte. Refratou-se contra as paredes da água, os raios do sol e a magia se combinando, cegando todos eles.

O mundo tremeu e Bash balançou, preso na lama. E depois que o tremor atingiu o seu auge, o mundo pareceu suspirar de alívio, o fundo do mar abrindo-se, quebrando-se. Desmoronou no nada, um buraco escuro como a meia-noite.

Bash tropeçou para frente, o instinto o impulsionando para mais perto de Margrete. Ele estava ao lado ela no segundo em que a magia deixou a palma da mão dela, que agora pairava sobre o vazio. Antes que seus joelhos cedessem, sua forma divina tremendo, Bash a pegou nos braços.

Darius soltou a mão dela sem lutar, a atenção unicamente voltada para o abismo que eles criaram.

— E-eu estou bem, Bash — sussurrou Margrete, olhando para ele. Um sorriso fraco apareceu em seus lábios, mas a cor pintou suas bochechas, e sua respiração tornou-se uniforme e segura. Ele não queria soltá-la, não queria colocá-la no chão. Isso poderia fazê-lo parecer um idiota, mas ele não desejava nada mais do que mantê-la em seus braços e fugir de tudo. Ele poderia culpar sua fera interior pela tentação, mas Bash sabia a verdade.

— Vai ficar tudo bem — assegurou ela, apoiando a mão em sua bochecha mal barbeada. Ele se inclinou, absorvendo cada palavra como se fosse um presente. — Precisamos fazer isso.

E ela não poderia chegar ao Submundo sendo carregada por ele. Bash grunhiu, mas a colocou de pé. Seu olhar permaneceu nele antes que Bay tossisse incisivamente e ela fosse forçada a voltar para a missão em questão.

Sua rainha assentiu estoicamente para sua tripulação — Adrian, que lhe concedeu um sorriso terno, e Bay, que baixou o queixo, ainda sem saber onde estavam. Atlas e Dani haviam desistido do fingimento e agora estavam se abraçando em busca de conforto, o braço de Atlas apoiado na cintura da jovem, o queixo apoiado em seus cachos pretos. E então Mila, que olhava para Margrete com uma ferocidade incomparável a qualquer ser que encontraram.

Mila foi até Margrete com seu andar confiante, quadris balançando, ombros para trás, e ela... ela a puxou para um abraço apertado.

Isso surpreendeu a todos.

— Estou feliz por estar errada sobre você — disse Mila, recuando. Ela fez uma leve reverência para Margrete e depois deu uma piscadela astuta.

Bash sabia que aquelas palavras provocadoras eram os maiores elogios, e Margrete também devia saber, porque sorriu para a marinheira com um calor que rivalizava com o sol.

Bash pegou a mão dela. Juntos, deram o primeiro passo de volta ao Submundo. Juntos, eles entrariam e, juntos, Bash prometeu, iriam embora.

CAPÍTULO QUARENTA E QUATRO

MARGRETE

Margrete olhou para o vazio abaixo de seus pés.

Tudo parecia um déjà vu. Só que desta vez ela agarrou a mão de Bash, seus passos compassados enquanto desciam. O chão era inclinado, formando os degraus antes que eles tocassem as botas no chão.

A magia zumbia em suas veias, e em algum lugar distante ela sentiu o portal esperando; a entrada prateada para o reino dos mortos. A chave que ela roubara do Submundo zumbia no bolso da calça, ganhando vida como se sentisse que finalmente estava voltando para casa.

Os dedos gelados de Bash estavam úmidos, mas ela os segurou com força, embora as unhas pretas e alongadas dele cravassem em sua pele. Elas certamente eram ótimas armas, como comprovado durante o ataque das ninfas, mas ela poderia dizer que também o incomodavam.

Darius acelerou o passo, liderando o caminho com determinação inflexível. Ele mal havia falado com ela naquela manhã, e ela esperava uma pitada de satisfação dele, *qualquer coisa*. Ele estava um passo mais perto de seu objetivo final e, ainda assim, quase parecia melancólico.

Dani desviou para a direita. Tinha se desembaraçado dos braços de Atlas. O par estava inseparável desde a noite anterior… bem, até antes da noite anterior. Mas seus olhares não eram mais tímidos. Ela estava feliz por ambas.

— Não posso deixar de sentir que algo está diferente — murmurou

Dani no ouvido de Margrete. — Não parece como da última vez e o ar cheira fortemente a decomposição.

Ela não olhou para a marinheira, mas sussurrou:

— É provável que Charion esteja esperando para atacar. Ele provavelmente está ansioso para nos matar antes de nos encontrarmos com Halio.

Fazia sentido o deus da guerra esperar até o último minuto, quando todos estivessem reunidos em um só lugar. Se ele não tivesse que gastar mais energia, então não o faria.

Margrete sentiu cheiro de fumaça à medida que se aproximavam do portal, e ela e Bash se viraram ao mesmo tempo.

— Os deuses estão esperando — rosnou Darius, os dedos descansando na alça do portal. — E duvido que sejam tão acolhedores como antes.

Acolhedores. Se aquilo tinha sido acolhedor, ela odiava pensar no que os aguardava.

Ele não lhes deu tempo para se prepararem. Darius abriu a porta, os múltiplos sóis do Submundo fluindo pela fenda entre os reinos.

Bash sibilou quando a luz carmesim desbotada tocou sua pele pálida, e Margrete apertou a mão dele para tranquilizá-lo. Ela não se atreveu a emitir palavras para confortá-lo.

O Submundo estava mais escuro do que antes, os sóis tinham um tom de vermelho mais vibrante. As rochas mantinham sombras em suas laterais irregulares, quase como se fantasmas passassem por suas superfícies, seus olhos invisíveis voltados para os recém-chegados indesejados.

Margrete manteve os ombros para trás enquanto se adaptava à claridade. Aquele era o momento decisivo e ela faria tudo ao seu alcance para fingir estar confiante.

Darius estava certo — os deuses estavam esperando.

Margrete avistou a forma iminente de Halio na entrada da ponte de vidro, o rio de sangue turbulento se chocando nas margens, manchando de vermelho a rocha de ardósia. Ela estremeceu, pensando no ataque ao seu povo na noite anterior, em como suas essências vitais se infiltraram entre os grãos de areia.

O arrepio se transformou em tremor quando uma onda de magia pulsou através dela. Não havia outros deuses visíveis ao lado de Halio, mas isso não significava que ela não pudesse *senti-los*.

Havia pelo menos outros dois.

Margrete ergueu o queixo e se forçou a soltar Bash. Ele apenas fez um breve aceno de cabeça. Ele não queria libertá-la e, para ser honesta, ela desejou poder segurar a mão dele enquanto caminhava diante do deus da morte.

Descendo as escadas, ela conduziu sua tripulação, seus amigos, sua *família* para as profundezas do inferno. Durante todo o tempo, a magia de Darius florescia, as palmas das mãos brilhando, as feições gravadas em pedra. Ela invocou seu próprio poder, permitindo que inundasse seu corpo, sua presença fria como uma onda de inverno. Ela tinha que admitir que gostava bastante daquela sensação.

Isso a tornava praticamente invencível, e para uma mulher que havia sofrido durante a maior parte de sua vida, as possibilidades de ter tal magia davam uma certa vertigem. Quando chegasse a hora, ela hesitaria em desistir?

Margrete lutou consigo mesma durante toda a descida. Ela poderia fazer o bem, poderia mudar a vida das pessoas para melhor. Ela não tinha orado ao Deus do Mar menos de um ano antes, desesperada por ajuda? Mas em vez da resposta de um deus insensível, Margrete poderia ela mesma realizar milagres. Ela poderia ser uma luz na escuridão.

A compreensão quase lhe roubou o ar.

Ela diminuiu o ritmo quando chegaram ao fundo, tentando parecer indiferente. A atenção de Halio se concentrou em cada movimento dela, e seus lábios se curvaram para cima, suas vestes pretas ondulando ao seu redor como uma mortalha.

— Concluímos sua tarefa — entoou Margrete assim que estavam a uma curta distância do deus da morte. — Nosso acordo está finalizado.

Ela ficou tentada a recorrer a Bash, mas se manteve firme. *Não demonstre fraqueza*, pensou, tentando não murchar sob os olhos de aço de Halio. O sorriso persistiu enquanto ele a avaliava, até as palmas das mãos trêmulas. O olhar dele se voltou brevemente para Darius, e ela jurou ter vislumbrado uma pitada de surpresa acendendo as íris frias de Halio.

— Você voltou — disse ele, estudando todo o grupo. Ela ouviu Adrian pigarrear. Provavelmente por nervosismo. Bay estava cutucando-o nas costelas para silenciá-lo ou acalmando-o. Poderia ser qualquer uma das duas coisas.

Halio se aproximou, erguendo-se do chão, os pés balançando no ar.

— Mas vejo que *não* completou nosso acordo.

O sangue dela virou gelo.

Mas a magia... *ferveu*.

— O que quer dizer com não concluí o acordo? — perguntou, sem reconhecer a crueldade em seu tom.

Darius deu um passo à frente.

— Nós matamos as feras. Não as senti mais vagando pelos oceanos.

Halio balançou a cabeça, uma carranca sutil aparecendo em seus lábios.

— Não. Resta mais um monstro nascido das profundezas.

— Mas não tem...

Não.

Ele não poderia. Ele *não faria* isso.

Margrete balançou a cabeça como se isso fosse lhe fazer bem. Seus joelhos tremeram quando ela tropeçou um passo para trás, o mundo inclinando-se precariamente para o lado enquanto todo o sangue corria para sua cabeça.

Halio nunca tivera intenção de que Bash voltasse com ela. Ele sempre soube que ela teria que... *matá-lo* para completar um acordo inútil. Ela tinha sido enganada tão facilmente.

— Ele é meia-nymera — disse Halio suavemente, inclinando o queixo na direção de Bash. Seu rei olhava fixamente para frente, o corpo congelado, o peito parecendo não se mover. — Ele tem o sangue das nymeras originais e, portanto, tem a magia das trevas criada por Darius e seu irmão. Ele não pertence ao mundo humano. Nunca pertenceu.

Adrian avançou, empurrando Bay quando ele tentou detê-lo. O amigo mais antigo de Bash caminhou direto até o Deus da Morte, com as narinas dilatadas. Ela nunca o tinha visto perder a paciência antes. Ele era o calmo e controlado.

Não mais.

— Ele não é um monstro! — rosnou Adrian, chocando a todos. Até Atlas trocou um olhar atordoado com Bay, que lentamente foi para o lado do namorado. — Qualquer que seja o acordo que você fez com Margrete, deveria honrá-lo — continuou. — A decepção está abaixo de você, Deus da Morte.

Os olhos de Bash se arregalaram, o primeiro sinal de vida desde que Halio o chamara de monstro.

O Submundo tremeu, pedras caindo em ambos os lados das paredes que os envolviam.

— Eu não a enganei — trovejou Halio, as tempestades nublando sua íris. — Eu disse do que eu precisava e ela aceitou. Não é minha culpa que ela não tenha entendido os termos.

Não. Chega.

Margrete disparou uma rajada de magia antes de pensar melhor. A eletricidade chiou no ar quando atacou, atingindo a poucos centímetros de seu alvo. Seu raio voou além de Halio, que se moveu para a direita em um piscar de olhos. Ela tentou novamente.

Desta vez, quando ela avançou com as palmas das mãos levantadas e um som de dor escapando de sua garganta, Halio teve que usar um escudo para bloquear seu ataque. Ele grunhiu enquanto ela apontava para seu peito, para seu coração imortal. Bay agarrou Adrian e o tirou do caminho, a tripulação procurando um local seguro enquanto ela gritava de fúria. Margrete não sabia a posição de Bash ou Darius. Estava focada em Halio, nas palavras que ele dissera. Elas tinham ecoado, e ela usava a própria raiva como combustível.

— Pare com isso! — sibilou Halio, empurrando as mãos para o lado. Margrete sentiu uma rajada de vento podre. Ele atingiu sua barriga, derrubando-a. Ela não ficou no chão por muito tempo.

Halio bloqueou seu próximo ataque, mas ela estava tão furiosa que permitiu que sua magia tivesse controle *total*. Quase não havia outro pensamento dentro de sua cabeça além de *Matar*.

— Margrete!

O nome dela. Soou da boca de Bash, mas ela o ignorou, optando por se concentrar nas mentiras de Halio. Aquela farsa. Ela foi e voltou ao Submundo para ser enganada por outro deus enlouquecido.

Margrete estava farta de tudo.

As nuvens eclipsaram os três sóis enquanto ela comandava o único líquido ao seu alcance. O sangue que cercava a fortaleza subiu, uma torrente vermelha espiralando em sua direção. Deslizou sob seus pés, levantando-a mesmo quando o cheiro de cobre obstruiu suas narinas. Deveria ter sido avassalador, mas ela respirou profundamente, saboreando sua potência.

Halio assistia de baixo, o Deus da Morte aparentemente nada impressionado com sua pequena exibição.

— Acalme-se, jovem — ordenou, sacudindo o pulso. O sangue sob suas botas vacilou e ela quase tropeçou. — Eu fiz isso para o seu próprio bem. Você não estava pensando com clareza quando chegou e precisava de tempo para descobrir seu poder. E eu te dei esse tempo.

Houve uma risada frágil que soou logo atrás dela. Margrete lançou um olhar.

Darius ergueu-se, roubando um pouco da onda sangrenta para seu próprio pedestal. Ele olhou para Halio, seu cabelo dourado chicoteando o rosto em um vento furioso. Sal marinho e especiarias permearam o ar, dominando a magia de Halio.

— Em nenhum momento você deu a ela uma chance justa — disse Darius, seu tom assumindo um ar zombeteiro. — Vocês são todos iguais. Todos vocês, deuses. — Ele apontou com o queixo para o palácio e depois para o topo da ravina. — Charion, eu sei que você está escondido em algum lugar. Desça e me enfrente... por que não faz isso?

Darius viera em socorro dela. Ele a defendera sem máscaras, sem segundas intenções. Ela soube então que ele havia mudado, porque lutou contra sua própria vontade. Por ela.

— Charion! — Darius gritou novamente. — Enfrente-me!

O mundo estremeceu e os sóis vacilaram, a sua luz piscando. Ela sentiu o deus da guerra antes de vê-lo, a forma como sua presença poderia causar terror apenas por existir. Então Charion surgiu flutuando do alto, em toda a sua glória, sua forma musculosa coberta de chamas.

Ele pousou graciosamente ao lado de Halio como se estivessem se preparando para lutar juntos. Considerando tudo que estava acontecendo, era o que estavam fazendo.

— Não me surpreende — disse Darius, sua risada cruel. — Mas pensei que você fosse melhor que isso, Halio. Você deveria ser melhor do que todos eles. Mesmo que não seja uma tarefa difícil de realizar.

Margrete cheirou o ar.

Aquele cheiro... aquela doçura enjoativa.

Ela olhou para Darius e eles trocaram um olhar perspicaz.

— Há mais um.

— Minha mãe — declarou ele, observando o palácio, com as sobrancelhas franzidas. — Eu também a sinto.

Margrete procurou Bash abaixo de seu rio vermelho. Ela ficara fora de si por um instante e, por causa desse descuido, perdera seu pirata de vista. Ele não estava com os outros, não estava pressionado contra as paredes da fenda, não olhava com medo para os deuses.

Ele... tinha sumido.

Mas, antes que ela pudesse abrir a boca para chamá-lo, as nuvens se separaram e um vento que não pertencia a ela, nem a Darius, nem a Halio varreu seus cachos. Como era seu costume, Surria fez uma entrada triunfal, flutuando como os outros, embora descesse do céu em nuvens suaves da sombra da mais pura neve.

Ela não pousou, optando por ficar no mesmo nível de Margrete e seu filho, que rosnou baixo.

Surria sorriu, os caninos pontudos à mostra. Ela já não se escondia atrás de uma máscara de pureza, de inocência reverente. Tinha abandonado a fachada e mostrava os dentes, encarando-os com uma expressão de determinação feroz.

— Esperei muito tempo para você se tornar o que sempre deveria ter sido — disse ela, sua voz assumindo uma qualidade estranha e metálica. — Mas percebi que poderia tê-lo ajudado de outras maneiras. Eu poderia ser mais suave, mais... maternal. — Ela zombou da última palavra. — E em breve lhe darei tudo o que você deseja. — Seu olhar desviou-se para Margrete. — Talvez então você possa se concentrar em seu potencial.

Darius rosnou.

— Sua maldita cobra! Não preciso de nada de você...

Um flash escuro passou por sua visão, aproximando-se da Deusa do Vento e do Céu. Unhas afiadas brilhavam à luz dos três sóis, e Margrete assistiu com horror enquanto Bash golpeava a deusa com uma crueldade que ela não vira em todos os seus anos.

A deusa não gritou. Não, ela não emitiu nenhum som.

Surria ergueu as mãos preguiçosamente e enviou uma rajada de magia direto no peito escamado de Bash.

A luz explodiu, cegando-a momentaneamente. Ela baixou a onda de sangue e saltou para o chão, pronta para correr atrás de Bash, mas o mundo se inclinou e girou.

Surria ergueu Bash no ar e rajadas de vento envolveram sua forma, tornando-o um prisioneiro. Ele lutou e sibilou, e os ruídos que emitia eram de natureza selvagem.

— Uma tentativa adorável. — Ela suspirou teatralmente.

O coração de Margrete foi parar no estômago, batendo descontroladamente contra sua caixa torácica enquanto Bash lutava.

— Eu vou te matar — gritou Bash, seus olhos negros brilhando prateados. — Tudo isso é culpa sua. A culpa é sua se seu próprio filho te despreza. E também por ele ter passado a vida criando monstros e matando por esporte. Tudo por sua culpa!

Margrete tentou enviar sua magia para a deusa, mas ela atingiu uma barreira, uma parede invisível que fez seus dons recuarem. Surria apenas ergueu uma sobrancelha.

— Deixe-o ir — exigiu Margrete, as mãos formigando com o poder ainda não utilizado. — Você já causou danos suficientes.

Para seus filhos. Para Margrete. Para o *mundo*.

Surria riu. Os ventos cintilantes que cercavam o homem que Margrete amava se contorciam, ficando mais apertados. Ele ofegou e uma parte dela morreu.

Charion, de quem ela quase se esquecera após a entrada de Surria, começou a rir. Ele cruzou os braços na altura do peito e recostou-se, aproveitando o show. Ele não fez nada para deter a Deusa do Vento e do Céu.

Halio, no entanto, mostrou uma pitada de remorso, enrugando o rosto por apenas um breve segundo. Ele se moveu para trás, com a cabeça ligeiramente inclinada na direção do palácio. Margrete o encarou sem desviar o olhar e viu tantas coisas...

Se você não gosta desse destino, mude-o, uma voz murmurou em sua mente. Não era Darius, porque ele estava muito distraído com sua mãe sem alma, os lábios curvados em um grunhido, os punhos cerrados enquanto sua magia disparava. *Não me decepcione. Sempre soube que você mudaria tudo. Prove que estou certo.*

Halio a chamou, sua voz uma melodia suave, uma vibração contra as paredes de seus pensamentos. Margrete não entendeu. Minutos antes, ele praticamente admitira que a tinha enganado. E agora...

O grito de Bash a libertou de Halio.

Os ventos de Surria deslizaram até sua garganta, circulando seu pescoço, sufocando-o e machucando-o. Toda a sua força de nymera era inútil contra a deusa, que facilmente o dominou. E Margrete podia sentir a força vital recém-devolvida sendo drenada de seu corpo.

Ela o chamou. Uma vez. Duas vezes.

Margrete gritou enquanto disparava ataque após ataque, sempre acertando a mesma barricada. Halio estava certo — ela não gostava daquele destino. E com certeza não o aceitava.

Surria sustentou o olhar de Darius enquanto matava lentamente o rei de Azantian.

— Estou fazendo o que é certo para você, filho. Você nunca entende isso no momento. Posso não ter a humanidade que você procura incansavelmente, mas nunca precisei dela. É uma fraqueza, uma máscara que tirei anos atrás, quando descobri como a vida poderia ser muito agradável sem esse peso.

Darius vomitava palavras de ódio em troca, mas Margrete estava distraída. Ela sentiu um zumbido repentino no bolso, a chave que ela havia roubado ganhando vida, queimando o linho de sua calça, entoando a canção assustadora destinada apenas aos seus ouvidos. Ela estava prestes a pegar a chave quando Darius lançou sua magia.

E todo o inferno veio abaixo.

CAPÍTULO QUARENTA E CINCO

DARIUS

Darius não tinha certeza de quando decidira esquecer todos os planos que fizera. Não tinha certeza do momento exato em que disse *foda-se* grosseiramente e resolveu se juntar à rebelião deles.

Ele. Estava. Farto.

E o pior de tudo? Darius não tinha mais certeza pelo que estava lutando.

Ele queria Margrete e o amor que compartilhara com ela mil anos antes, mas fora um tolo. Mais que um tolo. Ele estava tão iludido que presumira que poderia dobrar e moldar a vontade dela da maneira que quisesse, forçando-a a aceitá-lo.

Exatamente como Surria fez com *ele*.

Charion enviou uma rajada de fogo em sua direção, o antigo deus rugindo. Darius deslizou para a esquerda, bloqueando sem esforço o ataque sem deixar vestígios de magia. Ele estava sendo imprudente, mas não se importava.

O deus da guerra correu para a frente, subindo na fumaça de suas chamas, encontrando Darius na altura dos olhos. Margrete enviou um pouco de sua magia para o torso dele; um ataque que ele surpreendentemente não bloqueou, todo o seu foco em Darius. A magia dela atingiu seu ombro, sangue azul escorrendo do ferimento. Ele não vacilou, continuando a correr, a atenção fixa em Darius, seu verdadeiro alvo.

Esperando até que Charion estivesse a três metros de distância, Darius por fim entrou em ação. Mais perto, sua magia teria mais impacto. Ele ergueu as mãos...

— Seu merda! — rugiu Margrete, uma onda elétrica azul e branca envolvendo Charion. Sua atenção se desviou de Darius, que baixou os braços quando Margrete se aproximou, as ondas de sangue subindo em suas costas. A força de sua mira poderia estar voltada para Charion, mas ela olhou para Bash, que continuava a combater os espinhos de Surria. Claro, sua mãe assistia a tudo acontecer com um sorriso malicioso no rosto, divertindo-se com o sangue derramado. Isso cimentou ainda mais que não havia humanidade dentro dela, que nunca existiu.

— Estou tão enjoada e cansada de vocês, deuses, fodendo minha vida.

Margrete disparou outro ataque em Charion, que fez um escudo. Outra explosão.

— Não vou deixar você vencer. De novo não. Nunca mais. — Seu poder era um ser senciente que reagia aos seus caprichos sem pensar. Ela irradiava do corpo, espirais descarregando, cordas de poder furioso correndo para quebrar o escudo de Charion.

Darius fez uma pausa, incerto. Ele sempre imaginou que seria ele quem mataria o deus da guerra, mas ver Margrete assumir o comando, vê-la ser consumida pelo mesmo fogo que ardia em suas entranhas havia séculos, o fez recuar.

Ela... ela não era a mesma. Ou ela não era quem ele sempre imaginou.

Margrete tinha duas faces. Uma, a mulher amorosa, calorosa e teimosa cujo coração não conseguia evitar a esperança. E a segunda — que Darius acreditava ser sua verdadeira face —, a imortal que faria tudo, destruiria *qualquer coisa*, por aqueles que amava.

E, claro, como Darius só agora estava entendendo que não conhecia realmente aquela mulher, ele chegou à dura conclusão de que ela não era Wryn.

Uma alma poderia mudar, imaginou ele, assim como um coração.

Margrete, inconsciente de sua turbulência interna, continuava lutando contra o Deus da Guerra com fervor. Charion conseguiu um ataque decente e ela gritou quando as chamas envolveram sua perna. A barra de sua calça estava totalmente chamuscada e a pele, cheia de bolhas.

Ainda assim, ela continuou, mesmo fazendo uma careta de dor.

— Você não merece esse poder! — gritou. — Você precisa de um coração para compartilhá-lo com seu povo. Com aqueles que te adoram. — Margrete deu um passo desajeitado para frente, com as bochechas em chamas de raiva. — Você. Não. Vale. Nada.

Margrete Wood de Prias gritou, o som tão ensurdecedor que Darius quase cobriu os ouvidos. Sua magia parecia gritar com ela, e justamente quando ele pensou que não aguentaria mais, ela abriu as palmas das mãos e desferiu outro golpe.

Este foi fatal.

O estômago de Charion se transformou em um buraco, e o poder de Margrete disparou através dele. Ele olhou para seu ferimento em estado de choque antes de focar nela.

— Este é o fim do seu reinado. — A magia de Margrete envolveu sua forma, consumindo a carne e os ossos restantes. As pernas de Charion quebraram primeiro, virando líquido, transformando-se em nada mais do que poças de água salgada. O deus gritou, tentando freneticamente lançar sua magia e se salvar, mas era tarde demais.

Do outro lado, o sorriso de Surria desapareceu, Bash ainda congelado em seus braços. No entanto, nenhum medo brilhou em seus olhos quando ele viu a mulher que amava. Darius sentiu seu orgulho.

A cabeça de Charion escorregou do pescoço, e pedaços de seu torso deslizaram para o chão como chuva caindo. Os olhos de Margrete eram prateados, o brilho metálico irradiando quando o último pedaço de carne se desintegrou.

Então ela voltou aqueles olhos prateados para a mãe de Darius.

Ele teria ficado feliz com o medo flagrante que distorcia as feições de Surria, mas ele a conhecia bem o suficiente para não acreditar que ela não

— Solte-o! — Margrete ergueu as mãos em alerta, sua onda sangrenta e sua luz azul se misturando. Era grotesco, doentio e inquestionavelmente aterrorizante.

Os lábios de Surria se curvaram e ela escolheu a última arma de seu arsenal.

Com um estalo nauseante, seus ventos quebraram as costelas de Bash, sua coluna, todos os seus membros. Seu grito ecoou na caverna, o barulho agonizante o som mais horrível que Darius já tinha ouvido. O tempo pareceu parar, o mundo parou de girar e todos os pensamentos que ocupavam sua mente se desintegraram. Tudo o que ele sentiu foi dor.

Surria soltou o corpo quebrado, que colidiu descuidadamente com a terra dura. Ele não se moveu, mas Darius ouviu seu suspiro de dor. Em breve ele estaria morto, *novamente*. Darius estudou Margrete, que não desmoronou com a visão horrível como Surria havia previsto.

Não.

Ela atacou.

Sua luz brilhante virou safira, seus olhos rivalizando com os sóis do Submundo. Surria respondeu ao ataque com um esforço surpreendente, mas conseguiu escapar do pior.

Darius desviou o olhar da batalha entre sua mãe e Margrete. O rei foi forçado a assistir a Margrete lutar contra uma antiga divindade. Seus olhos lutavam para permanecer abertos e a umidade os enchia.

Surria garantira que ele permanecesse vivo para testemunhar a morte de sua amada.

Darius refletiu sobre todos os anos que passou sozinho, desejando encontrar a metade que faltava em si mesmo. Ele criou Wryn para preencher esse vazio, mas como percebeu anteriormente, embora Margrete pudesse ser sua alma renascida — uma parte da alma *dele* —, era o coração que importava.

E naquela vida, Margrete encontrara Bash.

Darius não tinha admitido o quão ciumento estava até aquele momento.

E não simplesmente de Margrete. Mas sim do que ela havia encontrado

Ajude-o, uma pequena voz sussurrou em sua mente. Era familiar. Ele se virou, e viu que Dani olhava para ele, uma expressão conhecida. Ela falava com ele como os imortais costumavam fazer, embora sua voz estivesse abafada, tão suave que ele mal conseguia entender. Mas as palavras que dizia...

Ela já era incomum, uma alma possuidora da rara habilidade da Visão. Parecia que, depois que o mar a escolhera, a força antes adormecida de Dani aumentara dez vezes. Uma força que Darius agora se obrigava a sentir.

Ele se virou, sabendo o que tinha que fazer. Marchando até o rei imóvel, ele se ajoelhou.

Bash o fitou com os olhos semicerrados, a respiração irregular e rouca. A qualquer momento a morte o tomaria. Inferno, ele mal tinha um pé neste mundo naquele estado.

Halio.

Ao se lembrar da morte, Darius procurou Halio, encontrando apenas Margrete e Surria envolvidas em uma luta violenta até o fim. No entanto, ao se inclinar para a frente, a centímetros do rei, ele se viu olhando por cima do ombro uma última vez.

Um par de olhos verdes suplicantes segurou seu olhar, implorando a Darius que agisse. Para fazer algo altruísta. Ela ergueu o queixo teimoso, o cabelo curto e ruivo caindo para trás do rosto. Em meio a todo o caos, Mila se mantinha parada, uma força de vontade inabalável.

Conserte o passado, sussurrou Dani novamente, com mais força. *Faça isso não por ela, mas por você mesmo.*

Ele cerrou os dentes, odiando saber quem era a pessoa de quem a voz falava — e não era Margrete. Por que ele se importava, ou por que seu coração batia descontroladamente sempre que via o sorriso quase malicioso de Mila, estava além de sua compreensão.

Mas talvez ele desejasse descobrir.

Mila começou a piscar, a perder o contato visual. Perdendo a esperança. Ela achou que ele não faria alguma coisa, e quando seu queixo lentamente começou a se inclinar, Darius agiu. Apoiando ambas as mãos no peito de Bash, ele examinou cautelosamente o rei e seus muitos ferimentos.

— Não se preocupe — murmurou Darius quando o rei abriu os olhos, que se arregalaram de medo. — Eu não mato mortais que estão prestes a morrer. Isso não seria nada divertido.

Ele fechou os olhos enquanto pressionava a mão na pele gelada de Bash, suas escamas de nymera cutucando os dedos de Darius, as palmas da mão. Ele mergulhou mais fundo do que nunca, passando por anos de viagens apáticas, anos de Surria, Malum e seus escárnios e decepções. Darius deslizou além das barreiras que ele havia erguido e as quebrou com sua magia, observando enquanto as paredes desmoronavam e caíam.

Ele ainda amava Margrete. Ele sempre amaria. Mas Darius queria encontrar um amor que o escolhesse também. Que escolhesse *apenas* ele.

E não era ela.

Depois de todas as coisas horríveis que Darius tinha feito a Margrete ao longo de algumas semanas, ele decidiu apresentar o único pedido de desculpas que poderia dar. Um que lhe custaria *tudo*.

O que seria a imortalidade se ele não tivesse com quem compartilhá-la?

Libertando-se da sua própria mente, Darius mergulhou na do rei. Ele reorganizou seus pensamentos, seus órgãos, seu sangue e as partes dele que pertenciam à sua metade nymera. Ele liberou sua magia em suas veias e sibilou quando seu poder protestou.

Ele percebeu que estava brilhando, que ambos estavam. Ele não ouviu os rugidos da batalha nem viu Margrete ou sua mãe. Ele não viu a tripulação, mas sentiu Mila imóvel, seus penetrantes olhos verdes às vezes suavizando quando ela olhava para ele.

Abaixo dele, o rei se mexeu, e um gemido angustiado escapou de sua boca. Darius persistiu, derramando tudo o que era no corpo meio morto do mortal.

Cada. Parte.

Minutos, horas ou dias se passaram antes que a centelha final de magia o deixasse. Quando a última gota do que fazia dele um deus desapareceu, Darius desmaiou, a visão escurecida, o batimento cardíaco muito rápido e

CAPÍTULO QUARENTA E SEIS
MARGRETE

Margrete gritou quando a dor percorreu seu torso, espalhando-se pelas pernas e pelos dedos dos pés. Ela gritou enquanto pontos pretos obscureciam a realidade e ela não conseguia mais ver o corpo mutilado de Bash pelo canto do olho. Ela tinha perdido todos os pensamentos racionais quando Surria o quebrara. Ela tinha *se* perdido. Se entregara, na verdade. Margrete *tornou-se* o poder, em vez de uma mulher que o possuía. E como isso funcionava bem a seu favor. Até o momento.

Surria riu, o som estridente. Margrete se virou em busca do barulho, incapaz de distinguir alguma coisa além de fumaça e pedras irregulares. Ela ouviu passos, sentiu a deusa pairando por perto.

Ela estava demorando. Aproveitando a matança.

Mas Margrete não iria facilitar as coisas para Surria. Os deuses tinham levado *tudo* e ela ficara apenas com a maldição da raiva consumidora. Uma emoção tão poderosa, mas perigosa. Poderia estimular uma pessoa a buscar vingança e completá-la. Ou poderia destruir totalmente o portador.

Margrete preferia pegar fogo a se render.

Sem conseguir enxergar, ela estava de volta no tempo. De volta à caixa que seu pai construíra para castigá-la. Ela estava acostumada com a escuridão, acostumada a ficar sem todos os sentidos. O coração batia forte em seus ouvidos.

Margrete sorriu.

— O que é tão engraçado? — perguntou Surria, sua voz vindo de todos os ângulos. — Você está prestes a morrer junto com...

Ela foi interrompida por um rugido que Margrete reconheceu. Pertencia a um deus que ela odiava havia tanto tempo, mas que não entendia. Um deus que agia com vingança, crueldade e astúcia.

Darius gritou, e sua voz logo se juntou a mais vozes.

Uma flecha passou perto de sua orelha.

Margrete piscou, aproveitando a distração para clarear a visão. Lentamente, a escuridão se dissipou, embora não tenha desaparecido totalmente. Ainda assim, ela viu o suficiente.

Adrian. Ele atirou outra flecha apontada para a Deusa do Vento e do Céu e, no mesmo momento, Bay jogou uma lança prateada no ar, a ponta letalmente afiada voando em direção à deusa. As duas armas atingiram inofensivamente seu escudo invisível, os braços erguidos em proteção. Uma rajada de vento ergueu a flecha e a lança caídas e as virou.

De volta para seus amigos.

Ela gritou quando elas foram atiradas, quando a lança fez contato com o ombro direito de Bay, a flecha cortando a perna de Adrian. Ambos caíram, ambos sibilando de dor.

Com a atenção de Surria voltada para eles, Margrete percebeu um movimento à sua direita.

Darius. E ele não estava sozinho.

Ela teria chorado de alegria se o perigo tivesse diminuído. Mas a visão de Bash caminhando — e não mancando — em direção a ela não trouxe alegria. Apenas o medo floresceu. Aquilo significava que ela ainda poderia perdê-lo, mesmo que não entendesse *como* ele estava vivo.

Pedaços de si mesma voltaram ao lugar, e sua sede de sangue diminuiu. Seu bolso começou a vibrar mais uma vez, a chave tremendo. Estava pedindo algo dela, direcionando-a para a salvação. Implorando para que ela seguisse o caminho do destino...

Destino. Era isso. De repente, ela soube exatamente aonde a chave desejava que ela fosse.

Era hora de mudar. Não apenas terminar aquilo e acabar com o imortal corrupto de uma vez por todas, mas também distrair Surria de seu rei.

Felizmente, ela não teve que agir sozinha.

Na próxima vez que uma flecha voou pelo ar, ela vibrou com magia, atingindo o coração insensível de Surria. A deusa rosnou enquanto agarrava a flecha e puxava, sangue azul jorrando de seu ferimento.

Margrete se virou.

Brielle estava orgulhosa e alta atrás dela, com o arco na mão e um sorriso sombrio no rosto severo. Couro envolvia seu corpo, punhais, arcos, flechas e todos os tipos de armas amarradas em seu corpo musculoso. Ela olhou para Darius, mas depois voltou sua atenção para Surria.

— Faz muito tempo que nós nos encolhemos sob seu poder. Faz muito tempo que permitimos que você fale por todos nós — sussurrou Brielle.

Surria zombou.

— Vocês são todos fracos. Alguém tinha que se sobressair e tomar decisões.

Brielle começou a responder, mas Margrete aproveitou a oportunidade.

Ela correu até Bash, uma névoa azul-clara cercando seu corpo. Algo havia mudado e ela provou o poder da magia antiga, da divindade. Não fazia sentido.

Depressa, ela murmurou enquanto eles se encaravam, Bash correndo para diminuir a distância. Ela acenou em direção ao rio de sangue, incitando seus pés a se moverem mais rápido.

Como se soubesse sua intenção, a chave zumbiu dolorosamente contra sua coxa, ansiosa. Suas botas atingiram a ponte de vidro com força e, segundos depois, outro par se juntou às dela. Bash estava bem atrás, quase nos calcanhares.

Houve um turbilhão de flechas e uma brisa forte. A iluminação rachou o céu e nuvens de aço bloquearam a luz, forçando Margrete a espiar por cima do ombro. Brielle e Surria continuavam a brigar, a Deusa das Florestas Profundas e da Caça pintada com tantos cortes quanto sua oponente.

Margrete tinha acabado de chegar ao outro lado quando Bash a alcançou. Antes que ela pudesse inspecioná-lo em busca de ferimentos ou abraçá-lo, mais passos bateram no vidro. Novamente ela se virou, mas em vez de deuses implacáveis, Mila, Dani, Atlas, Bay, Adrian e Darius corriam para acompanhá-los, todos na ponte, expressões determinadas endurecendo seus rostos. Embora Bay e Adrian estivessem feridos, seu sangue Azantiano trabalhava rapidamente, unindo a carne rasgada o suficiente para que pudessem continuar a lutar.

Eles avançaram em sua direção, sem fôlego. Até Darius parecia surpreendentemente sem fôlego.

Dedos quentes deslizaram nos dela, e ela ergueu o queixo, momentaneamente atordoada. A pele de Bash perdera um pouco de seu brilho etéreo, mas seus olhos escuros brilhavam prateados.

— O que aconteceu com...

— Haverá tempo mais tarde — disse Darius, ofegante, enquanto ele e os outros a cercavam. Ele segurou as laterais do próprio corpo como se tivesse dificuldade para respirar. Margrete não entendeu.

— O livro — insistiu Dani, seus olhos inteiramente cobertos de prata; quase nenhum branco em seu olhar.

O cobre explodiu na língua de Margrete enquanto ela olhava para a amiga, mas não era sangue. O que quer que Dani tenha emitido, fez com que suas entranhas parecessem congeladas e sua cabeça confusa.

— Não temos muito tempo — pressionou Dani.

A nebulosidade desapareceu e Margrete balançou a cabeça, esperando que mais tarde houvesse tempo para interrogá-la. Ela se virou para Bay, Atlas, Adrian e Mila, e para eles perguntou:

— Vocês podem me proteger?

Todos assentiram e os lábios de Bay se curvaram levemente, ambas as covinhas à mostra.

— Sempre, Margrete.

CAPÍTULO QUARENTA E SETE
MARGRETE

Margrete entrou na Sala do Trono, com a família ao seu lado, de mãos dadas com Bash. Darius não dissera nada, mas ela sabia o que ele tinha feito. Feito para Bash.

Mesmo com o tempo se esgotando — a distração de Brielle concedeu-lhes apenas alguns minutos —, Margrete fez uma pausa e segurou as bochechas rosadas de Bash, seus olhos deslizando para seu pescoço.

As escamas...

— Elas se foram. Como... — ela murmurou para si mesma. As unhas estavam aparadas, não eram mais armas letais. Mas seu cabelo permanecia preto como a meia-noite, os fios caindo em seus olhos escuros.

Ele era um deus. Imortal. Como se fosse uma confirmação, a magia dele alcançou a dela. Ao contrário de Darius, ele cheirava a seu perfume característico de mar e pinho, um aroma familiar como um abraço bem-vindo.

Com a divindade em suas veias, ele tinha sido libertado das algemas de seu sangue nymera. No entanto, ela sabia que ele nunca mais seria o mesmo de antes e que conviveria com aquelas mudanças pelo resto da vida. Uma lembrança de tudo o que passaram.

Antes que Bash tivesse a chance de abrir a boca, Darius se aproximou mancando, o suor umedecendo a testa.

— Por mais que eu aprecie esta reunião melosa, não temos tempo para explicar as complexidades de presentear um mortal com a divindade. — Ele grunhiu, mancando até o centro da sala onde o livro esmeralda estava erguido em seu pedestal. — Posso sentir a confusão de vocês daqui e isso está me dando dor de cabeça.

— Ele está dizendo o que acho que está? — Mais uma vez, ela *sabia*, mas foda-se, ela precisava ouvir as palavras em voz alta.

Um canto da boca de Bash se curvou e uma faísca do homem que ela amava ressurgiu, o choque desaparecendo.

— Eu acho que você sabe — disse ele suavemente, inclinando-se para beijar sua têmpora. Ele se virou brevemente para Darius, e os dois trocaram um olhar. Bash baixou o queixo e Margrete sentiu a gratidão jorrar dele em ondas.

Bash estava vivo e saudável diante dela, e Darius mal conseguia ficar de pé...

— Sim, sim — retrucou Darius, cansado de esperar. — Agora percebo que cometi um erro horrível. Ser mortal dói pra caralho.

— Que bom. Agora você sentirá meus golpes. — Mila deu um passo à frente e Margrete não pôde deixar de reparar por quanto tempo Darius a encarou. Ele engoliu em seco antes de forçar seu foco de volta para o livro, embora suas bochechas estivessem tingidas de vermelho.

Ele estava *corando*.

— Isso não é aberto há séculos — falou Darius, pigarreando. — Desde o início dos tempos, está sob nossos cuidados, o Livro do Destino. Em algum lugar ao longo do tempo, a chave foi roubada e depois se perdeu, provavelmente por causa de deuses sedentos de poder que lutaram por ela. — Seu foco desviou-se para as portas do palácio, onde soava o choque de poderes. — Acho que Malum a encontrou, e foi o sacrifício que ele fez na ilha durante os testes.

Como ele conseguiu enganar Surria permaneceria um mistério, mas ela agradeceu ao deus morto por escondê-la, independentemente de ele ter originalmente planejado usá-la com más intenções. A chave era mais preciosa do que qualquer coisa existente e igualmente perigosa, se não mais, se caísse nas mãos erradas.

Margrete espiou Bash uma última vez. Ela inalou, notando como o cheiro dele agora continha vestígios de fumaça. Isso a lembrou de Darius.

Ele realmente desistira de sua divindade. Por ela. Ou talvez tenha feito isso por si mesmo.

— Termine isso — sussurrou Bash, passando o dedo indicador pela lateral da bochecha dela até o queixo. Ele levantou a cabeça dela. — Eu sabia que seria você quem mudaria minha vida, Margrete Wood. Aquela que mudaria todas as nossas vidas.

— Basta! — interrompeu Darius, exausto da exibição. — Você precisa se apressar.

— Eu te amo — disse Margrete a Bash antes de se virar e correr para o pedestal. Os sons da luta se aproximavam e ela não tinha dúvidas de que Surria estava se aproximando. Ela rezou para que nada de ruim tivesse acontecido com Brielle, que viera em seu auxílio. Também estava farta do reinado de terror de Surria.

Margrete chegou ao antigo tomo, que parecia nada mais do que um livro normal. Nada especial. E ainda assim a fechadura que envolvia sua grossa capa de couro brilhava, o ouro irradiando magia.

A chave gritava com ela, pulsando violentamente. Ela estendeu a mão para pegá-la e, quando seus dedos se fecharam em torno da fechadura lisa, as portas da sala do trono se abriram.

Uma rajada de vento disparou em sua direção, jogando-a de lado, a chave voando pelo ar.

Ela não conseguiu ver nada ao cair, apenas as vestes brancas da Deusa do Vento e do Céu enquanto entrava furiosamente na câmara. Margrete ouviu o tom, a melodia, a canção assustadora. Cantava para ela enquanto subia...

E então a música parou.

Quando ela estacou, com o corpo dolorido e a mente nublada pelo medo, ela olhou para cima.

Dani.

Ela ficou diante da deusa, a chave nas mãos, a esfera esmagada no punho. Dani, com a mão cortada e ensanguentada, estava cercada de cacos de vidro. Margrete avançou enquanto o palácio chacoalhava e balançava, a jovem marinheira jogada para o alto por alguma rajada de outro mundo.

O corpo de Dani brilhava com luz, a tonalidade nem azul nem vermelha. Pelo contrário, era uma combinação dos dois, uma cor violeta profunda. Ela girou e girou, sua transformação iluminando toda a sala do trono. A boca de Margrete ficou boquiaberta de choque quando Dani finalmente caiu segundos depois, ficando de pé graciosamente. Graciosamente demais para qualquer mortal.

O grito de Surria ecoou na cabeça de Margrete.

— Seus idiotas! — A deusa voltou sua atenção para Dani, aproximando-se, com o vestido rasgado e sujo. Combinava com seu interior.

Mas Dani não se intimidou.

O poder irrompeu de seu corpo franzino quando Surria se aproximou, e foi tão brilhante, tão incrivelmente elétrico, que derrubou Surria. Era o poder de um deus.

As lágrimas de Surria, combinadas com o que quer que Dani fosse — vidente ou *outra coisa* —, resultaram em uma erupção maior do que qualquer magia que Margrete já tinha visto.

Os olhos de Dani brilharam enquanto ela marchava até a deusa caída, pairando sobre ela como um anjo vingador.

— Eu considero você responsável pelas ações que levaram à morte do meu irmão — sibilou ela, sua voz ecoando. — E eu quero sua vida em troca.

Bash agarrou um Darius cambaleante, puxando-o para o lado da câmara e tirando-o do caminho. Os outros seguiram o exemplo, buscando um local seguro quando Dani fechou os olhos e enviou toda a sua nova magia para Surria.

Em algum lugar, Margrete ouviu a chave quebrada cair no chão, mas estava muito concentrada em Surria enquanto levantava os braços, que eram da cor de ardósia. Suas mãos começaram a queimar e murchar, quebrando-se centímetro por centímetro. Dani irradiava triunfo quando a forma da deusa se desintegrou, transformando-se em fuligem.

Margrete deu uma espiada em Darius, que emitiu um som baixo com a garganta. Ele não defendeu a mãe, mas também não parecia exultante com a morte dela. Margrete supunha que nenhuma criança ficava feliz com a morte de um dos pais, por mais cruel que tivesse sido com ela em vida. Ela entendia isso bem, por mais confuso que fosse. Quando ela matou o pai, não sentiu felicidade, apenas justiça.

Todos observaram Surria desmoronar e cair, transformando-se em uma pilha de cinzas aos pés de Dani.

Margrete prendeu a respiração, o Livro do Destino diante dela, a chave em algum lugar do salão. Nem tudo estava consertado, ela percebeu. Não até que reparassem o passado para salvar o futuro.

Dani se virou para Atlas, que deu alguns passos trêmulos em direção a ela, seus olhos azuis fixos na deusa recém-nascida. Dani não hesitou em diminuir a distância.

Elas eram borrões enquanto corriam uma para a outra, colidindo, as mãos de Atlas movendo-se para as bochechas de Dani, cujo corpo começou a brilhar com a luz. Dani ficou na ponta dos pés enquanto pressionava a boca nos lábios de Atlas, sua mão enrolando-se na trança solta da guerreira. O coração de Margrete apertou enquanto observava a dupla, pura alegria emanando de ambas.

Dani finalmente recuou, ofegante.

— Eu queria fazer isso há séculos, e não enquanto estava sob o feitiço de uma deusa — sussurrou no meio do abraço, sem soltá-la. — Você demorou muito.

Atlas sorriu, o rosto iluminado por uma felicidade radiante, enquanto as cinzas de uma deusa eram varridas por uma brisa fantasma.

— Não vou esperar tanto de novo — prometeu Atlas, com uma lágrima escorrendo. Margrete nunca tinha visto tal emoção vindo de Atlas; parecia que ela reservava tal olhar apenas para Dani.

Enquanto elas se abraçavam, Margrete sentiu um formigamento no braço.

Suas tatuagens. Ela observou a de Halio começar a desbotar, deixando apenas as marcas que apareceram quando ela abriu o portal para o Submundo. Ela agarrou o antebraço e seus lábios se separaram quando viu que a tatuagem também desaparecia lentamente.

Um acordo feito com um deus tinha sido selado com sangue e tinta. Algo que Halio lhe ensinara. E Margrete suspeitava que a tatuagem de chamas rodopiantes que decorava sua pele na ilha era um acordo que ela tinha feito *consigo mesma*. Para recuperar seu rei.

Havia uma última tatuagem.

Uma sensação de formigamento percorreu sua espinha, e ela sabia que se olhasse no espelho veria que os lírios de Darius haviam sumido. Arrancados de sua pele assim como sua divindade foi tirada dele.

Instantaneamente, seu olhar se concentrou em Darius, que olhou para ela de uma forma cúmplice. Ele baixou o queixo, apontando para seu corpo agora mortal.

O acordo deles...

Estava nulo e sem efeito. E ele sabia disso quando decidiu salvar Bash. Seus lábios se separaram. Ela nunca tinha lhe agradecido.

Ela o fez então, pronunciando uma palavra no espaço. No final, ele fizera a escolha difícil. Sua vida, ela suspeitava, não tinha sido cheia de amor e, embora seus atos passados fossem imperdoáveis, aquele ato seria o início de sua nova história.

Margrete decidiu que não iria atrapalhar seu caminho.

O homem que já foi um deus presenteou-a com um sorriso que parecia mais genuíno do que qualquer outro que ela o vira dar no passado. Ela não sentiu nenhum arrependimento da parte dele, mas notou como seus olhos se enrugaram de uma forma que dizia muito.

A atenção de Darius mudou quando o rei de Azantian caminhou até o canto da sala, onde pegou uma lasca brilhante de metal. O coração dela parou de bater quando ele começou a caminhar em sua direção, o orgulho iluminando seus olhos quando ele a acolheu.

Ele era seu coração, seu amigo. Seu parceiro. E estava *vivo*. Ela estava viva. E Margrete permitiu que as lágrimas caíssem, permitiu que caíssem em cascata pelo seu rosto e escorregassem para as pedras.

— Não chore, princesa — disse Bash, a um passo de distância. Ele levantou a chave, oferecendo-a a ela. — Fico chateado quando você chora.

Ela agarrou seu colarinho e puxou-o para um beijo, as lágrimas escorrendo em sua boca. Ela sentiu gosto de sal enquanto o devorava, soluçando enquanto ele agarrava sua cintura. Se pudesse ficar ali e beijá-lo por toda a eternidade, ela o faria, mas Bash sabia que ela tinha que terminar o que havia começado, e ele se afastou relutantemente, pegando a mão dela e entrelaçando os dedos. Ele inclinou a cabeça, apontando para o livro.

Margrete respirou fundo. Juntos, eles caminharam até o Livro do Destino, com a chave em mãos. Mesmo com a esfera de vidro quebrada, ela zumbiu em aprovação quando foi colocada na fechadura e girou, a tira de couro que prendia o livro se partindo. As pontas cortadas caíram na mesa com um baque surdo.

A capa se abriu e os olhos de Margrete se arregalaram ao ver a quantidade de nomes rabiscados nas páginas intermináveis. Eles pareciam nunca parar de girar, e ela percebeu com um sobressalto o que eram.

Os nomes de todos os vivos e mortos.

As páginas continuaram a virar, um ouro brilhante vazando do pergaminho. Sua mente girava enquanto cada nome se confundia — todas as almas que enfeitaram o mundo. Almas que tinham medo e sentiam amor. Tinham famílias, amigos e esperanças. Ela observou todos os nomes com um suspiro reverente.

Uma voz profunda a tirou de seu devaneio.

— Você vai precisar disso.

Ela e Bash se viraram ao mesmo tempo.

Halio se materializou diante deles, com uma simples pena preta na mão. Atrás dele estava o Deus da Justiça, Themis, com seus cabelos brancos esvoaçando em seus olhos sem emoção. O deus a enervou, mas apareceu ao lado deles, ao lado de Halio. Brielle mancava atrás deles, com um corte no peito. Ela se recuperaria, mas Margrete suspeitava que ela estava enfraquecida depois de lutar com Surria por tanto tempo.

Margrete se assustou quando Halio chegou mais perto, sua magia ganhando vida, preparando-se para lutar se necessário.

— Mas... mas você...

— Eu disse para você não me decepcionar — disse Halio, sorrindo. — Todos os eventos tiveram que se desenrolar da maneira que aconteceram para chegarmos onde estamos agora. — Ele olhou para o livro.

— Mas você ameaçou Azantian. Fez um acordo tão horrível... — Ela não entendia.

— Nunca planejei destruir Azantian de fato — respondeu ele com um suspiro. — Themis não teria permitido isso, de qualquer maneira. — O Deus da Justiça permanecia apático, embora tenha dado a ela um aceno de cabeça quase imperceptível. — Além disso — continuou Halio —, Themis acreditava que Darius poderia ser salvo, e ele odeia potencial desperdiçado.

— Então eu fui um *experimento*? — perguntou Darius, franzindo a testa. Sem sua magia girando ao seu redor, tudo o que ele pôde fazer foi cerrar os punhos.

— Um experimento que me rendeu o apoio de Themis, caso esse dia chegasse. E de Brielle.

— Brielle e Themis queriam que eu vivesse? — Darius passou a mão pelos cabelos, a descrença o fazendo parecer anos mais jovem.

— Aparentemente, ela também acreditava que você poderia ser redimido.

— Chocante, eu sei — murmurou Brielle, limpando as manchas de sangue que cobriam suas roupas de couro. — Não me decepcione, Darius. Eu odiaria ter que matar você agora que seria tão fácil.

Sem um pingo de zombaria, Darius se inclinou até a cintura, curvando-se para Brielle. Quando ele se levantou, seu olhar estava cheio de gratidão. Margrete compreendeu que poucas pessoas em sua vida acreditaram nele dessa forma. A fé de Brielle significava mais do que ela jamais poderia imaginar.

Halio olhou para Margrete, seu olhar conhecedor penetrando em sua pele.

— Precisávamos que você reescrevesse o destino, Margrete Wood. — Ele levantou a pena, oferecendo-a a ela. — Uma criatura feita de carne e osso, dotada de um poder que nunca desejou. É isso que a torna especial. Você poderia ter pegado seus novos dons e devastado o mundo. Feito as pessoas se curvarem diante de você. Ou talvez simplesmente ter aproveitado o luxo que o Submundo tinha a oferecer. Mas não fez isso e nunca faria. Você viveu lutando por quem não conseguia se defender e, embora fosse egoísta arriscando Azantian pelo seu rei, no fundo você ainda é humana e imperfeita. Mas boa, no entanto.

Margrete engoliu em seco. Ela não sentia que suas ações justificassem tal elogio. Estava envergonhada com o que teria feito por sua própria ganância.

Como se estivesse lendo sua mente, Halio acrescentou:

— As linhas entre o certo e o errado são confusas, jovem deusa. Não existe bem e mal, apenas a *vontade*, o desejo de tentar fazer o que é justo. E embora você tenha tropeçado, sempre tentou, e eu te admiro por isso. Agora, você deve provar que estou certo. — Ele apontou para as páginas abertas. — Três deuses morreram e um nasceu. — Ele estudou Dani, que ainda tinha Atlas nos braços. — Agora, mais dois deuses devem ser escolhidos.

Selecione com sabedoria, sussurrou Halio em seus pensamentos.

Dois deuses. Duas vidas.

Bash encontrou o olhar dela quando ela soltou sua mão. Ele assentiu, parecendo transmitir tudo o que sentia em um momento de conexão. Tanta adoração a afogou de uma forma que a fez desejar nunca mais voltar para respirar.

Quando Margrete pegou a pena das mãos de Halio, as páginas do Livro do Destino pararam abruptamente. A primeira página. O nome de Halio estava escrito ao lado do dela, seguido por Themis, Brielle, Dani e...

— Bash. — Ela apontou para a página. — Olhe.

O nome dele estava rabiscado ao lado do dela. A tinta fresca.

— Ele é sua metade que falta, Margrete. Agora que Darius lhe concedeu a imortalidade, vocês podem governar juntos como um só — Halio respondeu à sua pergunta tácita, confirmando seu maior desejo. Bash queria estar com ela como pudesse, mas agora ela tinha que escolher mais dois, e eles poderiam não desejar esse destino.

— Não posso escolher alguém que não queira esta vida — disse ela, suas palavras ecoando na câmara silenciosa demais.

— Você deve — insistiu Halio. — O equilíbrio está desigual.

Pode parecer bobagem pensar que alguns recusariam tal *presente*, mas a imortalidade trazia suas próprias consequências. Era um peso que o escolhido teria que carregar por toda a eternidade.

— Vou assumir o papel de Surria — afirmou Dani, saindo do abraço de Atlas. Themis inclinou a cabeça para ela, e Margrete poderia jurar que viu uma sugestão de sorriso.

— E eu irei aonde ela quiser — disse Atlas apressadamente. — Se você me aceitar, claro. — Ela perguntou esta última parte a Dani, de repente tímida, com as bochechas em chamas.

— Você realmente é péssima em ler as pessoas — murmurou Dani, brincando.

O sorriso de Atlas se alargou.

— Eu aceitaria a posição de deus da guerra — falou Atlas, com o queixo erguido com orgulho. — Eu seria muito melhor nisso do que ele, de qualquer maneira.

— Ainda temos mais um espaço. — Themis examinou a sala, seus olhos frios permanecendo nos presentes. Ele parou em Adrian por mais tempo.

— Não! — gritou Bash ao mesmo tempo que Adrian deu um passo à frente. — Nem abra a boca.

Bay agarrou o braço do namorado, recusando-se a deixá-lo continuar. Adrian se ofereceria sem hesitar porque era o melhor deles.

— Você não pode! — implorou Bay. — Eu não posso viver sem você. — Se Adrian se tornasse um deus, ele seria imortal, e um dia Bay ficaria velho e grisalho, e seu corpo murcharia.

— Seu coração é verdadeiro — sussurrou Themis, assertivo. — Ele é a melhor opção.

Margrete segurou a mão de Bash, mesmo quando ele a puxou, tentando chegar até o amigo. Ela sabia que Adrian seria um imortal justo, mas ele teria que deixar a ilha e Bay para trás.

— Tenho que fazer isso, Bay — Adrian disse tristemente, curvando seu corpo em direção ao namorado e segurando seu rosto entre as mãos. — O mundo está em jogo e... — ele engasgou com um soluço — não posso ser a razão pela qual você não está nele. *Isso* me mataria.

— Você não precisa me deixar. Você não vai — retrucou Bay com firmeza. Ele se virou para Halio. — Darius governou com Malum. Governarei ao lado de Adrian. — Ele encontrou os olhos do namorado, molhados de lágrimas não derramadas.

Halio olhou para os dois, formando uma marca em sua testa. Lentamente, ele levou a mão ao peito de Adrian e a outra ao de Bay.

— Este é o seu verdadeiro desejo? — perguntou ele. — Não se separar?

Ambos assentiram. Havia realmente alguma dúvida? Bastava olhar para eles e ver o amor que sentiam um pelo outro. Eles estavam unidos, suas almas eram uma só.

— Então, que assim seja. — O ar estalava com energia, o chão vibrava sob seus pés. Das palmas de Halio veio sua magia, e Bay e Adrian curvaram-se com a força dela.

Acabou assim que começou.

Os dois amigos dela caíram no chão, ofegantes.

— O que você fez? — indagou Margrete, sem fôlego. Esperançosa.

Halio voltou seus olhos gentis para ela.

— Eles já tinham um só coração em mente — disse ele. — Eu apenas tornei isso verdade. Eles compartilham um coração agora e, portanto, compartilharão um papel aqui no Submundo. Juntos.

Bay se lançou pelo chão e caiu nos braços de Adrian, envolvendo-o com força e apertando-o. Ele beijou seus lábios, suas bochechas, seu pescoço, qualquer lugar que pudesse alcançar, seu rosto brilhando de esperança.

— Ainda precisamos de alguém para governar Azantian. — Todos os olhos se voltaram para Bash. — Não assumirei o trono, pois minha atenção não permanecerá no meu povo.

Ele era um deus agora e, como tal, Azantian não era seu único domínio. Bash não era egoísta o suficiente para governar Azantian *e* ajudar Margrete a governar os mares. Ele amava demais seu povo para isso.

Margrete só conseguia pensar em outra pessoa digna da coroa. Alguém que não estava naquela sala.

— Nerissa — disse ela, confiante. — Ela seria uma rainha honrada. Sábia. — Ela pensou na vidente, no quanto ela se importava com o povo de Azantian, em como dedicava sua vida à ilha. Se alguém mais deveria sentar-se no trono, deveria ser ela.

Bash assentiu sombriamente, embora seus olhos brilhassem de fé.

— Então está resolvido. — Themis apontou para o livro. — Escreva os nomes.

Margrete respirou fundo e Bash apertou sua mão, sempre seu apoio, sua base quando ela sentia como se o mundo inteiro ameaçasse inclinar-se.

— Só o sangue de um deus pode amarrar o destino — acrescentou Halio suavemente, acenando para a mão dela. — Talvez seja por isso que a chave ficou "perdida" por muitos anos. — A última parte foi adicionada levemente, um sussurro. Malum… ele escondeu propositalmente a chave em seus aposentos, longe de Surria, sabendo o que ela faria com tal arma. Ele a escondera para proteger a todos eles.

Nada é bom ou mau. Essa foi a lição aprendida. Ela poderia dizer o mesmo de si mesma.

Margrete ergueu a pena, cravando a ponta no dedo indicador com uma careta. Ela observou o sangue azul florescer em uma gota perfeita.

Ela mergulhou a pena e virou-se hesitantemente para a página. Fez uma pausa.

— Você pode permitir que outras três pessoas entrem na Corte do Mar? — indagou ela, olhando para Halio.

— Eu estava esperando você perguntar — respondeu ele. — Suas almas são puras e seus corações pertencem às águas que amam. Só desta vez irei contra a Morte. Encontre seus nomes e reescreva a vida deles após a morte.

O suspiro sufocado de Mila ecoou por toda parte, e até Dani soltou um soluço reprimido. Jonah, Grant e Jace receberiam uma nova vida ali, e esse era um presente que aqueles homens corajosos mereciam.

Ela baixou a pena e rabiscou mais dois nomes na página antes de procurar os amigos que havia perdido. Com alguns traços, ela reescreveu o destino.

— Está feito — declarou ela, deixando a pena cair de suas mãos.

Halio riu.

— Ah, Margrete Wood, temo que tudo esteja apenas começando.

EPÍLOGO
MARGRETE

DEZ ANOS DEPOIS

O mundo era a casa deles e era muito grande.

— Vamos! Ajude-me — gritou Margrete, a onda que ela ordenou que os levasse adiante morrendo lentamente. — Não fique aí sentado pensando.

Houve uma zombaria e então:

— Não estou pensando, princesa, estou olhando para você. — Os braços fortes de Bash envolveram sua cintura, seu peso pressionando sua barriga contra os trilhos de madeira de sua modesta embarcação. Tinha sido feita de madeira Azantiana, um pequeno pedaço da ilha que os levava aonde quer que seus poderes os chamassem.

— Bem, pare com isso — brincou ela, estendendo a mão para acariciar seu nariz. — Achei que você estaria cansado de mim depois de todos esses anos. — Na verdade, viajar pelo reino em uma pequena embarcação grande o suficiente para duas pessoas pode fazer com que algumas pessoas fiquem desesperadas por espaço. Mas não ela. Margrete gostava muito da falta de espaço, usando-a como desculpa para se apoiar nele, para sentir os braços dele rodeá-la depois de um longo dia.

Bash a apertou, apoiando o queixo no topo da cabeça dela.

— Você sabe que nunca vou me cansar de você. — Ele deu um beijo em seu cabelo. — Além disso, depois de todos os lugares para os quais você me arrastou, prefiro quando estamos sozinhos no mar. Apenas nós dois.

A primeira aventura deles foi rastrear um navio conhecido por atuar no comércio de escravizados. Depois de prender a tripulação, eles libertaram os que estavam no porão, usando seus dons para guiar o navio para um porto seguro. Logo depois, foram chamados ao Mar do Norte, onde uma bússola mística tinha sido localizada em um antigo naufrágio. Com o poder de mostrar ao seu dono a localização do desejo de seu coração, era uma arma perigosa para quem a possuísse. Eles levaram esse item específico para Azantian em uma de suas visitas a Nerissa.

Foram muitas as aventuras nos anos que se seguiram.

— Sinto falta delas — sussurrou Margrete, pensando em Nerissa e na irmã, que ela fora forçada a deixar aos cuidados da amiga. A vida no mar, em meio ao seu poder divino, seria perigosa. Eles viajavam para a ilha sempre que podiam, e Birdie implorara que a levassem com eles, independentemente dos riscos. Margrete apenas lhe dissera que ela teria suas próprias aventuras no futuro. Um dia, e em breve, imaginou que ela o faria.

Bash pegou um cacho solto que havia caído em seus olhos. Com cuidado, ele o colocou atrás da orelha dela. Com a outra mão, ele levantou outra onda, direcionando o navio para mais perto de seu destino. A terra apareceria no horizonte a qualquer momento.

— Eu também sinto falta delas — admitiu, girando-a nos braços. Ela olhou para ele por baixo dos cílios, o sol do meio-dia brilhando. — Mas elas entendem por que você escolheu o fardo. Por que *nós* escolhemos isso.

Dedicar a vida ao mar e protegê-lo. Proteger as pessoas que viajavam por sua superfície.

— Você já se arrependeu de ter se juntado a mim? — perguntou ela, provavelmente pela milésima vez.

Bash fez uma careta, suas belas feições ficando duras.

— Como eu poderia querer outra coisa? — Ele puxou sua cintura, os dedos cravando em seus quadris. — Passo meus dias nas águas que me chamam desde o meu nascimento. E ter você ao meu lado? Independentemente dos deveres, dos horrores que vimos, estar ao seu lado tem sido a maior bênção da minha vida.

Ela revirou os olhos.

— Que sentimental, pirata.

Bash baixou a cabeça, seus lábios roçando a pele sensível abaixo da orelha dela.

— Vamos ver se você vai me chamar assim depois...

— Depois do que...

As palavras morreram em sua garganta quando Bash a pegou nos braços. Ela riu, suas mãos envolvendo o pescoço dele.

— Você é absolutamente incorrigível.

Eles tinham uma hora antes de chegarem a Azantian. Deveriam estar se preparando em vez de ir para baixo do convés. Pela *terceira* vez naquela manhã. Ela jurava que a necessidade de Bash por ela crescera depois que ele se tornara um deus, e o homem era insaciável. Não que ela estivesse reclamando.

Bash cambaleou e a levou para a cama, travesseiros e lençóis de mercados ao redor do mundo cobrindo o colchão. Evidências de suas viagens estavam por toda parte, de tapeçarias a pedras preciosas, de moedas a conchas raras.

Ela soltou um suspiro quando suas costas encontraram os lençóis macios. Bash pairava acima, o cabelo escuro caindo sobre os olhos, a cor um lembrete do que ele havia suportado. A aparência dele era a mesma do dia em que se tornara imortal, assim como ela. A juventude deles tinha ficado presa no tempo, mas uma sabedoria inominável endurecera suas feições.

Bash desafivelou o cinto, tirando-o e jogando-o para o lado. Ele bateu no chão. Margrete se apoiou nos cotovelos, observando seu rei se despir, os lábios se curvando em um sorriso torto.

— Está se divertindo? — perguntou ele, com certa arrogância em seu tom de voz. Bash baixou a calça até o chão, ficando nu diante dela.

Aquele homem era todo dela. Aquele homem arrogante, teimoso e lindamente gentil.

— Eu me divertiria mais se você estivesse um *pouquinho* mais perto.

Lá fora, as ondas ficaram frenéticas, e os olhos de Bash eram uma tempestade de desejo. Ele respirou fundo, seu olhar nunca se desviando dela enquanto ele descia por seu corpo e voltava para seu rosto. Faíscas brilharam nas pontas dos dedos e Margrete corou, sabendo o quão *habilidosos* aqueles dedos eram.

Eles rapidamente descobriram como a magia... aumentava certas sensações.

Impaciente, Margrete se levantou e o agarrou pelo braço, puxando-o para cima dela enquanto ria.

— Te peguei. — Ela agarrou sua nuca, segurando-o no lugar, seus lábios a centímetros de distância. Margrete gostava de provocá-lo.

Bash enfiou a mão entre eles, abrindo o botão da calça dela. Ela ficou completamente imóvel, presa por sua sensual análise, as mãos fazendo um trabalho rápido para remover a roupa dela. Na verdade, *ela* que tinha sido pega e, como se lesse seus pensamentos, Bash lançou-lhe um sorriso torto.

— Pode me pegar sempre que desejar, princesa — murmurou ele contra sua pele, a boca vagando para a barriga dela e depois, os quadris, as costelas e os lábios, deixando beijos ternos em seu rastro. Ela se arqueou para ele, buscando seu toque. Sempre foi assim entre eles, como uma pedra contra uma pedra.

Enquanto Bash descansava entre suas coxas, Margrete se inclinou e roubou outro beijo. Este foi mais profundo, mais longo e sem pressa.

Eles tinham todo o tempo do mundo.

— Eu te amo — murmurou quando entrou nela. — Minha linda rainha.

Ela podia não ter tido a chance de governar Azantian, mas Bash continuou a chamá-la dessa forma. Ele alegou que ela sempre seria sua rainha.

— Eu te amo — repetiu ela, ofegante, quando ele deslizou languidamente para fora. Seus olhos se encontraram, as profundezas de suas emoções brilhando.

Margrete beijou seu pirata até chegarem à costa de Azantian.

Enfim estavam em casa.

Bash

Os marinheiros gritaram quando eles chegaram, e o povo da ilha correu para as docas para cumprimentá-los.

Depois de se vestirem, Bash e Margrete começaram a usar a magia, persuadindo as ondas a levá-los para a praia, onde todos os seus amigos esperavam por eles.

Nerissa estava na frente e ao centro, o cabelo preto emaranhado pela brisa. A amiga sorria, mas não acenava como os outros. Desde que se tornara rainha, Nerissa levava a sua posição a sério, colocando toda a sua atenção nas pessoas a quem servia.

Mas os dias em que os deuses recém-criados retornaram foram os dias que Bash mais se lembrou — todos eles juntos novamente. Mesmo que Nerissa aparentasse estar um pouco mais velha a cada visita. Era um lembrete do tempo passando. Em algumas ocasiões ao longo dos anos, Dani e Atlas também se encontraram com eles, mas muitas vezes estavam ocupadas, pois uma guerra havia estourado entre dois reinos no sul. Como Deusa da Guerra, a presença de Atlas foi necessária, e Dani a seguira.

Bay e Adrian governavam a antiga corte de Calista. Uma de amor eterno. Eles passavam seus dias transmitindo o maior presente que o mundo poderia conhecer, e faziam isso juntos, viajando por todo o reino para espalhar seu poder, enchendo os corações das pessoas de alegria.

Naquele dia, porém, estariam todos em um só lugar.

No segundo que pôde, Bash saltou do navio para as docas, correndo em direção a Nerissa e abraçando-a. Ela deu uma risada indignada, mas o abraçou de volta com a mesma força.

— Você está me sufocando — reclamou ela, mas havia riso em sua voz.

Margrete saltou do navio, diminuindo a distância. Bash libertou sua amiga apenas para ela ser capturada por *sua* rainha. A dupla fechou os olhos e Margrete sussurrou algo que Bash não conseguiu entender no ouvido de Nerissa. Quando ela se afastou, Nerissa estava sorrindo.

— Vejo que você também sentiu minha falta, irmã.

Margrete afastou-se da rainha, olhando por cima do ombro para a nova voz.

Birdie certamente crescera. Agora insistia que a chamassem de Bridget. A inocência da juventude a abandonara e ela se tornara uma jovem capaz, treinada pelos melhores guerreiros que Azantian tinha na arte do combate.

Margrete agarrou-a imediatamente e Bridget soltou um gemido.

— Eu senti tanto sua falta! — disse ela, afastando-se para olhar nos olhos da irmã. — Você está tão grande!

— O tempo não parou para o resto de nós — respondeu Bridget calmamente, recuando. Bash sentiu que ela sentia falta de Margrete e, embora não pudessem visitá-la com a frequência que gostariam, ele esperava que Bridget entendesse. A jovem ficou ereta enquanto uma rajada de vento empurrava sua longa trança por cima do ombro, roçando o couro de suas roupas de treino. Várias facas e lâminas estavam amarradas à sua forma pequena. Bridget podia não ter nascido naquelas terras, mas sem dúvida era Azantiana.

— Ah! E lá está ela! — gritou Bridget. Bash sabia quem encontraria antes de se virar. — Da próxima vez, quero ir com ela — falou Bridget, inclinando a cabeça para Margrete em desafio. — Ela consegue ver o mundo e conquistou uma grande reputação. — A inveja brilhou nos olhos de Bridget, seu olhar voltado para um navio com velas vermelhas que se aproximava, o mastro principal enfeitado com a lua crescente e a estrela de Azantian estampadas.

Mila certamente conquistara uma reputação. Especializada em itens mágicos, ela poderia rastrear qualquer coisa se tivesse uma única pista, e não era a única...

Com certeza, quando Bash semicerrou os olhos, ele viu uma cabeça com cabelos loiros brilhantes. Darius encostou-se na proa, Azantian em sua mira. Àquela distância, Bash não conseguia discernir suas feições.

— Ela trouxe companhia — disse Margrete, balançando a cabeça. — Tinha minhas suspeitas de que Mila já o teria matado...

Ela foi interrompida.

Figuras apareceram acima das águas, silhuetas tomando forma. Quatro, para ser exato.

Bash virou-se para Nerissa. Uma lágrima escorregou por sua bochecha, rugas aparecendo nos cantos dos olhos.

Eles estavam todos ligados. E não apenas por magia e destino.

Enquanto os outros bradavam para o navio de Mila e os quatro deuses que flutuavam em direção à costa, Margrete estendeu a mão e segurou seu rosto. Bash se afogou em sua beleza, no calor que ela irradiava como o sol.

— Você está pronto para ver nossos amigos, pirata? — perguntou Margrete, sorrindo maliciosamente.

— Estou pronto para qualquer coisa — respondeu ele, e tendo seu mundo inteiro em seus braços, ele estava falando sério.

Margrete Wood amaldiçoara o destino havia muito tempo, sem saber que um dia teria controle sobre ele.

No entanto, ela não tinha ideia de que daria a *ele* o maior presente de todos.

Ela.

Aquele dia, como todos os que viriam, pertenceria a eles... E havia tanta magia na possibilidade do para sempre.

Fim

AGRADECIMENTOS

Quero agradecer a cada leitor que embarcou nesta aventura comigo. Comecei a escrever esta história anos atrás, quando estava lutando para encontrar meu lugar na vida. Minha caneta e meu papel sempre foram minha válvula de escape e, na história de Margrete, descobri um pedaço de mim mesma.

Ao meu marido, Joshua, meu maior amigo e apoiador. À minha mãe, Nancy, e aos meus filhos, que sempre insistem para que eu acrescente sereias mais bonitas. E a Ashley R. King, que foi minha rocha ao longo deste livro. Eu amo muito todos vocês.

Obrigada a Charissa e à equipe da City Owl por publicar esta história sobre amor, perda e encontro de seu verdadeiro eu.

E mais uma vez a você, caro leitor, por me permitir fazer o que enche meu coração de amor.

Katherine Quinn

Editora Charme

Entre em nosso site e viaje no nosso mundo literário.
Lá você vai encontrar todos os nossos
títulos, autores, lançamentos e novidades.
Acesse www.editoracharme.com.br

Você pode adquirir os nossos livros na loja virtual:
loja.editoracharme.com.br

Além do site, você pode nos encontrar em nossas redes sociais.

https://www.facebook.com/editoracharme

https://twitter.com/editoracharme

http://instagram.com/editoracharme

@editoracharme